文学鲁军新锐文丛

王宗坤卷

我是好人

山东省作家协会 编

山东文艺出版社

总　序

孙守刚

　　文学事业是文化建设的重要组成部分，是各种艺术创作和发展的重要基础，担负着满足人民精神文化需求、推动文化大发展大繁荣的光荣使命。山东作为文化大省，具有源远流长的文学根脉，齐风鲁韵影响深远，众多文学大家名作构成了齐鲁文化的壮丽画卷，为山东文化建设提供了丰厚的滋养。在近现代文学史上，山东作家写下了浓墨重彩的篇章，山东文学在中国文坛居有重要地位。特别是新时期以来，山东省委省政府高度重视发展文学事业，把繁荣文学创作作为加快文化强省建设的重要任务，采取一系列政策措施加以推进。山东文学创作呈现出繁荣发展的良好局面，涌现出一大批优秀青年作家，推出了一大批优秀文学作品，在丰富群众精神文化生活、推进经济社会发展方面发挥了不可替代的重要作用。

　　山东作家队伍人才济济，新人佳作层出不穷，一批作品荣获全国重要文学奖项，在全国产生重要影响，引起广泛关注，"文学鲁军"成为新时期中国文学界的一支重要力量。为发现文学新人、扶持青年作家，山东省作家协会于2001年组织编选出版了《文学鲁军新锐文丛》第一辑，整体展示了10位山东青年作家的创作成就，有力促进了青年作家队伍的成长壮大。近年来，山东一批又一批文学新人脱颖而出，一批中青年作家崭露头角，以勤奋的创造性劳动和出色的创作成果，为文学事业发展注入了勃勃生机，山东作家群展现出薪火相传的兴旺景象和持续发展的巨大潜力。

为集中展示山东青年作家的新气象和新阵容，促进山东文学事业繁荣发展，省作家协会组织了《文学鲁军新锐文丛》第二辑的编辑出版，在面向全省征集的基础上，遴选了10位青年作家的精品力作。他们都是近年我省最为活跃的文学新人的优秀代表，是山东创作队伍的生力军，他们的作品代表了山东青年作家的创作水准，为山东文学事业增添了青春力量。

"文章合为时而著，歌诗合为事而作。"一切优秀的文化创造，一切传世的精品力作，都是时代的产物。我国正处在中国特色社会主义事业蓬勃发展阶段，山东正处在由大到强战略性转变的关键时期，我省文艺事业发展面临着难得的历史机遇。党的十七届六中全会提出了推动社会主义文化大发展大繁荣、建设社会主义文化强国的战略任务，省委九届十三次全体会议对加快建设文化强省作出新的部署，这为我省文学发展创造了更加有利的环境，为作家施展才华提供了更为广阔的舞台。真诚希望青年作家们继承发扬齐鲁文学的优良传统，以繁荣文学创作为己任，始终坚持正确方向，坚持以人为本，坚持锐意创新，坚持德艺双馨，自觉贴近实际、贴近生活、贴近群众，积极投身到讴歌时代和人民的文学创作活动之中，以充沛的激情、生动的笔触、优美的旋律、感人的形象，创作出更多思想性艺术性俱佳的优秀文学作品。牢固树立精品意识，发扬十年磨一剑的精神，甘于寂寞，心无旁骛，潜心创作，精益求精，不断挖掘作品的深刻主题，不断丰富作品的表现形式，不断提升作品的艺术境界，努力打造叫得响、传得开、留得住，富有齐鲁风格、山东气派的精品力作。

人才辈出是文学繁荣的基本条件和重要标志。近年来，省作协充分发挥桥梁和纽带作用，积极履行"联络、协调、服务"职能，创新文学人才选拔、培养、激励和服务机制，以培养文学新人为重点，切实加强文学人才队伍建设，为文学新人脱颖而出创造了良好环境条件。希望省作家协会认真总结经验，把"文丛"编选工作制度化、常态化，作为培养推介文学新人的重要措施，充分发挥丛书的影响力和带动力，努力打造成一个响亮的文化品牌，让一批批"鲁军新锐"从这里出发，走向全国，走向世界，再创"文学鲁军"新辉煌。

"等闲识得东风面，万紫千红总是春。"在加快建设经济文化强省、谱写山东人民美好生活新篇章的伟大进程中，山东文学的百花园一定会更加枝繁叶茂、硕果累累，山东文学事业一定会有更加美好的明天。

目 录

二叔的葬礼

接到大哥电话的那一瞬间，我有些迟疑，这个消息二婶已经通报了无数次，在我脑海中早就形成了很多道重复的皱褶，大哥的这个电话沿着这些皱褶的痕迹曲曲折折地溜进来，自然就在我心里掀不起什么波澜了。大哥紧接着说："这次是真的，回来吧，二婶也病了。"大哥的消息当然是确实的，但我心里总还有些疑问，二叔死了，二婶病了。在我的印象中这不应该成为两个同时并存的现象，因为我一直感觉二叔如果死了，对二婶来说，这无论如何都是一种解脱。

我最后一次见二叔是两个月以前，天已经很冷了，马路两边光秃秃的树木在寒风中瑟瑟发抖，公共汽车上原本由各种体味发酵出来的浑浊气息已经被流动的清冷所取代，在颠簸了一个多小时以后我回到了樊庄。这是一个明知有错误的行程，二婶已经不止一次在电话里跟我通报狼来了，这让我也逐渐摸清了某种规律，每当二婶对二叔的仇恨积压到一定程度的时候，她就摸起电话来告诉我：怹叔死了，赶紧回来发丧吧。

我第一次听到这个消息的时候是认真而慌乱的，以最快的速度向领导请假然后打车赶回了樊庄，结果看到的是另外一幕：那把二叔从部队上带回来的老式藤椅被架在院子里，二叔正躺在上面晒太阳，齐胸搭着一块墨绿色的毛毯。二叔见到我并不奇怪，原本眯着的眼睛轻轻抖动了一下，僵硬的身体照常平躺着，只是把右手朝上抬了一下随即就松松垮垮地放下了。在经过短暂的惊讶之后，我恢复了镇定：叔，你没事吧？二叔已经歪斜的嘴巴裂开了一道不规则的缝隙：这……女……人，瞎……胡……闹！声音是含混不清的，自中风之后二叔过去那张很能说的嘴巴明显退化了，一般吐出来的都是单字，这样反而更增加了些力量。二叔话音未落躲在屋里的二婶就冲了出来，一直冲到二叔的藤椅前，情绪激动地说：我怎么瞎胡闹了！我怎么瞎胡闹了！你从年轻就不是人，到老了还这么混账，就不许我找孩子们说说。二小，你看看，这是你叔打的。说着就撩开头发朝向我，那皱纹密布的额角上果然就有片明显的青痕，很显然那应该是被二叔的拐杖击打所致。展览完了自己的伤痕，二婶就开始了新一轮的倾诉，控诉的对象当然是二叔。但躺在藤椅上的二叔却没有表现出应有的愤怒，仍然像刚才那样眯着眼睛，歪着脑袋，看起来很有些怡然自得的样子。似乎二婶那连珠炮一般的声音与他一点关系也没有。

我无法把眼前平静的二叔跟二婶口中的那位施虐者联系起来，更何况还有他那老迈的病躯，但眼前的事实却是不容否认的，二叔手中离不开的拐杖就是他的武器，据二婶说很多时候，嘴巴不利落的二叔更多的是借助武器说话，菜咸了要动用武器；水热了要动用武器；饭凉了要动用武器；痰盂拿不及时了要动用武器……我找二叔来求证二婶说的这些现象，二叔只说了两个字：该……打。在我的记忆里，二叔跟二婶相处的方式从来就是这么简单，只有该与不该做与不做，没有任何的中间地带，在他最风光的时候是这样，现在久卧病榻了仍然是这样。一个男人把自己的威风保持到这个程度是不容易的，一个女人对一个强势而无理的男人习惯到这个程度就更不容易了，所以二婶不能善终了，终于要找人倾诉了，这也许就是她接二连三地炮制那个让人紧张消息的原因吧。

实际上，在二婶第二次故伎重演的时候，大哥就告诉我不要回来了。大哥说：她这样找过我多次了，老了老了反而有些魔道了。你也不用理她，二叔真要过去了，我还能不给你电话？这我早就想到了，二婶肯定是在大哥那里碰了钉子才转嫁到我身上来的，她对我和大哥之间的这种接力延续应该是一种无可奈何的选择。很显然大哥作为她倾诉的对象是最为合适的，在村里干支部书记，跟她住的又近在咫尺。但时间长了这些优势就转化成了弱势，一个村子里的最高行政长官不可能整天听其治下的村民絮絮叨叨地控诉自己的丈夫，即使这个村民是他亲婶子也不行。应该是在经过很多次挫伤之后，二婶才把阵地转移到我这边来的。我离得远又多少吃着点公家饭，再加上脾气又温和了一些，这都为二婶转移阵地提供了极大的先决条件。

　　大概二婶也没有想到我是这么一个容易上当的人，在接二连三的被那个假消息牵着回到樊庄之后，二婶似乎也有些不好意思了。有次在我返城的时候，二婶从家里往外送我，走出大门口二婶说：都是婶儿耽误你工作了，以后婶儿再也不给你打那样的电话了。但过后二婶并没有管住自己，我依然接到了二婶这样的电话。二婶这种出尔反尔的举动并没有使我恼怒，我是知道二婶的，自从她把自己的命运跟二叔捆绑在一起心里几乎就没有宽松过一天，她太需要松缓一下了。

　　说起来二婶跟二叔的婚姻也许原本就是个错误。

　　二叔年轻的时候英俊挺拔，是庄里数一数二的人物，后来还参了军。回家探亲的时候媒人介绍了二婶。相亲的那天，二叔穿着雪白的衬衣，下面是一条草绿色的黄军裤，外面扎着一条深红色的皮革腰带，这身装扮再加上那一米八的挺拔身材在二婶所在的村子一亮相就引起了轰动。二婶的那些伙伴们都扒着门框挣歪着身子往里面挤，乌黑的眼珠子在二叔身上上下地转动，然后就拿眼睛瞟坐在边上脸蛋儿黑红的二婶。出乎人们意料的是二叔竟然看上了二婶，他们很快就订了婚，说好等二叔复员后就完婚。谁知二叔回部队不长时间就传来要提干的消息，二婶家人听到这个好消息心里颇为忐忑，果然过了几天媒人就来退婚。二婶娘忍不下这口气鼓动二婶去部队找二叔讨说法，二婶果然就去了，到了部队才知道，二叔把一个副师长闺女的肚子搞大了。二婶这次去找二叔的结果是她没有想到的，二叔不但提干的事情黄了，还很快就办了退伍手续。二叔复员回来再去找二婶，二婶娘把二叔带来的点心和尼龙丝袜子都给扔在大门外面。二叔狼狈地被赶了出来，捡起自己的东西悻悻地往村外走，二婶却追了上来，后面撵着的是二婶娘，一边颠着小脚一边声嘶力竭地喊：你这个死妮子！不听话，有你受罪的时候。这话竟一语成谶，嫁给二叔以后二婶的日子过得颇不平静。

　　二婶和二叔是有过自己的孩子的，"文化大革命"开始的那一年，身为公社民政干部的二叔被派往下官庄村驻队，有一个多月没有回家，已身怀六甲的二婶记挂着他的冷暖，就摊了菜饼织了棉袜去下官庄村寻夫。下官庄村离樊庄也就有七八华里的样子，二婶来到下官庄村的村口，村口正有几个小孩在玩耍，一听说是找公社来的樊民政都争先恐后地要给二婶带路。来到二叔住的小院，里面的门却紧紧地关着，一开始二婶还以为二叔出去了，后来看门鼻子上没有挂着锁就知道里面有人，使劲敲打，门终于开了，二叔斜楞着身子堵在门口，二婶想探身往里面看，二叔一把就把二婶拽到院子里。事情到了这一步就是傻子也知道怎么回事了，但那天二婶没有跟二叔纠缠，扭身就往回走，让二婶更感到伤心的是，面对着自己的愤然离去二叔一点反应都没有，仿佛二婶就是一条没有寻到食的狗。那天二婶回来就小产了，从此就再也没有怀过孕，这也成了二叔一辈子嫌弃二婶的口实之一。

二叔发表自己的"泡妞"宣言是林彪摔死的那一年，已被发配到供销社站柜台的二叔有天下午早早地回家了，回来就躺在床上说自己头疼让二婶到温岭村去请医生广营。二婶看到二叔难受的样子二话没说就去了。走出樊庄二婶有些明白了，二叔头疼得这么厉害，供销社旁边就是医院为什么不去医院看看，非要回来再跑四五里地去请广营？是二叔让一个没有见识的愚笨妇女有了心眼。二婶返身回来，果然见自己家的大门紧紧地关闭了，这次二婶没有贸然去敲门，而是自己先从大门的平房顶上爬进去从里面把大门打开，然后叫来了我父亲。门终于打开了，二婶和我父亲往里冲，床上的女人还没有穿好衣裳，二婶冲上去就要撕扯正瑟缩着的半裸女人，高大的二叔却跑上来一脚就把二婶踹翻了，然后就是对二婶一顿暴打。我父亲上前要阻拦，被二叔一下子甩开了，还指着我父亲的鼻子说，我教育自己的老婆你跑来干什么！把这里当成马戏场了！我父亲讨了个没趣，他早就对自己这个弟弟没有办法了，但毕竟心里有些不甘，想教训二叔几句却被二叔一下子推出了大门，大门重新被二叔严严实实地插上了，随后就传来二叔的吼叫声：鸡巴长在老子的身上，老子想搞谁搞谁，你还想管老子！也不撒泡尿照照自己！要不是你这个臭娘们儿，老子也到不了今天这个地步！

很明显这些我听来的有关二叔的零碎故事串起来就显现了一个核心：二叔是个非常好色的人，用樊庄人的说法就是爱长毛，直到现在樊庄人都认为二叔这一辈子毁就毁在这个爱好上。后来我常常想，二叔这样不遗余力的追逐女人很显然不仅仅是为了满足感官的刺激，它一定还有更深层次的原因，有时我甚至猜测它来源于对二婶的仇恨，他恨二婶当年去部队坏了他的好事，在潜意识里他一直认为如果没有二婶他的人生会是非常辉煌的。邻村跟他一期兵的二幺当年在部队混的赶不上他，人家在部队提干后转业到了上海的虹桥机场，每次回来都坐着轿子车，大把大把地给弟兄姊妹摔钱。他一直认为自己原本也可以这样的，之所以没有能这样全是二婶的错误，所以他落魄之后一定要娶到二婶，他需要发泄，需要报复。也许他从部队上复员回来就是抱定这样的目的才再次走进二婶家门的。让他始料未及的是，他这样做的结果只能是让自己的人生越来越晦暗。就像他在部队当空军后勤兵时每天看到的那些大大小小的飞机，它们是由低往高处飞，而他自己的道路却像个漏气的降落伞，在空中画出一个不太优美的曲线，最终飘回到了樊庄。

我的这种猜测是有依据的，我们寄居在二叔家之后，有很多次二叔喝多了酒就回家打二婶，打完了就号啕大哭，好像刚才他击打出去的所有的拳头都反弹了回来。一边哭还一边念呱着自己时下的境况怀念着美好的过去。

我和大哥是一九七五年走进二叔家门的。那一年春天的某一日，父亲下到地窖子里去拿地瓜，娘在上面很长时间听不见动静，随着也下去了，看到父亲直挺挺地躺在下面，立刻惊叫一声也昏死了过去，从此他们就再也没有醒来。闷了一冬天严重缺氧的地窖子成了杀死我父母的凶手。成了孤儿的我和大哥被二叔收养了，那一年大哥十三岁，我六岁。

二叔二婶没有亏待我们，虽然这是一个不太温暖的家庭但他们没有拿我们当外人。已经读初中的大哥继续读书，我也在两年后迈入了学堂。二叔这时已经不在供销社站柜台了，回到村里干起了民兵连长。一旦深入到这个家庭，我才发现二婶跟二叔的关系并不像外人说的那样简单。二婶非常能干，实行联产承包责任制之后，地里的活儿几乎不让二叔来插手，二叔变成了标准的甩手掌柜，但他并没有就此满足，依然我行我素地进行着自己的生活，这种生活看似是独立的，有个性的，但离开二婶辛勤地劳作就一点也进行不下去。是二婶给二叔铺就了维持他生活水准的轨道，二叔才得以走下去。对此二叔心里不可能不明白，这样看来二叔那种所谓的强势就大打折扣了，他的内心也在虚弱也在撕咬也在顾忌，正因为这样他才需要用拳头给自己虚张些声势。跟二叔有瓜葛的女人当然有，就是我们也能发现了一些蛛丝马迹，比如经常来家里拉呱的德顺婶，有次她端坐在我们家的椅子上，我就看见二叔借去椅子后面拿东西的当口，把手悄悄地从背后伸进她的衣襟里。还有村头的院生家，她到我们家来的时候专门抽二婶去地里干活的时间，每到这时二叔就会把我支应出去。

这个阶段二婶似乎变得比过去豁达了很多，她一豁达外人也就敢跟她开玩笑了，有次我去坡里给二婶送饭，村里一个外号叫老鳖的男人就笑嘻嘻地说：老二家，你以后得把老二看紧了，不然你那被窝儿就让别人给占了。二婶当时应对得很是坦然：谁愿意占谁就占，被窝儿还不好找吗，只听说有耽下的大老爷们还没听说有女人找不到被窝儿的。过后二婶把脸呱唧就撇下了，嘴里骂着死老鳖，就你多事。还有一次一大群娘们在我们家拉呱，不知怎么就说到了男人都爱吃腥的话题，二婶旗帜鲜明地阐明了自己的观点：只要他有劲愿意朝谁使就朝谁使，把别人的骚 x 操烂了咱也不管。那天我明显记得在场德顺婶的脸上扫过了一丝阴云，很快就借故走脱了。

我们对二婶的同情是逐渐建立的。乍到他们家的时候我们很依附跟我们有血缘关系的二叔，但过了不久我们就对二叔失望了，这不仅仅是表现在对我们的照顾上，我们很快就发现二叔虽然是一家之主，但支撑这个家的却是二婶。我们的眼睛是雪亮的，分辨出来的是非也是透明的。有了这样的是非观我们对二叔的感觉就大打折扣了，但我们毕竟是孩子又寄居在人下不敢流露自己的看法，不过有时候心里也有些不甘。二叔经常撵着我去代销处给他用地瓜干子换酒，有时候我就在酒里做点文章，吐上一口唾沫或者接点凉水掺上。这种举动是弱小的无力的却在极大程度上安慰了一个纯真少年的心灵。

最后那次见二叔的印象颇为血腥。此时的二叔已经病入膏肓了，就是几乎不能动弹的二叔却制造了一个惨烈的事件。据二婶说那天二叔嗓子呼呼噜噜的想是有什么需求（二叔已经不能说话了），正在铁炉子上做饭的二婶就赶紧走到床边想听听二叔究竟要什么。就在这个当口二叔眯着的眼睛突然就睁开了，朝二婶阴冷地撇了一下，随即快速伸出藏在被子里的胳膊猛地把床头柜上的暖水瓶推到了，滚烫的开水冒着腾腾的蒸汽浇在二婶的身上，隔着棉袄二婶感到一阵烧灼般的疼痛，等她手忙脚乱地把棉袄扒下来，肩膀上胳膊上已经起了一大层的燎泡。

年老的二婶对我们已经没有什么顾忌了，一边述说着一边撩开披着的大衣让我们看。二婶烫伤的地方被村里的医生简单处理过了，已经有些萎缩的燎泡里充满了积水，发着粉白的光泽，像铃铛一样游动着。有的燎泡却破了，肉皮成皱褶状地蜷缩着，破损的地方露着红赤赤的血肉。二婶的控诉比任何一次都要激愤：这个老东西的心真是比蝎子还毒！都快要去火葬场了还出这样的阴招，怎么就不知道给人留点想头呢？把我烫了，看着我疼得直蹦高他还在那里嘿嘿地笑。我现在就让你笑！让你笑……二婶越说越有气，最后就跟疯了一样冲到床边要卡二叔的脖子，我和大哥赶紧上前要拉住二婶，二婶往前冲的力量很大，我们费了好大的力气才制止住了她，在我们怀抱里的二婶仍然心有不甘，几次做徒劳的挣脱，看那个劲头如果不是我们在旁边，二婶真的就会要了二叔残喘的生命。

我和大哥也没有什么办法，一边是即将归入黄土的二叔，一边是情绪激愤的二婶。到了这个时候我们对二叔已经不可能提什么要求了，只能劝二婶忍。这里面的潜台词就是等二叔死了她就解脱了，而且反正那个时间也快要到了。

那天天有些晚了，我要留宿在大哥家。从二叔家出来我一直在想，行将就木的二叔为什么还要对二婶这样，这是一种仇恨还是一种习惯。后来我就否定了前一种推测，这么多年过去了，二婶的负重和隐忍也足以消弭了自己当初的错误（假如拯救自己的爱情算是错误的话），二叔也早已对此麻木了。这样一想就感到习惯这种东西有时是非常可怕的。很显然现在苟延残喘的二叔不习惯这种我弱你强的状态，巨大的落差在他心里激起了强烈的不满，所以他必须要对二婶施暴。我想象着当时的状态：连拐杖也用不了的二叔一直在踅摸下手的武器，对那个暖瓶其实他已经觊觎很久了，之所以选定暖瓶，是因为这是以他目前的能力唯一可触及的杀伤力比较大的东西。但总是机缘不合适，不是暖瓶里开水没有充满就是二婶不在近前，这天他终于把准了机会，开水是刚灌上的二婶也近在咫尺，于是他开始实施自己的行动了，他先假着嗓子呼噜呼噜引诱二婶上前然后再出其不意地推倒暖瓶，暖瓶准确无误地击中了目标，二婶疼得尖叫起来，计划获得了巨大的成功，他像一个打了胜仗的将军一样满足地笑了，这一刻他感到终于找回了自己。

那么二婶呢？她还甘于二叔这样的戕害吗？我想到她刚才那过激的举动忽然不安起来，依目前这个状况二婶如果气上来想要拾掇二叔简直易如反掌。我说出了自己的担心，大哥却笑我杞人忧天，大哥说：你就放心吧，二婶是煮熟的鸭子肉烂嘴不烂。二婶这一辈子犯在二叔手里是逃脱不掉的，任何人都会对二叔下手二婶也不会，这就是命！我忽然发现大哥是非常睿智的，一眼就看到了问题的实质。但心里毕竟有些放不下。

等我折回头来再次推开屋门的时候，看到的是跟刚才完全不同的一幕：二婶正在喂二叔吃蒸鸡蛋。她半个身子斜靠在床边，受伤的那只手端着碗，碗里热气袅袅，蒸腾出一种难得的温馨；另一只手拿着一把银白色的金属勺。神态平和而安详，每次从碗里挖出鸡蛋羹都要先放在自己嘴巴上试试，感到热了就轻轻地嘘一下，然后再送到二叔的嘴里。二叔心安理得地仰躺着，整个身形卧成了一只熟睡着的春蚕，只是把嘴巴配合地往上翘着，小鸟啄食一般。这是一幅美丽的图画，它应该是人生的一种美好境界，如果给这幅图画取个名字的话，那只能叫它：恩爱。我后悔自己踏进了这幅图画，破坏了里面的韵致，想要抽身已经来不及了，二婶看到我神情稍微变了一下，手上的动作也变得粗暴了，一下就把勺子上的鸡蛋羹搡进二叔的嘴巴里，恨恨地说：噎死你个老东西！

这次回家奔丧我本来是要带着老婆孩子一齐回去的，我没有了父母，是二叔二婶供养我上了大学，又成了让人羡慕的公家人，他们就是我的父母。所以全家出动参加二叔的葬礼应该是分内的事情，但实在不凑巧的是岳母在这个节骨眼上病了，孩子在学校打篮球又跌断了胳膊，两件祸事接踵而至让老婆忙得像一只不停旋转的陀螺没有一丝空闲，我只好独自回来了。

大哥一见到我就忧心忡忡地说：这个丧恐怕发不素净，老嬷嬷光出事。二婶能出什么事呢？据大哥说二叔咽气的时候他和嫂子都在跟前，送老衣服都是买的最好的，请的鼓手也是十里八乡出了名的，光报丧贴就三十多付，一般的人家没有这么大的场面。但二婶还是不满意，一到灵棚就哭她掌柜的命苦，话里话外地念叨没有自己的亲子嗣就是不行。这话显然就是说给大哥听的。大哥是一肚子的委屈，想不明白自己哪里做得不够，最后大哥发狠地说：不管她了，这个丧咱们该怎么发就怎么发，她出事就让她出吧，咱们问心无愧就行。

我过来看二婶，二婶正卧在床上打吊瓶，大嫂跟几个街坊都在。二婶一见我眼泪就下来了，挣歪着身子要坐起来，我赶忙上前制止了她。二婶给我描述了最后时刻的二叔：摸索着把自己枯瘦的手掌伸出来捉到二婶的手，然后就拼命往被窝里拉，拉到了心口的位置就停住了，开始轻轻地抚摸，原来半眯着的眼睛也大大地睁开了，很兴奋很踏实的样子，脸上的皮肉由微黄转化成了微红并渐次发出了一种奇异的神采，最后二叔咧了一下嘴巴似乎想笑一下，但最终没有笑出来抚摸二婶的手就骤然地僵住了。二婶述说到这里，一种浓重的悲情笼罩了她，眼泪像断了线的珠子一样成串地流下来。我的眼泪也下来了，我们总是低估自己或者别人的情感自以为是地以为非此即彼，殊不知恰恰是那些说不清道不明的感觉才是人类最为独特的东西。

在发送二叔的事情上二婶有着跟大哥截然不同的说法，她对大哥所做的一切都是肯定的，一直说这段时间把大哥累坏了，跑前跑后的没少操了心想得也周到。从二婶的神态上一点儿也看不出这些话的言不由衷，大嫂跟那几个街坊都走了，二婶还是在夸赞大哥，看来刚才大哥跟我说的那些都是他自己多心了。

二婶尤其跟我提到了扎彩，按照我们那地方的风俗，扎彩应该有闺女来做，我们没有姐姐妹妹，大哥就主动去镇上订了扎彩。二婶说：你大哥为你怹叔订了车订了马，知道男人离不了这个，还定了金山银山童男童女基本上该有的都有了。可是还有……二婶突然不说了，我抬眼望去，见二婶的神态突然变得不自然起来，一副欲言又止的样子。我问：可是还有什么？在我的催促下二婶更加局促起来，讪讪地说：算了，还是不说了。说罢就把眼睑低下流露出很凄然的神情。二婶这个样子反而更增加了我的不安，更想知道她话语后面隐藏的内容了，就小心地劝道：您到底想说什么？别这样憋屈自己，我们是您的孩子，在您的孩子面前您还有什么不可以说的。我这番话显然给二婶增加了些信心，把头抬起来，嗫嚅地说：我想让你们给怹叔扎个女人。

我没有想到二婶会有这样的要求，一时不知道该怎么回答。顿了一会我问：这事您跟我大哥提过吗？二婶说：没有，你知道你大哥在村里干支部书记，更何况他那个脾气……二婶叹了一下气又说：怹叔一走我就在琢磨这事，他一辈子喜欢热闹，那边又这么冷清，没有个人照顾怎么行呢？要不你去跟你大哥商量商量。

看来二婶对这个问题早就有了自己的分析，她知道我这边肯定没有什么问题，大哥才是她忧虑的关键所在。虽然二婶提出的这个要求荒诞了些，但细想也不是什么大不了的事情。这些用纸跟竹劈子做出的物件也就是一种寄托，在死人的坟茔前烧掉为的是安慰活着的人，大哥为二叔搞场面这么大的葬礼不也就是为了二婶嘛！最后我答应去跟大哥说说，二婶一下子变得轻松了许多。

一听二婶要为二叔扎女人，大哥的反应超出了我的预想，一下子就变得暴跳如雷了，愤愤地说：这个老婆子（大哥还是第一次这样蔑称二婶）真是不知道丢人了，扎个女人！亏她想得出，还嫌二叔的名声不够臭吗！她也不为我们想想，我爹好歹是村里的书记，你也是国家干部，明天出丧，镇上大大小小的干部要来不少，看到我们举着个女人算是怎么回事呢！这不等于往自己头上扣屎盆子嘛！……大哥的这番话让我一时无言，我光为了照顾二婶的情绪了怎么就没想到这一层。

当晚我主动要求为二叔守灵，没有再去二婶的房间里请安，我担心二婶又要问起给二叔扎女人的事情，二叔明天就要出殡了，熬过明天一切就都妥善解决了。至于我对二婶的承诺，也许她本身就没有抱多大的希望，是我把事情想简单了，她应该早就知道攻破大哥这一关是极有难度的，她之所以不敢跟大哥提也正源于此。

大哥担心我夜里会害怕要给我找个伴被我谢绝了。我六岁进这个家门一直长到十七岁才去城里读高中，很紧密地跟着二叔生活了十一年，早就对二叔各个层面的东西非常娴熟了，即使二叔已经化成了那冷冰冰的骨灰，我也没有觉得陌生。守灵人的重要任务就是要保证灵前香炉里的香烛不要燃尽，还要不断地焚烧纸钱。据说这两样东西对刚上路的魂灵来说是必不可少的，香烛用来照亮去阴间的路，纸钱用来打点各个关卡。我是个无神论者但还是认真地做了，并且燃烧了很多的纸钱，假如那个世界真存在的话，不检点的二叔要想通过重重关卡是需要更多打点的。

到了后半夜我逐渐懈怠了，换了灵前的香烛想小憩一会。不想还没有躺下就传来一阵急促的敲门声，我赶紧披上衣服打开门，院生嫂子一头就撞了进来（她是专门被大哥找来陪二婶的），扯着我就来到了隔壁二婶的房间。二婶房间的门大开着，隔着老远我就看到卧在床上的二婶在昏黄的灯光下紧缩成了一团，本来就不大的身量差不多就变成了一只翻滚着的刺猬。我几乎一步就进了房间，把二婶揽在怀里失声地叫着婶儿，二婶并不答话，眼睛紧紧地闭拢着，浑身打着摆子，偶尔把眼皮翻瞪一下，浑浊的眼球微微一闪眼皮就逐渐地扯了下来。我一时无措不知道二婶究竟是怎么了，快喊着院生嫂子去找大哥。

大哥很快就赶来了，看二婶这样没有表现出应有的慌张，淡淡地说：看来村里的医生是不行了，去镇上的医院吧！我抱起二婶要往外走，谁知二婶身子一绷就从我怀里挣脱了，然后就直挺挺地躺在床上，口吐白沫，只有往外出的气了。我这下是真的慌了，眼泪刷地就流了下来，哀哀地对大哥说：这可怎么办？大哥的神态还是那样冷静，冷冷地看着床上已经变形的二婶，我不明白在这关键时刻大哥为什么还这样。这时院生嫂子忽然说：别是你二叔又回来了吧！

我吓了一跳，难道真的会有鬼魂存在，我更加无措了，只是机械地重复着刚才的话：这可怎么办？这可怎么办？……院生嫂子说：赶紧去给你叔磕头，求他放过你婶。我慌慌张张地返身跑进二叔的灵棚，扑通一声就跪了下来，恳求二叔的在天之灵能高抬贵手放过苦命的二婶。

我正祷告着，大哥进来了，伸手就把我从地上拽了起来，气呼呼地说：亏你还是个国家干部！你还真信了什么劳什子鬼魂附体！全是装的，这老婆子最会做势子（指做圈套，做，音揍）了。我站起身，惊奇地说：这怎么可能？眼看人就不行了吗！大哥说：憋气谁不会！你过去看看吧，现在又好了。

我半信半疑地走进二婶的房间，果然看到二婶在床上坐了起来，正絮絮叨叨地跟院生嫂子说话：……自己也迷迷糊糊地觉得是那个死鬼回来了，还跟过去一样凶煞煞的，上来就卡我的脖子说怎么不照应好他了，在那边缺这少那了。院生嫂子搭话问：他说缺什么了？二婶迟疑着说：他说……缺少……缺少女人。院生嫂子嘴快，说：那还不好弄，让他们扎一个不就完了。二婶没有说话，抬眼看了看站在旁边的我和大哥，接着就把头低下了。

院生嫂子说：这样的事情由不得你不信，去年我娘家娘死，忘了给她扎牛，一直缠磨了我半年多，不是生病就是长疮，直到今年给她补上我才利索了，这样的事情由不得你不信。死人的要求是不能不满足的，要不只能是自己倒霉。

一种压抑不住的哭声逐渐从二婶嘴巴里蔓延出来，一边哭一边还念呱着：你这个死鬼，真不是东西！好好的把你发送了不就完了，非要什么那个东西。大小二小都是有身份的人，你也不为这两个孩子想想，他们能给你弄那个吗？……这哭声像有旋钮调节的一样先是细小而悠长，然后就逐渐放大渐次变成了惊心动魄的号啕大哭。

刚才还冷漠的大哥开始烦躁起来，用眼睛恨恨地盯视着二婶，最后猛烈地跺了一下脚，拽起我的胳膊喷射出了一个字：走！

来到街上大哥埋着头往自己家走，二婶嘤嘤的哭声仍然断续地传来。

我喊住了大哥向他寻求解决问题的办法。大哥闷闷地说：没办法，这次就是不能依着她，咱们丢不起这人。

让我们没有想到的是这个晚上的意外还远远没有结束。我回到灵棚时，二婶的哭声还没有停止，这哭声让我坐立不安有几次都想冲过去，但过去又能说什么呢？现在大哥是一家之主，这样场面上的事情他说不行我也没有什么办法。后来二婶的哭声终于停止了，我揪着的心也放了下来。暗自庆幸二婶已经意识到了大哥的坚定，主动把自己的想法放弃了。事实证明我高兴得太早了，过了一会忽然从二婶屋里传来一声凌厉的尖叫声，然后就是院生嫂子呼天抢地的声音：快来救人啊！快来救人啊！……这叫声刺破夜空直接传到我的耳廓里，我骤然惊起，冲进二婶的房间，见二婶整个身子呈弯钩状地悬在房梁上，院生嫂子匍匐在下面，两只手臂拼了命地往上托举着。我的脑袋一下子就大了，不知道自己要干什么，习惯性地掏出手机要打电话求救。院生嫂子还算明白，朝我大喊道：还打什么电话，赶紧把人放下来。

等我手忙脚乱地把二婶放下来，二婶那张原本干瘦的脸已经变成了绛紫色了，身子软绵绵的似乎也没有了支撑。院生嫂子在旁边说：赶紧按胸脯，我也就是摩挲了一下眼儿的功夫，时间不长应该能活过来。感谢院生嫂子这时候的清醒，按照院生嫂子的指点，我一步步做着终于把二婶从死神手里抢了回来。

醒来的二婶眼睛里饱含着泪水，看了一下我跟刚刚赶来的大哥，一句话也没有说，接着就把眼睛紧紧地闭上了，晶莹的泪滴很快就从干瘪的眼皮上泛了出来。

等二婶平息下来，我和大哥神态凝重地来到灵棚。大哥叹着气在二叔的灵位前蹲下来，花白的头发一下子映照在我的眼前，他那原本就下垂的眼袋在灯光下显得更大了，眼睛也有些红肿。半晌我们谁都没有言语，最后大哥看了看二叔的灵位，长出了一口气说：看来这老婆子是铁了心了。我没有回应，二婶采取这种极端的行为是我没有想到的，我明显感觉到二婶已经豁出去了。让我不明白的是，二婶为什么非要给二叔扎女人，为此甚至不惜以自己的生命为代价，难道就仅仅是为了二叔在那个世界里取暖吗？

过了一会儿，大哥说：天亮后让院生嫂子去镇上定扎彩吧。她这样闹下去发完丧也素净不了，不如干脆就顺了她，说起来真是隔一皮差一皮，给叔发丧也用不着这么较真。

大哥终于屈服了。

大概除了二婶我们谁也没有想到院生嫂子会带着这么一个女人回来。女人扎得很像，眉眼都是用毛笔描过的，一张脸粉白粉白的，穿得极少，上身是用黑线条勾勒出来的一个网网状的乳罩，下身是极短的小皮裙。很显然这是一个极不正经的女人。连我都有些看不过眼了，按照风俗出殡这天我们孝子是不能出门的，我要让人去镇上换一个正经女人回来却被二婶阻止了。二婶的理由有两条，一个就是二叔给她托梦的时候没有说要什么样的女人，另一个就是马上就要出殡了再换恐怕来不及了。大哥一直没有说话，看来大哥这次是屈服到底了。

应该说出殡时候的场面还是非常大的，干了十多年支部书记的大哥有着广泛的人脉，再加上他是以父亲的礼仪来发送二叔，自然就给葬礼增色了不少。光大大小小的花圈就见了三十多个，停在胡同口的小车也有十多辆，葬礼上该有的都有了，人们惊奇的是那些不该有的居然也有了，比如那一看就不正经的女人，她一亮相就引来了众多的口舌，樊庄还没有一个人走得这么有声有色。

这么风光的葬礼自然就引来很多人的围观。人们攀附在高处从各个角度来探究这支送葬的队伍。从灵棚到墓地还有一大段路要走，这段道路在某种程度上也成了死者生平的展示。我埋头在整个送葬队伍中间，孝子是不能抬头的，我的后面是一大帮子看似号啕大哭的女眷；前面是大哥，大哥的前面是送给二叔的扎彩，有车有马还有女人。

乡村的葬礼本来就缺乏庄重的气氛，那女人的出现让这种不庄重就更进了一步。我首先听到了咻咻的嬉笑声，那是旁边的一大帮子年轻人发出来的，他们从叽叽喳喳的人群中很快就获知了死者的故事，那嬉笑的声音就放肆了些也找到了许多共鸣，不时还掺杂着各种艳羡和轻蔑的议论。这样一来，整个围观的人群就显现出骚动而兴奋的症候，仿佛他们不是在旁观某个人的葬礼，而是在观赏一场盛大的演出。但他们也明白，支撑这场演出的不是眼前这行前行的送葬队伍，而是已经化成一撮冰冷的骨灰正躺在木盒子里的二叔。

（原载《福建文学》2010 年第 9 期）

墨镇上空的白乌鸦

正午时分，我像一摊黄泥一样被公共汽车甩了出来，跌落在墨镇的大街上。头上太阳正亮，散布下来的光芒白灿灿的，烧灼着周围的世界，大街上的一切仿佛都变成了明晃晃的水草。这应该是墨镇最主要的一条街道，两边是错落有致的楼房，穿行在中间的是带有各种面孔的人流。从这条大街往东是墨镇镇政府大楼，我哥哥大熊现在是那座大楼里最大的领导。往西大约要四五里地的样子有一个叫白塔的村子，这是个跟我血肉相连的地方，我在这个村子里生活了三十年，直到三个月前大熊打了我，我才以离家出走的方式逃离了它。

本来下车后我是要直接回白塔村的。离开三个月了，村里应该是有许多变化的吧，就如同这眼前的墨镇，我离开的那个初春清晨，街面上还弥漫着清冷的雾气，而现在却是一派烂漫而繁华的景象了。在车上我就一直在盘算，村头的石桥，房前的玫瑰，还有河东崖的野草莓，这一切都该是什么样子呢！有了这种期盼心里就急切了一些，想让公共汽车的轮子彻底地旋转起来。但一旦从车上下来我却犹疑了。我想到了自己是为了什么才出走的。大熊打了我，这是我出走的直接诱因，我的出走显然把这个诱因无限地夸大了，现在白塔村的所有人都知道了这个不光彩的诱因；所有人都会认为大熊怎么会有这么一个不争气、不知好歹的弟弟。在白塔村我那本来就不像样的生活就会更加的不堪，村里人看我的目光就会更加的散乱而不屑一顾。

"近乡情更怯"这是唐代宋之问的绝句。在我有限的读书生涯中，背诵得最多的就是唐诗，这首诗当时给我留下了深刻的印象。在我的理解中，这个一千多年前偷偷溜回家的唐朝老头儿"怯"的原因是担心家乡的变化，而现在我"怯"的原因却连我自己也说不清，面子？自尊？还是自卑？我感到自己如果就这样走回白塔村比上刀山下火海都难，向西行走的那四五华里路程简直就是两万五千里长征。有那么一瞬间我甚至后悔了自己当初的冲动，随即我又开始反问自己那是一种冲动吗？应该不是。那个晚上我是在经过了大半夜的思考才走出白塔村的。

人生任何一个大的举动都应该是一种情绪积累后的爆发，我当初的离家出走也是这样，我对大熊的忍耐也不是一天两天了，那天晚上的行为只不过是为一直以来的愤懑寻找了一个突破的路径。

那天晚上的事件实际上在下午就酿就了。

那天下午大熊回来的时候我正撅着屁股擦房前的瓷瓦。昨天刚下了一场雨，雨滴喷溅起来的泥点子像铁锈一样把瓷瓦蚕食成了土黄色，让人看着心里疙疙瘩瘩的。这是白塔村第一所外墙用瓷瓦贴起来的房子，而且还矗在村子中央，很有有点耀武扬威的意思。说起来我是不需要这种威风的，我是个无所事事的残疾人，人世间所有的威风和风光与我这种人是无缘的，但是大熊需要。

白色的瓷瓦很快就露出了底色，我直起软绵绵的身子，站在边上眯起眼睛看了一下，那雪白的颜色在阳光下发着耀眼的光芒，和屋檐下那丛火红的玫瑰交织在一起，就像是一幅燃烧着的图画。大熊的轿车就是在这时候戛然停在了我的身边。这次大熊有些反常，熄了火好长时间还没有从车里钻出来，我感到奇怪，盯着车窗玻璃看，里面似乎有内容，但蓝幽幽的什么也看不清楚。大熊走下来笑嘻嘻地说，二小也变勤快了，真是难得啊！大熊今天这个态度让我一时摸不着头脑。我忐忑不安地跟在大熊身后进了屋，屋子里还有一股浓重的油漆气味，大熊干咳了两声回身说，我刚才路过河东崖，见那里的野草莓都熟了，红得诱人，甜甜这几天都吵着要吃，不如你去摘一点儿。大熊说着就流露出期待的眼神。甜甜是大熊的女儿，大熊一家还没有搬到镇上的时候甜甜跟我最亲，她要吃野草莓，我当然要去摘。

我挎着篮子来到街上，路过的村里人不断跟我打招呼问去干什么？我说去摘野草莓，他们有的说白蜡条你可真能干！有的则反问白蜡条你还会摘野草莓？对这些看似的夸赞我很是反感，尤其是他们叫我白蜡条，这是我一度无法忍受的蔑称。白蜡条是什么呢？是一种长在田野里的野棵子，人们利用它的柔韧来编捡粪的粪筐子之类的器物。他们怎么可以用这种东西来称呼一个堂堂正正的人呢！我叫白方腊，这个名字是上学那年娘专门找村里的有学问的王三瞎子给起的，我喜欢这个名字，知道自己叫这个名字的当天就让大熊教我这三个字怎么写，那时候大熊还是蛮有耐心的，手把手地教了一晚上，愣是让我把这三个字工工整整地写了下来。但这个名字太短命了，随着后来我离开学校就没有人再叫我白方腊，而白蜡条这三个字却像胎记一样不可磨灭地粘在我身上，怎么抖也抖不掉。

从记事起我就感到自己和别的孩子不一样，浑身软得像面条，到了上学的年龄还站不起来。为此娘没少驮着我去看医生，我童年的大部分时光都是在娘的背上度过的。回来就寻摸偏方让我吃，不是用蒜窝子捣鸡蛋皮子，就是用石灰水子泡煎饼。那时我们家就养了两只母鸡，母鸡下的蛋根本就到不了家人的嘴里，都被娘拿到集市上换了盐跟猪板油，自家就没有鸡蛋皮子可用，娘就趁人不注意悄悄去别人家猪圈里捡，捡回来的鸡蛋皮子都黑乎乎的，有的还粘着猪大粪，娘往往先把它们搁在清水里泡上两天，然后再晾干了给我弄着吃。后来看我实在吃不下了，一看到那细细的粉末就要吐，娘就把它们在蒜窝子里捣得更细了，然后摊在煎饼里撒在糊糊里。

到现在我还清楚地记得自己第一次站起来的情景，那一年老天像是睡过去了，都进入四月了还没有下一场像样的雨，娘顾不得我了，她要先顾粮食，没有粮食我们一家三口就得饿死。爹在我半岁的时候上山打石头，被滚滚而下的大石头轧死了，养活两个孩子的重任就全压在了娘的身上，所以为了抢到那点浇地用的井水，娘半夜就去井上排队。那天大熊正巧去镇上考初中，也是老早就出了门。到了中午的时候我饿极了就想卜床，我知道堂屋的半墙子上应该有吃的，娘过年去亲戚家走动时剩下的点心就搁在上面，有次我亲眼看见大熊拿下来偷着吃了一小部分，为了收买我大熊当时还分我了一块，那是一块长方形的饼干，饼干的味道很甜，可能是放的时间长的缘由还隐隐有点霉味，就这我还舍不得吞咽，而是用舌头一点点地舔着吃，一小块饼干我竟然吃了一个下午。我扭头朝床下看了一眼，觉得那凹凸不平的地面是那么深不可测，就这么滚下去恐怕不行。我把自己软绵绵的身子移动到床边沿上，然后慢慢把自己的腿朝下面探去，随着两只脚的下垂，我的整个身子都被悬挂起来，我感到内心一阵恐惧，想还是滚到床上去算了，是一种强烈的好奇压制了害怕的情绪，最终我的脚还是义无反顾地触到了地面，那一瞬间我有些晕眩，浑身一丝力气也没有了，脚下竟然没有了知觉，我使劲地往下面踩了一下，一股热辣辣气息从下面浮上来，我的身子摇晃了几下终于挺住了。

那天到了晚上娘才挽着老高的裤腿脚子吧唧着两脚泥巴进了家，在灯影里看到我蹲在大桌子上，身边散落着包点心用的毛边纸，浑身都粘着点心沫子，抱着我就痛哭起来。我当时不明白娘为什么会这样，她应该责骂我才对呀，就像上次大熊偷吃了点心一样。我正在疑惑着，大熊也背着书包进屋了，娘听到了动静，回身见是大熊，拿起身边的扫帚对着大熊劈头盖脸地打了下去，一边嘴里还骂着，你个贪玩鬼，你个贪玩鬼，娘怎么嘱咐的你？叫你考完试就回来，你竟然把俺二小一舍就是一天……

从小大熊就认为娘偏向我，那一年大熊以第三名的成绩考上了镇初中娘却不让去上，让读村里的初中，理由就是便于照顾我，大熊当然不愿意了，娘就把大熊关在小西屋里锁了三天，直到他妥协。大熊出来后脸都发绿了，眼珠子挤瞪得老大，看我的目光像狼一样，趁着娘出去，大熊猛然就在我大腿上掐了一把，恶狠狠地说我真恨不得咬死你！一阵钻心的疼痛袭来，我忍住没有叫，娘却听到了动静，回头咬牙切齿地说，你这个大熊真没有一点人心眼儿，你咬死他我就咬死你。

我一直以为小时候的大熊确实有点恨我，这也就是娘一直叫他大熊的原因。记得我刚开始上学不久就下了一场大雨，自从我能下地走路之后，我很少让大熊背或者抱了，但在雨天里行走我还是没有把握，娘也不放心就在我身上裹上塑料布让大熊背我去学校。我们从家里出来的时候，雨已经有些小了，大熊满腹怨气地背着我，走到村头小桥的时候，大熊停住了，说我真想把你扔到下面的水沟子里。我蜷缩在大熊的背上心里并不害怕，我知道大熊也仅仅是说说而已，从心里我认为大熊还是很疼我这个弟弟的。谁知大熊这次竟然玩起了真的，一下子把我放在了小桥的水泥墩子上扭身就走，看着下面泛着黄色波纹的水流，看着密集的雨点拍打着的半明半暗的地面，我害怕了，大声地哭了出来，一边还声嘶力竭地喊着大哥。这是我会说话以来第一次叫大哥。正如我起初预料的那样，大熊那天并没有甩下我，很快就转回来重新把我背了起来。后来村里的初中撤了，大熊他们班里的学生都被并到了镇上的学校，临去镇上上学之前，大熊遗憾地对娘说，今后我没有办法再背二小去学校了。娘说，你有这份心娘就很满足了，他可是你的亲弟弟啊！什么时候都不要忘了他。当时大熊的神态是沮丧的失落的，仿佛丢了几十块钱的样子，我却分明听到了大熊心里的欢呼声。

我来到河东崖心情忽然好了起来。可能是刚刚下过雨的缘故，原野上散发出清新潮湿的泥土气息，到处都是绿油油的，麦子已经抽穗，叶片上挂满颗颗水珠儿，被阳光一照，宛如闪闪发光的珍珠。我已经老长时间没有闻到田野的气息了，我种的那几分麦田也就是光顶了个名，从种到收都是村里派人来帮忙，一开始我是执意不肯的，我虽然脚下没根走路不稳，但最基本的农活我还是能干的。后来支书来福说，现在从上到下都在强调建设和谐社会，和谐社会的核心就是扶弱济困共同发展。二舅，你外甥也想把咱们白塔村建设成和谐社会，你就算是支持你外甥的工作吧。真难为来福还能说出这样一番道理来，来福的娘是我和大熊的亲表姐，按照这样的亲戚关系来福应该称我们为表舅，但按照庄乡关系我们反而要称来福叔。过去大熊没干墨镇镇长的时候，我们见面基本是什么都不叫的，最多是点点头就过去了，后来的情况就发生了变化，来福一张嘴就叫舅，好像我们之间从来就不存在庄乡关系。

河东崖的野草莓没有熟，更没有红得诱人，那刚冒出来的青涩果实只有米粒般大小。我有些疑惑了，不知道老大为什么让我白跑这么一趟，想到大熊回家是不经过河东崖的，忽然就有些明白了，大熊不是让我出来摘野草莓，是像上次一样让我腾地方。

那次大熊回来的时候还没有盖上新房子，我仍然住在后面的旧房子里。跟他一起进屋的是一个年轻的女人，女人长得很漂亮，身上的衣服也挺扎眼，胸前袒露着一大抹雪白，里面的沟沟若隐若现。大熊介绍让我叫迟经理，迟经理娇笑着向我伸出了软绵绵的小手，我不敢接。大熊不耐烦地提醒说，迟经理在跟你握手呢！我迟疑地把手伸了出来，感到自己立刻像是被一张柔软的嘴巴叼住了。迟经理笑得更响了，一边还说你弟弟的手可比你的软和多了。大熊的脸上显现着一种难得的媚态，坏笑地反问，你喜欢软的？迟经理白嫩的脸上飞上了一片彩霞，娇羞地说，该软的时候也要软啊！大熊很大声地笑了出来。他们调笑了一阵，大熊就回身对我说，迟经理是贵客，第一次来到我们家，得好好招待一下，你去看看谁家套住了山鸡。白塔村后面是鸭架山，过去农闲的时节村里人就去山上套山鸡，但随着山林的开发，现在鸭架山上的山鸡已经很少了，尤其是最近几乎没有听说谁套着山鸡了。大熊见我坐着不动，那张胖脸像帘子一样呱嗒就摞了下来，说怎么还不去！我说最近没有听说谁套住山鸡。大熊说你不去问怎么知道有没有？大熊尽管把自己的声音压得很低但我还是听出了里面的冰冷，在这种陌生的冰冷面前我那柔软的身体不得不一次次地萎缩。

那天我讨换了大半个庄子回来，大熊跟迟经理正准备上车离开。大熊一见我两手空空就说，看来指望你是吃不上山鸡了。然后对迟经理说，你只能再找机会了。迟经理满脸红扑扑的，嗔怪地看了大熊一眼就钻进了车里。

当天晚上我躺在床上嗅到了一股强烈的女人味道，这味道熟悉而陌生，带着一种灼热的气息飘浮在空中，邪恶而没有节制，像一条游动着的小蛇悄然地钻进我的身体然后如火药般炸裂了。我再也躺不下去了，这是迟经理留下的。大熊怎么能够这样！怎么可以在我的床上干这样的勾当呢！更何况他这样对得起死去的娘吗！对得起为他生儿育女的大嫂吗！我拿着手电到处寻找，我希望自己什么都找不到，但最终我在茅坑里找到了一只用过的避孕套跟一大包手纸。

我决定立即回家，我不能眼看着大熊滑向无底的深渊，大熊说什么都不该这样啊！大嫂跟大熊是高中同学，两人在学校时就相恋了，后来大嫂为了大熊就主动辍了学。那时娘已经老了，又多病，我是家里的累赘什么也干不了，大嫂看我们家困难，没有过门就住到了我们家，家里的吃穿用包括大熊的学费全是大嫂挣来的，为了赚钱大嫂像男人一样上山打石头去街头叫喊着收破烂去工地干壮工什么活都干过，说起来大嫂不仅是我们家的媳妇还是我们家的恩人。到现在大嫂虽然随着大熊搬到了镇上，还是常记挂着我，隔几天就让去镇上赶集的村里人给我捎点吃的来，换季的时候总要回家待上几天把我所有的被褥都拆洗一遍。这一点大熊是知道的，我不知道当大熊把大嫂刷洗干净的被褥铺在身下的时候会怎么想！

我慌慌张张地往家跑，来福从对面迎了过来，问是不是大舅回来了？我心里有些发慌，想说大熊没有回来。来福每次看到大熊都像蝇子见了血一样，不是要求镇上给村里修路就是要求给村干部长工资，每次把大熊吹捧得就像老天爷爷一样厉害，连我在旁边都感到起鸡皮疙瘩。更何况现在大熊还正在家里干那种事情呢！来福见我不语，继续问，我大舅回来了？我咬了咬牙说，没有，你大舅这时候回来干嘛！

跟我预料的一模一样，家里的大门被严严实实地关上了，刚才在门口的小轿车也不见了。这次我没有再犹豫，对着大门咣咣地砸了起来。响了好长时间，大熊才把门打开，扶着门框满脸不快地问，你怎么回来了？我说，哪里有什么野草莓！说着我担心大熊再支使我去干什么事情，就觑了个空挡一下从大熊的胳膊底下钻进了院子。

跟上次不同，迟经理这次看到我竟然没有一丝羞惭的意思，反倒是我想到上次残留在床上的女人气息有些脸热心跳。但我很快就觉得自己的这个状态不对，是眼前这个小贱人做了见不得人的事情。迟经理像上次一样向我伸出了手，我没有接，心里下定了决心就是大熊发再大的脾气我也不会屈从了。但大熊没有，大熊现在懒得看我，回到屋子里抓起桌子上的皮包就说走。我知道大熊生气了，是恨我冲了他跟迟经理的好事。但我却始终觉得自己没有做错什么，我在心里对大熊说，你好不应该啊，就是不为了大嫂你也不应该干这样的事情呀！这叫什么？这叫包二奶！从电视上看有多少官员都栽在这上面了。大熊，难道你忘了你是怎么爬到现在这个位置的吗？

大熊大学毕业以后回到墨镇上的中学教书，后来就被镇党委书记看中做了秘书，做秘书的那几年锻炼了大熊，也对大熊今后的发展起了决定性的作用。为了讨取党委书记的欢心，很多事情做得比电视剧里的太监都到位。党委书记家在县城有时就一个人住在镇上，大熊有时连几步远的家都不敢回，干脆就在办公室里趴一夜。乡下条件差没有暖气，大熊怕冻着党委书记，到晚上自己先囫囵着不脱衣服把被窝儿暖热了再喊党委书记来睡觉，然后再把党委书记换下来的袜子洗好烘烤在炉子上，一大早还要赶过来倒尿盆打洗脸水。那年党委书记把镇上广播员的肚子搞大了，也是大熊悄悄带着去医院做了手术。那位党委书记总算没有亏待他，临提拔去县城把大熊也提成了副镇长。当了副镇长大熊也没有松懈下来，为了处理好上下的关系整天泡在酒场上，每次都喝个烂醉。以至于大嫂在家里专门准备了一个呕吐用的塑料桶，一看到他歪七扭八地回家来，赶紧先扶他上炕，然后就把塑料桶放到床头。多年的媳妇熬成婆，现在终于干上镇长了，就开始这样糟践自己吗？

　　看着大熊跟迟经理气呼呼地往外走我心里还是有些胆怯的。最近几年我对大熊有种说不出来的感觉。在外人看来大熊对我非常照顾，是一个有情有义负责任的大哥。大熊似乎也一直在扮演这样的角色，每次开着车回家都要频频地跟路人打招呼（带着迟经理回来的这两次除外），一边还不停地说，我回来看看二小。大熊给我办了残疾人证，在大熊的关照下村里把我列成了重点扶贫对象按月领取劳保。现在又给我盖了新房子，按说我活得比村里许多正常人都滋润。曾经有一段时间我也为自己能有这样的大哥感到骄傲；为自己目前的生活所陶醉，整天无所事事地游荡在村里的大街小巷上，用散漫的目光抚摸那些为了生活奔命的人。我的表情是僵硬的冷漠的，还有点居高临下的味道。但我很快就讨厌了自己的那副面孔，被眼前每一个生动的表情所吸引，他们虽然活得艰难甚至悲苦，可他们心中有梦想有希望，在他们面前我感到自己除了这个软塌塌的身体之外什么都没有。有时我甚至觉得自己连活着的自尊都不存在。我只是大熊沽名钓誉的一个饵料，是树立大熊伟大形象的一粒石子，是被大熊圈养着的一条寄生虫。

　　那天下午大熊没有走成，是来福把他给堵了回来。来福的鼻子比狗的都灵敏，他发现了大熊藏在村委会后面的小轿车，才了解了大熊的确切行踪。来福早就给大熊准备了山鸡，还有两瓶五粮液，他提着这些东西守株待兔般地守在小汽车旁边专等大熊自投罗网。现在这些东西已经远远吸引不了白镇长了，当然也吸引不了迟经理，但来福黏糊，好说歹说总算把大熊留下了，迟经理却坚持要回去，最后大熊只好让迟经理开着自己的车走了。

　　重新回到家大熊好像余怒未消，对我表现出一副不理不睬的样子，来福倒非常热情，紧紧握着我的手有些矫情地说，二舅，拿我这个外甥当外人哩！对你外甥还不说实话，大舅明明是回来了还说没有。我算计着我大舅也该回来了，昨天晚上我就梦到大舅踩着一片祥云飞回来了。大熊笑了，说一会把你大舅说成能腾云驾雾的猴儿了。又指着我说，你也别怪你二舅，是我不让他说的，我每次回来都麻烦你，心里也有些不落忍。大熊说完有些意味深长地看了我一眼。大熊就是这样，心里再不满也要把面子做足。

　　我不想掺和他们之间的事情，想自己钻进小西屋吃点剩饭早点睡觉。但来福却并不想放过我，一定要坚持一起吃。山鸡是在村头的小饭店炖的，一端进门浓烈的香味就扑鼻而来，我咽了一口唾沫就要往外走，大熊拉长了驴脸不说话。我心中也涌上来一口气，对来福的假惺惺就有了种反感。我明白自己留在这里是无用的，对一个无用的人这么热心显然是另有目的，这个目的就是要维护大熊的面子。我愤愤地想，我为什么要做这样的道具？来福伸手拉了我一下被我坚决地甩开了。来福还要拉，大熊遽然站起来说，让他走！语气中满是火药味儿，来福呆了，扎煞着双手很无措的样子，我回身看了一眼满脸怒气的大熊，猛然就走了出来。

回到小西屋我没有吃剩饭，我一点儿食欲都没有，更没有报复大熊以后的快感。我一下子变得绝望起来，我觉得自己现在跟大熊的状态就像蚂蚁和大象，我们的差距太大了，我们之间获得的信息是不对等的，缺乏较量的基本条件。我所要做的和所能做的好像只有妥协，妥协是让人痛苦的，就是自己的亲哥哥也不行。这也就是我的内心老是不平；老是在想抗争点什么的原因。但我现在开始怀疑自己还有这么做的必要吗？

隔壁房间里传来爽朗的说笑声，这显然是大熊跟来福说到兴头处了。我心里愈加悲凉起来，看来我的在与不在真是无所谓的，没有人真正把我当回事。我就像游走在暗夜里的一条黑狗，只要自己不发出声音就没有人意识到它的存在。刚才问题的答案一下子就闪现在脑海里，我是个没有必要再抗争什么的人，人活到这个份上只能顺其自然逆来顺受。

来福又过来了，劝我要顾全大局，说大舅都生气了你还不过去！世界上的许多道理都是一层窗户纸，一旦舔透什么都看清楚了。很显然我现在只不过是大熊这棵大树下面的一株小草，我的存在与否丝毫也不影响大熊的遮天蔽日，而我离开这棵大树就会因干渴或者被人践踏而死。既然这样我也就用不着跟大熊要什么小性子了，我应该面对的是现实，做一株什么想法也没有，看似快乐的小草，心甘情愿地依附在大熊这棵大树的浓阴之下。

有了这样的心态我就过来了，盆里的山鸡几乎没有动，大熊跟来福面前的酒杯却已被干进去大半。一开始我抱定只满足自己口欲的想法，从心里不在乎他们说什么的，但后来我就不得不在乎了，因为他们的话题竟然围绕我展开了。先是来福开始重复大熊的那些所谓丰功伟绩，无非是为白塔村办了多少事情，整个家庭有了大熊之后多么风光。然后就开始列举一些有关的事例，比如村的自来水管道，变电站，水泥街道这些都是大熊给协调来的资金。家庭方面的也有啊，比如新建的房子，说到房子话题就开始往我身上转移。因为有了房子与之相关的一个问题就是娶亲。我已经三十多岁了，早就到了娶亲的年龄，把这个话题提出来也是顺理成章的事情。

说到提亲也正说到了我的痛处，这么多年以来也不断地有人上门给我提亲，尤其是大熊当了镇长的这两年，村里的那些好事者为了巴结大熊更是不遗余力地到处给我寻摸。刚开始的时候我对这件事情还是蛮有兴趣的，我的四肢虽然软塌塌的，但那个地方有时却硬得吓人，所以我有很多次的相亲经历，每当被别人带着像牵一头牲口一样地见面，我的心中是包含热望的，我像所有男人一样希望自己未来的另一半是健康挺拔甚至是靓丽的，但这只是我的一厢情愿，每次跟我见面的姑娘不是缺只眼就是少条腿，好不容易有个四肢健全的还是个豁子嘴，当然还有傻子呆子大脑炎后遗症患者以及哑巴聋子瞎子。后来当我清楚地知道自己只能在这些残疾女人身上下注的时候就有些绝望了，内心反而产生了一种抵触情绪，进而心中充满了怨恨，我甚至有些恨那些给我做媒的人。人们为什么就不能用对待正常人的眼光来对待我，哪怕只有一次。

在酒精的燃烧下，来福兴奋起来，话题一直离不开他大舅，很快他就帮着他大舅开始憧憬我们白家的未来，说再给二舅娶上一房媳妇他大舅就功德圆满了，整个家庭就没有什么挂心的事情了，他大舅就可以全力以赴在仕途上发展了，凭他大舅的能力与水平说不定就会混进国务院，整个白塔村的祖坟上就等着冒他大舅这股青烟了。吹捧完他大舅来福又语重心长地对我说，二舅，我大舅现在最挂心的就是你了。你外甥我也挂着你呢，这样吧下一步不让四窝窝大爷在村里烧水了，你去，我把你列成村里的工作人员，每个月再多发你一份劳保。大熊高兴了，笑着对我说还不赶紧谢谢咱来福外甥。

我却没有笑出来，来福说的四窝窝大爷是个老革命，曾经参加过抗美援朝后来回到村里一直担任大队保管，由于他无儿无女分田到户之后就在村委会干些烧水扫地守电话之类的杂活，都干了三十多年了。现在让我进村委四窝窝大爷该怎么办？这样的事情我想自己是不会干的，为了自己多得一份劳保就要让一个快要八十岁的老人无家可归，这显然是有些过分了。我觉得大熊也是有些糊涂了，这样伤天害理的事情怎么会答应，这也是有损你镇长形象的呀！

大熊见我没有吱声就又说了一遍，还不赶紧谢谢咱外甥。

我使劲把嘴里的鸡肉吞咽干净，梗了梗脖子说，我不去村里烧水！也不要那份劳保！来福首先愣了一下，手中的筷子正指向一块山鸡的脖子，还没有到达目的地就缩了回去。大熊的脸色也陡然变了，本来已经被酒精染成的褐红色的脸立刻就变成了酱紫色，乜斜着眼睛说，你再说一遍。

我不去村里烧水！也不要那份劳保！我继续梗着脖子把刚才的话重复了一遍。大熊嚯的一下站了起来，抬手就给了我一个大耳光，一边还指着我的鼻子骂道，你这个不识抬举的东西！

清脆的声音在眼前炸响，一下子就把我炸懵了，嘴巴里立刻就有了一股腥甜的味道，一开始我还以为那种味道不是从自己嘴巴里传出来的，以为眼前的一切都发生在别人的身上，但瞬间我明白了，大熊打了我。这是大熊第一次打我。我不知道自己做错了什么，有些茫然地看着眼前气势汹汹的大熊，此时的大熊一副余怒未消的样子，鼻子剧烈地翕动着，把一只手卡在腰上，另一只手继续指着我骂道，你这个不识抬举的东西！你以为你是谁！没有我你连一条狗都不如，连一只蚂蚁都不是，吃屎都捞不着热乎的。来福费心给你找个活儿是看在我的面子上，你不但不说感谢还梗着脖子说不去，你把我这张脸往哪里搁！

有半天的时间我紧闭着嘴巴竭力不让那股腥甜的东西溢出来，内心像被狼掏空了，一阵的悲凉，大熊一下子就说出了我的真实存在"连一条狗都不如，连一只蚂蚁都不是，吃屎都捞不着热乎的"。我默默地站起来往外走。来福上来劝解说，二舅，我大舅也是为你好！有些事情他不说谁说？你走了我大舅就更生气了，他老人家要是气出个好歹来，我们以后还能指望谁？

来福，不要管他！他要走就让他走，这个家也不缺他这一个，没有他我们活得更素净。在我的身后传来大熊怒气冲冲的声音。

到了这个程度我还能不走吗！我的存在只能给这个家带来累赘，是这个世界的累赘。这个事实一旦被大熊点醒，我的所有一切都被暴晒在阳光下了，现在我感到自己就像被赤身裸体推向舞台的小丑，无论怎么翻滚都无处可藏了，只有尽快地消失。

来福显然被大熊的话镇住了没有再跟出来。我来到街上，整个街道静得像夏日午后的田野潮湿而郁闷，偶有一两个尖叫的声音从零星散落的窗

子里传出，那是从一种叫电视机的大匣子里发出来的，除了狗叫我已经好
长时间没有在乡村的夜晚听到其他生灵还能发出声音来了。现在乡村的夜
晚也开始被愈来愈多的欲望和丑恶所纠缠，纠缠的结果是让我无所依傍，
我不知道自己能躲到哪里，干脆就在门前的柴火垛前蹲了下来。

　　也不知过了多长时间，一辆小车闪着明亮的灯光开进胡同，不用问这
一定是来接大熊的。我躲在暗处，见车一停好大熊就从家里出来了，来福
也颠颠地跟了出来，紧赶了几步拉开后车门，大熊半个身子已经钻进了车
里。来福说，大舅，我二舅……他……大熊不耐烦地挥了挥手说，甭管他，
一会他就回来了，不回来他能上哪去？来福鸡啄米般地点头说，那是！那
是！他能上哪去！临关上车门大熊又说，我还就不信了！他敢跟我较真！

　　汽车呼的一声闪着萤火虫般的屁股开走了，来福也攀附着那越来越弱
的光亮远去了，眼前重新黑暗下来，我感到自己像一颗丢失了身体的游魂
不知道该去何方。我能去哪里呢！没有人需要我，现在看来我的存在不仅
是个累赘，而且还为那些自以为是的人提供了丑恶的温床。

　　从窗口中闪烁出来的如泥点子般晃动的光斑次第消失了，那本来缭绕
在深巷里的尖叫声也在渐渐隐去，乡村的夜晚正在向更深处游走。我站起
身抖了抖身上的茅草，看了看眼前黑洞洞的大门，脑海中早已潜伏着的那
个异常的声音尖锐地响了起来。我决计要离开了，离开这个外墙贴满瓷瓦
的家，那本来就不是我的，也许那本来就不是家，它只是一种道具，是大
熊让我活得比狗和蚂蚁强一些的道具，是大熊为了让自己的形象更有光彩
一些，用来粘贴在自己脸上的金片。我要去找一个没有人叫我白蜡条的地
方，去找一个不需要看大熊脸色的地方，哪怕在这个地方我活得不如狗和
蚂蚁，哪怕在这个地方吃屁都捞不着热乎的。

　　对墨镇我显然是陌生的，依我的身体状况从白塔村到墨镇这段距离显
然是太遥远了。到现在我都记得大熊第一次带我来墨镇的情景，那是一个
炎热的午后，大熊不知从哪里借了辆锈迹斑斑的大轮自行车，我就坐在了
车子的后架子上。路上大熊把自行车骑得飞快，呼呼的风声从耳朵两边急
速地飞过，沿途高低起伏的庄稼像退潮的海水一样在目光中越拉越远。出
门的时候大熊说要带我来看西洋景，我一路都在琢磨镇上到底有什么样的
西洋景。我们先来到镇上的中学，这所学校比我想象的要大许多，两边的

瓦屋房子就像是切割出来的排列得井然有序，院子深处还有个阔大的操场，操场边上还有茂盛的树林子。然后我们又来到百货公司，这是一幢灰色的三层楼，我是第一次见这么高的房子，在外面看得我直纳闷，不知道在楼上住的人是怎么进去的，进到里面发现了楼梯我才恍然大悟。从百货公司回来我们又看到了四层高的镇政府大楼，这更让我吃惊。当时我做梦也不会想到二十年后的今天大熊主宰了这栋大楼，成为墨镇的镇长。

也许就是由于大熊的原因，我此时面对着陌生的墨镇却感受到了一种非常熟悉的气息。正是这种气息让我更加犹豫了。我不能这样回家，我不是一条狗，被主人打了出去，在外面转了一圈然后再悄然无声地回来，要回我就要体面地回去。

我知道自己不是凯旋而回的将军更不是下来视察的领导，不可能有鲜花掌声更不可能有夹道欢迎。我所能做的就是让别人来发现我，因此我在墨镇的大街上走了一会就停了下来，我发现由于天太热了，这个时间是街上人流最为稀薄的时候，这样游来荡去被发现的概率并不高。我回到街头，街头有一个废弃的四角岗亭，阴凉处正有一条疲惫的狗在伸着舌头乘凉，我本来是有些害怕的，可那只浑身长满赖毛的狗一看到我就腾地起身逃到阳光下了，我心中很有些不忍，想招招手让它回来，我们是可以和平共处的，但它对我似乎非常的警觉，一边逃着还一边不时地朝我回望。

这个位置应该是最好的位置了，这是白塔村所有人进入墨镇的必由之路。守在这里就等于守住了监狱的大门，他们谁也不可能从我的眼睛里逃掉。我警惕地盯着路口，路口不时有车辆通过，这些车辆太快了，像一阵风一吹而过。此时我才发现自己想得太简单了，现在的人都会享受了，谁还步行来墨镇？不是坐车就是骑车。等我认出他们来的时候，他们早就跑远了，根本就不会给我机会。意识到这一点我并没有沮丧，我知道自己有的是机会，这不仅仅是因为大熊已经发了很多寻人启事找过我了，还因为我自身的特点，我这种长相，我这种走路的方式是很另类的，混在乌鸦堆里也是只白乌鸦，白塔的人没有理由看不见我。

毗邻岗亭的地方是一家小面馆，我身上还有一百四十五块钱，如果不回来这钱我是舍不得用的，现在我回来了这钱就不那么重要了。我背过身去小心地解开自己的裤袋，身上的这条单裤是青岛收容站给的，本没有内部的口袋，是我自己找针线缝上去的。口袋里除了那一沓零碎票子，还装有一张脏兮兮的纸片，这是大熊寻找我的启事，就是这张启事让我下定了回来的决心，说起来这完全出于偶然。

我出走的时候没有想到要去青岛，当时就是想离开，想法是离家越远越好，青岛就是我财力所及最远的地方。来到青岛我漂流差不多两个月的时间，这段时间我几乎是以乞讨为生的。当然一开始我是野心勃勃的没有想到要乞讨，想凭借自己的能力干点什么，但我有什么能力呢！找路边最差的饭馆要求刷盘子，人家看了我后都直摇头。在饿了两天之后我就开始了乞讨，我的乞讨方式跟他们不一样，既不磕头也不说话更不伪装，而是找了个硬纸片用毛笔在上面写下自己的境况，然后蹲在街上人多的地方，把纸片放在面前，把脑袋耷拉下来一副爱给不给的样子。但没有想到我这样反而更吸引了人们的目光，他们往往会在我面前驻足一会，饶有兴致地看看纸片上的内容，看高兴了就扔下一张两张的票子。

后来我就被收容站收容了，在收容站的日子应该是最为舒服的。衣食不用发愁，定时有人把饭送到面前，也没有人认识你，不用考虑什么面子不面子的问题，在这之前我不知道世界居然还有这么好的地方。但在这里最大的问题是他们老问你家在哪里，一开始我装疯卖傻，有时甚至胡说一通，没想到他们有足够的耐心，从各个角度来诱导你，甚至你去上个厕所他们都会问，家里的厕所是什么样子的。最后我这道防线终于被他们攻破了，我再也在他们面前装不下去了。在他们面前我变成了一个彻底清醒的人，接下来的问题就是要遣送回家。但我怎么会回家呢！出来的时候我就下定了决心，再也不回白塔村了，因为我觉得自己再也无法面对白塔村了，在心里我早已把这个村子抛弃了。

事情的发展是由不得我的，他们定下了把我遣送回去的日子，因此我不得不再次选择逃离。钱我乞讨的时候积攒了些，有了这样的资本，我的逃离就不是空中楼阁了。但没有想到我来到青岛汽车站就发现了那张寻人启事。

跟上次一样这次的出走我仍然没有明确的目的，下一步要去哪里我不知道，我现在只知道自己要规避危险。这三个月的流浪让我对生活的要求降低了很多，过去那些胡思乱想的想法都已灰飞烟灭了，像一只受惊的老鼠一样只想找个相对安全的地方，但这个地方绝对不是那个叫白塔的村庄。

青岛汽车站人非常多，由于没有明确的目的我就显得从容了一些，在人群中挤了一会就感到了内急，就是在奔往公厕的路途中我机缘巧合就看到了那张脏兮兮的纸片，它本来是我拿来当手纸用的。在这之前我就知道汽车站旁边的这个公共厕所里面有个很严肃的老头儿，那神情看起来不像守厕所倒像是在守中南海，他那嘶哑的声音如同灌好的录音带循环播放着，如厕五角加手纸一块。为了节省那五角手纸钱我就在广场上随便捡了那张纸片。

快要处理完的时候我才把那张纸片抻开，纸片是粉红色的，上面残留着乱七八糟的踩痕，还有胶水干结后留下的硬痂，显然这张纸片流落已久，当初是贴在墙上让人看的。纸片上有一行大字：寻找兄弟白方蜡。看到这行大字我立刻就呆住了，紧接着下面的是一首诗：

> 独在异乡为异客，
> 每逢佳节倍思亲。
> 遥知兄弟登高处，
> 遍插茱萸少一人。

跟诗并列着的是一个影印上去的头像，头像有些模糊，只显现着黑色粗硬的线条，似乎像我又似乎不像。下面是一段文字：

> 我兄弟白方蜡，31岁（1979年生）患有轻度先天性软骨症（走路晃荡脚下没根），身高175CM左右，瓜子脸，头发枯黄稀少（额头处没有头发），耳朵较大（招风耳），山东省泰安市墨镇白塔村人，于今年三月五日（阳历四月十八日）离家出走。兄弟你在哪里？家人想你。大哥找你都找疯了，如看到此启事请尽快与家人联系，你没有带身份证在外不方便，身上还有钱吗？凡能提供其下落者，重谢！帮忙找到此人者，重重谢！！

看完一遍我还不敢确认启示上寻找的就是自己紧接着又看了一遍，在看第二遍的时候我感到自己的鼻子发酸，有泪水慢慢从眼睛里溢了出来，这是真的，这真是大熊为了寻找我而发的寻人启事，大熊居然把寻人启事发到了这里，这说明他的寻找已经不是一天两天了。是的，大熊是爱我的。

原来那种模糊的认识现在突然就清晰起来，意识到这一点我的心里忽然有些内疚，觉得自己确实有些过分了，就为了自己那本来就不该有的爱面子居然离家出走，真是不应该啊！回家，回家，赶紧回家。

甭管怎么说我现在已经回到了墨镇，人们惯常会用万里长征走完第一步来形容事情的开始，第一步是最为艰难的，有了这第一步剩下的路程就不在话下了，对此我是有信心的。所以我吃完面之后就很坦然地回到了墨镇的大街。

这次我有了重大的发现，就在镇上的其他地方我发现了有着同样格式的寻人启事，它们大都散布在镇街上最显眼的位置，所不同的是经过这段时间风雨的剥蚀，原本粉红色的纸片都变成了浅白，头像也随之有些变形，上面的字迹也变得有些模糊。后来我还发现了更大的不同，那就是我在镇上发现的所有启事都卡着墨镇镇政府的印章。这个发现让我更加自信的同时也感到了些许的无奈，也许这就是大熊的风格，对外是内敛而含蓄的对内却是张扬而跋扈。

有了这种明确的指向，我开始更加有目的地转悠，平时白塔村来镇上办事的人很多，尤其是夏日的午后，上午忙完了田野里的活计，下午避过中午的热浪他们就来镇上买些生产资料什么的。但我显然有些太过乐观了，让我意想不到的是在墨镇转了大半个下午也没有人发现我。后来我心里就有些焦灼了，第一次尝试到有家不能回的滋味，我在镇上最大的百货公司背面站定，这里是墨镇最繁华的地段，面对着的墙上是镇政府的政务公开栏，寻找我的启事就霸气十足地贴在政务公开栏的最上端，下面是一些乱七八糟的小广告，不是治疗阳痿不举就是要把好端端的劳力卖到国外。我希望有人能够突然发现我，在后面猛喊一声白蜡条，我是第一次这么渴望有人能用这三个字称呼我。然后他们再去告诉大熊，这样我就可以被动一些，给外人制造被大熊硬找回去的假象。

但没有，没有人把我认出来。这真是有些滑稽了，站在寻找自己的启事下竟然没有人把我认出来。我好像真的变成了一只飞在墨镇上空的白乌鸦，以另类的姿态不停地旋转着就是没有人能抬头看我一眼。其间也有人走过来，他们驻足在政务公开栏前，抬眼认真地看上面的文字，有一位老头还从口袋里掏出了老花镜。我这时看到了希望以为自己很快就会被他们发现，心里有些激动，做好了被认出来之后的准备，我是不能就这样轻易就范的，被认出来之后我还要佯装着往外跑，既然是制造假象就要把戏做足。但围在栏杆前的人很快都陆续离去了，有几个嘴里还骂骂咧咧地嘟囔着，什么政务公开啊，全是糊弄我们老百姓，把这些当官的枪毙八回都够了……似乎有一个在离开的时候朝我瞟了一眼，我抓住这个机会朝对方看去，然后我又把目光转向了墙上的寻人启事，希望也能把对方吸引过去，以便让对方能对号入座，但对方的目光并没有在我身上停留，从我身上滑过之后很快就摇了摇头说，想出去打工？你不行。原来对方刚才看的是墙上有关劳务输出的广告。

我有些傻了，我不知道现在的人都怎么了，平时一个个都精明无比见钱眼开见圈就跳见花就惹，但偏偏就在我这里出现了盲点。接下来我准备主动出击了，我想到了自己的侄女甜甜，甜甜正上五年级，她的学校就是我当年上学的学校。

甜甜的学校已经没有了当年的样子，院子里竖起了一座猩红色的楼房，两边是草坪绿地，前面是开阔的操场。我原来上学的时候这里只有平房，靠近大门的地方是一个低矮的窝棚，有个罗锅在窝棚里烧水，每当放学的铃声一响，学生们就像脱缰的野马朝着窝棚前装满热开水的水缸狂奔，我自然抢不过那些野马们，每次我来到水缸前的时候，里面就只剩下汪在水缸底部的一些渣子了，我只好把水缸斜楞起来，用手里的水缸子撇着舀，但还是经常把渣子舀上来，回到教室要澄好长时间才能喝。这种状态我当时并没有觉得苦，上学是当时我最喜欢的事情，真正苦的是娘，那时大熊已去城里读高中，娘不会骑自行车（也没有自行车可骑），就用小推车一早一晚地接送我，每天四趟风雨无阻。

真正让我不能上学是由于这么一件事。鉴于我的身体状况一般的体育课我是不能上的，同学们去操场上体育课的时候，我就待在教室里有时是随便翻点书；有时把脸贴在玻璃窗上朝操场的方向张望，看到同学们生龙活虎的身影心里也是感到空落落的。那天同学们上完体育课回到教室，坐在第一桌的小力巴忽然说自己带来的书钱不见了，小力巴先是手忙脚乱地找了一阵，接着就大喊大叫地质问谁偷了他的钱？叫了一阵小力巴忽然就把目光转向了我，说自己在上体育课之前还看到那五十块钱好好地躺在铅笔盒里，怎么一转眼就不见了，这一定是内贼干的。这话显然是有针对性的，我急了，把书包一下就摔出来说，你翻吧！我反正是没有拿你的钱。五十块钱在当年可不是个小数目，最后连老师都出来做我的工作，说只要把钱交出来老师可以悄悄转给小力巴，绝不会让我担任何的罪名。当时我不知道怎么表白自己，只有眼泪在眼窝里打转。那个下午娘来接我，过去我总是在不好走的路上跳下来自己走一段，但那天我一直像一只受伤的小猫一样蜷缩在小推车上，一路上一句话都没有。等到了家娘问我怎么了，我才哇的一声哭了出来，然后抽抽噎噎地说，娘，我不要上学了。

我在墨镇中心小学蹲守到放学，看到一对对的小学生从学校门口走出来我才知道自己的这种方式有些问题，这些学生都长得太像了，要在这么密集的相似面孔中分辨一个人太难了。我靠近了大门口，把手扶在挂着的木牌子上，故意把自己的身子摇晃着，这样所有出来的学生就都能看到我。最后一对学生走出来了，我没有发现甜甜，至于甜甜是否看到我就不得而知了。沮丧地转身往回走的时候我想或许甜甜早已看到了我，只是碍于同学的面子没有从队伍中走出来跟我这个叔叔打招呼，如果这样甜甜一定还会过来的。我磨磨蹭蹭地离开学校门口，希望身后有甜甜那双纯净的目光在追逐着，或者甜甜不这样，而是着急着跑回家去告诉她爸爸，大熊得到消息以后迅速开着车赶了过来，然后在街头撞见我，我挣扎着还要跑，大熊跑上来搂住我求我上车向我道歉，最好眼睛里还有由于意外惊喜而迸溅出来的眼泪，最后我再装出无可奈何的样子，不情愿地半推半就地跟着大熊回家。对我来说这是一个最圆满的结局，既保住了面子又能顺顺当当地回家。

但这只是我的一厢情愿，事实上我离开学校好一会身后也没有动静，更没有发现甜甜的身影。过了一会儿我再次来到学校的时候，手里拿着一块砖头，我想制造个事端出来，只有这样甜甜才能知道我回来了。我想把砖头扔向那漂亮办公楼的玻璃窗，这种动静能在学校引起足够的波澜了。但事到临头我却再次犹豫了，我想象着自己被示众或者被警车带走的样子，我怎么能用这种不良形象来面对甜甜呢？最后我想还是算了，不能再在甜甜身上打主意了，甜甜是这个世界上唯一叫我二叔的人，很显然我伤害甜甜就等于伤害自己。

后来我迫不得已来到了墨镇政府，很显然这是能让大熊发现我的一个最便捷的方法，那里是大熊的地盘，里面的所有工作人员都应该会抓住一切机会巴结大熊的。但这样做太明显了，用句电影台词来说就是"一点技术含量都没有"。此时我已经顾不得这么多了。

镇政府大门口围了一大帮子人，我挤进去一看原来是两个外地人正在圈子里耍猴。现在麦收刚完，离秋收还有几个月的时间，正是一年中农事的空当，很多手艺人就利用这个时间来混些养家的费用。场子里的猴子共有三只，被站在中间的男人牵着，正随着号令在做各式各样的怪动作，其中有一只脖子里套篮圈的猴子不太听号令，男人喊出立正该猴子却朝地上蹲；男人喊出敬礼该猴子却偏要把自己的红屁股撅起来。男人烦了，把该猴子从队伍中单独拽出来要惩罚它，但男人的手还没有伸出来，该猴子已经用那毛茸茸的前爪抽了男人一个大耳光，周围的看客都笑了起来。男人的脸立刻就红了，有些恼羞成怒，拿出木头手枪要对这位大胆狂徒执行枪决，该猴子似乎有些害怕了，耸着身子躲避着围着男人转圈，男人有些得意了，那只拿枪的手对着猴子只点打，谁知猴子猛地蹿上去不但把男人手中的枪抢了过去还给男人又来了一个大嘴巴。周围的人笑得更欢了，在旁边蹲着的另一个男人这时拿着托盘来敛钱，托盘里已经有些花花绿绿的钞票，有几张还是十元五十元的大票，这显然是他们自己故意放上去的，因为在这个地方没有人可以花五块十块来看这样的杂耍。

大家正看得热闹，从镇政府院子里走出来几个神情严峻的人，我眼前一亮，走在前面的我认识是政府办公室主任小刘，在我们盖新房子的那段时间小刘没有少往白塔跑，今天带着一车水泥过去；明天又拉去了钢筋和木料，小刘每次见了我都非常客气，一开口就喊二叔。跟在小刘后面的是两个警察。看来他们是来驱散人群的，两个耍猴的外地人一看警察都来了，没有争辩也没有敢做过多的停留，赶紧收摊子溜了。

人群很快就如潮水般散了，我坚持着，像一枚深入沙子里的贝壳一样残留了下来。我的目的是想让小刘发现我，但小刘一直笑眯眯地对着过往的人流，目光散乱而矜持。两个警察屁颠屁颠地去他面前交差恭敬地说，刘主任，可以了吗？小刘的眼睛朝上翻了一下，憋气般地说可以了。说完也不看那两个警察背起手就往回走。我心中着急不想放过眼前的机会，扯着嗓子喊了一声小刘，小刘似乎听到了，但仍然没有回身而是扭头问跟上来的警察，谁在咋呼？警察回身瞥了我一眼说，没事，没事，刚才过来了一个疯子。

　　问题出在哪里呢？我对自己的失败进行了总结，要说短短三个月我的容貌发生了很大的变化这绝不可能，从青岛回来的时候，我发现自己的头发很长胡子也长了不少，这样回家显然是太有碍观感了，就找了家理发店把这些都处理好了。我还记得自己原来的样子，三个月的闯荡他几乎什么都没有改变。那就是镇上的人，但他们能有什么变化呢？最终我还是从自身发现了问题，我出走的时间太长了，"镇长的弟弟出走"这样的新闻一开始肯定在白塔村乃至墨镇出现过热潮，但时间一长人们麻木是很自然的；另一个就是寻人启事贴出来的时间也太长了，上面的内容变模糊了，再加上这年头新鲜的东西层出不穷，人们不再关注也是很正常的。

　　后来我就想到了自己在青岛捡到的那张寻人启事，大熊可以利用我我为什么就不可以呢！主意拿定我挨到夜色降临找到了一家打字社，这家打字社的位置有点儿偏，是由一户老式民居改建的，门的下面还裸露着陈旧的青石台子。开发的迹象还是有的，门前的土路刚刚被拓宽，路两边新矗立的路灯杆子如站立的螳螂一般，最顶端的白炽灯管大多没有了，只剩下扁平形的罩子高低起伏地排列着。打字社里面的空间更是狭窄，一个方方正正的大机器堵在门口，房间深处只有一个年龄不大的小姑娘在台灯下打字。我把手里的那张寻人启事递过去，说要重新复印二十份。小姑娘的目光一朝向那薄薄的纸片我心里就有些紧张。小姑娘的眼睛很毒，只扫了一眼就看出了端倪，盯着我问，你怎么在自己寻找自己？我心里有些慌乱，没有想到这么快就被认出来，早就准备好的谎话只好提前派上了用场，说，我找的是自己的双胞胎弟弟，他跟我一样也得了软骨症。小姑娘又认真看了我一眼，目光中满是同情，然后就转向了那台方方正正的机器。

　　干净光洁的纸片快速地被吐了出来，积压在机器下面的隔板上渐渐就变成了厚厚的一摞。我现在就指望这摞厚厚的纸片了，等明天墨镇的大街小巷重新出现这崭新纸片的时候，我也许很快就会被人发现了。这样的演出是要有大熊来配合的，意识到这一点我心里的热度忽然就消失了，大熊会出现吗？这是个疑问。但这个疑问很快就在我心里解决了，我知道在这个镇上想拍大熊马屁的人太多了，一定会有人把寻人启事交给大熊的。

　　我的工作是在夜幕的遮蔽下开始的。我要把原来贴上去的寻人启事全部换成新的，这种新鲜的冲击力不仅会启动周围人们的眼睛；更会启动他们的记忆，他们很快就会忆起三个月前那位失踪的镇长弟弟，这种意识一建立我这个虚伪的逃逸者就不会有容身之地了，想不让人家认出来都难。街上不断有路人经过，也有的人看到我往墙上贴感到奇怪，用手里的手电筒朝我直晃，还有的上来问我在干什么？我故意沉默不语，有疑问的人们往往很快就为自己找到了借口，一般都会自言自语地离开，噢，又是贴小广告的。

这个晚上似乎注定要出点事情，贴完最后一张寻人启事手中的胶水瓶子也干了，我顺手往下一扔准备从垫脚用的石块上走下来，但还没等往下迈步忽然听到了哎哟声，我循声一看下面正有个乱蓬蓬的脑袋往我身上拱，一边嘴里还嘟囔着，你砸我头了，你砸我头了。我从石头上下来，发现眼前站着的就是白天在镇政府门前耍猴的那个外地人，他正瞪着一双蓝幽幽的眼睛满脸怒气地看着我。我心里并没有害怕，这是在大熊是镇长的墨镇，更何况一个空塑料瓶子也没有几克的分量。

你干吗要砸我的头？耍猴人怒气冲冲地质问。

我说，对不起了，我不是有意的。

一句对不起就算完了吗？我现在头疼，说不定被你砸成脑震荡了，你要带我去医院检查。黑暗中耍猴人话语里的硬度十足。

耍猴人显然是想讹人了，我不想跟他过多的纠缠，摸索着从口袋里掏出十块钱递过去说，白天看你的表演也没有来得及付钱，这钱你拿着。

耍猴人掏出火机在眼前闪了一下，见是十元的票面，抬眼说你打发要饭的呢！做个 CT 怎么也得二三百吧。

我没有想到他的胃口会这么大，干脆把手里的十块钱重新揣了起来，说我没有那么多钱，我劝你也不要去做什么 CT，据说那个机子有辐射，不是脑震荡也会被照成脑震荡了。说完我转身就要走。

耍猴人却跑上来抓住了我的胳膊，说怎么着！砸了人就这样走了。

我身子一旋躲开了耍猴人的利爪，厉声说不这样走你还想怎样？我告诉你，我还就不怕你了，我哥哥就是这个镇的镇长，姓白叫白方章，你动我一下试试。说完气呼呼地转身就走。我心里是真的有些气愤，连一个耍猴的外地人都敢这样对待我，真把我当成面捏的糖人了。

耍猴人显然被我的气势给镇住了，没有再跟上来，我长出了一口气，准备去前面的小旅社糊弄一晚上。如果顺利的话明天就要回家了，人真是奇怪，在家的时候没有什么感觉，现在一想到就要回到那个外墙贴满瓷瓦的新房子了，心里竟然怦怦直跳。

让我没有想到的是快要到前面路口的时候那位耍猴人又跟了上来，手里还拿着我刚刚贴上去的寻人启事，问这是怎么回事？

我说什么怎么回事？

耍猴人说这上面就是说的你吧。

我说，就是说的我，我就是要自己寻找自己！

耍猴人嘿嘿地笑了，说你有病啊，自己寻找自己。

我说我就是有病关你屁事？

有病？我就是专门治病的。耍猴人说着逐渐靠近了我，猛一挥拳一下就砸在我的太阳穴上，我只感到眼前一黑就什么都不知道了。

最先感受到的是一种硬邦邦的冰冷，我摇晃了一下脑袋整个身子也随着晃动起来，伴随而来的是浑身的酸痛。我慢慢睁开眼睛发现自己被捆绑着扔在水泥地面上，面前是生铁般冷硬的平面，我朝上翻了一下眼皮，头上有个昏黄的灯泡悬挂着，它散发出来的光泽把眼前的一切都渲染成了一张发黄的老照片。有说话的声音从房间的另一端传过来。

就这么一个软货能赚大钱？一个沙哑的声音在反问。

他要真是镇长的弟弟当然能了，镇长多有钱啊！况且上面还写明了要重重谢！这是带我来这里的那位耍猴人的声音。

我总觉得这事有些不可能，自己贴告示寻找自己，而且这个人还是镇长的弟弟，他这是干吗呢？显然这位嗓子沙哑的人就是那位耍猴人的同伴。

有枣无枣打一竿子吧，不行咱们就把他放了。

放了？你说得轻松，如果警察追究起来你这是绑架，说不定就要坐牢。

……

我有些明白了，耍猴人是看到我贴上去的寻人启事来了灵感，想用我来换取大熊的酬金。我这么一想心里踏实起来，使劲喊了一声，我要喝水。喊声不仅惊动了那两个对话的人，还把原本拴在桌子底下睡觉的猴子惊醒了，其中一只吱吱地跳出来，睁着深褐色的眼睛虎视眈眈地盯着我。我心里有些发毛，想往里避一下，动了几下都没有能挪动。打我闷拳的耍猴人端着一个大瓷缸子过来了，抬脚踢了那猴子一下，猴子又吱吱叫着钻回了桌子下面，然后俯身把水放在我的嘴下，我一气把水喝完。耍猴人问还喝吗？我说不喝了，现在又饿了。耍猴人又回身给拿来了烧饼还有榨菜。看我吃饱喝足了，耍猴人问，你真是镇长的弟弟？我说假了管换，你就等着拿酬金吧。耍猴人半信半疑地看着我，半晌才说你不是也没有关系，我们不是坏人。

第二天两个耍猴人一大早就出门了，临走还把水和三个烧饼放在我嘴巴能够得着的地方。他们没有带猴子，我知道他们今天出门不是去耍猴而是去找大熊，就满有信心地对他们说，你们今天肯定会有收获的。耍猴人说，但愿能像你说的那样！顿了一下，他又说我们也是没有办法，今年我们那里大旱麦子几乎颗粒无收，不出来想点办法，老婆孩子连吃的都顾不上，把你这样你不会怪我们吧！我想大度地挥挥手，想到自己的胳膊还被捆着，就从容地笑了一下，做出一副侠客般的样子，说没事，你们去吧，我能理解。

房间里只剩下四个活物了，三只猴子和我。那三只拴在桌子下面的猴子对我是充满敌意的，一直睁着黑漆漆的眼睛警惕地看着我。我懒得搭理它们，心里在琢磨自己目前的处境。很显然这两个耍猴人一定会去找大熊的，那么大熊会怎样呢？给他们钱然后让他们把我乖乖地交出来，这是耍猴人的想法，他们就是奔着这个想法去的。但我总觉得这个结局太遥远了，依大熊的性格是不会这样的，在他的地盘上竟然有人这么讹诈他，这显然是他无法忍受的。如果那样我的处境就危险了，那两个耍猴人虽然不是大奸大恶之徒，但既然敢把我掳到这里也绝不是善良之辈，他们拿不到钱是不会善罢甘休的。到那时候我的命运就难以把握了。

那位年长的猴子吱吱地叫了两声，其他的两只猴子也跟着叫起来。一开始我吓了一跳，后来见它们的眼睛一直盯着我面前的食物就放下心来了。那两个耍猴人毕竟高看了我一眼，给我准备了些吃的，猴子们却没有这样的待遇。我用目光示意它们过来，但它们能不能过来我也没有把握，它们脖子上都套着铁链子。年长的猴子显然读懂了我的目光，试探着往前伸了一下前爪，见我没有反应才大着胆子抓起了我面前的烧饼，其他的猴子见老大猎取食物成功也跟着仿效起来。我面前的烧饼被它们拿光了，猴子们眼睛里闪动的光泽也柔和起来，刚才我悬着的心也放下了，毕竟我们现在是在一个屋檐下，我需要跟它们和平相处。

猴子们吃饱喝足了就开始互相嬉闹，后来那位年长的猴子忽然就跳到了我的身后，我不知道它要干什么本能地开始挣扎自己蜷曲的身子，那猴子丝毫也不理会，用前爪摁住我两只捆绑着的手臂就开始用牙齿撕咬后面的绳索，撕咬了一阵就吱吱地招呼那两只猴子过来帮忙。我心里一阵感动，没有想到几个烧饼就能换来对自己的解救。身上的绳索很快就被它们撕咬开了，我舒展了一下麻木的四肢，慢慢地站了起来。猴子们见自己的解救成功了高兴地在屋子里跳来跳去。

我断定这两个耍猴人找大熊是没有好结果的，所以我现在的处境很是危险，我想逃走，冲到门口却发现那厚厚的木门已经紧紧地反锁了，我使劲咣当了一下，厚重的木门像长在地上一样纹丝不动。我几乎要绝望了，抬脚发泄般使劲踢了一下用来垫门的砖头，没想到这一脚让我有了收获。那几块砖头是可以活动的，拽出来下面就有了一个狭长的空隙，这个空隙满可以把我那扁平的身体送出去。

见我就要离开那几只猴子在后面叽叽喳喳叫着似乎是有些不舍，有那么一瞬间我想打开锁链把它们也解救出去。但出去它们怎么生存呢！难道让它们像我一样流落街头吗！现在毕竟还有两个耍猴人供养着它们。一旦它们流落街头了能不能继续活下去就是个问题。自由并不一定适合所有的生存物种，有些物种是不能自由的，这就是宿命。

譬如说我，现在走出这个禁锢了将近二十个小时的屋子，获得自由了，但自由了又能怎样呢？就像飘在空中的蒲公英，整天漫天飞舞固然轻松自在，但长时间找不到可以落脚的泥土就会被逐渐风蚀得无影无踪。现实是残酷的，依我残缺的身体是离不开白塔村，离不开大熊的，好像我来到这个世上就是让大熊来庇护的，我只能回到白塔村被大熊圈养起来。

街上的人很多，他们肩上或胳膊上大都驮着些重重的货物，今天应该是墨镇赶集的日子。意识到这一点我有些兴奋了，我觉得自己的机会来了。果然我走进市场不久就看到了几个相熟的面孔，其中白六卖菜的摊子就在旁边。

我原本想制造些意想不到的动静让白六主动发现我，但集市上太嘈杂了，单个人的声音根本就引不起别人的注意。后来我就被人流裹挟着来到白六摊子前，我在白六的面前低着头蹲下来，白六正给一个老太太称菠菜，眼睛盯着高高撅起来的秤杆，嘴里念呱着，大娘，你放心，我卖东西绝对够秤，我不少给你……

我问，姜多少钱一斤？

两块。白六眼睛仍然没有朝向我，他在给老太太寻摸塑料袋装菜。

你是卖金子吗？要两块。我故意大声地说。

白六这才把目光朝向了我，看到我的那一瞬间白六的眼睛里迸射着一丝的吃惊。我的心怦怦直跳，我终于被发现了，我终于可以回家了。接下来白六该激动地说些你可回来了你大哥都把你找苦了之类的话语了，但是没有。白六随即就把目光从我身上移开了，手上继续为那位老太太忙活，说原来是你呀！你也来赶集了。我的心凉了半截，没有想到白六的反应会这么平淡。

打发走老太太，白六拾掇了几块姜就往一个破破烂烂的塑料兜里装，一边还说，要买姜还用往集上跑吗！我给你送过去不就完了。说着就把已装好姜的破塑料兜往我手上递。我没有接装姜的袋子，心下在猜度白六现在这种态度是不是假装出来的，就试探地问，白六我们有多长时间不见面了？

白六挠了挠头皮认真地说，也没有多长时间啊！昨天早上从你家大门上走，我好像还在院子里看见了你。

我问，你当真看见我了？

白六说，在你家院子里那应该是你吧。顿了一下，白六又说，不过也说不准，我整天忙活自己的那几亩菜园，连撒尿的空闲都没有。我老婆都说我是除了那些黄瓜洋柿子，什么都入不了法眼。

这番话让我彻底打消了刚才的疑虑，白六是真的不知道我离家出走。看来是我小题大做了，那句古话是怎么说来着：世上本无事庸人自扰之。我回到墨镇的所有想法都应该是庸人自扰。离家出走对我来说是件天大的事情但对别人能算什么呢！有了这种认识我开始鄙夷原来的种种想法。现在我已经面对了白六，这种面对把所有的障碍都克服了，往西的那段距离也不应该再是鸿沟了。

这天下午我回到白塔村的时候太阳已经失去了那固有的炽烈，变成了大的红色的轮子落在远处的鸭架山上，那起伏的山峦都变成了紫褐色的一抹涂在天际线上。但这种紫褐色并没有坚持多久，它很快就被一种意想不到的血色浸染了。村里的街道还是那样弯曲而狭窄，唯有村中央的一条大街宽阔一些，而且是用水泥筑起来的，这当然是大熊的杰作。我摇摇晃晃地走在这条大街上，身上流动着五颜六色的光辉。这个时间正是村里人收工的时候，有的在水泥大街上拾掇晒好的麦粒；有的刚从田野里劳作回来，肩膀上扛着各式各样的干活工具。他们看到我没有显露出我想象中的那种惊讶，有几个大老爷们跟我点点头就过去了，那些叽叽喳喳的老娘们则笑嘻嘻地问，白蜡条，你大嫂这次给你带什么好吃的了？她们仍然以为我像过去走这条路一样仅仅是从墨镇回来，她们仍然叫我白蜡条，一切都没有什么变化，不论是在我眼里还是在他们眼里，这就是我的村庄。

那座外墙贴满瓷瓦的新房子仍然耀武扬威地矗立着，还有大门前那丛火红的玫瑰也像三个月前一样耀眼。大门关着，门上黑色的铁锁紧紧地扣在门鼻子上。过去我每次出门都会把钥匙塞进门框与顶门柱之间的缝隙里，但三个月前的那次离开记忆却不那么清晰了，当时只想让自己赶快逃掉，至于锁没有锁门放没有放钥匙完全没有印象了。我从旁边找来水泥块垫在脚下，试着探身去门框上面摸索钥匙，居然真的找到了，然后打开门，见大门洞里整齐地码放着六个大麻袋包，我伸手摸了一下，里面是我不劳而获的果实，刚刚收获的麦粒。这几年每到收获的季节来福都会派人给我收好，我离开的这三个月正好赶上麦收，我没有在家来福也没有忘记。

堂屋桌椅板凳都很干净，电视机上没有灰尘，我又去了自己睡觉的小西屋，小西屋里也没有变化，我平时盖的那床蓝灰色的被子蜷缩在床角，就像一只被打伤了的癞皮狗。没有任何变化，这个发现让我沮丧起来，我跌坐在堂屋的椅子上，看着周围熟悉的一切，我甚至开始怀疑自己是不是真的离家出走过。我在心里一遍遍地问自己，我真的离开过吗！我真的离开过吗！……这样想着我心里渐渐恐惧起来，我担心自己得了某种精神疾病，想到那些疯子们没有尊严猪狗不如的生活状态，我更加害怕起来。意识到这一点我遽然站了起来，发疯般地在整个房子里乱窜，我要找到离开的证据。

我是真的离开过，蒸饭用的电饭锅里残存的米粒已经发霉；厕所里也没有新鲜的排泄物；还有大门口那只用来盛剩饭的破瓷盆也不见了，过去我每次盛上剩饭都会把它放在大门口，借此来吸引在大街上闲逛的狗们猫们上门，有一段时间看着它们争抢这些我剩下的食物是我最大的乐趣。

可是为什么就没有人发现我的离开呢！难道他们是为了顾及我的面子故意视而不见吗！殊不知他们这样我心里就更感到难受，这明显是对我的一种变本加厉的漠视，他们骨子里对我的那种鄙视就更进了一步。请问如果没有大熊他们还会这样小心翼翼地对待我吗？

鞭炮是过年的时候买下的，除夕夜我是被大熊的小轿车接到镇上过的，事先买好的鞭炮没有派上用场，现在我要利用它来撕开周围人的伪装，告诉他们我回来了，告诉他们我离家出走过，告诉他们我曾经有过的抗争。

噼里啪啦的鞭炮声在院子里炸响了，很多人闻声赶了过来，在淡蓝色的烟雾中我看到他们脸上都洋溢着喜庆的气息。

这个白蜡条，可能是遇到什么喜庆事儿了，要不不年不节的放什么鞭炮？

可能是找上媳妇来了，今天我看他高高兴兴地从集上回来了。

……

在他们叽叽喳喳的议论声中来福背着手走进了院子，这时鞭炮声已经停止了，我正想借着他们议论的由头来解释放鞭炮的原因，不是遇到了什么喜庆的事情，是因为我在失踪了三个月之后回来了。现在看来没有人面对这个事情，我自己要站出来面对了，我不想做掩耳盗铃的傻瓜。但我还没有开口来福就说话了，来福一张嘴那些议论的声音就都停止了，他那支部书记的权威在白塔村还是很有震慑力的，这种震慑力在很大程度上来源于他为村里办的那些实事，而这些实事都是大熊给他协调的，这就是我们白塔村的生存链，遗憾的是在这个生存链中没有我的位置。

来福问，二舅，你是什么时候回来的？这个问话让我一下子就兴奋起来。白塔村终于有人来直接面对我的失踪了，而且这个人还是村里的最高行政长官。我赶紧回答，我刚回来，这段时间我没有在家，家里的事情就辛苦你了。来福说，你看我二舅说的，跟你外甥还客气啥！不过，二舅我也得给你提个意见，以后赶集上店的你不要亲自跑蹬了，你言语一声我让他们去给你买就是了。我心里一沉，来福显然跟我说的不是一个事情。顿了一下来福又说，我这段时间在忙活河东崖大桥的事情，过来得少了，可能有些地方照顾不周，还请多担待。今天白六一说你去墨镇集上买姜了，气得我当时就把白六熊了一顿……

在来福的絮絮叨叨声中，院子里的人都散了，空气中弥漫着浓重而热烈的火药气味儿，我的心却越来越凉，来福跟他们一样也把我当成了三岁孩子来哄，我不能就这样傻下去。

我打断来福说，我离家出走了三个月，现在刚回来，刚才我放鞭炮的目的就是告诉村里人我回来了。

听了这话来福猛然就瞪大了眼睛，说你离家出走了？而且是三个月。

我肯定地说，我是在外面独自生活了三个月。

来福沉默了，翻腾着大眼珠子上下打量着我，过了一会儿来福忽然就笑了起来，一边还上来拉着我的手说，二舅，你真会开玩笑！你怎么会出走呢！你怎么会出走呢！……哈哈……我二舅也学会闹笑话了……哈哈……

来福的这个反应让我刚才还鼓胀着的情绪一下子就沉到了谷底，是啊！在他们眼中我怎么会出走呢！他们都对我这么好，只有傻子才会拒绝这种衣来伸手饭来张口的生活。我猛地挣脱了来福的手掌，扭身回到了屋子里。

晚上大熊回来了，三个月没有见大熊我原以为自己会激动一番，没想到心里居然平静得让人吃惊。我不知道怎么会这样，难道我也像别人漠视我一样开始漠视自己吗！后来意识到我的这种平静主要来源于大熊的平静，大熊见了我，那张多肉的脸上没有显现出任何的波澜，像任何一次回家一样，这次大熊也是把车停在大门口，然后进门喊二小，然后把嫂子给我带的东西拿进来，然后坐在椅子上抽烟，一边开始有一搭没一搭地跟我扯些闲话。

我平静的外表之下是饱含期待的，我想大熊一定会跟我说离家出走的，他可以借口工作忙三个月没有回来，他可以把这一切都欲盖弥彰，但那张寻人启事他是遮盖不了的。我确实离家出走了，他确实下大力气寻找过我，这是事实。

刚刚离开的来福照例嗅到他大舅的气息重新回来了，还是山鸡跟酒，只不过这次的酒不再是五粮液了，而是一种叫郎的外地名酒。于是三个月之前的那一幕重新在这个外墙贴满瓷瓦的新房子里上演了，这样的演出再次给我带来希望，我要通过自己的表演让他们联想到三个月前的那个晚上，让他们正视我的离家出走。说起来我这么做无非是为了解救自己，我要把自己从他们不自然不正常的目光中解救出来。

这次我去小西屋没有遇到任何阻碍，来福在忙活着找酒杯，大熊的目光黏在电视画面上。出来的时候我想扇自己两个嘴巴子，怪自己出来的不是时候，第一场就让我演砸了。实际上从刚才我就寻找走出堂屋的时机，菜刚端进来的时候不行，大熊去厕所的时间不行，我坐在屋角的沙发上眼睛四处踅摸着，心里竟然怦怦直跳，像一个准备出场的演员一样心里很是紧张，这种结果显然是由这种紧张所导致。

好在这第一场仅仅是个前奏，来福很快就来叫我了，一边还埋怨着，一会儿没看见你就躲到小西屋来了，我大舅等着你吃饭了。来福没有像上次说他大舅生气之类的话，而是把我摆在了一个看似主角的地位，"等着我吃饭"好像我不过去他们就不吃饭了。这种潜台词一点儿也没有削弱我心里的悲哀，因为我的实际存在离主角差之有十万八千里。这再次说明来福跟大熊心里有鬼，如果不是我的离家出走他们会这样小心翼翼地对待我吗！

我走进堂屋大熊意外地站了起来，并指了指旁边的座位说，二小，来，坐，坐。我没有在大熊指定的座位上坐下来，而是坐在茶几东边的马扎上，这并不是我在他们的迁就下变得有恃无恐了，而是那天晚上我就坐在这个位置。

来福给我倒了一杯酒，我说不喝。大熊温和地说，既然外甥给你倒上了就喝一点吧。很显然大熊跟刚进门时的态度是不一样的，这种不一样他自己可能没有觉察出来。一开始他是想竭力表现得跟平时一样，但毕竟心里是憋屈的，所以憋到后来使自己的举止也变得扭捏起来。能让官场历练了这么多年的大熊这么拿捏自己是我没有想到的，应该说他能有这样的表现也是我抗争的结果。这种得意我只坚持了一小会儿，很快就开始鄙视自己，以自己弱小的一次反抗换来一副副伪善的面具，这是我想要的吗？

话题的出现还算是自然，不过这次不是关于我的，而是关于河东崖的大桥。来福自从上台以后就热衷于搞村里的建设，修路架线引自来水，现在又要修河东崖大桥，这些当然都是些民心工程，用来福的话说就是为了建设和谐社会。但别人也有不同的说法，说来福之所以热衷于搞这些形象工程是有自己企图的，一个企图就是把面子工程搞上去了，自然就能得到上面领导的认可，有了这种认可就容易把他提拔到镇上成为吃皇粮的机关干部，这是千百万个村干部长久以来的梦想。另一个企图就是便于个人捞钱，有人猜测来福每个工程都会有几万元的回扣。来福搞这些工程当然离不开大熊的支持，因此每次说到这个环节来福都是对大熊千恩万谢。

　　过去来福不遗余力地拍大熊马屁的时候，大熊总是笑眯眯地看着来福，一副坦然受之的样子。而今天大熊居然冠冕堂皇起来，面对来福有些肉麻的话语，大熊说，主要是看你像个干事业的料嘛！支持你这样有事业心的支部书记镇上也是应该的。这番话显然给了来福莫大的鼓励，他的话头更多起来，开始规划我们白塔村下一步的蓝图，下一步他要让我们白塔村的村民住上楼房，真正实现五六十年前那种楼上楼下电灯电话的梦想。大熊对这个规划表示赞赏并说上面正有这种指示精神，要加快农村城市化进程，来福的规划跟上面的政策不谋而合了，镇上更应该加大支持的力度。

　　他们谈得热火朝天我根本就插不上嘴，我所预想的演出遭遇到了障碍，目光只能盯着眼前的酒杯。刚才大熊让我喝我没有喝，现在我却想喝一点了，都说酒能壮胆，我想试试。在他们遑遑言论面前，我的话题显然要小了许多，再加上他们一直在弱化甚至于闭口不谈，连我自己都不敢说出口了，因此我需要有足够大的胆子。

　　见我面前的杯子空了，来福赶紧给我倒上，大熊抬眼看了我一下，目光中满是不安。行了，时机到了。我在心里说。觑准他们说话的空当，我对来福说，记得你上次说想让我去村里烧水？这话如同垂死挣扎的鱼一下子从水里跃出来，突兀地摆在了他们的面前，来福愣了，大熊倒比来福镇定了许多，说来福你上次说来着吗？让你二舅去村里烧水，四窝窝大爷怎么办？那可是个老革命了。

　　在大熊的引导下来福的反应非常快，赶紧说，没有啊！我二舅可能是记错了，我怎么会办这种没底儿的事情呢！再说让我二舅去村里烧水，这不是用大炮打苍蝇大材小用嘛！

　　他们这种一唱一和的双簧状态显然超出了我的预想，我心里感到窝火，他们真的把我当成了傻子，在他们眼里我就这么弱智吗！我抬起手猛地把面前的酒倒进了嘴里。来福拿起酒瓶就要倒酒，被大熊阻止了，不要让你二舅再喝了，让他多吃点菜吧。我伸手从来福手里抢过酒瓶说，你以为我喝多了，我没有喝多。是你们喝多了，你们把三个月之前的事情都忘记了。三个月前就是在这个屋子里，就是在这张茶几上，我们几乎吃的是一模一样的菜，所不同的是那次的话题是关于我的，来福让我接替四窝窝大爷去村里烧水多混一份劳保，我没有同意你打了我一耳光，然后我就离家出走了。出走后我先在青岛做乞丐后被收容站收容了，后来他们知道了我是墨镇白塔村人就想把我遣送回来，我不想回家就逃了出来，就在我准备离开青岛的时候发现了你寻找我的启事，然后我就回到了墨镇。

大熊燃上了一支烟拿在手上并没有往嘴巴里送，而是低着头在使劲搓牙花子。来福睁着红红的眼珠子看着我，还不时扭身看一下大熊，脸上布满紧张的神色。在铁的事实面前他们终于沉默了，我心里松缓了下来，顿了一下继续说，由于是挨打后才出走的，我回到墨镇以后不好意思直接回家，就想做出让人发现的假象来维护一下自己的面子。但是我费尽了心机也没有人来发现我，这让我本来就自卑的心态就更加自卑了。后来我还遭遇到了两个耍猴人的劫持，他们也一定找你讨要过酬金，我猜想你一定不会受他们所要挟的，依你的性格你会让派出所的人把他们关起来，现在我在这里求你放过他们，他们不是难为到一定程度是不会劫持我的，我相信他们不是坏人。我逃出来后在集上遇到了村里的白六，是白六的漠视解除了我心里的障碍，因此我就回来了。让我做梦也想不到的是连你们这两个当事人也不敢正视我的离家出走，为什么你们非要抹杀我的这次小小的抗争，难道我就不能有自己的尊严与想法吗！难道我非要在你们划定的圈子里生活一辈子吗！难道我非得活成没有思想的猪狗你们才舒服吗！

话还没有说完我的眼泪就汹涌地流淌下来，泪水迅疾而痛彻，这段时间的憋屈终于有了上行的通道。在朦胧的泪光中我看到大熊的身子渐渐萎缩下去，来福试图想说点什么，嗫嚅着嘴巴发出不连贯的几个字符，大舅……我二舅……二舅……大熊摆了摆手，来福立刻就噤声了，屋子里出现了难耐的寂寞，半晌，大熊挪动了一下坐姿长长出了一口气说，来福，你二舅喝多了，让他去房间休息吧。

我被大熊这种佯装的麻木激怒了。来福上来要拉我回屋，我甩开来福遽然站了起来，大声地质问大熊，你为什么要这样对待我？我再也不想要这样的生活了。在我的逼视下，大熊不自然地抖了抖身子，目光严厉地转向了来福，生气地命令道，你怎么还不把你二舅送到房间里！来福答应着就伸着手臂过来拖我。我是真的恼了，不知从哪里来的力气，一下就把眼前的茶几踹翻了。茶几上的杯盘碗碟连同鸡肉青菜立刻就倾倒在地上，发出稀里哗啦的声响，大熊一下子就从沙发上蹦了起来，指着我的鼻子哆嗦着说，反了，反了，连你都敢跟我掀桌子了。

我挺直了身子期待着大熊的巴掌落下来，就像上次一样。这样在这之前我预想的演出就有了一个完整的结局。但是没有，大熊的巴掌没有落下来，只是气愤地盯视了我有半分钟，然后摇了摇头说，你真是不知好歹！就算我白养你了。我的心里更加悲哀起来，我已经落魄到连挨巴掌都没有资格的份上了，我还能再干什么呢！

来福连拉带拽地把我拖进小西屋就去平息他大舅的怒气去了。在黑暗中我的情绪沮丧到了极点，我知道自己再次失败了，此时我感到的是无助和可怜，我用尽心机让自己回来，回来又怎么样呢？现实比我想象的更加的残酷，我不知道自己还能再干些什么。

过了一会儿，堂屋里传来关门的声音，接着门口的汽车响了，想必是大熊回镇上的家了。接着就是来福的咳嗽声，很快这种咳嗽声就来到我的门前，随后就是来福的推门声。灯亮了来福坐在我的床上，我背过身子不想搭理他。来福说，没想到二舅你这么不拿酒（指酒量小）！我已经给光军（村里的医生）打电话了，让他过来给你冲冲血管。

此时我什么话都不想说了什么都不想做了，身上也似乎没有了一丝力气了。光军来了给我打上了吊瓶，一股凉丝丝的感觉深入我的身体，这种感觉让我的心稍微安稳了一下。我刚平静下来，忽然从门外传来吱吱的叫声，这叫声是这么的熟悉，还没待我分辨出这声音来自何处，三只毛茸茸的东西就一下子破门而入了，我吓了一跳定睛一看，才发现它们是跟我一同共过患难的猴子。猴子们上来就扯着我往外走，它们缚住我的手脚让我根本挣扎不得，只得听凭它们摆布，一直被挟持到一个莫名其妙的地方。这很像电影上国民党时期的牢房，墙上挂着各式各样的刑具，屋子当中有一个熊熊燃烧的火盆，靠墙的木柱子上绑着两个受刑人，他们头发披散下来，脸上青一块紫一块地布满伤痕，已看不清他们的真实面目。旁边站着一个行刑逼供的人，正拿着一个烧红了的烙铁在受刑人面前示威，一边还阴森森地说，快说，把我弟弟藏在哪了？听到这个声音我才认出拿烙铁的这人是大熊，而受刑人则是那两个耍猴人。那只年长的猴子闯进来就把大熊摁住了，另外两只猴子趁机解开了耍猴人身上的绳索，然后他们就一起往外逃。刚从地上爬起来的大熊气急败坏地就要掏枪朝他们射击，我赶紧上去死死地抱住大熊的胳膊，大熊甩着胳膊试图摆脱我，我们很快就扭在了一起。这时忽然传来了滚滚的浓烟，房子起火了，我和大熊快步往外跑，但牢门却从外面锁上了，门外传来猴子们快意的叫声。大熊愤怒了，绝望地嚎叫起来，我也害怕到了极点，把自己的脑袋猛然向冰冷的墙壁撞去，一下就撞空了……

二舅，醒醒，醒醒……你怎么光往床下出溜呢！是来福的声音。这个声音把我逐渐唤回了现实，慢慢清晰地意识到刚才那些惊险的画面不过是南柯一梦。

给我打完吊瓶来福跟光军就要离开，临走来福还有些不太放心一直嘱咐我要安心静养，好像我真的得了某种不治之症。他们的脚步声很快就在院子里消失了，大门也咣当一声关上了，四周似乎一下子安静了下来。现在我可以静一下了，但想到刚才的梦境我的内心再次不安起来，我是真的为那两个耍猴人担心，电视上出现过多次嫌犯进派出所后致死的案例，大熊如果把那两个耍猴人交给派出所，他们的命运就可想而知了。想到这里我有些烦躁起来，起身来到院子里。这应该是后半夜了，这个时间的夏夜有着难得的寂静，就连蛐蛐伸懒腰的声响也遮掩不住。

天蒙蒙亮的时候我从高高的院墙上爬出来，昨天晚上来福和光军在大门加了锁，以为这样就可以把我真正圈养起来。他们没有想到我对这所房子的院墙非常熟悉，过去由于无聊我自己就玩过把自己锁起来然后突围的游戏，没想到在这里派上了用场，看来在我的潜意识里一直就存有逃离的想法。院内厕所的墙是借脚的地方，院外东边有颗香椿树可以做滑下去的梯子，有了这两个附属设施，翻越这高墙就不在话下了。像上次一样我的这次出走没有明确的目的地，但跟上次不一样的是我有着决绝的想法，白塔，这个养育了我三十多年的村子现在却让我感到陌生、不安、惊恐，我再也没法安然躺在她的怀抱里了。

我来到野外的时候，太阳还没有升起，可是空气里却已弥漫着破晓时的潮气，路边的草叶上也已经掩盖了灰色的露水，早起的麻雀在半明半暗的云空中高啭着歌喉，而在那遥远的天际，则有一颗巨大的最后的晨星正凝视着，犹如一只孤寂的眼睛。在这个清寂而又恬然的早上，我行走在这如花般柔静的田野上，忽然想到娘的坟上去看看，我心里默算着日子，下个月就是娘的忌日了，我就要离开了，应该跟娘说一声。

娘的坟茔跟爹的紧紧依偎在一起，娘生前几乎没有得到过爹的温暖，死后可以在爹的怀抱里好好休息了。娘走时不放心我，甚至还萌发了把我也带走的想法，为此娘做好了准备，那是一碗加了农药的药汤，当时我守在娘的床前，娘紧紧地抓着我的手，此时娘的手已经变得非常枯瘦，但力道很大，我感到自己的手腕都被她攥疼了。娘的眼睛里一直有眼泪流出来，我拿另一只手给娘擦拭，娘的眼泪流得更汹涌了。后来娘就让我把那碗药汤递过来，娘接过药汤在鼻子上闻了闻，咳嗽着说太难以下咽了不如你替娘喝了吧。我天真地问我喝了能治娘的病吗？娘说能，你没有听说王小禳病的故事吗？娘说的这个故事在我们那一带流传很广，是说一个叫王小的孝子替娘祈病，结果他跟娘都得到了善终。我半信半疑地端起药碗刚想往嘴里送，娘却哇的一声哭了出来，顺手把我手中的药碗打在了地上，然后抽抽噎噎地说，二小，就看你以后自己的造化吧，娘就这么生下你已经很对不住你了，怎么能再忍心把你这样带走呢……

娘的坟茔上布满了乱七八糟的野生植物，还有一朵微小的白花在其中盛开着，特别惹眼，我小心地把这朵白花采了下来，这好像是一株叫蒲扇的野花，据说这种花的恢复能力极强，被人踩过之后很快就能恢复原状，我试着用双手拍了一下，再张开手的时候那原本飘摇的白花扁了，但过了一会它果然就舒展开来，而且比原先开得更加的蓬勃。这个发现让我欣喜不已。在这个清寂的早上，我站在娘的坟茔前，凝视着灰蒙蒙的前方，然后宝贝般地把小野花捧在自己的手掌心，低下头轻轻吸吮着它那淡淡的香气，眼角很快就涌动出了不可遏制的泪水。

（原载《长城》2012 年第 2 期）

我是好人

一

女人过来的时候，宝祥正在埋头啃一个圆圆的大面饼。地上摊着一块说不清什么形状的白色塑料布，可能是刚刚下过雨的缘故，塑料布上散落着乱七八糟的泥点子，间隙有晶莹的水滴黏附着，浊清一比照，倒使塑料布看起来洁净了许多，葱绿水灵的莴苣就整齐地码放在塑料布上。女人问莴苣怎么卖？宝祥把大面饼从嘴巴上移开说一块五。女人蹲下身子用手翻检着莴苣说，太贵了，超市才卖一块二。宝祥说超市里是么？这个是么？这是我们自己种的，不打农药，不上化肥，绿色无污染纯天然，起码让你吃个放心！说着宝祥打量了女人一下，感到女人有些眼熟。女人显然被宝祥的这句话打动了，开始挑莴苣，女人的动作有些夸张，把胳膊高高地抬起来，两根纤细的手指捏住莴苣的底部往上提，然后像吊车一样弧度很大的放到秤盘子里。宝祥注意到女人的袖口粘有一些粉状的白色污迹，好像是粉笔沫子，有了这个判断，宝祥想起来了，眼前的这个女人就是自己儿子的班主任杨老师。

宝祥手上的动作迟缓起来，他最担心杨老师把自己认出来，是为儿子担心，宝祥不想让杨老师知道儿子有个卖菜的父亲。还好杨老师脸上没有任何的异样，宝祥暗暗松了一口气。宝祥只跟杨老师照过一面，刚从乡下转过来的时候，宝祥去送儿子，当时的杨老师只瞥了他一眼，那一瞥完全是下意识的。宝祥不想收杨老师的莴苣钱了，但不收钱就得有不收钱的理由，平白无故的不收钱必定会引起杨老师猜疑，他卖菜又不是送菜凭什么不收钱？宝祥还没有找到合适的理由，杨老师就催促道，多少斤？宝祥看了看秤盘子里的四棵莴苣，胡乱地说，二斤，正好二斤。杨老师"咦"了一声嘴里嘟囔着，这莴苣看起来怪大，怎么会这么轻？宝祥说轻了还不好吗？轻了少花钱。杨老师一边往外掏钱一边说，不好，轻了，说明里面的芯儿被虫子掏空了。宝祥心里吃了一惊，没想到杨老师会这么想，赶紧拿起一颗莴苣一折两半，然后举着水嫩嫩的断茬说，你看，这么新鲜的莴苣怎么会有虫子呢！

打发走杨老师，宝祥重新拿起那块大面饼来啃，一边还警惕地盯着路口，这个时间是卖菜的大好时机也是城管出动的时间。这是一条叫温泉路的大街，位于城乡结合部，周围鳞次栉比的脚手架和越来越密集的车流，喻示着不久的将来这里将是一片繁花似锦之地。现在活动在这里的商贩大都是市郊的菜农，他们自己种的蔬菜无疑是目前城市居民最为放心的盘中餐。所以这种散兵游勇般的销售方式还是比较有效益的。宝祥正是了解到了这一点，才混迹在他们其中，整天以菜农的身份吆喝着卖菜。实际上宝祥是个纯粹的赝品，他手里的菜都是去城郊贩来的。

大面饼很快就变成了一张绞完鞋样的纸片，剩下的部分苟延残喘着，似乎在哀告宝祥嘴下留情。现在的宝祥显然失去了刚才风卷残云的劲头，想暂且放过大面饼，但又一想大面饼是自己的早饭和中饭，两顿饭合在一起还消灭不了它不是太没有用了吗！这样一想，宝祥的劲头恢复了，一下把大面饼搡进嘴里，宝祥的嘴巴立刻就肿胀起来，这让宝祥感到自己快要窒息了，赶紧俯身寻找装水的大塑料杯子，杯子没有找到却看到了一双立在面前的暗红色长筒靴子，是杨老师重新回来了。

杨老师是回来找戒指的。快到家的时候杨老师发现自己手上的戒指不见了，就赶紧停住电动车找，浑身上下翻了个遍，仍然没有找到，在确定戒指没有在自己身上之后，杨老师把自己今天所有去过的地方仔细捋了一遍，最后定格在宝祥的菜摊子上。杨老师最近正在减肥，戴在无名指上的戒指明显感到松了，自己曾经用手指扒拉着挑莴苣，戒指应该就是这个时候脱落在莴苣堆里的，这样一想，杨老师立刻就掉头回来了。

宝祥没有在摊子上找到杨老师说的戒指，就提醒说，是不是忘在其他地方了？杨老师说，我下了课就回办公室洗手，洗完手就从学校出来，洗手的时候明明还在。宝祥不说话了，开始用眼睛搜寻菜摊子的四周。杨老师突然问，你真没有看见？宝祥猛一抬头，见杨老师正狐疑地看着自己，脱口问什么意思？杨老师艰难地笑了笑说，没什么意思，只是这戒指对我太重要了。宝祥说，我确实没有看见，要是看见了我不会不给你的，女人用的东西我要那个有什么用？更何况……我也没有女人。宝祥本来是想说更何况你还是我儿子的老师，话就要出口的时候才意识到这话不该说。杨老师说这戒指是很值钱的。说完觉得有些不妥，就赶紧说，戴了这么多年也值不了多少钱了。宝祥有些急了，说甭管它值不值钱，我是真的没看见，要不你就搜吧。说着就把自己放零钱的破皮包拿到杨老师面前，这就是我带的东西，对了，还有身上，你要是不嫌，我可以把衣服扒下来让你搜。杨老师看了一下宝祥涨红的脸，眼神很快就黯淡了下来，说算了，我再回去找找，说不定真的是我记错了。你也再帮着看看，如果发现了就告诉我，我就在东岳中学教书，每天都从这里路过。

杨老师再次回来的时候，手里多了一沓子钱，硬塞给宝祥说，这个戒指真的值不了多少钱了，我之所以要找它是因为它对我有特殊的意义。大哥你也不容易，这一千块钱你就收着吧。宝祥没有想到这个女人会这样，心里有些烦了，但面上还得表现出很耐心的样子，一边推拒一边说，我是真的没有见什么戒指，这个钱我不能要。杨老师说，大哥，你再好好想想，我反正是每天都从这里走，你要是想起来了可以随时告诉我。宝祥说不用想，我是真的没见，你还是去其他地方找找吧，别在我身上浪费时间了。杨老师说，我也没说你一定见了，是请你方便的时候帮着找找，这个钱就算是给你的辛苦钱。说着就把手里的钱扔到宝祥面前的皮包里转身就走，宝祥急忙把钱拿出来追了上去。杨老师把电动车发动了起来，宝祥不失时机地把那一沓子钱放到电动车前面的筐子里，说拿好你的钱，这钱我不能要。

一般的情况下宝祥会在街头的某个地方待到把收来的菜都处理干净了才走，但今天莴苣还有一大堆，宝祥却想换地方了。宝祥之所以换地方是因为杨老师，他知道这个时间是杨老师上下午班的时间，杨老师要路过这里肯定还要问他戒指的事，宝祥发现自己都有些害怕杨老师了。

宝祥开始往三轮车上装莴苣，然后是电子秤、皮包，最后是那块遍体鳞伤的塑料布，宝祥一下把塑料布扯起来，听到一个金属坠地的声音，宝祥循声找过去，原来是一枚一块钱的硬币，宝祥俯身捡硬币，猛然就看到在橘红色的地砖缝隙里有一个亮闪闪的东西，宝祥用劲抠出来一看，是一枚镶着钻石的戒指，跟杨老师说的那个一模一样。

　　怎么把戒指交还给杨老师？宝祥有些发愁了，最简捷的一个办法就是在这里等着杨老师来上班，然后把戒指交给她说明情况。但那样杨老师会相信吗？中午她回来了两次自己都说没有看见，现在一下子拿出来，杨老师会怎么想，她会不会以为自己中午就把她的戒指给藏起来了？如果杨老师不是自己儿子的老师也无所谓，随她怎么想我问心无愧就行了。但杨老师是自己儿子的班主任！现在儿子可是宝祥所有的指望呀！

二

　　不到五点莴苣就卖完了。买走剩余莴苣的是一个胖子，脑袋大脖子粗，按照赵本山的理论应该是个厨师，价压得非常低，宝祥一开始不想卖，但胖子黏糊，宝祥没有经得起胖子的软磨硬泡。最后宝祥硬留下了两棵，胖子不解，问你要留下当种？宝祥说，要当种不如留下你了，是有人丢了东西我要等在这里还给人家！胖子笑了，说真看不出来，你还是个活雷锋。说着就摇摆着笨拙的身子走了。

　　胖子走了，宝祥重新把那两棵莴苣摆好，他要等杨老师。下午的时候宝祥出去躲了一会，但他很快就后悔了，觉得自己应该趁热打铁，把戒指尽快还给杨老师，时间一长，自己就更说不清了，所以宝祥很快就又转回到了温泉路。

　　宝祥盯着眼前的这两棵道具，觉得自己还是不能就这样直接把戒指交给杨老师。现在已经到了下班的时间，对面马路变得比刚才热闹了许多，宝祥看了看没有人注意自己，赶紧把戒指从口袋里掏出来，放在刚才的地砖缝隙里。重新坐了回去，宝祥眯起眼睛看了一下，见戒指在自己的左前方一闪一闪的，虽然发着亮但不有目的地去看是不容易被发现的，宝祥想了想就又拿起一棵莴苣放到了戒指旁边。

　　杨老师来了，带着很巴结的笑容，说师傅辛苦了？宝祥说，不辛苦，老师才辛苦呢！杨老师说，你怎么知道我是老师？是不是有孩子在东岳中学上学？宝祥心中一惊，以为杨老师发现了什么，正不知道怎么回答，杨老师嘴快，又说，如果孩子在我们学校上学，我可以找找老师，格外照顾一下。这话宝祥放心了，杨老师什么也没有发现，只是想跟他套近乎。宝祥说，上午你自己说是东岳中学的老师，每天都从这里经过。杨老师自嘲地笑了，说我说了？你看我这脑子！让那枚戒指弄得都有些颠三倒四了。宝祥想提醒她一下，就问没有再回家找找？杨老师说，找了，所有想到的地方都找了，还是没有。宝祥说，那就有可能是丢在路上了，按照你的说法你只在我菜摊子上停留过，那就在摊子附近再找找。刚才买菜的人多，我还没有来得及给收拾呢！说着拿眼睛朝放戒指的地方，想把杨老师的目光引过去。谁知杨老师根本就没有注意宝祥的眼睛，有些意味深长地说，下午你好像没有在这个路口吧。宝祥犹豫了一下，说在，怎么不在？守着个菜摊子我哪里也去不了。杨老师脸上的笑容没有了，语气也变了，说戒指早被转移走了，我还找什么找！你当我是傻子啊！这话很硬，像冰冷的石头，宝祥感到自己心里一沉，赶紧说，你再找找，说不定一下子就能找到。杨老师生气地说，我不再做无用功了，一个戒指也富不了你，我让民警来给我找。说着推上电动车头也不回地走了。

宝祥呆呆地看着杨老师离去，半天没有回过神儿来，他没有想到事情会到这一步，自己原本想不动声色地把戒指还给杨老师，谁知反而把事情弄僵了，要知道这样还不如直接把戒指还给杨老师！管她怎么想呢！

收了摊子回家，宝祥本来想不去烧烤广场了，等儿子回家共同探讨一下怎么把戒指还给杨老师。又一想自己摆出这种架势显得有些太郑重其事了，儿子不一定会配合，给儿子说这事得讲究时机。所以最后还是像过去一样先给儿子拾掇好了饭菜出门了。

这家烧烤广场也开在城边上，离宝祥住的地方不远，宝祥拿计件工资，串五串羊肉才给一分钱，有时弄一晚上也就是混个十块八块的，就这宝祥还挺知足，因为原本宝祥没有想到晚上也可以赚钱，他最初从家里躲出来只是想给儿子提供一个良好的学习环境。

宝祥租的民房建得比较早，最近这几年听说要拆迁了，房主就在一个不大的院子里衍生出来了很多的房间，宝祥的房子在最里面，只一间，阴暗窄小不说还潮湿，一道雨季到什么都湿漉漉的，但便宜，一个月才要六十块钱的房租。宝祥决定租这个房子的时候，考虑到自己白天在外面卖菜，儿子张瑞也是在学校一待一天，找房子说起来也就是找个睡觉的地方。谁知道真正搬进来才发现不是那么回事，最大的困惑是张瑞没有地方做作业，好不容易给他拼凑起来一张小桌，问题又来了，儿子经常写着写着就砸桌子，宝祥一开始以为可能是大杂院太乱了，儿子受到了干扰，后来宝祥把门和后面透气的小窗都蒙上了一层塑料布，几乎把外面的声音隔绝了，但儿子还是砸，宝祥这才意识到自己的存在对儿子也是干扰，宝祥没辙了，就想自己干脆晚上不再拾掇东西早睡觉算了，又想自己睡觉打呼噜，还不是一般的呼噜，扁豆活着的时候整天说他是半夜驴叫，那样不是更干扰儿子吗？宝祥当然也可以跟儿子坐下来好好谈谈，但儿子已经不是小时候的儿子了，现在的儿子个子高了，头发长了，只有舌头似乎短了，整天跟他连句话都没有，不问不说，有时问也不说。尤其是在扁豆死后，儿子更加沉默了，射向他的目光也总是冷冷的，就像一把带霜的长剑，让人不寒而栗。

　　扁豆得的是胃癌，查出来的时候已经到晚期了，宝祥是坚持要做手术的，但扁豆说什么也不让，说自己的病没个好了，还浪费那个钱干吗？拉下那么多饥荒，以后你跟孩子该怎么过！宝祥不听，拼了命地凑钱，为此还偷偷卖了两次血。扁豆见宝祥这样执拗，就趁没人的时候喝农药自杀了。扁豆死了之后，扁豆的大哥就赖上了宝祥，经常带着一大帮子人来闹。每次都把家里整得像被土匪洗劫过似的，闹得宝祥在村里实在过不下去了，只好把村里的承包地转包给别人，带着张瑞到城里来讨营生。就是从这个时候起，宝祥感到儿子突然跟自己隔膜起来，他们父子之间的关系就像田野里的一株麦苗，本来挺拔俊秀绿色怡人，却被移到城市栽种在花盆里，像对待娇嫩的鲜花一样精心地哺育，麦苗反而开始逐渐地委顿枯缩。

三

　　这个晚上还不错，没有喝醉酒的人闹事，烧烤广场关门得早了一些。回到家，儿子正在洗脚，宝祥感到有些意外，一般情况下，儿子总是做作业做到很晚，尤其是上了初三之后。所以大多数情况下宝祥都是尽可能地回来晚一些，回家后也要听听儿子的喘气声是不是匀实了自己才睡。

　　儿子似乎也感到有些意外，抬眼瞭了宝祥一眼，就把脚从盆子里拿了出来，宝祥赶紧端起盆子要去倒洗脚水，儿子一下就穿上拖鞋站了起来，动作有些急促神态也显得慌乱。看到儿子这样宝祥反而放心了，儿子的这个动作里包含了歉意和不安，这种歉意和不安正是他跟儿子打开话题的良好前奏。

　　倒完洗脚水回到屋里，儿子已经把自己床前的帘子拉了起来，帘子是用旧床单做的，在昏黄的灯光下折射着一层灰蒙蒙的白，就像一张飘在风中的电影幕布。儿子在帘子后面窸窸窣窣地脱衣服，有晃动的暗影通过帘子投放过来。床是宝祥从旧货市场买来的老式木床，去年儿子的身高快要超过他了，宝祥就在木床边上接出来一块木板。儿子在木板上面挂了一道帘子，现在宝祥就睡在木板上。

　　儿子已经安静地躺了下来，宝祥想撩起帘子跟儿子说话，但他把手伸了一下就又缩了回去，实际上刚才的这个动作是只存在于宝祥的意识之中，宝祥知道自己是不会把帘子撩开的，不是不敢是不忍，儿子没有妈妈了，没有妈妈的儿子在宝祥心中就是精致的蛋壳陶器，很薄，很轻，很珍贵。

　　宝祥在揣度怎么给儿子说这事，在这之前宝祥替儿子想了很多把戒指交给杨老师的方法，可以悄悄地放进粉笔盒里，或者干脆就借去办公室的机会放到杨老师的办公桌上……总之这件在宝祥眼中的难题到了儿子手里简直易如反掌。但让儿子这样做的理由呢？十五岁的儿子已经不在他的掌控之下了，宝祥有时甚至觉得现在是儿子在掌控自己，所以还必须得给儿子一个说得过去的理由。

　　儿子在那边继续没有动静，也没有要睡的意思，静静地平躺着，似乎在等待着什么，宝祥想是自己今天的反常让儿子有了某种感觉。今天你看见你们杨老师了吗？宝祥终于开口了，但说完他就后悔了，杨老师教语文又是班主任，别说语文课天天要上，就是不上课，杨老师也应该经常到教室去看看。儿子倒没有什么反应还是那样躺着问，有事？宝祥说也没有什么事。儿子沉默了，屋子里很静，静得宝祥都不好意思喘气了，过了一会儿，宝祥说，我今天看到杨老师了。儿子轻轻叹了口气，宝祥心里一沉，赶紧又说，不过她没有看到我，她骑着电动车匆匆的，我在马路边上……儿子使劲往里翻了一下身，把身子侧了起来，布帘子上立刻就凸显了儿子那瘦弱的肩胛骨，如一道巍然而起的山梁，一下子就把宝祥给隔绝了。

宝祥无法再给儿子往下说了，这也就意味着戒指不可能通过儿子交还给杨老师了。这个念头一出，宝祥心里反而坦荡了许多，戒指是自己光明正大捡的，交还给失主还像做贼一样，这不是有病！现在宝祥觉得自己确实有些小题大做了，就打定主意明天直接把戒指交给杨老师，不管怎么说杨老师得到戒指会高兴的，至于她对自己的看法就变得不重要了，有了这样的想法宝祥再次看了看布帘子那边凸起的山峰，悄悄地关了灯小心地躺了下来。

第二天一早，宝祥给儿子准备好早饭就骑着三轮车出门，临走出来宝祥还小心地检查了自己的内兜，杨老师的戒指就藏在里面。儿子起床不用叫，自己有个小闹钟，铃响后起床洗漱吃宝祥准备好的早饭，然后挎上书包骑上车子潇洒地去学校，儿子中午在学校吃，每天十块钱的伙食费。宝祥蹚在城市的人流中，总会在那些擦肩而过的身影中捕捉到儿子，儿子跟他行走在不同的世界里，宝祥却感到儿子时时在自己眼前。

宝祥要去的地方叫章家庄，整个村庄都被划进了开发区，大片的农田被钢筋水泥垛成的大盒子占领了，只有犄角旮旯里的零碎空地被见缝插针地种上了菜，种菜的大都是村里的老人，有的老人种地纯粹是玩票，只看重收成不看重效益，再加上宝祥勤快心眼实，老人们都喜欢他，所以宝祥在这里收菜就容易得多，很多菜农都愿意把菜卖给他。

这次宝祥收到的还是莴苣，刚从地里拔出来的莴苣青翠欲滴，叶子上还粘着晶莹剔透的露珠儿看着就让人喜欢。本来今天宝祥是想收点黄瓜茄子什么的换换花样，宝祥很少连续两天收同一种菜品，他知道城里人现在的餐桌越来越丰富，他们更讲究饮食的花样，不会按住一种蔬菜连续吃。但章家庄的菜农今年种的莴苣特别多，宝祥今天要不收莴苣就没得卖了。

正因为收的是莴苣宝祥才没有上午去温泉路，这就像去鱼塘里钓鱼，被喂饱了的鱼是很少咬钩的，要想让自己的莴苣卖得快就要开辟新的线路。但宝祥也没有敢走远，他一直记挂着杨老师的戒指，今天说什么也要还回去。

下午的时候莴苣剩得不多了，宝祥转回了温泉路。这一整天宝祥脑子里都在反复策划交还戒指的镜头，看来不声不响地把戒指还给杨老师是不可能的了，那就一定不能暴露自己的身份，这是宝祥的底线。在城市的天空下，宝祥时常觉得自己跟儿子就是两只单飞的孤雁，无论怎么振翅都不能赶上浩浩荡荡的雁群，所以他们有时敏感而惊恐。有次宝祥无意间看到了一则报道，说的是一个农民工子女，在学校里备受歧视，有次犯了一个很小的错误，老师居然让这孩子干了一个多月的值日，孩子回家也不敢说。直到有一次班里有个领导的孩子丢了钱，诬陷到他身上，孩子没拿自然就据理力争了，最后班主任提出来一个荒唐的做法，让全班同学投票选小偷，投票的结果是这孩子高票当选，后来孩子就疯掉了，见谁都说自己不是小偷。这个报道让宝祥难受了好几天，接下来的日子他特别注意观察儿子的情绪，有意无意地挑逗儿子说些学校里的情况，可是儿子的脸对他总是阴的，话也很少，问急了才从鼻子里哼一声，这让他心里感到沉甸甸的，后来他就等儿子睡下之后，从儿子的脱下来的衣服和睡相上看看有什么蛛丝马迹，结果收获也不是太大。有次他终于耐不住了，就悄悄地跟踪儿子，跟踪了几天都没有发现什么异常情况，反而看到儿子在同学们中间有说有笑的，这让宝祥心里还气了半天，同时也有些放心了。

怎么跟杨老师解释宝祥想了多种借口，最后他决定就跟杨老师说戒指是自己回家清理零钱的时候在破皮包里发现的，皮包是双层的，里面的白帆布衬里破了好几个洞，戒指掉进任何一个洞里都是不容易被发现的。

依照昨天的经验，杨老师应该比学生早出来一会，但今天马路上都已经闪过好几拨穿校服的学生了，还不见杨老师出来。宝祥心里有些纳闷，难道杨老师不走这个路线了？昨天杨老师明明走了好几遭的，又一想自己经常在温泉路上卖菜，只有昨天才发现杨老师，看来这里确实不是杨老师回家的必经之路。正踌躇间，忽然一辆闪着警灯的面包车在宝祥身边骤然停下了，有两个大盖帽从车上跳下来，宝祥一开始以为是城管，想赶紧收摊子走人，还没等动弹肩头早已被其中一个大盖帽按住了，这时杨老师也从面包车上走了下来，指着宝祥说，今天看你还往哪里跑！

四

三天之后宝祥从派出所出来了，这还得多亏了杨老师。温泉路派出所所长姓成也是杨老师所教学生的家长，杨老师报案的时候说自己的戒指被一个卖菜的偷了。后来宝祥的交代跟杨老师说的有些差距，成所长觉得宝祥不老实，戒指就在宝祥身上，可以说是人赃俱获铁证如山，但宝祥就是不承认戒指是偷来的。成所长采取了多种措施也没有从宝祥嘴里掏出他想要的实话来，就有些烦了，想把案子直接交给检察院起诉。杨老师听说后找到了成所长，说戒指既然已经找到她就不想再往下追究了，更何况这个盲流也是她的一个学生家长，成所长儿子同学的父亲，看在彼此孩子的分上就网开一面吧。成所长一听当事人都想撤了，他也乐得省事，他所在的辖区本来就是个案件高发区域，很多大案子都管不过来，现在杨老师都这么个态度了，他还认真个什么劲！

宝祥是骑着自己的三轮车从派出所出来的，那天抓他的那两个民警还不错，带他进派出所的时候居然没有忘了他的三轮车。三轮车像个弃儿一样在派出所的破车棚里孤零零地待了三天，车上剩下的那几颗莴苣都已经干巴了。这是一个秋天的上午，宝祥来到街上才发现天上已经飘起了微黄的树叶，他放缓了脚下的动作，三轮车慢慢地往前滑行，宝祥眯起眼睛仰头看了一下，清丽的阳光如珍珠般从树叶的缝隙中播撒下来，眼前的人流也变得光怪陆离了，宝祥揉了揉眼睛，一个喷嚏闪电般奔涌而出，宝祥舒服地咂吧了一下嘴巴，不自觉地自语道，这世界真他妈的亮！宝祥现在最想见到的就是自己的儿子。

本来宝祥是想躲在校园外面远远地看看儿子，可过了两个课间他也没有捕捉到自己儿子的身影，宝祥心里发慌了，他想走进学校直接去教室找儿子，但又一想就凭他现在这个样子还不把儿子给吓着。刚才路过一个大的玻璃幕墙，借着幕墙的反光宝祥认真打量了一下自己，在派出所里待了这几天，本来茂盛的胡子已经快遮住嘴巴了，头发更是乱成了一窝草，就这形象身边不用站警察也会被人认为成一个彻头彻尾的劳改犯。

在派出所的这几天觉得好像过了几年一样漫长，实际上如果细算宝祥只在里面待了两夜零三个白天，在平时这两夜三个白天宝祥也只能跟儿子照两面或者不照面，儿子在家要吃五顿饭，家里还有半箱子方便面和十几个鸡蛋，这些东西足够儿子对付一气的了。这样一盘算宝祥心安了不少，但他到底还是有些不放心，眼看放学的时间就要到了，宝祥就把三轮车停在路边，自己蹲在人行道的台阶上等杨老师。

杨老师猛然看到宝祥吓了一跳，以为宝祥要对她怎么着，定睛一看见宝祥满脸充满笑意才有些放松下来。宝祥说，杨老师我真的是想把戒指还给你的，只是想找个合适的机会。听宝祥这么一说，杨老师彻底放下心来，她知道宝祥不会有对她不利的行为了。杨老师觉得自己始终没错，跟成所长说宝祥偷了戒指也是迫不得已，就算戒指是宝祥捡的，也不应该据为己有呀！何况自己还三番五次的找他讨要；更何况自己还是他儿子的老师。所以杨老师现在对宝祥地解释从心里感到有些发腻，觉得面前这个凄凄惶惶的乡下人真是不可理喻，自己是傻子还把别人也当成傻子，真想还戒指！谁信呢！有了这种情绪，杨老师脑子里残存的对宝祥的那一点点内疚也荡然无存了。

当天下午我是想把戒指还给你的，为此有个胖子要把莴苣都买走，我为了等你就硬留下了两棵……宝祥絮絮叨叨地述说着，杨老师有些不耐烦了，猛然打断说，你找我就是为了这事？宝祥愣了一下，见杨老师一脸的严肃，心下先有些怯了，嗫嚅地说，我是真的想把戒指还给你！杨老师说，你的话我信了，还有什么事情吗？宝祥明显地感觉到杨老师是在应付他。稍微停顿了一会，宝祥说，我……我还想问问张瑞的情况。杨老师说，张瑞很好，学习很刻苦，也很有自尊。杨老师说着有些意味深长地看了宝祥一眼，宝祥垂下头，杨老师继续说，你还是赶快回家去照顾张瑞吧！他今天上完第一节课就请假走了，说是感冒了。

宝祥在家里没有找到儿子，也没有发现儿子留下的任何字条，宝祥又去了附近的一家小药店，有次儿子感冒了，宝祥就是带儿子来这里打的针。药店的老板对宝祥也有印象，宝祥跟他比划了半天，药店老板听明白了，说是有这么一个半大小子来买过避孕套，宝祥说不是避孕套是感冒药，药店老板摇了摇头说，这两天来买感冒药的太多了，哪能记得这么准呢！宝祥随即又来到市场上找到几个邻居打探儿子的消息，结果也是一无所获。

儿子失踪了，这个宝祥不敢相信的事实正越来越真切地逼近他，意识到这一点，宝祥忽然觉得自己一下子被掏空了。宝祥抱着一线希望再次来到学校的时候正是中午饭空当，校园里空荡荡的。宝祥在心里祈祷，但愿他一进教室就能看到儿子，随即他又开始骂自己不该抱这么大的希望，因为在他的生活中有太多的希望都成了泡影，说不定这次不抱什么希望就能得以实现，于是他就开始让自己不抱希望，这样做的结果是他对自己有了更大的责备，恨不得要给自己两个耳光，他在心里对自己说，你真不是人！怎么能盼着自己的儿子失踪呢？

教室里非常安静，只有七八个学生埋在课桌上的书本后面，其中还有两个把脑袋趴在了桌子上，宝祥的眼睛快速闪动着，没有搜寻到张瑞。宝祥木木地站在门口，眼泪终于从他那粗糙的眼眶中滚落下来，有几个学生发现了他，把好奇的目光瞄了过来。你们有没有看到张瑞？宝祥声音有些发颤地问。张瑞请假了。有个头发很长的男生神情倦怠地说。

宝祥蹲在教室前的台阶上，竭力让自己的情绪平静下来，最后的希望破灭了，张瑞到底去了哪里？宝祥想找张瑞的同学问问，寻思了半天也没有想起来，儿子这几年跟他隔膜得太久了，从来都不主动对他说自己在学校里的情况。意识到这一点，宝祥就又开始恨自己，儿子还是个孩子，有任何情绪都应该是大人的不对，自己对儿子做得太不够了，他觉得自己欠儿子的太多了。身后有人在怯生生地叫叔叔，宝祥回过头去，看到一个矮个子的男生站在自己后面，宝祥站起来，矮个子男生怯生生地说，叔叔，我知道张瑞的事情。

矮个子男生叫李冬冬，是张瑞的好朋友。昨天下午最后一节是自习课，他们班的成亮忽然跑到张瑞的座位上说要请张瑞看电影，电影的名字叫《警察和小偷》。成亮的爸爸就是温泉路派出所的成所长，成亮当时的声音很大，成亮平时的那些狐朋狗友都笑了，更有个成亮的跟屁虫，凑上来故意添油加醋地说，有个小偷爸爸就是好，看电影都不用出门。哎！成亮，干脆让你老爸上咱们学校来义演一场算了，也给我们这些革命群众上一堂生动活泼的法制课。那些不怀好意的同学笑得更欢了，成亮得意起来，学着葛优的腔调摇头晃脑地说，我老爸平时最看不起那些小偷了，一点技术含量都没有。张瑞再也忍不住了，挥起拳头朝成亮打了过去。成亮他们人多势众很快就把张瑞摁在了下面，是李冬冬跑出去叫来了杨老师才给张瑞解了围，杨老师问起了事件的起因，成亮他们恶人先告状说是张瑞先动手打人，杨老师问张瑞为什么，张瑞紧闭着嘴唇，一句话都不说，眼泪却如断了线的珠子一样可着劲儿往下滚落。

下午放学后，同学们都走了，张瑞却如泥塑一般坐在自己的座位上不动，也不跟旁边的李冬冬说话，李冬冬就这样默默地陪着他，最后天都要黑了，他们才推着单车来到街上，一路上他们继续沉默，路过梳洗河桥的时候，张瑞停下了，站在桥头上大叫起来，叫声如火山口冒出的岩浆喷薄而出，惹得路人都驻足观看，不明白眼前这个高高瘦瘦的少年怎么会发出如此怪异的声音，喊完了张瑞就把自己的拳头朝桥头的大理石栏杆上猛烈地砸下去，整个拳头立刻就露出了惨白的伤口，很快殷红的鲜血从伤口里流出来把整个拳头都浸染了。

　　听到这里宝祥已经泪流满面了，他无法想象儿子会为了他受了这么大的委屈，这一切都是由于他的缘故啊！自己不能给儿子富足的生活也就罢了，现在还带给他这么多的耻辱，宝祥快要恨死自己了，现在宝祥别说做一个很好的父亲，就连一个最起码的人在儿子眼里都不是了，宝祥第一次觉得自己活在这个世上是这么的多余。

五

　　这天晚上宝祥回到家已经很晚了，还是那间阴暗潮湿的小屋。黑暗中宝祥打开门一阵冷风扑面而来，宝祥感到了一种从未有过的荒凉与空洞，一天的时间宝祥的生活一下子就滑到了人生的谷底。下午他终于再次见到了杨老师，杨老师一听张瑞失踪了也有些发慌，赶紧让宝祥报警，还接着给成所长打了电话。成所长听了宝祥的介绍，立刻就给宝祥得出结论，说张瑞这不叫失踪叫离家出走，对于这种情况派出所也无能为力。

　　"离家出走"这个说法再次刺痛了宝祥，儿子现在就这么仇恨自己！仇恨这个家！想到自己原本并不高大的父亲形象在儿子心中已彻底坍塌，心里不禁感到一阵阵的发冷。他拉开了拴在床头上的灯绳，黄兮兮的光亮立刻像烟雾一样笼罩了整个屋子，里面到处流动着儿子的气息。至此宝祥才发现自己正坐在儿子的书桌前，相比杂乱无章的小屋，面前的书桌是洁净的整齐的，粗糙的桌面上铺着报纸，报纸的上面是一层薄薄的塑料布，塑料布上一点折痕都没有，平整得就像静止不动的水平面，在昏黄的灯光下还有一层亮色浮动上来。书桌上面靠墙竖排着一大溜书籍，里面大部分是教科书，还有几本是励志类的书籍，最显眼的是正中的那套四大名著，这是宝祥送给儿子十四岁生日的礼物，这也是宝祥送给儿子的唯一的生日礼物。书是从旧书摊上买的，原来的时候外面还有一个破旧的黄色包装盒，后来宝祥把盒子去掉，自己用白纸重新包装了一下，在上面写上：儿子，你是爸爸的最爱！祝儿子生日快乐！下面落款是，爸爸：张宝祥。就这几个字宝祥想了好几天，他本来想写点好好学习，天天向上什么的，又觉得这些东西对上初中的儿子来说有点太小儿科了。为了写好这几个字，宝祥用废纸练了多遍，直到自己满意了才开始往上写，但在写的时候还是没有达到自己心中的要求，最后也只好这样了。"爸爸的最爱"这句话在宝祥心里不知已经念叨了多少遍，但这是他第一次说出来，确切地说是写出来，要用嘴巴他恐怕这一辈子都不会说的。

生日那天，宝祥给儿子买了烤鸭，弄好了大葱小面饼蘸酱，本来是不想等儿子的，但最后还是等了。儿子回来了，宝祥见了儿子竟然有些慌张，匆匆地把这套书交给儿子接着就转身出了屋子，他有些不好意思，自己对儿子的情绪没有把握，走出来才发觉自己的内心是那么渴望看到儿子的反应，但他实在没有勇气再走回去。晚上回来，儿子已经睡了，桌上有儿子给他留下的烤鸭，看那样子是特意分出来的，用另外的盘子盛着。那套四大名著也被去了包装整齐地摆放在那一大溜书的正中，宝祥没有在屋子里找到包装纸，他又拿着手电筒去外面放垃圾的筐子找了一下也没有发现，后来宝祥有些明白了，经过自己涂鸦的包装纸一定是被儿子专门放了起来，意识到这一点，宝祥在这个寂然无声的暗夜里忽然幸福地笑了。

宝祥的眼睛模糊了，眼前的一切也随之变成了一个个截面，这些截面跃动着，透着水晶般剔透的光泽。宝祥擦了一下眼睛，周围的一切重新清晰了。这时宝祥在对面墙上发现了一个黑乎乎的类似于窗口形状的印记，这个窗口存在了多长时间宝祥无从知道，自己好像过去就看到过也似乎没有看过，现在仔细一看这个窗口竟然是由密密麻麻的小字组成的，这些小字显然是儿子在不同的时间写上去的，有的写得极为认真，工工整整的；有的则写得很散漫，就像清理笔囊时甩上的一些墨点子，用笔的颜色也深浅不一。宝祥神情为之一振，俯下身子，趴在书桌上，认真地看了起来。

最上面写着：世上无难事，只有肯登攀。这话是毛主席语录，儿子刚上学的时候，宝祥经常用毛主席语录来勉励儿子，好好学习天天向上就不用说了，这句话也是宝祥经常挂在嘴边的。紧接着下面写着：忍字头上一把刀，遇事不忍把祸招。旁边还有两个更小的字，宝祥睁大了眼睛才看清，是成亮，在这两个字下面还打了一个小小的 × 号。再往下写着：有志者事竟成，苦心人天不负。最后是一段文言文，宝祥费了半天劲才看清：天将降大任于斯人也，必先苦其心志，劳其筋骨，饿其体肤，空乏其身，行拂乱其所为，所以动心忍性，增益其所不能。后面还拉着一道横线，写着与李冬冬、张宝伟共勉。很显然这两个同学与儿子平时交往最多，也是最为信赖的。

宝祥再次内疚起来。这面墙上的窗口就是儿子这两年多来的心路历程，自己竟然丝毫没有发现，来到一个陌生的遭遇排斥的环境，儿子一直在自我勉励自己，甚至遇到同学的欺辱都在告诫自己"忍字头上一把刀"。儿子是弱小的孤立的无助的，但同时他又是个坚强的小小男子汉。在儿子孤立无助的时候自己这个当父亲的又在哪里！自己总认为可以为儿子牺牲一切，可自己了解儿子吗！总认为凭自己的辛勤劳作，让孩子吃好喝好，从表面上看不输于他所生存的环境就完成了一个做父亲的职责。现在看来自己的想法是多么的狭隘与糟糕，儿子是一个心智健全的孩子，他所需要的不仅仅是这些表面上的东西，他的心灵更需要一种深切的关怀和呵护。

有一组数字引起了宝祥的注意，这组数字是写在窗口之外的，而且是斜着排列在墙上，6561973，写得很随意，这显然是一个电话号码。儿子为什么把这组号码写在墙上？这组号码与儿子出走是不是有关联？宝祥为自己的发现骤然兴奋起来，连门都来不及锁就跑到街上打电话。现在夜已经有些深了，街上的公用电话大都收了，宝祥跑了好几条街道才在公园的旁边找到一个坚守岗位的老头，老头正在埋头抽烟，看着恓恓惶惶的宝祥有些吃惊，抬起头，浓重的烟雾和花白的头发立刻就融合在了一起，宝祥感到自己都快要飘在云端里了。

电话响了好长时间才有人接，是一个少年的声音，有些不耐烦还磕磕巴巴的，宝祥的大脑高速旋转着，猛地就想起来了，是同村的高柱，高柱从小说话就有些结巴，年龄比张瑞大一些，小学时却跟张瑞是同班，去年他就听说高柱不上学了，跟着他舅在城里承包了一家废品收购站。这个发现让宝祥更加振奋了，他竭力让自己平静下来，不缓不急地说，高柱，我是你宝祥叔啊。宝祥……叔，有事吗？高柱的声音平缓下来，宝祥的疑心更大了，儿子既然记下了高柱的电话号码，他们之间就一定有接触，儿子在城里没有其他去处，如果没有去外地的话，很可能就会去找高柱，说不定在高柱接电话的当口，儿子就在旁边听着。宝祥沉下心来，认真地说，高柱，我有个工友的妹夫在农机局干科长，说是最近有一批废旧农机要处理，你们能收购吗？太好了，太好了，宝祥……叔，你有这关系，咱们以后就能共同发财了。高柱声音听起来有些兴奋，也不怎么结巴了。宝祥听了几乎就想笑了，现在这世道，连一个乳臭未干的孩子都知道共同发财。

　　放下电话宝祥决定搞突然袭击，刚才他已经问清了收购站的地址，他本来跟高柱说明天去他们收购站看看，这当然是宝祥故意这么说的。

　　收购站并不是太偏僻，宝祥打了个小蹦蹦车一会就到了。看了看收购站那黑漆漆的大门，宝祥正琢磨怎么才能翻过去，里面却响起了汪汪的狗叫声。宝祥就干脆在黑暗中咣咣地砸起了大门。砸了好长时间，里面才传出屋门响的声音，然后就是高柱粗声大气地问，谁……谁啊？宝祥说我是你宝祥叔，高柱，快开门。随着拖沓拖沓的脚步声，有手电筒光亮从里面反射出来，高柱来到跟前又磕磕巴巴地反复问了好几遍，待确定是宝祥之后才稀里哗啦地开门，一边嘴里还嘟囔着，不是说明天吗，怎么现在就找……找来了？

　　院子里黑洞洞的，只有最东边的一间小屋亮着灯。宝祥一脚踏进大门，径直朝灯光扑了过去，高柱在后面跌跌撞撞地跟着，一边还喊着，宝……宝祥叔，这是……是怎么闹得？屋子是狭长的，不大的空间里分别摆放着木床，单桌，折叠椅，破沙发，茶几，铁炉子，显得杂乱而拥挤。床是单人床，夏天用的蚊帐被撩了起来，一床破毛巾被如被打伤的癞皮狗般蜷缩成一团毫无生气的皱褶，床上只有一个油腻腻的枕头。正对着床的单桌上还有一台硕大的电视机，电视机的旁边是一个影碟机，影碟机的菜单格式上还闪动着红点，影碟机上面散放着几个光盘包装盒，盒子上的男女都清一色没穿衣服，暴露着不该暴露的部位，做着各式各样的奇怪动作。高柱一个箭步超到前面来，其间他还紧张地回望了宝祥一眼，然后就把那些乱七八糟的男女一股脑地清理进了单桌的抽屉里，转身再次问，宝……宝祥叔，这……这是怎么闹的？宝祥揉了揉眼睛，颤声地说，张瑞，张瑞，他失踪了。

六

　　两天之后宝祥接到了高柱的电话，说张瑞来找他了，他已经按照他们制定的计划把张瑞稳住了。宝祥一听激动得差点把手里刚买的手机扔到地上。

　　宝祥赶到收购站并没有立刻见到张瑞，高柱说张瑞是今天上午才过来的，并没有说自己出走的事情，只说自己不愿意上学了，现在这个形势就是上了大学也一样没有工作，还不如像高柱一样早做打算。高柱当时非常踊跃地支持了张瑞的观点，并积极地把他推荐给了自己的舅舅，高柱的舅舅最愿意用的就是这样初出茅庐的半大小子了，当即就决定把张瑞留下，白天在收购站打打杂工，晚上和高柱一块儿看家。现在张瑞正出去把一批刚收的塑料管子运回来。高柱就是借这个时间给宝祥偷偷打的电话。

快到中午的时候，张瑞回来了，拉着一辆破地排车，车上的塑料管子摞得老高，收购站的大门口是一个上坡，张瑞费力地拉着地排车，整个身子往前倾斜成了一个尖尖的锐角，圆圆的脑袋直直地向上钻，两只手使劲拽着地排车的两个车把，手背上还贴着几个高低不平的创可贴，车袢深深地勒紧凸起的肩胛骨上。地排车先是艰难地攀爬着，后来就一下子冲进了院子，停下车子，张瑞松了一口气，抬手擦了一下额头上的汗，额头上顿时出现了一些乱七八糟走向不明的黑道道，张瑞并没有发觉，转身喊蹲在棚子里的高柱，哎！高柱子，来卸车！猛然就看到了立在眼前的宝祥。

才两三天的时间张瑞黑了瘦了，个子好像又长高了。看到自己儿子的那一瞬间，宝祥有些木了，他不相信这是真的，巨大的幸福感骤然袭来，宝祥变得异常迟钝，只是呆呆地傻傻地看着儿子，脸上荡漾着笑意；眼睛里涌溅着泪花。在倏然的惊愕之后，张瑞的表情立刻就平静了下来，也没有了刚才的生动，继续招呼高柱卸车，高柱高喊着，还卸……卸什么卸！你爹都……都来了，你快回家吧！张瑞不再说话，把身子灵巧地转到车那边开始解拴塑料管子的绳子。宝祥跟了过去，默默地站在儿子的身后，张瑞已经站在了车架子上开始往下扔管子了，宝祥才说，跟爸爸回家吧！张瑞继续埋头于自己的工作，宝祥又说，跟爸爸回家吧！爸爸不是小偷，爸爸是好人，爸爸是捡了杨老师的戒指，但从来就没有想过要焖下。顶上的塑料塑料管子卸得差不多了，张瑞从车架上跳下来没有站稳，一个趔趄几乎要摔倒，宝祥上去一把扶住了自己的儿子，流着泪说，跟爸爸回家吧，爸爸是好人！张瑞猛地挣脱了宝祥的臂膀，迅速地把自己的身子弹了出去，指着宝祥声色俱厉地说，我是不会跟你回去的，我没有你这样的爸爸！宝祥茫然地看着愤怒的儿子，眼泪流得更汹涌了，感到脑海里一片空白，随后他的整个身子坍塌下来，一下子就跪倒在了儿子面前，嘴里还不断地重复着，跟爸爸回家吧，爸爸是好人……

张瑞继续不为所动，昂着头，对跪在眼前的宝祥连看都不看，后来对宝祥的念叨有些烦了，焦躁地跺着脚说，你走吧！你赶紧走吧！你不走我走！说着把身子立起来就要往外跑，宝祥一看立刻就跪扑上来抱住了儿子的大腿，张瑞被宝祥死死地拖住，一点也动弹不得，只好恼怒地回身来掰宝祥的手，一边还往上甩自己的脑袋。早已站在旁边的高柱舅舅实在看不下去了，上来一脚就把张瑞踹倒了，指着张瑞大骂，还没有见过你这样的混蛋，你爹都求到你这个份上了，还在这里拧劲！倒在地上的张瑞愣了一下，接着爬起来就要往外跑，高柱舅舅一个箭步超到前面又是一脚，张瑞再次倒在地上，宝祥看到这样哭喊着跑上去，说你别打他了，都是我的错。宝祥伸手想把儿子拉起来，张瑞却使劲甩开了。

最后宝祥到底没有把张瑞带回来，是高柱舅舅单独把他叫到一边说，看来这孩子够犟的了，他心里一定还有个疙瘩没有解开，你现在就是把他硬逼回去也看不住他，他这么大了你总不能整天把他拴在裤腰带上吧！宝祥一听也是就问该怎么办！高柱舅舅说，让他的情绪平复平复再说吧，反正在我这里他也跑不了，宝祥一看也只好这样了。

从收购站回来宝祥就去找那个脑袋大脖子粗的厨师，宝祥沿着温泉路找了好几家小饭店，居然真的找到了。大脑袋厨师正在两手托着一条裹了面糊的鲤鱼往油锅里放，宝祥上去拍了他肩膀一下，大脑袋厨师用眼角扫了扫，说要吃饭去外面。鲤鱼沉到锅底发着滋滋的声响，宝祥大声说，我不吃饭。大脑袋厨师这才扭头，看了宝祥一下说，来送菜？菜今天早上我已经买了。宝祥有些兴奋地说，我就是个卖菜的，你想起来了。厨师撇了撇嘴说，你是卖菜的还用想吗，看你这身打扮不就明白了。宝祥说，我确实是个卖菜的，你那天还买了我的莴苣，我要硬留下两颗，我还说是有人丢了东西我要等在这里还给人家。厨师说，什么乱七八糟的，我天天买莴苣，谁记得这么准，你没事别捣乱。锅里窜出一股白烟，厨师转身手忙脚乱地拿漏勺往外捞鱼。宝祥说，你再想想，那天早上还下了个小雨，在往银座拐的那个丁字路口，左边的人行道上，我在那里出摊，当时也是穿着这身衣服。鲤鱼被捞出来盛在盘子里，外面的一层面糊都有些发黑了，整个看起来不像是炸出来的倒像是熏出来的，厨师有些恼火，搓着一双油腻腻的大手嘟囔着，这可怎么办！这可怎么办！宝祥还在哆嗦……对了，你那天没有穿白大褂，是穿了一件黑色的老头衫……还不出去！你想找扁啊！厨师回身朝宝祥怒吼着，眼珠子都快挤瞪出来了。

宝祥从后面出来，点了一个肉皮冻还要了一盘干炸花生米，服务员问要酒吗？宝祥说等一会再说，菜很快就上齐了，宝祥却不忙着动筷子。餐厅里有好几拨都吃完了，有的食客在拿着牙签脸红脖子粗地剔牙；还有的在张牙舞爪地大声说话。过了一会儿，厨师端着个盘子出来了，看到宝祥愣了一下，说你怎么还在这里？宝祥说，我在这里等着请你呀。厨师笑了，说请我？在我的饭店里请我？你说到底找我有什么事情吧？宝祥说，也没有什么大事，就是请你给我做个证明。厨师说给钱不？宝祥说不是让你做假证明，就是把你那天买我莴苣的情况说一下。厨师说那也得给钱。宝祥说请你吃饭还不行吗！厨师扫了一下眼前的两个小菜说，就这个。宝祥说你可以再点，只要是你饭店里有的。厨师说那好！今天咱爷们也奢侈一把。扭头对一个胖胖的服务员说，小红，你去后面告诉你婶子，把我晚上留着做虎头鱼的那条鲤鱼烧了，再上一盘酱猪蹄，拿瓶泰山特曲，要那种44度绿盒的。

鱼上的还是被厨师炸糊了的那条，宝祥动了动嘴想说点什么，厨师却嘿嘿地笑了，说兄弟，这条鱼跟你有缘分呢！说着端起面前的杯子嗞溜就把里面的酒灌进了嗓子眼里。也许是酒精起了作用；也许是宝祥不断的提醒刺激了厨师的记忆，两人边喝边聊不大一会厨师竟然把那天买宝祥莴苣的经过都想起来了，其中还包括很多的细节。宝祥一下子兴奋起来，觉得自己这顿饭钱总算是没有白花。

下午宝祥和厨师在路口很容易就等到了杨老师，杨老师听说张瑞不回来就要跟着宝祥亲自去收购站，宝祥摇着头说，这孩子我太了解了，你去也白搭。他五岁的时候去他姨妈家，因为他跟表弟争玩具打了起来，他姨夫往屁股上轻轻拍了一下，从此以后他就再也没有去过他姨妈家。杨老师问那怎么办？宝祥说，现在这孩子就是认准了是我偷了你的戒指，不把他心里的这个疙瘩解开他是不会回来的。杨老师说，我去跟他说明白戒指是我自己丢的，一切完全是个误会。宝祥抬起头看着杨老师说，这话连你自己都不相信他怎么会信呢！杨老师再次重复道，那怎么办？宝祥说，我上午找到了个证明人，他能证明我确实是想把戒指交给你的。说着就招呼厨师往跟前来。

厨师把那天的情况说了，还重点说了宝祥要留两棵莴苣做种，等在这里还人家东西的事儿。宝祥接过去说，我那天就是为了等你，为了让你便于发现戒指，我还专门把一棵莴苣放在了戒指旁边，怎奈那天下午你连看也没有看就生着气走了。最后宝祥说杨老师，事情到了现在这一步我从来就没有怨过你，怪就怪我自己想得太多了，总觉得要给你留个好印象不能给孩子丢人。谁能想到会出现现在这种情况！说着宝祥又有些控制不住自己，眼泪在眼眶子里开始打转。

面对宝祥的苦心孤诣，杨老师第一次有了内疚的感觉，感到自己在这个事情上确实是做得有些过分了，刚才她随着厨师和宝祥的介绍把那天的情况重新回顾了一遍，自己原来固有的那种想法动摇了，她明确地感觉到了宝祥的真诚。杨老师走过来，抬起眼睛认真地说，你说我们现在应该怎么办？杨老师的话我们让宝祥感到了莫大的鼓舞，宝祥感到自己一块石头落了地，他说我现在要的就是让你真的相信我从来就没有过焖下戒指的想法，更不是什么小偷。杨老师说，我相信，凭着你对张瑞的那份感情我就相信你是一个好人，我也可以跟你去派出所把情况说明白，让派出所给出个证明。宝祥听了眼泪终于滚落了下来。

随后他们三人就一齐往派出所赶，眼看派出所就要到了，宝祥的手机响了，是收购站的电话，宝祥赶紧摁开，小结巴高柱的声音如潮水般涌进了耳郭，宝……宝祥叔，坏醋了，张瑞他……他跑了。宝祥一听，脚下一软，整个身子如坍塌般一下子就倒在了地上。

七

在张瑞离家出走三个多月后，宝祥开始把自己的目标转向了南方。

三个多月来，宝祥一刻也没有放松对张瑞的寻找，进城的这两年宝祥攒下了六千多块钱，这本来是给张瑞上大学用的，现在这些钱已经所剩无几了，光火车票汽车票宝祥都快有小半口袋了，张瑞还是没有踪影。宝祥的寻找并不是没有方向的乱找，这三个多月宝祥先把北方能想到的城市找了个遍。每来到一个城市宝祥都要先找家网吧，在当地的论坛上发一个寻人的帖子，然后再买上一张地图。更多的时候宝祥是住在车站候车室里，但也有地方晚上会对候车室进行清理，遇到这种情况宝祥就不得不找个附近的小店住下，住店的时候不论其他条件怎样，宝祥唯一的一个要求就是必须有电视。宝祥看电视专门找当地的新闻看，他看新闻关注的是当地领导的动向和行踪，领导们去哪个煤矿视察安全工作就说明这个煤矿出问题了，宝祥就立刻赶了过去。领导们在哪个农场强调一定要正确使用用工政策坚决杜绝童工现象的出现，宝祥也会闻风而动。除了看电视新闻之外，他还关注广场及公园里的报亭，那上面有时也能提供些有用的信息。宝祥还印了五千份寻人启事，走到哪里都要悄悄地贴一些。

宝祥一般在一个城市逗留三到四天，最多不超过一周。在这段时间里，宝祥除了自己寻找到线索就去事发地找儿子外，还要做些短工挣些费用，有时也能遇到些好人，有次在吉林四平，他用三轮车只给客户运了一车货，客户听说了他的情况一下就给了他四百块钱，这让宝祥非常感动，他觉得太多了想不拿最后还是揣了起来。他清楚地知道寻找儿子现在已经演变成了一场持久的战役，不是一朝一夕就能实现的，他必须有个长远的打算。每当失望地离开这座城市的时候，宝祥心里当然也感到些难受，但同时也有了某种信心，儿子不在这个城市，那这个城市中所有的事故就都跟儿子没有关系，儿子还健康地活着，说不定儿子正在下一站等着自己。

这一路从黑龙江内蒙古一直到河北河南走下来，宝祥瘦了，整个人看起来就像一张行走着的纸片，有次在卫生间的玻璃镜子里宝祥看到了自己，竟然吓了一跳，这还是自己吗？脸上的皱纹多得就像晒干了核桃皮，鬓角的头发都已经发白，并且长得都盖过了耳朵梢子了，就像戴了一顶古旧的帽子。宝祥看到自己这样立刻感到状态不对，就这样即使找到了儿子，儿子还敢认自己吗？他赶紧找了家理发店把自己拾掇了一下。

这次宝祥准备由郑州倒车直接去广州，再由广州辐射南方这些城市。在郑州火车站宝祥见到的是一派不同于以往的景象，偌大的火车站里到处都是步履匆匆的人流，他们大多神情倦怠衣衫不整，提着笨重而琐碎的行李，一看就是些在外面打工的人。从电视上宝祥知道西方国家发生了金融危机，听说广东沿海一带也都受到了影响，很多民工都没有活干提前返乡了。这种状况并没动摇宝祥去广州找儿子的信心。

在买票的时候宝祥遇到了一点麻烦，去广州的火车票不是太紧俏，除了硬卧其他都有空票，不知是由于方言不通还是人声太杂乱了，宝祥说要站票售票员却打成了软卧，这下宝祥就要多付出七百多块钱，宝祥拿不出这个钱就跟售票员理论，售票员却坚持说她没错是宝祥说错了，眼看两人就要吵起来是站在宝祥后面排队的一个秃顶男人给他解了围，秃顶男人让售票员把软卧车票给他，宝祥要的票就可以另外出了。

后来在候车的时候宝祥跟秃顶的男人又坐在了一起，宝祥对他表示感谢，秃顶男人倒非常大度，说出门在外都不容易，相互间理应有个照应。有了这种交流两个人就显得有些亲密了，宝祥很快就得知，秃顶男人姓苏，北京人，十年前来广州发展，现在在广州已经有了很大的事业，这次来郑州就是准备在这里建一个分公司来开拓中西部市场。年龄比宝祥大两岁，宝祥就叫他苏哥。

上车之后苏哥让宝祥跟着他去睡，说在火车上站一晚上的滋味不好受，软卧的床宽可以睡两个人，宝祥不同意说庄户人家哪里有这么娇贵，过去在老家，农忙时节为了从老天嘴里把粮食抢出来，连续几夜不睡都没有事。苏哥见宝祥这么执拗就提出来一个折中的方案，一般餐车在晚上十二点以后就对没有座位的旅客开放，只要交二十块钱就可以在餐车里坐一夜，当然如果你点菜消费就更好了，苏哥说自己忙活了一天还没有来得及吃饭，他们上车以后就去餐车吃点东西，宝祥说自己吃过了，苏哥说你就算是陪我吧。苏哥说这话的时候脸上露出了不悦的神情，宝祥一看自己再拒绝就显得不好了。

这天晚上在餐车上宝祥是准备请苏哥的，苏哥人很好，看起来不像个有钱人，更何况他还帮了自己这么大的忙，请他顿饭表达一下自己的感激之情也是应该的。但是看到苏哥点了好几个菜还要了酒，宝祥就有些坐不住了，他知道在餐车上的酒菜是很贵的，苏哥这顿饭自己显然是请不起了。苏哥见宝祥迟迟不动筷子，好像看透了宝祥的心思，就说兄弟，你别想这么多，大哥现在有，钱了，就想交实在人。大哥原来在北京郊区种树苗子，那时候大哥天天用地排车拉着树苗子在北京街头转悠，知道穷人的难处，大哥是真的想跟你说说话。说着就端起面前的酒杯说，来，兄弟，咱哥俩端一个。宝祥听话地端起酒杯，眼里汪着泪，一仰头把杯子里的酒一下就倒进了肚子里。

到达广州的时候已经是次日下午两点多了，宝祥跟苏哥分手。苏哥看起来有些舍不得要给宝祥安排住宿，这次宝祥坚决地回绝了，他觉得自己给苏哥添的麻烦够多了，苏哥人再好他跟苏哥也是两股道上跑的车，自己不能没有自知之明。

让宝祥想不到的是，这天晚上他住进小旅馆之后在广州电视台的一个频道上居然看到了自己寻找儿子的信息，信息是拉的字幕通过滚动播出的形式出现的，上面有张瑞的年龄长相特征及自己的联系方式。刚看到这条字幕的时候，宝祥有点不敢相信自己的眼睛，后来反复看了两边他才确信这就是自己寻找儿子的启事。他想到了苏哥，这一定是苏哥干的。昨天晚上在餐车里宝祥几杯酒落肚之后就跟苏哥谈起了儿子，谈起了儿子的出走以及对自己的误解；谈起了自己这三个多月以来寻找儿子的艰辛，他记得苏哥当时听了好像挺感动的，说到了广州一定要尽全力帮他，原本宝祥以为苏哥也就是说说，萍水相逢的苏哥能有这个态度宝祥就感到自己烧高香了，没想到苏哥居然也是这么实诚的一个人。

等自己的情绪稳定下来，宝祥拿出苏哥给自己留的名片开始拨苏哥的号码，电话通了宝祥小心地报上了自己的名字，苏哥一听是宝祥赶紧说是兄弟啊，你住下了吗？宝祥说住下了，谢谢苏哥想着。我今天晚上看到电视上你帮我打的广告了，那得花多少钱！苏哥大大咧咧地说，你说这个呀，也花不多少钱，咱电视台有哥们，我今天给他们打电话了，让他们可着劲给我打，大哥说过要帮你找儿子的，你就放心吧，只要咱儿子在广州，就是钻进老鼠洞里我也要把他薅出来。

第二天一大早，苏哥又过来找宝祥了，还带来了一个长长的名单，上面有广州本地一些企业的电话号码以及地址。苏哥说广州这么多企业光凭宝祥两只脚，就是跑一年也跑不过来，所以他还要依靠电话联络。电话苏哥也为宝祥准备好了，是一个当地的小灵通，苏哥已经往那里面预存了五百块钱的话费。为了更便于跟那些企业交流，苏哥还专门教了宝祥几句广东话。看到苏哥为了自己的事情准备得这么细致，宝祥一时感动得说不出话来。

接下来的几天里宝祥按照苏哥说的那个办法对着名单上的企业问了个遍，也跑了好几个地方，倒是发现了几个雇佣童工的企业，但他们里面没有张瑞。到了第四天，宝祥准备离开广州了，这次广州之行让宝祥感到心里有种说不上来的滋味，有失落没有失望；也感受到了一份暖暖的情意，这种情意就来自萍水相逢的苏哥，他之所以这么快就离开广州，一方面他对广州本来就没有太大的奢望，广州是个省会城市，粗放式的加工企业少不说，这里的用工制度也应该比别的地方完善，很多企业显然不敢冒雇佣童工的风险；另一方面他感到自己欠苏哥的太多了，苏哥的这份情分他是没有办法回报的，只有尽快离开他才能心里安稳一点。

宝祥在路边的大排档请苏哥吃饭，这是宝祥离开广州之前的一个心愿。宝祥的下一站是珠海，他认真研究了广东地图，从珠海到深圳，然后再去东莞，整个珠三角地区他要完整地转下来，他一直有个感觉，张瑞一定在广东的珠三角这一带，来广州的第二天下午宝祥从外面回来在路边看到了一个算命的瞎子，宝祥请瞎子算了一卦，瞎子说他目前是主发东南否极泰来，就要交好运了，对瞎子的话宝祥在心里猜度了半天，最后感到瞎子的话还是有几分道理的，一来广州他就结识了苏哥这样的好人，这不是在开始交好运吗？这样一想宝祥当时就高兴起来破例给了瞎子十块钱。

苏哥听说宝祥要离开广州挺失落的，说儿子也没有找到，自己夸下的海口也没能帮宝祥实现。宝祥赶紧说苏哥这就帮了很大的忙，过去去其他城市从来就没有遭受过这种待遇，苏哥的情分自己就是做牛做马也还不清。苏哥说，兄弟，你太客气了，大哥跟你交往觉得踏实。随后苏哥又把几个电话号码抄给了宝祥，说这些是自己散布在广东境内的朋友，宝祥走到这些城市遇到难处可以给他们打电话，只要你说是我的朋友他们就不敢不买账。随后两人就开始闷着头喝酒，宝祥发现苏哥一直在不停地叹气，一开始宝祥以为苏哥是由于他的离开，后来就觉出味儿来了，说苏哥你有什么难事能说说吗。苏哥说最近哥哥可能要栽了。说着长出了一口气，宝祥赶紧问怎么了？苏哥说不说也罢，你现在找儿子找得这么辛苦，我不能再给你添堵了。宝祥一听这话霍的一下站起来说，你这是看不起兄弟，我虽然不知道大哥遭遇了什么样的难处，兄弟也不可能帮上你什么忙，但跟兄弟说说宽宽心总可以吧。苏哥看到宝祥这么激动就摆了摆手说，兄弟，你坐，你坐，大哥跟你说说。

原来苏哥的花卉苗木公司一直跟一家专门的营销公司合作，合作的开始阶段效果还不错，谁知后来这家营销公司老是拖欠货款，上门去讨要他会拿出千般理由来应付。苏哥也想干脆换一家营销公司算了，但是目前这个公司已经赊欠了几百万的货款，要换一家这些钱就甭想要了，所以还得继续跟他合作，这样越捞越深，截止到现在该营销公司拖欠苏哥的货款已近千万元。资金链一断裂，苏哥的公司也面临着要破产，现在再去找这家营销公司连老板的面都见不着了。

宝祥听完了看着满脸惆怅的苏哥说为什么不打官司告他，苏哥说打官司，谈何容易，更何况我已经了解到这家营销公司的老板在广东很有背景，要打官司几无胜算的可能。宝祥说那也可以想想其他办法，总不能眼看着自己的事业垮了啊！苏哥说办法倒是有，眼下就是缺帮手，我公司里的那些员工，弄些写写算算的小事还行，干这样的大事，他们根本就白搭。听了这话宝祥再次站起来，说你看兄弟行吗！兄弟愿意为了你做任何事情。

八

发现苏哥有点问题是第二天晚上他们准备出发的时候，苏哥拿出来两套警服让宝祥跟小路（苏哥找的另一个帮手）换上，苏哥见宝祥有些犹豫就说这是为了便于行事。宝祥说欠债还钱是天经地义的事情，咱们干吗还这么假模假式的？苏哥说这是种策略，这就像去像样的酒店吃饭，虽然口袋里装着饭钱但一身叫花子打扮人家照样不让进门，所以咱们还得先用这身行头把他拿下。宝祥见苏哥说的也有几分道理，就半信半疑地把那身衣服换上了，警服很肥穿在宝祥瘦瘦长长的身板上就像被竹竿挑起来一样，宝祥使劲把上衣的下摆往下拉了拉，苏哥笑着对宝祥说，真看不出，你穿上这身衣服还是蛮精神的。

他们一行三人驱车来到郊外，在位于城际高速公路下站口的一条小路边蹲守。在这之前苏哥已经派小路跟踪了那位营销公司的老总多次，那位姓夏的老总每个周末都要去郊外的一家俱乐部参加一个沙龙，这里是必由之路。他们在车上进行了简单的分工，等会看到夏老板的车过来，由宝祥跟小路上去拦车，然后把夏老板从车上拖下来带到个僻静地方逼他还钱。苏哥把事情安排好了就开始闭目养神，宝祥心里却平静不下来了，他感到事情越来越不对劲，这明显就是绑架，要债没有这样的。又一想苏哥这么好的一个人是不可能做违法乱纪的事情的，也可能是那位夏老板是确实太不像话了，苏哥才不得不采取这样极端的举动，好在苏哥一直在说此行的目的是只想要回属于自己的钱，宝祥心里才多少有了点安慰。

这天晚上的事情还是比较顺利的，在接近午夜的时候夏老板的车子来了，宝祥跟小路上去拦车，夏老板一看是警察就把车子停了下来，问出了什么事情。宝祥跟小路也不搭话上前拉开车门就把夏老板拖了下来。然后他们带着夏老板朝着背离城市的方向开去。

后来他们带着夏老板过了一条河，然后在河边的一个旧仓库前停下来。夏老板一被劫上他们的车就被小路把手臂反剪起来捆绑好了，嘴巴也被堵上了。看起来夏老板很害怕，浑身哆嗦着头也在不停地摆动。苏哥和小路不知道什么时候手里多了一把枪，他们用枪顶着夏老板，脸上的表情越来越冷酷。

他们进到仓库里边，仓库里空落落的，除了靠墙的地方放着一些乱七八糟黑乎乎的机械，里面几乎什么东西也没有，没有灯光，他们借着手电的光芒把夏老板捆绑在仓库正中的柱子上，然后苏哥吩咐让宝祥跟小路看住夏老板，他去打电话。宝祥心里越来越不安起来，那种感觉更强烈地跳了出来，他虽然没有在现实生活中见过绑架，但电视剧电影中出现的绑架镜头就是今天晚上他们行为的翻版，这一切简直像做梦一样，在平常生活中连想也不敢想的画面竟真的出现在自己的生活中了。让他更加不安的是他本来是出来找儿子的，不知不觉却陷入了这种事情，瞬间的生活逆转让他的内心有了一种从未有过的恐惧感。

宝祥跟小路说自己想上厕所，小路说那还不简单拉开裤子尿就行。宝祥说自己想拉，小路扭头看了看宝祥，黑暗中宝祥感到小路的两只眼睛贼亮，发着幽暗的光泽就像饿疯了的野猫。小路个子矮小但脑袋跟眼睛却出奇的大，眼睛瞪起来就像擦得铮亮的铜铃。宝祥身体抖动了一下，龇牙咧嘴地说不行，快憋不住了。小路收回目光挥了挥手说快去快回，别让老板看见了。

从仓库那破铁皮大门里蹿出来，宝祥长出了一口气，他现在基本可以断定苏哥绝对是有些问题的了，这一路走来宝祥发现苏哥对地形非常熟悉，对这个破仓库也了如指掌，很显然这里并不是像他自己说的那样是第一次来。宝祥往前走了几步，尽量把自己的脚步压轻，走不多远他就听到了苏哥的声音，苏哥说的是广东话，宝祥听不大明白，但能听个大概，苏哥的电话显然是打给夏老板家人的。在电话里苏哥的声音阴森而冷酷，一直在反复说一个数字，最后苏哥说了句狠话就生气地把电话扣了。宝祥趴在路边的水泥管子后面想看看苏哥下一步有什么举动，苏哥掏出烟来开始吸烟，借着火机的光亮，宝祥看到苏哥的长条脸上满是凶光，苏哥长长地吐了一口烟气，自言自语地说，他妈的！都这个时候了还要钱不要命。苏哥的语气里带着冷光，和平时那个和善宽厚的声音有着天壤之别。

看苏哥晃动着黑乎乎的身子闪进了仓库，宝祥撒腿就往外跑，现在他清楚地明白了苏哥实施的就是绑架，自己无意之中成了帮凶。宝祥跑到河边的一个小树林里，掏出电话想要报警，这时他才想起刚才在车上的时候，电话被苏哥借走了，宝祥记得在路上苏哥还用他的电话打了好几个电话，看来苏哥早就把一切都预谋好了。宝祥往四下里看了看，到处都黑黝黝的没有一点人气，宝祥心中着急，自己在外面待的时间长了苏哥和小路一定会起疑心的，后来一想这里既然有仓库一定还会有其他单位，于是宝祥就沿着河边疯跑起来。

也不知道跑了多长时间，宝祥终于看到了一丝亮光，来到近前宝祥发现这是一个建在河上的水文站，外面有一个大铁栏杆，里面有几间屋子靠边上的一间有灯光传出来，宝祥趴在捆着绳索的铁栏杆外面叫门，叫了老长时间里面的门开了，一束手电光率先直射过来，来到近前宝祥从大体轮廓上猜度拿手电的应该是位老人就大叫，大爷快给公安局打电话，有人被绑架了。老人很木然，手电的光亮反复在宝祥身上徘徊，宝祥连说带比划费了老半天劲，老人才回屋子里拿出来一个砖头大的电话隔着铁栏杆递出来，宝祥接过电话迫不及待地对着110这三个数字摁了下去。

报完警宝祥准备蹲在前面的路口等候警察的到来，后来一想自己出来了这么长时间一定引起了苏哥的怀疑，如果不回去怀疑就会得到证实，他们就会变成惊弓之鸟，说不定立马就会转移，那警察来了就会扑空，不但抓不住坏蛋人质解救不出来，自己也会背负上报假案的嫌疑。为了稳住这两个坏蛋，宝祥最后还是决定回到仓库。

果然宝祥一摸进仓库就被一条粗壮的胳膊卡住了脖子，宝祥感觉这应该是粗矮的小路，忙一边挣扎着一边大叫，是我，是我……宝祥被小路拖到仓库中间，苏哥正坐在水泥墩子上抽烟，黑暗中跳跃着的光亮一明一灭地闪烁着，把苏哥那粗硬的下巴凸显出来。小路一脚踹向了宝祥的腿肚子，宝祥扑通一声跪倒在苏哥的面前，这时候宝祥的脑海里一片空白，心中紧张得要死他不知道苏哥要把他怎么样。

看着眼前浑身发抖的宝祥苏哥反而放心了很多，刚才他正跟小路盘算着转移，现在他感到用不着了，但也不能掉以轻心，这么多年他之所以能够安然无恙很重要的一点就是小心。苏哥把手中的烟屁股狠狠地丢在地上，和气地对宝祥说，起来吧兄弟，小路也是，有什么大惊小怪的，我兄弟不就是出去拉了一泡屎吗。见宝祥仍然跪着不动，苏哥伸手把宝祥拉了起来，起来，起来，大哥有话要对你说，现在大哥要对你说实话了，大哥不是做花卉苗木生意的，大哥做的是人的生意，简单说就是把人栽在地上当成摇钱树来种。这么多年大哥栽下了多少棵摇钱树已经记不清了，大哥只知道自己在瑞士银行的存款数额。大哥有钱但没有兄弟，在郑州火车站一眼看到你就觉得你会成为大哥的好弟兄，所以你不能辜负了大哥，做完这单生意大哥给你一百万，有了这一百万你找个好女人什么样的儿子生不出来啊！何必为了那个忘恩负义的臭小子把自己搞得这么恓惶呢！你说大哥说的对不对？这一席话把宝祥说得浑身发冷，见苏哥问他才哆哆嗦嗦地说，苏哥说的对，但我还是想要我自己的儿子。苏哥笑了，说我果然没有看错你。

　　警察是在一个半小时之后赶到的，由于是出其不意，苏哥和小路几乎没有做什么有效抵抗就缴械了，宝祥却倒在了血泊中，是被气急败坏的小路从后面击中了头部。

　　宝祥没有失去生命却失去了光明，子弹几乎洞穿了宝祥的头部，宝祥的视神经受到了严重的损伤，庆幸的是宝祥终于活过来了。恢复了神智的宝祥在黑暗中感受到了来自各界的温暖，房间里放满了沁人心脾的鲜花，来慰问看望的人络绎不绝，要采访的记者如过江之鲫。在宝祥三十八年的生命中第一次感受到人生还有这么多的精彩与掌声。但遗憾的是这些东西他都看不到了，他也没能让自己的儿子看到。

　　这次宝祥立了大功，苏哥是一个潜藏多年的惯犯真名叫李立臣，多年以来一直活跃在中国广东沿海一带及港澳地区，专门干肉票生意，他之所以长久地逍遥法外，是因为他采用的绑架方式极为狡猾，他有三不原则，不绑太顶尖级的富豪；自己不养马仔；尽量不伤及性命。每次他都是临时找个马仔替自己卖命，拿到钱以后他及时金蝉脱壳，这个马仔就成了他的替罪羊。由于留下的线索太少，警方曾经多次悬赏寻找他都无功而返，没有想到这次却被一个不起眼的民工给破了案。这次被绑架的夏老板是一家房地产公司的老总，夏老板感念宝祥的恩德要终生赡养他，被宝祥婉言谢绝了，宝祥说自己还有更重要的事情要办。

　　一个月之后宝祥重新出现在了广州火车站，他要继续去寻找自己的儿子，他虽然眼睛看不见了但心灵还在，他知道心灵就是这个世界上最广阔的大海，那蔚蓝色的波涛泛出的磷光就是自己指引儿子航程的灯塔。现在的宝祥手里不得不多了两样东西，一个是探路的拐杖，另一个是一条牵导盲犬的绳索。

九

2008 年阴历腊月 28 日下午，在东莞火车站前广场上，瞎子宝祥坐在出站口外面的栏杆下面，他的身下是一块墨绿色的破毛毯，右边是暗红色的拐杖，导盲犬伸着前腿机警地蹲在左边，前面是一个大纸牌子，纸牌子上贴着张瑞照片的复印件，上面写着：我叫张宝祥，寻找儿子张瑞。张瑞于 2008 年 10 月 17（阴历九月 19 日）离家出走。15 岁（1993 年出生），身高 175 公分，体重 52 公斤，体型较瘦，留长发。有知情者请提供线索。下面是宝祥的手机号码。另，请各位朋友不要再在我面前扔钱，我不是乞丐，我只想找到自己的儿子。

广场上人山人海人们都脚步匆匆地急着要回家过年，没有几个人认真看宝祥牌子上的文字。广场上的灯光将要亮起来的时候，阴沉的空中飘起了细雨，宝祥从身下把破毛毯扯出来摸索着把纸牌子盖了起来。这时又有一群人蜂拥着从出站口挤出来，他们奔命般地推搡着，几乎要把宝祥前面的栏杆挤垮，一个瘦瘦的少年被挤到了栏杆边沿。少年手中的行李被竖着的纸牌子刮了一下，毛毯脱落了下来，少年不自觉地看了一眼牌子，然后又盯着宝祥看了一下，眼泪渐渐从少年眼眶中泛了出来，少年揉了一下眼睛，那纯净的泪水和着轻雾般的细雨给这世界披上了一层银色的光亮，瞎子宝祥那塔式的身形就这样被静静地笼罩在这光亮中，逐渐幻化升腾为一尊白色的雕像。

（原载《长江文艺》2009 年第 9 期，《小说选刊》2009 年第 10 期佳作搜索栏目推介）

小黄是头牛

　　自那天晚上，小黄拱翻给它上料的簸箕，明水的心就紧起来。最近一段时间以来，小黄的饭量在逐渐地减少，起初明水并没有太放在心上，因为每到农闲季节，小黄的饭量都会减少，它是很会盘算的，知道吃多了也没有地方消耗，还不如把这些好吃的东西留在最需要的时候，但是这次似乎和以往不同了。

　　为了诱发小黄的食欲，明水从干草中精选了仍然泛着绿意的叶片，用铡刀反复铡细，把豆饼研成粉末，放在锅里翻炒出香味，然后找来几个山楂切成小碎丁一齐拌了进去。端着这样一大簸箕香喷喷的草料，明水感到自己嘴里的唾液都在增多。来到牛棚，明水没有直接把草料倒进牛槽，他想先向小黄展示一下，让它明白现在不是以前了，好吃的东西多的是，让它放下包袱甩开膀子猛吃。但小黄依然没有把那颗硕大的头颅昂起来，明水把簸箕靠近了小黄的鼻子，小黄的鼻腔似乎被什么东西堵住了，像将要散架的破拖拉机里面吭吭直响，就是不见那淡灰色的烟雾从管子里喷出来。憋得明水都有些着急了，赶紧放下簸箕，站在牛槽上对着小黄的背部一阵猛拍，小黄配合着把身子挺起来，终于一股气流从小黄鼻孔里奔涌而出，小黄舒缓地摇了一下脑袋，嘴巴不自觉地撞到了放在牛槽上的簸箕，簸箕翻着身往下垂落，里面的草料全部洒在了地上。

　　明水的心刀绞般疼痛起来，他是在心疼小黄，它本来不是这个样子的。过去，每到上料的钟点，明水的脚步声一在院子里响起，小黄的喘息就急促起来，往往还没等明水把草料倒进牛槽，小黄就翻卷着大舌头吸进了簸箕，它的这个动作一直持续到草料全部进了牛槽，接下来小黄就埋头一阵的风卷残云，似乎肚子里安装了一台功率极大的粉碎机，把牛槽的草料都吸了进去，小黄还意犹未尽地伸出鞋底般的大舌头，把牛槽的底部仔细舔一遍，然后再把舌头翻卷过来绕着嘴唇四周扫荡，每每有所斩获，就麻利地送进嘴巴里，及时吞咽下去。这是明水最有成就感的时刻，狼吞虎咽的小黄让他感到一种贴心贴肺的痛彻，仿佛是三伏天的正午往肚子里猛然灌进了一瓢冰冷的凉水。

明水看了看空空如也的牛槽，牛槽的底部在昏黄的马灯光下，发着刺眼的光亮，这光亮返照回来，他眼睛有些模糊了，他似乎听到了小黄的大舌头席卷槽底的沙沙声，不自觉地伸手摸过去，那沙沙的声音倏然消失了，他触摸到的只是光滑冰冷的石头，他的心也跟着坠落，他知道刚才的声音是存在的，那是残存在自己心底的记忆。马灯的火焰跳跃起来，不断爆闪出燃尽了的灯芯碎屑，光线也跟着时明时暗，明水知道马灯的灯芯该换了，但是他现在却不想换，他想让眼前的一切都更加的模糊，以便来追念他沉浸到心底的那些东西。本来，儿子为了他喂牛方便，把电灯扯进了牛棚，他却坚持让儿子撤了，他习惯了马灯那朦胧的光亮，这样的光亮营造出来的世界是独特的，带着秫秸燃烧后发出的暖暖气息，现在只有这种气息才属于他，他吝啬得不想让任何人分享。而现在衰老的小黄却要带走这种气息，他感到了残忍，是小黄对他的残忍，也是岁月的残忍，岁月把一头浑身紧绷绷发亮的牯牛，变成了目前松松垮垮的老牛。这样想着，明水的眼泪不自觉地涌了上来。

明水和小黄共处了三十多年，在这三十多年里，他先是干饲养员，后来饲养处被烧了，当时的队长下决心把大牲畜们作价分开，小黄作价六百元，是所有牲畜中作价最高的，那个年代，朱家庄没有人能出得起六百块钱。明水毫不犹豫地买下来了。用掉了自己所有的积蓄，还借了一部分外债，他知道小黄值这个钱。此后，小黄就真正成了他生活中的一部分，老伴死了之后，小黄就成了他的老伴。在那些艰难的日子里，小黄成了他唯一的慰藉，孩子小不懂事，明水遇到什么事情都要和小黄说说，他相信小黄能听明白，因为他懂小黄，小黄也肯定会懂他的。现在小黄就要走了，明水怎么会不难过？

　　朱成功几次从院门里进来，看到父亲满脸酸楚地蹲守在牛棚里，心里都有些不屑的意思。他不明白，一头老牛犯得着费那个劲吗？把它交给村头宰牛的麻五不就什么都解决了？尽管他知道被父亲一直称为小黄的这头老牛似乎有些来历，但是再怎么着它也只是头牛，是牛就是为人所用；供人驱使，年轻的时候耕地拉车，年老力衰了就要熬汤吃肉。就像他饭店里的服务员，就是被他睡了也还是端茶倒水的服务员，成不了颐指气使的老板娘。但是这天，他就要出门却被父亲叫住了，父亲让他去请兽医家乾，他正要去饭店的包间里陪镇长打牌，心中就有些不耐烦，顺口说，难道他能让这头老牛起死回生？父亲的眼睛在他脸上瞪了一下，最终把眼皮塌了下来，有些疲惫地说，试试吧！

　　儿子走了，明水好半天没有回过神儿来。他心里知道，儿子和自己的想法不一样，儿子的生活方式也和自己不一样。曾经有一段时间，自己妄图改变儿子，但改变的结果是，儿子变本加厉地脱离了自己预想的轨道。初中毕业以后儿子就不想上学了，明水跑到学校花了五十块钱报上名，儿子也没有去参加中考。后来儿子跟着一位回民同学来城里烤羊肉串，再后来儿子居然摆起了算卦的摊子，一开始，明水听进城的村里人说还不相信，自己跑到城里一看，果然在火车站附近看到了自己的儿子，但这哪里还是自己的儿子！眼前的小男人头发花白，胸前是一缕长长的白胡须，眼睛半睁半合，似乎很沉稳地坐在马扎上，正对着眼前的一位中年妇女念念有词。若不是那留在明水脑海中的腔调，打死他也不相信这就是自己的儿子！明水想迂回过去把儿子拖回家，让他没有想到的是此时儿子已经看见了他，却装作没有看见，继续跟人家胡扯，什么山人得道多少年了；是邱处机的几任弟子了，云山雾罩的摸不着边际，等那中年妇女乖乖地把钱掏出来，儿子才猛然蹦起来随手抓起身后的马扎喊了一声，山人去也。接着就像吹过的风一样不见了踪影。

　　大前年，儿子回到了村里要翻盖旧房子。明水高兴坏了，他以为二十六岁的儿子终于知道过日子了，觉得树大自直这句俗话真是说到了家，乐颠颠地把自己多年的积蓄拿出来，这都是他和小黄用耙和犁从土地上搂出来的。孩他娘死得早，自己理应把所有担子都压在肩上。但是一听儿子的打算，明水却傻了眼，儿子要在旧房子的地基上盖一幢三层楼开饭店。这几年，为了扩大城市规模，原经过市内的104国道绕到了他们朱家庄村，路边的几户人家纷纷开起了饭店。明水没有想到自己的儿子也打起了这样的主意。一开始，明水对自己儿子的动议是坚决不同意，他知道那些路边的饭店是靠什么招揽生意的，他不想让自己住了半辈子的房子成为藏污纳垢的地方。但是他最终没有拗过儿子，当然儿子也做了妥协，没有把老屋拆掉，在院子前面把楼房盖了起来，这样，明水和小黄的安身立命之所总算保住了。

　　楼房盖好了，饭店也开张了，但儿子仍然没有成家的意思，明水请了好几次媒人都被儿子给搅了。曾经有一次，他问儿子到底是怎么想的，儿子一开始只说这是他自己的事情，不让明水瞎掺和，后来儿子被明水缠磨急了，才说自己还没有玩够呢！不想这么早就找个累赘。对儿子的这种想法明水说什么也不理解，找个老婆怎么会是累赘？他在儿子这个年龄的时候是多么渴望有个属于自己的女人啊！当然，他知道自己的儿子现在不缺女人，儿子的饭店里每隔三个月就换一茬女孩子，那些女孩越换年龄越小，越换越漂亮，后来他觉得这个院子里的女孩子都很陌生又都很熟悉，她们都涂抹着红红的嘴唇，身上都有一种怪里怪气的香味，但没有一张女孩子的面孔能让他记住。起初明水还想规劝一下儿子，但是，事实证明儿子的这种经营方式是有效的，饭店的效益很好，一到晚上，每个包间里都会响起像破织布梭子一样的音乐，楼顶上的霓虹灯经常闪到半夜。

　　兽医家乾没有来，杀牛的麻五却来了。麻五跟着儿子进了院子，一看到小黄整个身架都塌了下去，硕大的头颅顶在支撑牛槽的石条子上，看那架势随时都有轰然倒塌的可能，麻五有些着急了，连忙回身对朱成功说，再晚就来不及了，死挺了血出不来，肉就……朱成功猛然拽了一下麻五的衣襟，麻五看了一眼蹲在旁边的明水忽然意识到了什么，接着就把后面的话咽回到了肚子里。明水却已经什么都明白了，脸色随即暗了下来，喉咙就像卡了一根鱼骨头一样难受，儿子的行为让他感到憋闷，更让他感到气愤。虽然他知道自己和儿子不是一个时代的人，但他还是搞不明白，已然富裕起来的儿子，会为了俩钱这么打小黄的主意！会这么急不可耐！麻五还要上前去量小黄的身架，朱成功看父亲脸色越来越不好看，慌忙拉着麻五从院子里逃了出来。

　　麻五似乎还不想走，脑袋朝后拧着，把身子翻转过来，用眼睛看着小黄也看着明水，目光深得如一口井，盘旋着蓝幽幽的雾气，这让明水一下子想到了麻八子，麻五是麻八子捡来的孩子，但麻五却和麻八子这么相像，尤其那走路的架势，几乎是和麻八子一个模子里铸出来的，只不过麻八子是向外八，麻五是向内，爷俩走在一起，就是一个完整的书名号。

小黄开始往外吐白沫，白沫从 U 字形的嘴唇四周源源不断地溢出来，蚂蚁上树般往上往下蔓延，小黄连摆动脑袋甩掉它们的力气都没有了，致使这些白沫堆积在小黄的嘴巴周围，形成一个巨大的马蜂巢穴，把它那粗大的鼻孔都遮蔽了。明水不得不把自己的毛巾拿出来，不断地给小黄擦拭。

兽医家乾终于来了，是明水自己去请来的。家乾认真给小黄看了看，然后对明水说，看来是不行了，它太老了。听了这话，明水的心里一下子空了。虽然原本他也没有指望家乾会让小黄起死回生，但是他没有想到家乾会把话说得这么直接，他希望听到小黄能够继续活下去的安慰，即使这是假话。他需要兽医家乾把中间的过程拉长一些，让他能为小黄做点什么，但是家乾居然连这样的机会都不给他。看来，残忍的不仅仅是小黄。

送走了家乾，明水把儿子朱成功叫进了院子。明水已经想过来了，他让儿子把小黄带走。对于小黄的归宿，明水曾经做了千般的考虑，但终究还是最后这个想法占了上风，让小黄作为一头正常的牛在这个世界上消亡。世间万物各自归宿都是一定的，明水不想让小黄违背这种规律。在明水眼里小黄的生命是高贵的，以它那永世不改的忠厚和善良，灵魂可以堂而皇之地进出天堂上的任何一个尊贵的宫殿，所以小黄在世间的这个皮囊就顺其自然吧！人世间讲究的是入土为安，但明水却不这样认为，一个恶贯满盈的人就是埋得多么深，他的灵魂都不会安宁，安宁不安宁是不依本人的意志为转移的，明水经常在电视上看到皇陵被盗的新闻，过去的皇帝为了让自己安宁费了多大的劲，不照样不得安宁吗？

朱成功对自己父亲的转变有些吃惊，待得到确定的答复之后，就想急着离开却再次被明水喊住了，明水想借这个机会和儿子谈谈。

昨天晚上明水半夜醒来，儿子的饭店仍然亮着灯，仍然有嘈杂的音乐声隐隐地传过来，他在床上坐了一会儿，想再次躺下，这时猛然传来了女孩子的尖叫声，那叫声有些奇特，就像一只羊羔在虎口下的哀嚎，带着绝望挣扎的意味。明水一开始不敢确定，后来同样的声音再次响起，明水听清楚了，他的心里一阵发紧，不知道自己的儿子做了什么伤天害理的事情。

这几天，儿子的饭店里来了两个外地人，是麻五领来的，听那口音像是从东北来的，他们不是过路的司机，也说不清是干什么的，白天围着朱家庄胡转悠，还过来看过小黄两次，到了晚上就昏天黑地地喝酒跳舞，大冬天的扒光了膀子撵着服务员满屋子里跑。反正明水觉得这两个人不是正经人，更何况人是麻五领来的，麻五这样的无浪混子还能交接什么好人？他问过儿子，儿子说是他生意场上的朋友。儿子这种含糊的回答让他更不放心了。他顾不得天冷，披上衣裳从床上下来，悄悄地来到饭店的窗子下面，但他只听到了那乱七八糟的音乐，那女孩子凄惨的尖叫声再也没有响起来。

儿子明白了明水的意图，想尽量沉下心来，但心中似乎是长了草，父亲说的什么他一句也没有听进去。明水刚开始讲不久，儿子的手机响了，儿子拿出手机来听，似乎是和某人约好了要去办什么事，此后，儿子更加心不在焉，不时拿出手机来翻看。明水看到儿子这个样子，心凉了，不知道还该不该继续往下说。这时，儿子忽然插话了，说咱现在就让麻五过来吧？明水呆住了，冷冷地说，我让你把小黄带走，并没有让你交给麻五！不交给麻五交给谁？儿子一脸的不解。交给谁也不能交给麻五！明水吼道。现在他几乎不和儿子发火，因为他知道儿子大了，自己的火气已经让儿子感觉不到热度了，但此时他却忍不住了。儿子讪讪地看着父亲，半晌才说，我把小黄卖到食品公司，总行了吧！

明水对麻五的成见很大一部分是来自于麻八子。

麻八子当年就一直在算计小黄。先是趁着一个夜黑风紧的晚上把小黄偷出来，准备卖到城里去换钱，幸亏后来被截获了，要不明水得为这事背一辈子的黑锅，更重要的是他从此也就失去了小黄。为此麻八子蹲了半个月的看守所，出来以后就记恨上了明水，在一个冬天的晚上，来到饲养场纵火后逃匿，从此下落不明。这一年麻五正好七岁，还没有上学就成了村里年龄最小的五保户。

朱成功开来了一辆冒着黑烟的拖拉机要把小黄带走，四个壮汉把小黄往车斗里抬，小黄似乎有了知觉，竭力配合着把自己的身子往前倾斜，但它一点儿力气也没有了，硕大的身躯就像被抽了筋骨，身体的哪个部件都不灵便了，几经挣扎它终于昂起了头，睁开了眼睛，朝明水住的老屋看去，但老屋的门紧闭着，小黄的眼睛里逐渐蒙上了一层水汽，最终它把自己断裂的目光无力地甩向了空荡荡的牛槽。

明水没有出来送小黄，他病了，病得突如其来；病得排山倒海。但他知道小黄被带走了，他分明听到了小黄粗重的喘气声，他知道那是小黄在向他做最后的告别。拖拉机发着突突的声响开走了，明水的流泪也下来了，他知道和他相处了三十多年的小黄真的走了，他的心里忽然空了，

朱成功和麻五开着拖拉机在 104 国道上转了一会儿，就又接着掉头开回麻五的家里。本来，朱成功是不在乎这几个小钱的，这两三年开饭店钱他没有少赚。小黄到了这个程度也值不了几个钱，所以为此让老爷子不高兴不值得。但是麻五一趟趟地找他，这让他就感到了里面的问题，一头老牛值得这么费劲吗？于是朱成功就多了一个心眼儿，弄上几个小姐陪麻五喝酒，他知道麻五好这个，麻五果然很快就醉了，吐露了真言，原来麻五是相中了小黄的身架，麻五有一位东北的朋友，靠贩卖虎骨发了大财，现在虎骨不好找了，他们就开始造假，把牛骨头进行加工处理后冒充虎骨，小黄就符合造假的条件。麻五早就瞄好了小黄，只是由于明水的原因他没有机会下手。朱成功一听这是一本万利的大买卖，就要求入股，不然他们甭想把小黄弄到手，麻五一看事情露了馅，担心不依从朱成功他会去举报，只好答应了。明水这一病倒，原来让朱成功感到很复杂的事情突然变得简单起来，他可以放心地和麻五去实施他们的计划了。

三天之后，明水在麻五家的院子里发现了小黄的外衣。他身子刚轻快了些，想出来走走的，没想到就走到了麻五家的大门口。小黄强烈的气息使他停住了脚步，他想走开，但脚下的步子却怎么也迈不动，他的心猛然就颤了一下。很快他就看到了他不愿意看到的东西，小黄的外衣正被垂挂在院子里晾衣服的绳条上，上面已有些惨不忍睹，颜色已变得深浅不一，明水知道那发着深褐色的地方是小黄的血迹，上面的血迹已经干了，和绒毛凝结在一起，透出灰亮灰亮的颜色。明水又走近了几步，没错！这就是小黄的外衣，明水看到了外衣顶端已经没有了绒毛，裸露着惨白的底色，那是小黄长期戴梭头耕地的结果。

明水没有想到儿子会这样对待他，他浑身抖动起来，他想把小黄的外衣扯了下来，拿着去质问麻五，质问儿子。但是他刚把手伸出来就又缩了回去，他忽然意识到这里面有问题。小黄是头老牛，这样的牛肉本来就没有人买，麻五居然还把小黄的外衣挂在这里招摇，看来麻五买小黄的目的

不是为了卖肉，再联想到儿子的反常行为，儿子似乎也不会为了几个小钱这样对待自己的亲爹，看来这里面一定有问题。意识到这一点，明水决定先不动声色，把自己心中的愤怒强忍下去，看看他们这样对待自己的小黄究竟是为了什么。

两天之后，被儿子称为朋友的那两位东北人要走了，儿子和麻五为他们钱行，席间，他们进行了交易，儿子和麻五各得了两万块钱。一直躲在饭店窗子后面的明水终于知道了小黄的归宿，他们居然要把小黄的骨头冒充虎骨带到深圳，然后卖到香港。明水万没有想到这伙人竟然如此黑心，万没有想到自己的儿子竟然也是这群黑心贼中的一员。

明水彻底震惊了。

朱成功和麻五是在一个上午被警车带走的。自从 104 国道经过朱家庄，这两年警车没有少开进朱家庄。但在这个上午，在朱成功的饭店周围还是围满了一街筒子的人，在他们的叹息声中，朱成功和麻五垂头丧气地被押进了带着护栏的车厢里。至于这两个人究竟犯了什么事儿，外人不知道，外人都猜测他们可能拐卖了饭店里的女服务员。

（原载《作品》2010 年第 6 期，《小说选刊》2010 年第 7
期转载）

普　通　话

　　入学不久郑红旗就跟季长军发生了一次冲突。

　　这还得从学普通话说起。师范学校是专门培养小学教师的地方，对学生说普通话的要求非常严格，学校设有专门的普通话推广委员会；各个班级都有推普小组，普通话过关成了对师范生的最低要求，没有通过普通话考试的学生，学校不发给毕业证。我们那一批学生基本上都是来自农村，上溯八辈子都是农民，轮到我们好不容易吃上了国库粮，怎么会因为这小小的普通话半途而废呢！好在普通话的定义是"以北京语音为标准音，以北方话为基础方言，以典范的现代白话文著作为语法规范的现代汉民族共同语。"我们这些北方人学起来也不是太费劲，就是有些说话的习惯和腔调不好改变。要改变这种痼疾，专门教语音的老师教我们首先从矫正口型开始，于是刚开学的那段时间，不论男生女生每人兜里都揣着个小镜子，一有空闲就对着小镜子叽里咕噜地练发音，有条件的同学还抱一收音机整天听，老师说了中央人民广播电台播音员的普通话是最为标准的。这样练了一阵子，同学们的普通话水平都有了一定的进步，但在语音测试的时候，大部分同学还是过不了关，自己在下面读得滚瓜烂熟的文章，一站起来就变味，原来的老土话像喷嚏一样不由自主地就会从嘴里奔涌出来。为此在自习课上班主任江老师帮我们认真分析了原因，认为之所以出现这种情况是因为我们平时实战得太少了，没有养成说普通话的习惯。问题找出来，下一步就看如何解决了，江老师要求我们还是要多听多说多练，尽可能地营造说普通话的环境，这次一向和气的江老师还对我们说了狠话，要求我们以后无论在什么场合都要说普通话，尤其是我们之间的交流，不用普通话他就不搭理我们，他说他就是要用这种方式烧了我们的草料场，把我们逼上梁山。这样我们的晚自习时间就变成了同学们展示自己普通话水平的舞台。同学们轮流站在讲台上进行模拟讲课，至于讲什么内容由自己确定。

这天讲课的是班长郑红旗。郑红旗来自徂徕山区，那地方靠近莱芜，说话舌头不打弯儿没有儿化韵，把老鼠说成老夫，把说说成佛，把水说成飞，这些毛病是胎里带来的不好改。上第一节语音课郑红旗就闹出了笑话，老师让把"上海自来水来自海上"，这句话翻过来说一遍，郑红旗反应倒非常敏捷，很快就举起了手，老师让他站起来回答。郑红旗说，还是上坏（海）的自来飞（水）来自坏（海）上。老师听了想笑，领他读自来水，他读了好几遍都是自来飞，最后老师也泄气了，无可奈何地坐在教桌后面说，你就自来飞去吧，我可拽不住你了。别看郑红旗的普通话说的不敢让人恭维，但他可比我们都敢说，有次上街碰到位问路的游客，人家说的是标准的普通话，我们都不敢言语了，郑红旗却不管那一套，撇着那半生不熟的普通话嘟啵嘟啵地给人家介绍哪里哪里，中间还夹杂着难听的徂徕腔，连那位问路的游客听着都笑了，我们也感到有些不好意思，撇下他快步往前赶，郑红旗却浑然不觉，气喘吁吁地跑上来说，你们咋就跑这么快呢！

郑红旗这次讲的是尼采哲学，很多同学都是第一次听说尼采这个名字，对他的哲学思想就更谈不上了解了。郑红旗却讲得津津有味，一会说尼采是站在世纪转折点上的巨人；一会又说尼采是位时代的精神病患者，五迷三道的。这么高深的理论用郑红旗那蹩脚的普通话讲出来，一开始我们觉得很好玩，觉得就像八十多岁的老太太穿了一件五彩斑斓的迷你裙，后来就兴味索然了，很多同学开始忙自己手头的事情，有看课外书的，有聊天的，还有听收音机的，我的同桌季长军干脆就趴在桌子上呼呼大睡。郑红旗见整个教室眼看就要变成了一个嘈杂的大市场，连喊了几声安静都没有安静下来，后来他干脆拿起教鞭在教桌上敲打起来，啪啪的声响也没能让同学们警觉，最后他是真的急了，高高地把教鞭举起来，使劲砸在面前凹凸不平的桌面上，随着一个穿透力极大的声响，教鞭折为两截了。教室里终于安静了下来，但很快有一声呼呼的声音如乍然闯进教室的鸽子扑扑棱棱地缭绕开来，这是季长军的呼噜声，同学们都扭头朝我们这边看，只见季长军一只胳膊长长地伸出来，脑袋就斜楞着枕在这条胳膊上，下边的半边脸被桌面挤成了扁平状，整个脸部看起来就像一个不规则的大冬瓜，眼睛闭着，嘴巴半张半合，那呼呼的声响是从翕动着的鼻孔里传出来的，声音极不规则，不仅有鼻孔里的长调短调，有时嘴巴也呵呵地配合一下，来一个复合型高音。有的同学在哧哧地窃笑，郑红旗站在讲台上大声地喊季长军，用的是普通话，但还是带着明显的祖徕味，尤其是"军"的发音极不正确。季长军没有任何反应，吧唧了一下嘴巴继续睡，我使劲推了他一下，季长军的身子如面条一样摆动了几下，嘴里含混不清地嘟囔着，谁啊？这么讨厌，人家还没有睡够呢！然后就是更大的呼噜声。我们都看出季长军是成心，郑红旗脸上有些挂不住了，快步走下讲台走到季长军跟前，大声喊季长军，但季长军还是那副昏昏欲睡的德行，大多数同学都笑了，觉得季长军是真能装。郑红旗伸手拉季长军，拉了好几次才算是把他拉起来，季长军故意懵懵懂懂地直起身子，仰头出了一个长长的哈欠，这才装模作样地揉了一下眼睛问立在眼前的郑红旗，你，干吗？

郑红旗说，干吗？正在上课你怎么睡觉？

季长军说，正在上课？我怎么不知道，上的什么课？

郑红旗说，我正在讲尼采哲学。

季长军说，尼采哲学？我们有这门课吗？

郑红旗说，是江老师规定的模拟课堂。

季长军说，江老师规定让你在模拟课堂上讲尼采哲学了？

郑红旗一时语塞，气得说不出话来。季长军继续说，班长，我还要给你提个意见，你身为班长不能不尊重同学。郑红旗说我不尊重谁了？

季长军说，我。

郑红旗说，我怎么不尊重你了？

季长军说，你老给人起外号，我本来叫季长军你却偏偏叫成季长吨，往小里说你这是不尊重同学，往大里说你是在侮辱人格，你是郑红旗我叫你偏红旗，你愿意吗！

郑红旗气得脸都被憋紫了，最后才气哼哼地说，季长军（吨），你这是强词夺理。

季长军继续不紧不慢地说，谁强词夺理了？同学们都听见了吧，他是不是把我叫成了季长吨，刚才我已经给你说了，让你尊重同学，你还这样叫，你这是明知故犯，我早就说过你可以不拿我当同学，但你不能侮辱我的人格。

这是季长军挂在嘴头上的话，我们都当他是在开玩笑，没想到他却一本正经地用在了这里。郑红旗实在忍不住了，又找不到反击季长军的措辞，就把季长军桌上的书本扔到地上撒气，季长军不愿意了，态度也随之恶劣起来，眼看两人就要动手打起来，幸亏江老师及时赶到了。

在江老师面前季长军不敢讲自己那些歪理了，强调他之所以睡觉是因为郑红旗讲的尼采哲学听不懂。江老师当时就批驳季长军态度不对，你不听就能懂吗？对郑红旗也提出了批评，让他在以后的工作中要注意方式方法。

谁都看得出来这次事件季长军是有意的，郑红旗讲的尼采哲学听不懂完全可以像其他同学一样不听嘛！用不着用这种方式来抵触，更何况我们这样的讲课，主要是练习说普通话，讲课的内容也不是主要的。我们心里都明白季长军的这次挑衅绝对不是个偶然事件，他们俩的矛盾由来已久。

最初的矛盾应该是发生在我们入学的第二天，这天是一九八五年的九月十日第一个教师节，学校要召开庆祝大会，本来安排郑红旗作为新生代表在大会上发言，但郑红旗却不在，此时我们都还没有见过郑红旗，但对他的名字都不陌生，当时考中专的成绩一下来，我初中的老师就说徂徕有个郑红旗成绩是全县第一名，五百的总分人家居然考了四百八十多，也是由于这个原因，郑红旗还没有进校门就被指定成了我们班的班长，那时泰安师范学校的校园没有现在这么漂亮，迎着校门的是一排略显陈旧的红砖房，当时新生分班的名单就张贴在这些红砖房的墙壁上，郑红旗的名字排在全班所有人的前面，还用红笔标注了一下。一开始我们不知道这是什么意思，按照我们在初中时的习惯成绩最后的学生才坐红椅子，怎么反而在成绩最好的郑红旗前面划红道道呢！后来我们才知道了这个标志的特殊意义。知道自己跟郑红旗一个班级有些莫名的兴奋，一安顿下来就探听谁是郑红旗，后来是江老师告诉我们郑红旗去泰山山后接新生了，本来我们学校是没有接新生这个先例的，但那一年泰山山脉发生了几十年不遇的洪灾，进山的路全部被冲垮了。学校领导事先联系这几个新生想让他们晚几天再来学校，但没有联系上，怕他们独自来学校会出什么意外，就决定派人去接。

江老师心中着急，又不想把这种好事让给其他班级，就临时决定让季长军来顶替郑红旗，当时季长军拿到江老师早已准备好的发言稿显得很激动，把脸重新洗了一遍，对着小圆镜子认真梳了梳头，脱下了从昨天一直穿在身上的白的确良衬衣，从木箱子里扒翻了好长时间，找出一身崭新的中山装换上。时间差不多了，江老师来喊我们去学校礼堂开会，走到半道，季长军忽然啊了一声，我们问怎么了？季长军说忘带记录本了。我们都说带本干什么，又不是上课？季长军却坚持要回宿舍拿。我们只好等他，等了好一会儿，季长军才气喘吁吁地赶来，手里多了个红塑料皮的记录本，一边还说，要知道这么难找就不回去拿了。我感到奇怪，今天早上起床的时候，我还看到季长军坐在床上正津津有味地翻这个记录本，当时我还看到记录本的扉页上写着与某某同学共勉的字样，看到我在注意他，他赶紧手忙脚乱地把记录本藏在了枕头底下，现在怎么又难找了？我又看了一眼季长军，见他两个鬓角上的头发还湿漉漉的，心想他不会是又去洗了一遍脸吧？快到学校礼堂的时候，我们看到一辆解放牌汽车摇摇晃晃地从大门口开了进来，还有几个黑乎乎的大脑袋在后面大车厢里摇晃着。走在前面的江老师眼前一亮喊了声，郑红旗回来了。

郑红旗长的和我们想象的一点儿也不一样，黑瘦，个矮，最明显的是长了一头黄枯枯的毛发，就像田野里割完麦子以后留下的麦茬，穿的衣服也有些不合适，裤子太过肥大，整个下身看起来就像一个没有扎口的大棉布口袋，还挽着裤管，裤管上布满了星星点点的泥点子。可能是一晚上没有睡觉的缘故，郑红旗看我们的神情有些麻木，江老师催促他赶紧回宿舍换衣服，他才明白过来，抬脚往宿舍跑，差点把脚上的塑料凉鞋给甩出去。

季长军一看到江老师从车厢里把郑红旗扶下来脸就黄了，也可能是被那身厚厚的中山装焐的，额头上还冒出了豆粒儿大的汗珠儿，他费劲地解开刚才系得严严实实的松紧口，眼巴巴地看着江老师，江老师也正意味深长地看着他，季长军低下头，江老师又说，郑红旗回来了。季长军抬起头，故作轻松地忽闪了一下上衣领子，说既然班长回来了，这个言还是让他发吧。说着就把发言稿递给了江老师。

郑红旗的这个发言让我们更感到了失望，满嘴的土话加上发艮的徂徕腔把江老师精心准备的发言稿给毁了，最后坐在后面的高年级同学竟然鼓起了倒掌，还有人发出了嘘声，台下的我们也感到了无地自容，不敢看摆在我们前面写着八五级二班的牌子，我身边的季长军更是把嘴唇紧紧抿着，牙关紧咬起来，手指头使劲抠住前面的椅子背，恨不得要戳出个窟窿来。郑红旗从台上下来，紧张得不行，连自己的班级都找不到了，是江老师上前把他领了回来，见了我们像个做了错事的孩子一样不敢抬头，只翻了一下眼皮朝这边瞟了一下，季长军这时已经站了起来，眼珠子朝郑红旗挤瞪着，目光如火把一般甩了过去，见郑红旗没有反应就愤恨地跺了一下脚，大声地说耻辱啊！郑红旗刚把瘦弱的身子蜷缩在自己的座位上，听了这话本来已经成了紫茄子的脸膛显得更紫了，脑门子上的汗珠子如雨后春笋般急不可耐地往外拱，半晌才把右手圈成半握状从左至右在额头上刮了一下，自我解嘲般地说，我咋就佛（说）成了这样呢！我咋就佛（说）成了这样呢……

很显然季长军一开始对郑红旗的看法和我们有些一致，都有种恨铁不成钢的意思，这种认识上的趋同性，一下子就把距离拉近了，刚开学的那阵子，我们都愿意跟季长军泡在一起，把他当成了我们行动的风向标。

季长军虽然也来自农村但长得白，穿得也比我们利整，在我们中间就像混进羊群里的一头驴。我迈进师范校门认识的第一位同学就是季长军，当时就发现他跟我们有些区别。那天学校上上下下都很热闹，校园里彩旗飘飘、人声鼎沸，拥拥挤挤的人们个个笑容满面跟过节似的兴高采烈，学校大门上还悬着一条很宽很长的横幅："欢迎您！未来的人类灵魂工程师"。面对这么大的场面，我有些晕，背着一大卷行李在人群中钻来钻去，不知去哪里交代自己，是一个穿白色的确良衬衫的男生过来帮了我，最后这位同学又把我带到了宿舍，看他那熟门熟路的样子，一开始我还以为他是个老生，直到他把我的行李放在贴有我名字的床上，才亮出了自己的身份，说他叫季长军，是我的同班同学。说着还很男人地伸出手来跟我握了一下。握完后马上就把手臂竖起来，开始摇晃自己滑到手腕上的手表。那时候对我们来说手表可是个稀罕物。来城里参加中考的前一天晚上，我的父母想在村里给我借一块，结果窜了大半夜都没有借到，为此还白白搭进去二十个鸡蛋跟一筐头子青菜。季长军和我们的不一样表现在许多方面，会打篮球会吹笛子；还会唱三月里的小雨哗啦啦下个不停，把我们早晨喝的糊糊叫成稀饭，喝起稀饭来不像我们端起饭盒来呼呼啦啦的一会就进去了，而是拿着个小铁勺一下一下地舀着喝。

最重要的是季长军对学普通话抱着无所谓的态度，不怎么认真，上语音课的时候经常在偷偷地看小说，课下也不拿小镜子练口型，而是用小镜子反射出来的光柱到处照女同学，照到顺眼的就对着镜子跟人家做鬼脸，一副不知道害臊的样子。在某种程度上他这一点很对我们的胃口，因为我们这些人从心里对学说普通话也不是太热乎，我们当时面临的形势是，恢复高考制度已经有七八年了，城市里的师资已经基本饱和，我们中间的大部分都要分配到"大有作为"的农村去当"孩子王"。而在农村普通话是没有用武之地的，在我小学跟初中经历的所有老师中没有一个老师是用普通话讲课的，据说教过我五年级数学的唐老师曾经说过普通话，那时唐老师年轻，刚从城里的学堂回来，常穿一身洗得发白的中山装，上衣的口袋盖布显眼地绷在一条直线上，左边的盖布上插着黑色的钢笔，冬天围一块灰白的长条围巾，无论多冷都不像村里其他人那样蒙头盖脸地把整个面部包起来，而是在脖子里围成一个单圈，把一端搭在胸前另一端甩向身后。刚开始给孩子们上课，唐老师的口音问题经过学生们的口口相传，立刻就引来了大家的不安，于是就开始有人找校长，要求换老师，怕自己的孩子跟着唐老师也学成洋腔怪调的了，校长找唐老师谈话让唐老师不要再撇着腔了，唐老师感到奇怪，说城里的老师都是用这种口音来教学生的。校长说，城里是城里我们是我们，城里人拉屎还不出屋呢！我们也跟着学？这次谈话之后，唐老师并没有收敛自己的行为，还是在给学生上课的时候撇腔，直到一天有几个家长闯进教室把唐老师从讲台上拉下来，并组织了几次专项的批斗活动，唐老师才终于改掉了说普通话的毛病。到教我的时候，唐老师那一口土话已经标准得不能再标准了，一点也看不出曾经说过普通话的影子来了。

　　跟我们不一样的是郑红旗，对学说普通话的热情很高，用现在的眼光看几乎到了病态的地步，上课的时候老是缠着语音老师问这问那，晚上关灯之后还要拿着手电筒躲进被窝儿里用小镜子练口型，有次教导处查夜的老师还以为他是在看手抄本的黄色小说，几乎要把他给抓起来。最让人不能忍受的是郑红旗还把这种习惯带到他的职务行为中来，他是班长，一些学校或者班里的活动自然要给同学们安排，所以每次他站在讲台上安排活动的时候，不仅撇着他那特有的半土半洋的普通话，每说完一句还要让同学们给他校正，这对我们简直就是种心灵的摧残，说实话在这种公共场合下显然不妥；要说假话就对不住自己的良心。有次季长军就高喊，你杀了我算了。

　　可以说在某种程度上是郑红旗败坏了我们学说普通话的兴趣，我们觉得不能让郑红旗这样肆无忌惮浑然不觉来摧残我们，我们应该反击，让郑红旗也要为自己无知的行为付出些代价。

不久一个关于郑红旗的笑话就在校园里流传开来，说郑红旗回家跟着他爹下地，乍来到一望无垠的田野，郑红旗有些晕，不知是一时没有认出来还是故意的，指着绿油油的麦苗问这是啥？他爹当时白了郑红旗一眼没有搭腔，继续躬身搂自己的麦苗。这时有路过的街坊问郑红旗，红旗这是什么时候回来的？郑红旗用普通话说，昨儿晚上回来的。说这话的时候，郑红旗故意突出卷舌音，再加上语速较快，听起来就像是坐着碗回来的。问话的人听了捂着嘴哧哧地笑，郑红旗的爹再也忍不住了，大喝了一声，你他娘的还坐着盆回来的呢！说着举起手中的抓钩猛地就朝郑红旗抡了过去。郑红旗一时躲闪不及被抓钩柄敲到了后背上，疼得一龇牙撒腿就跑，一边还喊着，要打死人了，麦子地里救命啊！要打死人了，麦子地里救命啊……尖利仓皇的声音听起来是地道的老土话，一点儿普通话的味道都没有了。

但这个笑话很快就得到张继富的质疑，张继富来自良庄镇，跟徂徕紧挨着，张继富说他去过徂徕山，由于缺水那个地方根本就不种麦子，更别说一望无垠了。张继富最近刚跟郑红旗打了一架，因此张继富的话还是很有说服力的。两人打架的原因也非常简单，郑红旗自己没有收音机，就跟他下铺的张继富协商，由他提供电池，两个人共用一个收音机，后来郑红旗不知从哪里知道了一个小窍门，用过的电池在粗棉布上摩擦之后还能重新使用，此后郑红旗就光捡别人废弃的电池，没想到过了一段时间，收音机坏了，打开后盖一看，原来是电池用的时间太长，里面的硫酸液淌出来把电源线腐蚀断了。张继富让郑红旗赔收音机，郑红旗理屈说拿去修，张继富不干，两人就吵了起来，最后在其他同学的斡旋下，以郑红旗负责给张继富修好收音机了事，两人的合作自然也就宣告破产了。

张继富的质疑并没有阻挡这个笑话的传播速度，反而随着同学们口头的转换，其中的情节愈加曲折细节愈加丰富了。原本一些坚持说普通话的同学开始逐渐退出阵地，最后只剩下郑红旗死不改悔，像电影《英雄儿女》上的王成那样独自顽强地挺立着。

人们当然也不相信郑红旗会有这种荒唐的举动，之所以热衷传播这样的笑话，关键还是因为郑红旗是班长。在师范里当班长其意义早已超越了班长本身，入校不久我们就了解到，前几届的班长们在毕业分配的时候大都留城了，有的还留校做起了我们的老师，这种瞬间的角色转换是毕业分配的最佳结果，也是我们每个师范生的梦想。所以当时很多人都在觊觎班长的位置。尤其是季长军，表现得更为明显一些，就连一向不怎么关心班级事务的张继福都说他是司马昭之心路人皆知。实际上当时我们人人都有司马昭之心，别忘了，我们在初中时可都是班干部，不是班长就是学习委员，来到师范乍受别人的领导，从心里也感到不舒服。怎奈我们班主任对郑红旗似乎有些偏爱，我们的所有努力在班主任那里都没有任何的响动，再加上郑红旗又是这样刀枪不入地继续我行我素，我们很快就失去兴趣了，我们不能在一棵树上吊死，水路不行走旱路，通向人生目标的道路有千万条，关键是要自己去寻找。

我为自己寻找的出路就是参加高等教育自学考试，我的想法是：自己利用两年的时间拿到大专文凭，这样一毕业就是两个文凭，就算是将来分回到农村也加大了分量，公社往下面学校安排的时候也会有所考虑的。但自学考试是一种面向社会的成人高等教育，不允许学生报考，好在也不是没有变通办法，我找到一个在公社当干部的本家大叔，让他托人从公社下属副业上弄了一张假证明，这才具备了报名的资格。这么折腾下来，报名就仅剩下最后一天了，但这天是星期二上午有两节代数课，只有请假了，当时就编了个理由向班长郑红旗请了半天假。原本以为不会有什么事情，没想到在下次课上，代数老师拿我开了刀。

代数老师姓申，第一次上课我们就觉得这老头有些奇怪，大热的天他却戴着帽子，帽子也不是很时尚的那种，而是一顶前面带沿儿的极普通的帽子，仔细一看又跟普通帽子有些不一样，帽子的主要部分是由米筛般的网状组成的，我们再看申老师，注意到他的鬓角及耳朵后面没有一根头发，至此我们才明白他为什么要戴帽子了。申老师是唯一上课不说普通话的老师，初次上课他就给我们介绍自己是南方人，南方人说北方话就是南腔北调了，所以他不说普通话，但我们听他的口音却没有一点南方味道。后来我们了解到申老师是江苏丰县人，实际距离跟我们很近，过去微山湖就是丰县，根本就算不得是什么南方。

申老师的课讲得很沉闷，再加上代数本身就比较枯燥，我们大都不愿意上他的课。对此申老师看得非常明白，时常在课堂上暧昧地问我们，年轻轻的，想么呢？对他这种明知故问的姿态我们都非常反感，他的整个语气连同神态都透露着一种亵渎的信息，我们把他这种态度理解为对我们青春的嘲弄与调侃。

这天申老师在课堂上就我旷课的事情引申开来，说年轻轻的不能想那么多，想那么多也没用。又说旷几节课没有什么大不了的，反正你们铁饭碗已经抱上了，我担心的是不来上课又不打招呼，两头不透气万一死了人怎么办？……申老师越说越离谱了，我在下面实在坐不下去就嚯的一声站了起来。申老师显然没有这样的思想准备，厉声地问你要干什么？

我说，不干什么，我只想请老师尊重我的人格。

申老师说，我怎么不尊重你的人格了，你不来上课还不允许老师说说了？

我说，我是跟班长请了假的。

申老师说，请假了？跟班长请的，我怎么不知道？

班长郑红旗站了起来，一下就被逼到了死胡同。在申老师的逼问下，郑红旗半晌没有说话，教室里出现了令人绝望的静寂，我感到自己沮丧到了极点，我是打击郑红旗的积极分子，断定他不会因为我去得罪申老师的，那么我的下场会怎么样呢？无故旷课又加上在课堂上顶撞老师，情节恶劣，说不定还要背负一个处分放在档案里，这对我本来就黯淡的毕业分配恐怕更是雪上加霜了。

最后的结果出乎所有人的意料，郑红旗在短暂的沉默之后，就证实我确实向他请过假了，而且他在上课之前也已经跟申老师说过了。申老师也没有想到情况会是这样，他本来以为在他眼中老实听话的郑红旗是会维护他的，感到有些下不来台，反复地问郑红旗你是跟我说过了。在得到郑红旗肯定的答复之后，申老师只好自嘲地笑了笑说，说过就好，看来我真的是有些老了，事情才过去一天居然就忘了。

冬天来了，这个季节也是治安案件的高发期，在连续发生了两起外面的二流子来学校打架斗殴之后，学校开始安排男生晚上去门口的传达室值班，两人一组。这天是星期天轮到我跟季长军值班了，他却回家还没有回来，那时通讯远没有现在发达，条件比较好的村才有一部摇把子电话，还要通过好几个总机转才能听到，还老串线，往往这边叫了好几声爹，那边还在琢磨自己什么时候多出来这么个儿子。我们都分析季长军没有按时回到学校的最大可能就是没能及时赶上返城的大客车，既然这样我们也就没有必要为他担心了，但晚上的班还是要值的，郑红旗再次自告奋勇地站出来。

这段时间我跟郑红旗处得不错，也开始逐渐认可他的班长地位。郑红旗是一向热衷于替人晚上值班的，一开始我总认为这是因为他是班长要以身作则发扬风格，直到这次我发现了一个秘密并明白他这样做也是有私心的。

过去我跟季长军值班的时候，内容还是比较丰富的。待大门口很少有人进出了，我们就悄悄地把从外面商店买的一小瓶二锅头拿出来，你一口我一口地开始有滋有味地喝，季长军规定我们每次都要抿上一小口，说这叫细水长流，并说他爷爷就是这么喝酒的，半盅子酒要喝老半天，还就着腌得发臭的咸鸡蛋，一个咸鸡蛋要吃上一个月，每次只是用筷子头沾那么几下，喝完酒就赶紧用胶布把敲碎的鸡蛋口封起来。季长军说，爷爷每次这样喝酒脸上总是浮现出只有神仙才有的自得神态。季长军这么一说我也感到有些神往了，小心地接过瓶子伸出舌头往里舔一下，舌头刚有了辛辣的感觉就赶紧止住。但我很快就发现季长军却不按自己定的操作规程来操作，每次酒瓶传到我手上的时候，里面的酒会明显地看出少来。喝到一定的程度我们两个就开始海阔天空地穷吹，一般都是季长军说得多，他告诉我小学教师根本就不是他的梦想，师范学校只是他迈入人生的一个最基础的台阶，他二姑父是他们那个公社的党委书记，他毕业后要去公社当干部。

我知道跟郑红旗值班是不可能有酒喝的，就早早地准备了一包方便面，人流散去的时候，我也感到有些饿了，就用从宿舍带来的快餐杯把方便面泡上。那时这种方便食品刚刚传到我们这内陆小城，我也是第一次买，不怎么会泡，放了很多开水，还把小包的辛辣料全部倒了进去，待我呼呼啦啦地把面条吃完，剩下的汤就不想喝了，我正要推门去外面的水池清洗，一直都在埋头看书的郑红旗突然抬头问我干吗？我说去把快餐杯刷出来。他赶紧站起来说他没有带吃饭的家什儿要借用我的。我说那也得刷呀，他说不用，等用完了一齐刷。说着就把我手上的快餐杯抢了过去。我只好重新坐了回去，这时郑红旗已经往快餐杯里重新倒上了开水，然后从随身带的塑料兜里掏出了两个硬邦邦的馒头，三下五除二掰开，快速填到快餐杯里，低下头狼吞虎咽起来。郑红旗的这整套动作快速而连贯，没有任何拖泥带水的痕迹，我在他偶尔抬起的脸上也没有发现任何不自然的表情，反倒是我这旁观者，因为给别人提供了不洁的餐具，内心有些不好意思起来。

那时候发到我们师范生手里的生活费有三十多块，大多数同学都够了，郑红旗却总是到月底就借饭票，娃娃头般大小的白面馒头他一顿饭能吃五个，有时我们就感到纳闷，这五个大馒头是怎么装进他瘦弱的肚子里去的。郑红旗说他很早就有个梦想，要把白面馒头一次吃个够。因为在他还很小的时候，他们村的支部书记向他描述的共产主义生活，就是一天两顿菜白面馒头敞开吃。有时宿舍里难免有同学们扔的没有吃完的馒头或者包子什么的（那时师范还没有餐厅我们都在宿舍吃饭），郑红旗总是把这些东西捡起来，收集到一个干净的布袋里，有人问他干什么用？郑红旗会很直接地说拿回去吃呀，我们村还有从来没有见过馒头的人呢！连个理由都不找，好像他收集这些东西就是最好的理由。但实际上我们真正看到的是他把这些东西都逐渐收集到自己的肚子里去了，而回家时带的都是新鲜的大馒头。

到十一点多的时候进出校门的人已经很少了，我出去把大门锁上就催促他睡觉，两个人值班的最大好处就是可以轮番睡觉，郑红旗却让我睡，我说我习惯睡下半夜，郑红旗说你可以都睡了。我问你不睡？郑红旗说我离了床睡不着。我有些狐疑地看着郑红旗，觉得他不可能这么娇贵，因为有一次听他说，他们那里出产地瓜，一到秋天漫山遍野的地瓜都要收获，来不及往家运就把地瓜抹成薄片摊在地上晾干，为了抢农时就得没黑道白地抹地瓜，有次他用抹地瓜的擦子抹着地瓜都睡着了，以至于手被擦破了都没有发觉，怎么现在却离了床睡不着了！最后在他的一再催促下我只好在传达室的连椅上躺下来，连椅是用硬木头板子钉起来的，虽然下面铺着我从宿舍带来的床单，还是感到硌人。郑红旗还在津津有味地看书，书也不是小说之类的故事书，而是我们发的课本《政治经济学》，我翻了一下身看到郑红旗那眉头紧锁的样子，感到郑红旗这个人就是有些怪，想法跟所有人都不同，将来发给我们的大红毕业证是一样的，我们将来的区别更多的应该体现在毕业分配上，这么简单的道理都想不明白，只是在这里抱着课本死学，有什么用呢！这样想着就不知不觉地睡着了。

后来我就做梦了，我梦到自己果然被分配到了城里，而且还得到了一套两室一厅的房子，这下把我高兴坏了，拿着钥匙屁颠屁颠地跑到自己的新房子里，看着洁白的墙壁，明亮的玻璃窗，不自觉地就笑出了声，一下子就把自己笑醒了。我迷迷糊糊地睁开眼睛，看到的是传达室那被白炽灯照得昏黄的房顶，我听到自己还在笑，赶紧下意识地闭上了嘴巴，但那笑声还在断断续续地传来，这时我才意识到这笑声不是自己发出来的，这是郑红旗的声音。

是郑红旗在抓着桌上电话的话筒笑，笑了一阵，郑红旗用普通话问对方，我刚才"水"的发音对不对？对方不知说了句什么，郑红旗就又开始摇头晃脑说一个不怎么顺口的顺口溜，我坐着飞机来飞行，一飞飞到九霄宫，九霄宫里有老鼠，老鼠一见这大鸟，吓得掉进水瓮里。这个顺口溜一听就是郑红旗自己编的，其中的飞、鼠、水都是他学习普通话需要改变的关键词。郑红旗说完了就拿着听筒静静地听，我看了一下墙上的时钟，已经凌晨一点多了，这个时间也是这个喧嚣的世界最为安静的时候，话筒里丝丝缕缕地传出一个好听的女声，我感到奇怪，在这样的夜晚还有谁不睡觉来跟郑红旗聊天呢？难道平时不声不响的郑红旗恋爱了？

我使劲咳嗽了一声，郑红旗的身子明显地抖动了一下，手中的听筒几乎要滑落下来，猛抬头看到已经坐在连椅上的我，就赶紧手忙脚乱地把电话扣死了。学校明确规定值班的学生是不允许随便打电话的，为此还专门给电话上了锁，传达室的这部电话只能用来接听。在白灿灿的灯光下，我注意到郑红旗的脸涨成了酱紫色，就像冬天晒干了的柿饼，这让我再次坚定了自己刚才的判断——郑红旗恋爱了。郑红旗嘴唇嚅动了几下，好像要说些什么，还没有说出来，电话铃声却响了起来，在这静静的夜里，这铃声听起来非常刺耳，郑红旗把手伸了一下就赶紧又缩了回去，犹像着不知道该不该接。我说接吧，赶紧接吧，别让人家等急了。可能是我的话意里带出来了些暧昧的色彩，郑红旗有些急了，说不是的，不是你想的那样！这时电话铃声停了下来，我说，你看，你伤了人家小女孩的心了吧。郑红旗更急了，开始张牙舞爪地向我解释，绝对不是你想的那样！我只是跟她学普通话，我连她的面都没有见过。

可能是觉得谈恋爱比乱打电话罪行更重一些（前者是学校里的明文规定，后者只是个口头要求），这天晚上我没费什么劲，郑红旗就向我全部坦白了。跟他通电话的女孩是军分区总机班的话务员，叫小白，北京人，他们确实从来没有见过面，在电话上认识完全是出于偶然。一次，郑红旗晚上值班，突然接到一个莫名其妙的电话，对方说任先生，你的长途电话接通了，请通话。郑红旗迟钝了有一秒钟，很快就明白对方把线接错了，但郑红旗却没有把电话放下，他被对方的声音吸引了，对方的声音太好听太清脆了，徂徕山上有很多鸟儿的鸣声婉转，但在郑红旗听来那些鸟的叫声跟这个女孩的声音比起来就太逊色了。对方也很快就发现自己把线接错了，想就把电话挂了，郑红旗不知哪里来的冲动，抓住有限的时机，毫不犹豫地说，你的声音太美了，我想跟你学普通话。当时对方什么也没有说就把电话挂了，郑红旗失望地扣上电话也感到自己有些唐突了。让他感到意外的是过了一会儿电话又突突地响了起来，那时候郑红旗就有了某种感觉，还没有接电话就紧张得手心里满是汗，他哆哆嗦嗦地拿起听筒，直到那清脆的声音再次传到耳鼓，郑红旗还不敢相信这是真的。

他们就这样开始通过一根细细的银线交往，一开始他们之间的接触只是碰运气，后来郑红旗琢磨出在电话上锁的情况下，通过敲击听筒下扣着的弹簧片的方法来打电话，这样郑红旗值班的时候就通过这种方式来告诉小白。大多数情况下都是郑红旗给小白读或者背些什么东西，小白在那边给他校正，也有的时候小白会给他朗诵一些自己喜欢的诗词，小白是个文学青年，尤其喜欢徐志摩和舒婷，他们的很多诗篇小白都能倒背如流。郑红旗说听小白的朗诵是世上最美的事情了，小白天籁般的声音通过听筒缓缓地送出来，或激昂，或沉静，或悲愤，或忧伤，能一下子把他带入一片片如诗如画如梦如痴的境地，那种感觉给个神仙都不换。

这天晚上郑红旗给我讲了很多，他说他们那个地方很苦，去自己田里干活连个路都没有，每到播种和收获的季节都是用肩膀担，常常把肩膀磨得连衣服都穿不上。小孩子上学就更难了，要跑很远的山路，老师都是临时拼凑起来的，能认识几个字就可以当老师，他的小学老师就曾经解释三等奖的含义就是获三次奖；到了初中开始上生物课，讲到细胞这一章，生物老师连番茄是什么都不知道，说番茄就是种带水的水果。郑红旗自己是来到师范才知道番茄就是他们能吃到的西红柿。语文老师还常常读白字，把企鹅读成止鹅；把瀑布读成暴布。他是他们那一带有史以来第一个考出来的中专生，他记得入学通知书下达的时候，整个山乡的人都很高兴，以为中专就是最高学府了，很多家长都眼热地教育自己的孩子，你们要像红旗那样好好学习，天天向上，就是将来咱们考不上个中专，考个大学也行呀！

　　听了郑红旗述说的这些事情，我心里想笑但却没有笑出来，反而涌上来一股深深的酸楚，那种感到可笑的情绪很快被严严实实地覆盖了。

　　后来学校招了一批年轻的保卫人员，我们不用值班了，我开始担心郑红旗怎么再跟小白联系，这样的事情也不好意思问，那个时候我们已经朦朦胧胧地感受到爱情是这个世界上最美好的东西，正因为如此我们才把她放在心的最深处，当成自己最珍贵最不可示人的宝藏。有一阵子我见郑红旗生活状态比较低迷，经常不自觉地朗诵普希金的《假如生活欺骗了你》，以为他跟小白断绝了往来，但很快我就发现了他们交往的蛛丝马迹。

　　一天我从传达室给郑红旗带回来了一封信，下面的落款写得比较含糊，没有具体的地址，直接写了泰安市邮电局，当时我没有在意。把信交给郑红旗的时候，郑红旗一看上面那娟秀的字体，脸一下子就红了，这时我才想到这封信一定不是寻常之人发出的。又过了一段时间，他一脸认真地问我相貌就这么重要吗？我说分在什么时候，面对什么对象。他说男女之间。我明白他是有所指的，就暗暗有了某种担心。那时我已经开始看弗洛伊德的书，知道这种感情积聚压抑到一定程度就会造成机体的紧张，有时会产生一些精神上的困扰，想鼓励他大胆一些自信一些。就说，你没有听说过情人眼里出西施吗？当时看到他脸上的神情似乎放松了许多。但不久之后的一个下午，我们一同由宿舍去教室，一路上我们什么也没有说，但我分明感到他是有话要对我说的。踏上四楼的台阶，就要进教室了，他突然说，我决定不见了。我问什么？他说跟小白，还是不见好。

　　后来有一次季长军突然对我说，郑红旗谈恋爱了。我心里有些吃惊，就故作镇定地说，不可能吧，看他走路目不斜视的样子怎么会呢？季长军说，还怎么会呢？相片都寄过来了，跟他临铺的周世国就经常看见他晚上躲在被窝儿里偷偷地看，你真不知道？我说我真不知道。季长军又深深地看了我一眼，目光里满是疑惑，见我很肯定地点了点头，季长军笑了，说不知道就算了，谁管他那个破闲事，爱恋不恋，这里正事都忙不过来。说着就风风火火地跑开了。

　　那一阵子季长军确实在忙正事，此时已进入第二学年的下学期，他如愿以偿地进了学校团委任宣传委员，整天琢磨着怎么把宣传工作搞上去，眼下他正在忙活着在全校搞即兴演讲比赛。

即兴演讲比赛在当时可是个新的提法，过去我们学校搞过多次的演讲比赛都是给演讲者提前命题，然后再把演讲稿写出来死记硬背，每次出来的效果既不形象也不生动，把本来激情昂扬的演讲舞台变成了僵化教条的诵坛。季长军把这个自己无意中从杂志上看到的演讲方式跟学校团委书记一说，得到了团委的大力支持，觉得这不仅可以提高同学们的普通话水平，还能锻炼应变能力，是提高师范生素质的一个极好的途径。立刻给各个班级下发通知，要求推荐即兴演讲的选手。

我们班报的是郑红旗，郑红旗的普通话水平此时已经有了大幅度的提高，不但是班里的推普组长，还被吸纳进了学校推普委员会，成了几个为数不多的学生成员之一。当天晚上班主任江老师拿着团委的通知在班里一说，眼睛就盯在了郑红旗身上，郑红旗也没有推脱，当时就把任务接下了。

即兴演讲比赛的规则很快就出炉了，一共有十二个演讲题目，这十二个演讲题目都有自己相对应的号码，所有的演讲题目提前半月公布，但号码却被死死封住，演讲选手按照上场的顺序一至十二排好，每个演讲者知道自己什么时候上场，却不知道自己讲什么，谜底直到上台前的那一刻才揭开。

演讲题目一公布郑红旗就立刻进入了战备状态，天天泡在图书馆里，常常忘了吃饭的时间，等他觉得肚子咕噜咕噜地叫了，才抓起饭盒往食堂跑，跑到食堂才知道早就过了吃饭的点了，有时食堂里连菜汤都没有了，只好买两个干硬的馒头垫吧垫吧。应该说郑红旗准备得还是很充分的，他为每个演讲题目都准备了讲稿，然后就开始记这些讲稿的内容。那段时间我们无论在什么地方见到郑红旗，都看到他嘴里在嘟嘟囔囔地背讲稿。

实际上郑红旗完全用不着这么费劲，季长军自始至终都参与了这次即兴演讲的策划，肯定知道不少秘密，单独找找他，把号码提前弄出来不就简单多了。季长军似乎也有所暗示，比赛的前一天季长军问我郑红旗准备得怎么样了。我说应该没问题吧。因为前两天郑红旗曾经让我检测一下他的准备情况，我随便从十二个题目中任意点了几个，郑红旗基本都能比较流畅地讲出来。季长军听了半晌没有说话，过了一会儿才说，这个郑红旗也太笨了，就不知道变通一下，他也不想想我也是班里的一员，就是为了我们班的荣誉我也得帮他呀！我说你怎么帮？季长军说，郑红旗不是第二个上场吗，《青春激昂在三尺讲台》就是二号，他如果提前问我一下，何必这么费劲呢！说完又有些自嘲地说，既然人家不需要，咱也不能去用热脸硬贴人家的冷屁股。过了一会，季长军的表情严肃起来，很郑重地对我说，你可别给我透出去，泄密的罪名我是担当不起的。

这天晚上的自习课季长军去学校礼堂准备明天的大会了，郑红旗也把自己关在宿舍里做最后的准备，我找了个机会悄悄来到宿舍，想告诉郑红旗明天他演讲的题目就是《青春激昂在三尺讲台》，让他今晚重点准备这个就行，别在其他题目上费劲了，还没有张嘴郑红旗就明白了我的意图，一下就打断了我说，既然大家都在一个起跑线上，他也不想作弊。好心被当成了驴肝肺，见郑红旗这么不识时务我气呼呼地离开了宿舍，来到外面一想对郑红旗就有些理解了，为了这次比赛郑红旗付出了这么多就是想通过努力来证明自己，任何捷径对他都是种侮辱，首先他从心里就不能原谅自己。

结果第二天正式演讲的时候，第二个上场的郑红旗抽的题目不是《青春激昂在三尺讲台》，而是《自豪吧！人类灵魂的工程师》。我暗暗有些吃惊，想不到季长军会这么阴险，同时心里也感到有些庆幸。郑红旗一报出自己要演讲的题目我就用眼睛朝季长军扫了一下，季长军也正在朝我这边看，见我在注意他，赶紧把自己的目光缩了回去。

由于准备充分郑红旗很快就进入了状态，开头讲得很顺，也很注意语言的节奏，听起来铿锵有力的，很像那么回事。我心里暗暗松了一口气。没有想到郑红旗的目光一朝评委席上游离就突然卡壳了，他睁着大眼，闪亮的眼珠儿直直地定格在评委席上的一位年轻女评委身上，脸上显现着猝不及防的表情。会前听主持会议的团委书记介绍，今天请到的这十个评委，只有两个是我们学校的，剩下的有电台电视台的播音员，节目主持人，还有市文联的作家，成分比较复杂，被郑红旗盯住的那一位好像是某个电台的播音员。整个会场立刻出现了死一般的静寂，所有的目光都集中到郑红旗身上，只见郑红旗眼睛还是像刚才一样圆睁着，脸涨得通红，嘴巴大张着，粗大的喉结急促地上下游动，一副被尿憋急了的恓惶样。会场上响起了嘘声，一开始是很小的一部分，很快不怀好意的嘘声就如潮水般泛滥开来，郑红旗迅速被淹没了，眼睛里蒙上了一层潮湿的水汽，眼泪终于从郑红旗眼窝里淌了出来，郑红旗无奈地摇了一下脑袋，转身疾步走向了后台，一下就把身后这个喧哗的世界甩了出去。

　　这个事件对郑红旗打击很大，好长一段时间，郑红旗都处于郁郁寡欢的状态，整个人像是被霜打了的茄子，一点新鲜劲都没有。我们都很不理解，一开始演讲得这么好，为什么看到那位女评委就突然卡了壳，待伤口有些平复了，我问原因，他老半天才说，我看到了小白。我说你们不是没有见过面吗？郑红旗说她给我寄过照片。我说这也太离奇了吧，小白怎么会成为评委呢？郑红旗说，小白跟我说过，不值班的时候她就去一家电台做业余播音员。

　　事后我一直猜想整个事件应该跟季长军有些关系，首先应该明确季长军是偷偷看过小白的照片的，那他就认识小白，他又参与了整个活动，有些事情季长军是不是有意的我们就不知道了，所以这种猜想也只能是猜想了。

　　第二学年快要结束的时候还发生了一件对季长军影响深远的事件，一个女孩跑到学校领导那里硬说季长军是陈世美，还跑到江老师那里去闹，说她跟季长军在初中的时候就订了婚，后来季长军考上师范就开始疏远她，最近季长军突然提出要断交，还把季长军写给她的十几封信拿出来做证据。女孩这一闹弄得季长军很被动，他那个当公社书记的姑父开着小车来了好几趟才把事情摆平。但季长军却从此有些威信扫地的意思了，一上三年级学校团委就改组了班子，在新班子的名单中没有季长军的名字。

　　三年师范生活到了实习阶段就真的接近尾声了，但我们很多人的心思却不在实习上，面临毕业的同学们大都像破茧而出的蚕蛹一样迎着春潮蠢蠢欲动了，有门子的找门子，有路子的跑路子，有关系的托关系，什么也没有的开始怨天尤人酗酒闹事，整个宿舍楼每到夜晚都被一种莫名的焦躁、紧张、嘈杂占据着。当时我也在为自己的事情忙活，根本没有顾及周围的其他人怎么样！是季长军有一天对我说，这世界真他妈的不公平！咱们累断腿还不知道怎么样，而有的人坐等着天上就会掉馅饼。我听季长军的话里有话，就问谁？季长军说，你没见人家老郑整天恣儿悠悠的，也不愁也不忧，走到哪里都拿着本书像个神仙一样逍遥吗？老郑就是指郑红旗，我们从二年级开始就明里暗里地喊他老郑了。

　　我说，老郑自有老郑的想法。

　　季长军一听立刻有些不屑地说，什么想法？回徂徕山区？为家乡的教育事业贡献自己的青春？这些鬼话你也相信！就那个兔子都不拉屎的老山窝子傻子才愿意回去呢!

我有些不服气地说,填报分配志愿表的时候,我就坐在他旁边,我看到他填的就是徂徕。

季长军冷笑着说,看来你还真是幼稚,分配志愿表是什么?不就是一张纸吗?他身为班长又是学生会干部,在这关键时候还不得做做姿态,姿态你懂吗?今年学校有两个留校名额,老郑是其中之一,他这么做无非是为自己捞点政治资本。

见我沉默不语,季长军又说,咱们这批人中属老郑最聪明,看起来傻了吧唧的,实际上比谁心里都清楚,这叫大事明白小事糊涂,我算是服了。你说这老山窝里怎么就飞出来这么一只俊鸟呢!

我不得不承认季长军说的有些道理,但在心里我还是不相信郑红旗是这么一种人,我忘不了我们一起值班的那个夜晚,忘不了他说起自己家乡时那种凄楚而充满热望的表情。尽管我知道郑红旗要想留校还是有这个条件的,三年班长,连年的三好学生,后来又兼任了学生会的学习部部长,最近又成了预备党员,这些资本留校是绰绰有余了。

当年我们的实习是分两个阶段来完成的,在师范的附属小学实习一个半月之后然后再去农村小学实习一段时间,学校做这种安排自然是有所考虑的,这意味着我们这批毕业生百分之九十九的人要回到农村。这次来下面实习没有安排郑红旗,说他另有任务。我们后来了解到的情况是学校教导处要搞什么集中统计忙不过来,临时抽调郑红旗去帮忙,季长军心里更不平衡了,阴阳怪气地对我说,怎么样?我说对了吧,人家这是提前进入角色,说你幼稚你还不服气。

我们来到的这个地方是满庄镇,经济条件稍微好一些,每个实习点都给我们准备了干净的木床,齐备的锅灶,生活的基本保障安排得不错。我们全班四十多位同学被分布在全公社十多个教学点上,但这并没有挡住我们互相串联,作为实习老师我们本身的课时很少,不上课的日子我们就在各个实习点上聚会,今天去这家明天去那家,聚在一起就用有限的实习经费大碗喝酒小口吃肉,每次都喝得疯疯癫癫的。我们知道我们分别在即,虽然不是天南地北,但很多人恐怕一辈子都见不上了,我们珍惜我们在一起的缘分,但又不知道怎么挥洒自己的情绪,乍来到这陌生的环境广阔的天地,我们只有用这种最原始的方式来祭奠自己的青春。那段时间我们都感到自己似乎回到了两小无猜的童年，第一次把自己的同学当成了纯洁的儿时玩伴，平时有些芥蒂的同学，甚至于接触不多的女同学也都融合在了一起，那感觉真像一个大家庭啊。

在乡村的实习刚进行了两个星期，郑红旗就归队了，班主任江老师跟我们说这是郑红旗自己一再要求的结果。季长军对这个解释表示了极大的怀疑，一直对我说，这叫作秀，懂吗？既想当婊子又想立牌坊，没有想到老郑会这么阴险。

郑红旗到达的当天晚上我们合计好要给他接风，在全公社最大的一个教学点上，全班能喝酒的男同学几乎都到了，把教师办公室里所有的办公桌都拼起来还坐不下，又去教室搬来了几张课桌。酒宴开始的时候，郑红旗说的第一句话就是真羡慕你们呀！也许郑红旗当时是真诚的，但处于那个特殊时期，每个人都觉得分外刺耳，事情明摆着嘛！自己留校了却羡慕我们这些将要被发配到农村去的人，这无论如何都让我们不能不气愤。因此一开场他就在我们心里引起了公愤，以季长军为首的一大帮子男同学装出一副比过去任何时候都尊敬他的样子，班长班长的叫得挺亲热，然后就寻找各种理由向他敬酒，郑红旗一开始还有所推拒，后来就来者不拒了。喝了一阵子郑红旗已经明显不行了，踉跄着站起来说要去上厕所。我悄悄地跟了出来，见郑红旗摇摇晃晃地走到操场，回身看了一下，迅速趴到旁边的花池子上，哇哇地呕吐起来，吐完了，就深深地向后仰头，盯着满天的繁星看了一阵子，然后就是一声长长的叹息。我走上前去，轻轻地拍了一下他的肩膀，他扭头一看是我，随即紧紧地攥住了我的手，我注意到他那棱角分明的脸庞在这初夏的夜色中分外生动，有两行清晰的泪痕如明亮的光柱从他消瘦的脸颊上显现出来，我感到他的手在微微颤抖，我用另一只手挽住他的臂膀想让他镇定下来，他配合着把手臂圈上来，哽咽地说，小白走了，像一阵风，一下就没有了踪影，连个招呼都没有打……

毕业分配方案很快就公布了，大多数同学都毫无悬念地分回到了农村，我和季长军也不例外，但是我内心还是感到有些不平，我不平是因为我付出的那些努力没有得到任何回报，我的目标也没有实现，没想到自学考试也这么高不可攀，两年的时间我只通过了四门。相比而言季长军反而平静得多，他之所以平静是因为他已经得到了他二姑父的许诺，暂时在教育口过渡一下马上就会被借调到乡党委办公室（我们毕业的时候公社刚刚改为乡）做秘书。让我们感到意外的是郑红旗没有像事先我们预想的那样留校而是被分回了徂徕。我也听到了些有关他的传言，有说他在借调期间表现不好学校来了个临阵换将；也有人说被某个关系硬有后台的同学给顶替了；还有人说是他三番五次的主动要求回徂徕的。当时的情况是我们拿到报到证之后就开始各奔东西，这种种说法也就没有办法来证实了。

一晃二十年过去了，这期间我们很多人都发生了很大的变化，我早在一九九三年就考进了广播电台，后来又进了一家文化单位。季长军由乡党委代理秘书干起，一步一步成了我们这个地级市治下城区的副区长。还有几个同班同学也都陆陆续续地从农村逃出来进了城。当然我们还有一大批同学继续坚守在乡村教育的岗位上，他们是可敬的，我们这些逃兵应该向他们致以最高敬意，因为我们深深地知道，他们的坚守要有多大的勇气与毅力。

季长军在我们中间职务最高权力最大自然也就成了我们的头人，凡有聚会都是他来召集安排。今年九月的一天我接到了季长军的电话，他在电话里神神秘秘地说，你猜谁正坐在我旁边？我说，领导整天拥香偎玉，身边美女如云，谁坐在你的身边我怎么会猜得到？季长军说，不跟你卖关子了，是我们班长，我们班长来了。

季长军指定的酒店是全市最豪华的海鲜酒楼，我匆匆忙忙赶到的时候，其他几位同学已经来了，正围着郑红旗说话。二十年了，郑红旗的变化很大，本来干枯的头发更干枯了，还少了许多，粉红色的头皮清晰可见，脸上黑黑的皮肤仍然紧绷绷的，但已经爬满了细密的皱纹，两只眼睛泛出的光泽昏暗而无力，不再让人感觉明亮，就像缺乏了电力的手电筒。虽然已经立了秋，天气依然很热，他却穿着一身崭新的西装，西装成色一般，应该是那种很廉价的地摊货，袖口还带着长条的黑色商标，里面是白色的衬衣打着一条暗红色的领带，衬衣里面还套了一件高领的秋衣，秋衣的领子伸出来就像黑陶花瓶的边沿。唯一让人感到新鲜的是他居然还说普通话。我们这部分人大都已脱离了教育岗位，在生活中已经没有人说普通话了，所以郑红旗乍来到我们中间就显得更另类一些。

季长军向我们介绍，我们班长现在是徂徕镇中心小学分管业务的校长，刚刚被评为全国优秀教师，这次进城就是专门来受表彰的。季长军说，今天我坐在市委礼堂里，一听主持会议的说，有一位教师在贫瘠的大山里用自己的青春和热血点亮了希望，用二十年的默默耕耘为山区的孩子撑起了一片蓝蓝的天。我就有了某种预感，果然过了一会，我们班长披着大红花出来了。那一刻，我激动得都快要跳起来了。

季长军说得很有激情，看我们没有反应就又说，我们班长取得这么大的荣誉为我们八五级二班争了光；是我们每个同学的骄傲，我们应该向他表示祝贺！说着带头鼓起了掌，我们似乎这才反应过来，也挥动了自己的巴掌开始鼓掌，阔大的包房里渐次响起了噼里啪啦的掌声。面对我们的掌声，郑红旗有些不自然起来，站起来又坐下，很无措的样子，脸上带着歉意的硬挤出来的笑意。

酒宴快要开始的时候，郑红旗从口袋里摸出了两包硬壳的云烟不声不响地放在了红木餐桌上，季长军以为他要抽烟，就从自己面前的软中华烟盒中抽出一支递给他，郑红旗慌忙摆手说自己不抽烟，季长军问不抽烟怎么买烟？郑红旗的脸再次涨红了，显现出很窘迫的表情。季长军有些明白了，身子倾斜过去，伸出肥厚的手掌拍了拍郑红旗的肩膀说，咱们是同学，不要客气。白胖的季长军和黑瘦的郑红旗靠在了一起，给我的视觉造成了巨大的冲击，我忽然想到了自己多年前看到的一张新闻图片，是用来讽刺欧美等发达国家对非洲以援助之名来行掠夺之实的，在这幅题为《握手》的图片中，突出的是两只手，一只白嫩的大手紧紧地把一只干枯的黑手攥在了手掌心。我不明白自己此时为什么会有这样的联想，我更不明白时光到底是个什么东西，它怎么会把当初境遇相仿的两个同学雕琢得如此不同。

按照惯例我们每次聚会季长军总要发表一番热情洋溢的讲话，这次的讲话就更出彩儿了，他首先回顾了二十年前我们同窗时代的难忘岁月，进一步渲染了我们同学之情的纯洁性，然后又说在物欲横流的今天这种感情是多么难得！多么的可贵！所以我们要珍惜，要爱护！有人说一辈同学三辈亲，我们要做到一辈同学辈辈亲，把这种纯洁的友谊世世代代发展下去，让我们的后代永远铭记。季长军的讲话情真意切声情并茂很有感染力，立刻引来了热烈的掌声，连我这心灵有些麻木的人都有些感动了，我注意到在季长军讲话的间隙，郑红旗悄悄地转身抹了一次眼泪。季长军讲完，不由分说地伸出手，邀请我们班长郑红旗也发表一下相聚感言，郑红旗缓缓地站起来，显得有些激动，洁白的桌布被他紧紧地抓在手上，上面的高脚杯眼看就要摔倒，是站在后面的服务员及时地把杯子拿开了。

我看着郑红旗，心中忽然有种不真实的感觉，仿佛二十年前的时光又倒流回来了。郑红旗又伸手抹了一下眼角，嘴唇哆嗦了几下，说感谢季区长以及诸位同学为我安排的这个晚宴，我今天很激动，像做梦一样……

在这之前，我曾经想过郑红旗要说点什么，但万万没有想到他张口会叫"季区长"，我感到心里一阵绞痛。我们私下里的聚会也有称季长军为季区长的时候，但那是一种特殊需要时候的特殊流露，在这种情况下他的区长身份显然是要盖过同学身份的，比如谁的孩子想上学省下几千元的择校费了，谁的亲戚想把户口落在城区了……我现在才想到，刚才郑红旗很少主动跟季长军说话，大概是一直在考虑该怎样称呼季长军吧。

再看季长军，跟刚才一样还是一副笑眯眯的样子，从那张多肉的脸上看不出有任何的表情变化，我无法知道他听到那声季区长之后内心是否会有些波澜。

这天晚上郑红旗喝多了，我们同学谁敬他都喝，而且每次都喝得光光的，后来季长军就开始阻止敬酒的同学了，我们当然唯季长军马首是瞻就劝他少喝点，但是他不听我们的劝告，还要回敬我们，而且是分别回敬，每次碰杯都说一句俗得不能再俗的话，感情深一口闷。说完就把自己杯子里的酒喝个底朝天。然后就攥住我们的手说自己太高兴了，二十年来这是他最高兴的一天。中间他跑出去好几次，还跌倒了两次。最后我们看到他实在不能再喝了，就把目光齐齐地转向了季长军，季长军皱了一下眉头，掏出电话喊来了自己的司机，我们哄郑红旗上车，要把他送到他住的宾馆，他却不走，张牙舞爪地要找季长军再干一杯，我们只好上前连拉带扯地把他架到了车上。

送走了郑红旗我们也没有心情喝了，简单要了一点面食就准备回家，来到一楼吧台的时候，季长军过去签字，吧台上的服务员把账单递过来，一边说，季区长，您今天请的客人可真有意思，还没有吃完就跑下来结账，一听说两千八又说不结了，过了一会又下来说他只带了这么多现金，我告诉他季区长都已经安排好了让他不用管了，他却执意要留下，这钱您看……季长军正签着字连头也没有抬，说你给我吧。服务员把几张百元的票子和几张碎票交到季长军的手上，季长军捏着这些钱，转身搋给我说，这个你给他。然后摇了摇头，长叹了一声，我们这个班长啊……

第二天上午，我醒得有些迟了，打开手机随后全时通的信息就发送了过来，其中一个电话号码竟然在短短的一个小时之内呼了我十多次，这个号码比较陌生，我又担心有什么急事就顺着这个号码拨了过去，出乎我的意料这个电话竟然是郑红旗的，郑红旗在电话里问我怎么联系季长军，我把季长军的手机号跟办公室的电话号码告诉了他，他说这些号码他都有，但不通，我问他有什么急事吗？他说，自己昨天晚上可能把一大串钥匙忘在季长军的车上了。看郑红旗那焦急的样子，知道这串钥匙对他应该是很重要的，我答应等会帮他联系一下看看。挂了郑红旗的电话，我试着拨了一下季长军的手机，没想到竟然通了，我问他没有接到郑红旗的电话吗？季长军说没有。我觉得有些奇怪，以郑红旗的性格是不会把电话号码拨错的，尤其是要给季长军打，季长军问他又找我干吗？我说他的一串钥匙昨天晚上可能落在你车上了。季长军说你等会，我问问再说。

不一会儿，季长军又把电话打过来了，说钥匙确实落在车上了，你过来拿吧。对季长军这样的安排我有些不理解，就说你让郑红旗过去多好！我还要再跑一趟。季长军坚持说还是你过来拿吧。我说我有些头疼不愿意出门。季长军说不用你出门，我让司机给你送过去。我说你为什么不让司机直接给郑红旗送过去。季长军急了，有些不耐烦地说，你怎么这么多事！我心里有些不快，心说我又不是你的那些手下，攥着手机没有回应，季长军口气和缓了下来，说我们这个班长啊！怎么说呢？这次见他总感觉他好像一直生活在真空里，这么多年了也没有长大，还撇着那普通话，听着就让人不舒服。

既然这样我就跑一趟吧，我赶紧洗刷然后下楼，这时季长军的司机也到了，拿上钥匙骑上自行车径直来到郑红旗居住的宾馆。我把钥匙跟昨天晚上他留在吧台上的钱同时交给他，郑红旗看到这些东西神情讪讪的，可能是昨天晚上的酒精还在起作用，他脸上的皮肤显现着一种暗淡的铁锈色，眼睛更是失去了光彩，只有偶尔一转，把浑浊眼球上布满的血丝暴露出来，才让人产生一种晨曦微露的感觉。半晌他垂下头，问长军忙吗？我说忙，当领导的能不忙吗？看到他这委顿的表情，我心里有些不忍了，想宽慰他一下，就说长军正在开会，我是通过他秘书找到他的，要不他会亲自把钥匙给你送来的。郑红旗听了，神情放松了些，喃喃地说，怪不得电话没有人接呢！

郑红旗告诉我下午他就要回徂徕了，并嘱咐我代他向同学们告别，并再次感谢同学们昨天晚上的盛情。最后他说，可是我辜负了同学们的情谊，喝了这么多酒，一定出丑了，让同学们不要见怪。他终于提到昨天晚上了，我知道此时我如果还刻意回避对他就是一种更深的伤害，就说昨天你是太高兴了。随即又安慰了他一番，让他放心我一定会把他的意思传达给每一位同学的。该说的说完了，我就准备告辞了，对于我们这次分手，我无所谓悲伤也无所谓欣喜。经过二十年的人生洗礼，我原本柔软的心胸像病愈后的肺结核病人一样早已板结钙化了。郑红旗——我曾经的同学，只是我生命中的一个过客，抑或是我人生旅途中的一个温暖驿站，他们的作用就是让我自己的人生更加丰盈与充沛。

我走到门口，郑红旗突然从后面喊住了我，我折身回来，郑红旗手上多了一本书，嗫嚅地说，我想……还是把这个交给你吧，这是我今天上午出去给长军买的。我抬眼看了一下，白色的封皮上印着红色的书名《党员干部廉洁自律读本》，我要把这样的书转交给季长军他会怎么想？郑红旗看出了我的为难，急忙掩饰说，我随便买的，昨天晚上那顿饭花了长军这么多钱，我有些于心不忍，就想给他买点什么，你如果觉得没有必要就算了。

看着郑红旗那不自然的神态，我忽然感到有些难受。我知道郑红旗是真诚的，第一眼看到这本书的时候，他就认定季长军需要，但是他还是徘徊了很久，他也有顾虑，担心引起季长军的反感，最后还是下定决心买了，但是一掏口袋一分钱也没有了，所以他把书拿起来又放下，后来他还是决定要买，就跑回宾馆从一块来开会的同事那里借来钱把书买了。这些场景让我不忍拒绝，我把书接了过来。

在回家的路上，我一直在想要不要把书转交给季长军，怎么交给他。我知道自己如果直接把书交给季长军，季长军不但连看都不会看，甚至还会遭到他的一番奚落，更何况在季长军办公室的书架上，这样的图书绝对不会少于几十种的。转过路口是家邮局，看到这家邮局我突然有了主意，我何不把这书以郑红旗的名义寄过去呢？

我本来以为这次跟郑红旗分手之后，我们会像以前一样回到各自的轨道上，至于哪一年再相遇就要看上帝赐予我们的缘分了，没想到过了不到一个月的时间，郑红旗再次到城里来了。

这天是星期天，老婆陪孩子去练琴了，我正巧一个人在家，门口的保安通过小区的内线说有人找，我问谁？保安说，他说是你的同学，叫郑红旗。我一听赶紧往楼下跑，我住的小区地址是上次吃饭的时候随便告诉郑红旗的，当时连个楼号都没有说，我没有想到郑红旗会来找我，这么多年来我们都已经习惯了外地来的同学找季长军，然后季长军再召集我们聚会，脑子里根本就没有主动接待同学的意识。

郑红旗手上还提着两个大纸箱子，在客厅里坐定我才看清，一个纸箱子上印着徂徕山核桃；另一个上是老山套土鸡蛋，两个箱子都有一样的广告词：天然氧吧徂徕山，绿色食品无污染。我一边给郑红旗倒茶；一边问，见过长军了？郑红旗迟疑地说，没有，我来了之后才给他打的电话。他出发去深圳谈项目了，得要一个星期才回来。我明显地感到季长军这是不愿意见郑红旗，昨天晚上我还在他们区内的新闻节目中看见了季长军，正身先士卒地指挥着一大帮子穿制服的人搞拆迁，一边还对着电视镜头咬牙切齿地说，对这些无理取闹的违法乱纪的钉子户就要实行强制措施，不能让一粒老鼠屎坏了一锅汤……用的是半生不熟的普通话，季长军的普通话本来基础就差，再加上平时又不用，所以在电视里看到他那怪腔怪调的样子，当时我的牙就倒了。看得出来郑红旗本来就是来找季长军的，只不过没有找到，想到我这里来碰碰运气。

这天中午郑红旗酒喝得非常节制，再加上没有几个同学（我的号召力显然比季长军差多了），这个饭就吃得有些冷清。

吃完了饭，我们虚情假意留郑红旗，有同学说晚上算他的，还有的同学要明天请，但都被郑红旗拒绝了，说明天他还有课，我送他到长途汽车站，临上车的时候，郑红旗握了握我的手，我感到他似乎有话要说，却终于没有说出来。

几天后的一个晚上，我正在书房里看书，突然接到了郑红旗的电话。他在那边小心地问我季长军回来了吗？我说不知道。话筒里传来郑红旗长长的叹气声，我说你有什么事情吗？郑红旗在那边吭哧了老半天，才说是有个事情想跟你说一下。我说什么事情？他吞吞吐吐地说，你能不能跟长军说一声……让他帮着给协调点资金，我在电视里看到长军好像跟邵逸夫教育基金会有些联系，这个基金会已经援助他们区建了好几所小学了，都是长军去剪的彩，我想让长军也帮帮我们徂徕山区的孩子，我们这里的孩子太需要了，连年的危房改造也就是涂脂抹粉，根本解决不了大问题，上个月还倒塌了一间教室，要不是学生们跑得快，就会出大问题……

一开始郑红旗说得有些艰难，他那原本流畅的普通话，似乎成了一条失去了源头的河流，一截一截地断开了，有的地方甚至裸露出了千疮百孔的河床。后来一说到他们那里的孩子就放开了。

放下郑红旗的电话，我的心思再也集中不到书本上去了，眼前老是晃动着郑红旗那张铁锈色的脸，最后我干脆放弃了努力，起身来到窗前，拉开了紧闭的窗帘，窗外是黑黝黝的星空和星星点点的楼群，不知谁家的孩子还在练习二胡，断断续续，疲疲沓沓的，就像一个病入膏肓的老人最后的喘息声，间或还伴有大人们的呵斥。终于似乎有一个曲子持续地响了起来，但也极不着调，让人奇怪的是这或高或低的噪音在静静的夜晚氤氲开来，竟然有了一股凌厉的气势，在它的攻击下，夜色变得疏离而迷幻，仿佛是一个个不安分的精灵在上下左右地跳跃，我被缠绕在其中，骤然的紧张感一阵阵袭来，整个身心都随着这莫名的情绪在颠簸抖动。

（原载《清明》2009 年第 4 期，《北京文学·中篇小说月报》2009 年第 9 期转载）

红 帆 船

我不能再诈骗你
让心像一片颤抖的枫叶
写满那些关于春季的流言
　　　　　——摘自北岛《红帆船》

一

柳絮白的生活是从一个雨天发生改变的。

柳絮白喜欢雨天，这与情调没有关系。虽说柳絮白对自己目前的生活状态还算满意，但离"撑着油纸伞，独自彷徨在悠长、悠长又寂寥的雨巷……"那种小资情调还相差甚远，说到底他喜欢雨天无外乎是收入多一些，自己的感觉好一些。前者很好理解，雨天坐车的多他挣得也多；而后者就有些意味深长的意思了。雨天，尤其是突如其来的雨天往往会使走在街上的行人措手不及，他们在短暂的慌乱之后首先想到的就是的士，但这时偏偏的士又是特别的紧俏，于是他们只好冒着发型和妆容被雨水破坏的风险站在街头翘首以盼，看到 TAXI 这几个大写字母，就像看到了自己渴盼已久的情人，摇晃着手掌越过人行道跑上去，顾不得天上如注的雨水和身旁穿梭而过的汽车。每当看到这种景象柳絮白的脑海中总是闪过狼奔豕突这个成语，狼和豕一定是遇到比它们强大的对手才如此狼狈的，比如说老虎，有时候柳絮白就把自己想象成那只老虎，这种感觉让他感到无比的爽利，很有种主宰世界的感觉，尤其是看到那些看似衣着时髦气宇轩昂的人，柳絮白往往会貌似泊车般地打一下转向灯，尔后再加大油门呼啸着一掠而过，看到对方傻乎乎地待在路边，柳絮白会痛快地在心里骂句傻逼。

但这个雨天柳絮白却没有了那种感觉。先是在迎春路上被四个胳膊上有着刺青的年轻小伙子拦住说要去东平，他们一踏上车门柳絮白就闻到了一股浓烈的酒味，他心下一沉，知道自己这一趟恐怕又要白跑了。柳絮白开出租车五六年了最害怕的就是遇到这种情况，酒后的这些小混混就是天王老子，什么都不放在眼里，为了一百块钱就可以拼命，警察也拿他们没有办法。到了东平已经是下午四点多了，在纷纷攘攘中转了好几个地方他们才肯下车，但却没有人提车钱，柳絮白只好抱着侥幸心理追着他们的背影问，哪位师傅付一下车钱？其他人都没有回头，只有一个赤膊的小伙子回了一下身，举着拳头目露凶光地说，滚！

回到城里天已经有些暗了，细密的秋雨还没有停下来的意思，要在平时柳絮白就准备收车了。这个时间刘文梅和菲菲早就应该回家了，刘文梅在厨房里拾掇饭菜，菲菲自己在客厅里看电视或者摆弄玩具。柳絮白如果在家菲菲就不会这么安静了，她会像溜溜球一样黏附在柳絮白身上，一会爸爸这个一会爸爸那个的，小嘴叭叭的一刻也不停。过去听人说女儿跟爸爸近，柳絮白没有体会，现在菲菲给了他最好的例证。他也一样，一天看不到菲菲就想得不行，跟刘文梅谈恋爱的时候也从来没有这样过。

今天柳絮白却不愿意这么早就回家，他不想把晦气带回去。柳絮白是一个很情绪化的人，有时拉到几个自己满意的客人就是不怎么赚钱他也非常高兴。但像今天这个情况只能让他感到憋闷，自己一个大男人居然被几个毛头小伙子给吓住了，这不能不让他感到窝囊。所以他想在街上再漂上一阵，待自己情绪好一些再回家。

刚拐到校场街的路口柳絮白就看到了凌晨晨，当然这个时候柳絮白还不知道这个眉头紧蹙面容娇美的女人叫凌晨晨，当时的柳絮白只是看到了一个潜在的客人。之所以说"潜在"是因为凌晨晨没有其他客人那样张扬，在绵长的雨丝中她走得很慢，身上没有任何雨具，只背着一个黑色的双肩包。大红色的衬衣在昏暗中晃动着，就像折断了桅杆的红帆船，有些气力不足地飘在水上。每迈动一步都要把已经蹙起的眉头再往上耸一下，同时抬眼在马路上搜索着，似乎在寻找着什么，那双很大很亮的眸子里闪烁着焦虑与胆怯。柳絮白嗖的一声把车停在了路边，凌晨晨吓了一跳，像被什么东西击中了，身子猛然哆嗦了一下。小姐，要打车吗？柳絮白很少这样主动。凌晨晨扭头，见车窗后面的这个男人正用温和的目光看着她，凌晨晨似乎还在迟疑，目光在柳絮白身上游移不定。柳絮白有些失望地把手伸向右边的档位，准备把脚踩向油门的瞬间心里是有些不甘的，他不相信自己会看走了眼。就在车子将要离开的那一刻，凌晨晨忽然拉开了后车门。

小姐，要去哪里？对一般的客人是不需要这样问的，但这个女人却有些奇怪，上车后既不说到哪也不看前面的路，而是先把脚往上搬弄了几下，一边嘴里还嘘着气，居然还轻轻地啊了一声，待坐正了女人就安静地把头扭向了窗外，只是全神贯注地对着阴沉天空下的城市街道，那神情似乎不是坐在出租车里而是在剧院看一出无声的哑剧。小姐，要去哪里？柳絮白关上了刚才还聒噪不休的收音机再次问道。女人仍然没有转身，但身子再次明显地哆嗦了一下。噢，我的脚扭伤了。女人的声音很好听，既柔顺又清脆，是标准的普通话，这让柳絮白一下子就丧失了判断力。柳絮白沉默了，闷着头开车，他现在当然知道女人要去哪里了，但是他就是要装作糊涂，他还就从来没有遇到过这么被动的客人，一上车就让司机猜谜。再往前走就是外环路了，一旦上了外环意味着离医院就越来越远了，柳絮白使劲咳嗽一声车速渐渐慢了下来，坐在后面的女人终于不安起来，身子往前探了一下说，师傅，你能给我找家医院吗？柳絮白没有吭声，紧拧了几把方向盘，车子猛然就逆转了回来。

出租车在中医二院院子里停下来，柳絮白从后视镜里看了一下，后面的女人没有要下车的意思。柳絮白回身说，到了，这家医院有我们这个城市最好的骨科医生。柳絮白没有忽悠女人，大名鼎鼎的梁氏正骨就是这家医院的招牌。一般的出租车司机对外地客人是不会这样实心的，怎么也得绕上几圈，尤其是对那些有不良企图的男客，一上车就要让出租车司机带他们去好玩的地方，似乎在他们眼里这个城市就是一个偌大的妓院；而出租车司机就是专门为他们穿针引线的皮条客。柳絮白对这样的客人是特别反感的，一般情况下他总是找个理由让他们下车，有时也恶作剧般把他们拉到一些名声不好的黑店，做这些事情的时候柳絮白一点也没有内疚的感觉，他要让他们为自己的放纵和有眼无珠付出代价。女人的外地身份柳絮白刚才就猜到了，但女人身上总有种莫名的东西让他心颤，身边的这个女人无疑是孤独而内敛的，对女人的这种感觉似乎是颗带着柔软毛刺的野草莓，一旦深入柳絮白的肺腑，他那粗硬的外表就变得不堪一击了。

先生，能不能陪我上去？女人问。女人的声音很低而且改变了称呼，不再称他为师傅。这让他感觉舒服了许多，不禁心动了一下，回身看女人，女人也正闪动着眼睛看着他，眼神里满是无助而凄冷的光芒。看似唐突的请求由这样的眼神里发散出来竟然让他觉得不那么生硬，仿佛那眼神就是冶炼钢铁的焦炉，无论多么坚硬的矿石进去都会被消解被熔化。柳絮白重新轻轻发动了车子，然后是换挡泊车，最后他解开安全带走下了出租车。

柳絮白是几乎搀着女人走进医院一楼大厅的。在这之前他没有想到女人的脚扭伤得这么厉害，整个脚面都肿胀起来，把黑色高跟鞋的开口都撑出了一个大的凹陷。女人身上有股淡淡的幽香，似乎是茶花的味道，清爽还夹带着一丝丝苦涩。柳絮白很不习惯，一看到迎面而来的人流心里更慌了，匆忙把搀扶女人臂膀的手掌松了下来，女人一个趔趄几乎要栽倒在他身上，他赶紧下意识地把女人重新又托了起来，那一瞬间他触到了女人的后背，文胸肩带勒出了一圈涟漪般的肌肤，隔着薄薄的衬衣柳絮白感受到了那肌肤的光滑与柔韧。

女人坐在走廊的座位上等着，柳絮白去给女人挂号找医生拍 X 光片，其间不时穿梭着回来问女人一些情况，通过这种方式柳絮白得知女人叫凌晨晨，今年二十六岁来自烟台。从挂号的窗口再次回来的时候手机响了，一看是刘文梅的号码他竟然有些慌了，看了一眼凌晨晨，赶紧去大厅门口打开了电话，刘文梅问他什么时候回来吃饭，女儿都等不及了。柳絮白瞄了一眼坐在走廊深处的凌晨晨，说自己接了个大活儿正在去东平让她们不要等他了。关了电话，他很快就原谅了自己，这么说也是迫不得已，总不能说自己正在陪一个萍水相逢的女人在医院里看病拿药吧。

女人的脚筋扭伤了，医生开了一大单子药，有内服的有外用的还有泡在热水里的。柳絮白知道医生的利益是与这个单子紧密相连的，所以他们要夸张地用足用好每一个病人。柳絮白把单子拿给女人，女人看了一下说这么多！还是不要拿了吧。说着就要站起来，不想一阵钻心的疼痛袭来，女人哎哟一声，咧了一下嘴巴一下子就瘫在了座位上。看到女人这样柳絮白只好来到药房。在药房前排队的时候，柳絮白想到刚才医生嘱咐他要多干点家务让女人多休息，不禁感到好笑，医生怎么就认定他们是夫妻呢！买药回来他招呼女人离开，顺便把发票和挂号的单子交给了她，女人没有说话只是把单子默默地收了起来。看来她是要跟打车的钱一起算，搀起女人的时候柳絮白想。

出租车开出医院大门女人仍然没有说自己要去哪里，这次柳絮白有些沉不住气了，问把你送到哪里？柳絮白猜女人会回答哪个宾馆或者是哪个小区，他没有想过有这样容貌和气质的女人是无目的的。女人半天没有回答，在换挡的间隙柳絮白回身看了一下，见女人在悄悄地抹眼泪，柳絮白心里一紧，忽然有了不好的预感。大哥，你是好人，如果相信我就把电话号码给我，我现在没有钱给你，以后我会还你的。女人的声音像夏日的蚊虫嘤嘤地从后面浮游过来缠绕着柳絮白。柳絮白的脑袋一下子就大了。

二

柳絮白有种被欺骗的感觉，刚才怜香惜玉的情绪立刻就烟消云散了，身后这个女人的面目一下子变得狰狞起来。骗子！他在心里恨恨地骂道。手中的方向盘一旋，出租车猛然就停在了路边。下去！柳絮白厉声喝道。短而急促的表述增加了话语凌厉的气势，那两个字就如同鞭炮在狭小的车厢内炸响了。女人显然被吓着了，半天没有动静。下去！柳絮白再次喝道，他没有回头也不再看后视镜，旁若无人的声音比刚才低沉了许多，但口气却是不容置疑的。后面先是响起窸窸窣窣的声音，然后是女人轻轻的嘘气声，接着车门被打开了，女人艰难地下了车，最后车门临关上的时候，女人的声音硬硬地被挤了进来，大哥，我真的会还你钱的。

女人被远远地甩在了后面，街灯亮起来了，城市的夜色已初现端倪，发散着浑浊的昏黄，仿佛是装在玻璃器皿里的尿液。柳絮白看了一眼倒车镜，女人的影子早已被喧闹的车流人流淹没了，他心里忽然有了一种空荡荡的感觉。是不是做得有些过分了？他开始反问自己。在整个过程中女人似乎也没有怎么骗自己，一开始女人好像是不想打车的是自己太主动了，还有在医院拿药的时候也是自己跑着要去的，自始至终都是自己主动的成分多一些。女人垂下的就是那只传说中的姜太公的鱼钩，自己就是那条自愿上钩的鱼。可是自己偏偏还发了那么大的火，为什么会这样呢？是为钱吗？似乎不是，那又是为什么？

　　在虎山路中段上来一位客人，客人戴一副金丝眼镜很斯文的样子，上车后除了告诉柳絮白自己要去的地方外一路无话，只有付账的时候才掏出一张二十元的钞票说了句不用找了。放下这个客人柳絮白的情绪才有些好转，这跟客人多付的那两块钱没有关系，两块钱如果能买高兴的话，这个世界就没有那么多的郁闷了，柳絮白喜欢的是与客人之间的那种默契，他欣赏这种客人，矜持大方简洁明快。这一天的工作终于有了个圆满的结局，现在柳絮白觉得自己可以回家了，就是在这个时候他再次看到了凌晨晨。

　　应当承认在这之前柳絮白心里一直有个什么东西没有放下，为此他还做了种种设想。现在他显然已经相信了凌晨晨，一个身上没有钱的女人，在一个陌生的城市是寸步难行的，更何况脚上还有伤，当然她也可以把自己身上的资源变成钱，但柳絮白总觉得凌晨晨不可能，她根本就不应该是那种人，那就只有他柳絮白可以帮她了。柳絮白手里正有一套设施齐全的闲房子，是王耀的，这套房子无疑是目前凌晨晨最好的容身之地了。在没有看到凌晨晨的时候柳絮白把这些想法看成是自己的胡思乱想，这并不是说柳絮白是不善良的，事实上柳絮白是个非常善良的人，那一年地震捐款他流着泪第一个交给公司一千块钱，平时出车看到个老弱病残什么的也总是出手相救。但收容这么一个陌生的女人，对他来说却是天方夜谭。

　　凌晨晨比先前走得还要慢，脚上的伤痛明显地带了出来，落地的时候那只脚像掠过水面的蜻蜓一般，身体也随之一摇，摇动出一种温婉的哀伤。柳絮白的眼睛灼疼了想立刻开车走掉，但却鬼使神差地把车子贴着凌晨晨开了过来。这次他没有像上次那么主动，而是让车子靠着人行道缓缓地走着，这个路段没有电子眼可以放肆一些。这很像某个港台电视剧里面的镜头，男人追女人，女人拒绝上车，男人就开车缓缓地跟着，如果再鸣几下哨子就更像了。柳絮白果然鸣了几下，凌晨晨有了反应，扭头看了一下，见是柳絮白猛然就停下了步子，目光也直直地探过来，那亮闪闪的眸子里分明有泪花在转动。

　　在车上凌晨晨向柳絮白讲述了自己迷失在这个城市的经过，她独自来泰山旅游不想钱包与手机被小偷悉数偷走，现在身无分文连打公用电话的钱都没有。车子一直向着泰山脚下开，凌晨晨安静地坐在副驾驶的位置上，柳絮白感到奇怪，问你就不担心我会把你拐卖了？凌晨晨活泼地笑了，反问道你会吗？随之她又戏谑地说我现在穷困潦倒，能买得起我的人家最低也应该是小康吧，你这是帮我提前进入小康了。凌晨晨的笑声干净清脆很有感染力，给柳絮白的内心带来了一种说不出来的愉悦。

王耀的房子在泰山脚下的奥泰山庄，是这个城市里的绝版建筑，环境设施都是一流。柳絮白以为凌晨晨看到这样的房子会吃惊，但没想到凌晨晨只是开玩笑般地说，你们这里的收容站真漂亮！收容站是他们刚才在车上的一个话题，凌晨晨告诉柳絮白她本来要去收容站的，听说现在每个城市里都建有收容站专门收容那些无家可归的流浪者，不但管吃管住还负责遣送回原籍。柳絮白听了这话就感到有些生气，觉得自己再次拉上凌晨晨纯粹是多此一举，人家并不是自己想象的那样走投无路，就闷着头说我带你去收容站！凌晨晨说好啊！不过我们得化一下妆，收容站只接受疯子跟老人。

房子在五楼有一百四十平方米的样子，格局是小跃层。第一次来看房是柳絮白跟王耀一起来的，打开后窗，青翠欲滴的泰山猛地就涌进了眼帘，王耀一下子就喜欢上了这套房子，几乎倾尽所有买了下来。柳絮白当时总觉得不值，后来的事实证明王耀的选择是正确的，此后几年房价几乎是坐着火箭往上涨，这套房子成了名副其实的蓝筹股。柳絮白在感叹之余不得不再次对王耀的眼光表示钦佩。

说起来柳絮白跟王耀是光着屁股长大的，是硕果仅存的铁哥们，两人有着几乎相同的成长经历，不同发生在高中以后，王耀读了大学中文系的本科，毕业后分到了报社，而柳絮白高考失利只上了技校，毕业后招工进了铝制品厂。人生的境遇从此有了不同，但两个人的友谊却得以延续，王耀继续把柳絮白当成最好的朋友。后来铝制品厂破产了，柳絮白成了这个城市里十几万下岗职工中的一员。而这时的王耀却正春风得意，成了跑时政报道的首席记者。记者虽有无冕之王的称谓实际上却是个依附性很强的职业，手里并没有实质性的权利，在几次帮柳絮白联系新的工作单位未果之后，王耀提议让柳絮白开出租，柳絮白有些不以为然，但当时已无路可走最后还是在王耀的资助下买下了这辆出租车，后来的发展证明王耀的提议是正确的，在柳絮白有了自己的出租车不久市里就出台了限制政策，把出租车固定在了一定数量之内，出租车牌照变得异常抢手，在黑市上被炒到了二十几万。所以柳絮白心里对王耀的那种感觉还不仅仅止于友谊。前年王耀的老婆去了大洋彼岸的美国，王耀在家带着孩子留守了两年之后也于前不久第一次踏上了探亲的旅程，行前王耀把钥匙郑重地交给了他，并一再叮嘱他要照顾好阳台上的那两棵富贵竹跟鱼缸里的那只垂老的巴西龟。

凌晨晨爬到五楼就瘫倒在了沙发上，柳絮白想离开但一看到她这个样子就挪不动步子了。凌晨晨有伤的那只脚面似乎肿得更厉害了，很显然她现在已不能自理。此时的柳絮白反而没有了那么多的顾忌，既然把人收留了就要担负起这个责任，救人救活杀人杀死，这应该是起码的准则吧，把一个自己不能照顾自己的病人扔在一所空房子里跟扔在大街上是没有什么区别的。

柳絮白去厨房烧了开水，看到厨房的纸箱里还有康师傅，他想凌晨晨一定饿了，就泡了一碗端到沙发跟前的茶几上。又把从医院拿来的药一一摆了出来，还有烫脚用的中药，柳絮白找来了脚盆把热水放在旁边，最后柳絮白想还缺根拐杖，他在几个房间里搜寻了一下，居然真的找到了，拐杖顶部有一个大的弯钩，挂在卧室里的空调外接管上，这显然是爬泰山时留下的纪念，大大咧咧的王耀把这件东西保留下来真是不容易！在他做这些事情的时候凌晨晨已经坐了起来，目光陡然搭过来，似乎是黏在了他的身上，光斑在烧灼着他，柳絮白脚下的步子像被格式化了一般显得有些僵硬。都准备停当了柳絮白想自己这次可真的要走了，他看了一下墙上的挂钟，时针已指向了八点，刘文梅再也没有电话打过来，柳絮白心里有些打鼓，平时刘文梅不是这样的，知道他出远途总是不放心，会连续不断地打电话，不是让他注意晚上别开快车就是让他提防乘客图谋不轨。

凌晨晨真的饿了，把方便面吃得稀里哗啦的全没有了刚才淑女的形象，她那饕餮的样子把柳絮白也吃出了许多口水，柳絮白也饿了，她居然没有对他谦让一下。柳絮白感到有些难堪，赶紧把目光挪向了客厅边缘的鱼缸，鱼缸里原有的那几条多彩的热带鱼早已被王耀的儿子折磨死了，只剩下那条垂老的巴西龟在灯光下泛着暗褐色，绿豆般大小的眼睛圆溜溜地盯视着他，挑衅般地把长长的龟头伸出来，一副随时准备出击的样子。柳絮白忽然心里有些慌乱，赶紧逃跑般来到阳台，昨天他刚刚来过，竹子不需要再浇水，乌龟也不需要喂食儿。那天王耀交代完竹子跟乌龟就跟他开玩笑地说，我们走了，房子现在是你的了，你完全可以在这里开辟第二战场。王耀虽然故意回避了金屋藏娇养二奶之类的字眼，但话里的意思是不言自明的，当时他们都认为这是离他很遥远的事情，而现在他却真的用这套房子收留了一个美丽的女人，这真是让人觉得荒唐！难道今天发生的这一切是真实的吗？他这样想着就掏出了香烟，点火的时候有个念头闪过来，如果能来个电话就好了，这样他就可以顺理成章地撤离了。

再次回到客厅的时候凌晨晨正在烫脚，白色的烟气把她大半个身子都遮蔽了。现在我可以走了，柳絮白这样想着脚步就要往门口移动，他想嘱咐凌晨晨几句，还没有开口凌晨晨突然叫了起来，他赶紧跑过去，原来是水太烫了。柳絮白觉得凌晨晨太娇气了，不再想搭理她想义无反顾地走掉。大哥，你能帮一下忙吗？凌晨晨突然抬头向他恳求道。他不明白她是什么意思，他不一直在帮她吗？帮我把脚摁进水里，让它老老实实地在里面待一会儿。凌晨晨有些娇弱地说，语气里有些调皮的意味。

让它老老实实在里面干吗？柳絮白尽量用凌晨晨的语言，这样可以自然一些。

医生不是说用尽量热的水烫脚效果好嘛！

为什么不自己往里摁？答案柳絮白早就想到了，医生说这话的时候他就在跟前，但他还是感到有些奇怪。

我怕疼。凌晨晨干脆地回答。

柳絮白笑了，他没有想到看起来有些矜持的凌晨晨居然还这么活泼，这个要求看来是不能不满足了。

你这么疼自己非要让别人来充当刽子手，真是居心叵测啊！这样说着柳絮白就把身子蹲了下来。

凌晨晨的脚很娇嫩，有着大理石一般的光洁。柳絮白刚开始触到那皮肤的柔韧心里还有些紧张，偷眼看了一下凌晨晨，见她没有什么异样也就坦然了。水温烫脚正好，但凌晨晨的脚却只在水里待了一小会就不安分起来，像急于寻找氧气的鱼一样挣扎着要跃出水面，柳絮白冷面起来严肃地抬起头说别动。在这样的气势下凌晨晨果然老实了很多，不再试图逃脱而是把脚面蜷缩起来，用大脚趾使劲抠脚盆光滑的底部一副强忍疼痛的样子。

柳絮白觉得凌晨晨的动作太夸张了，就是她再娇气也不会有那么的难耐，他不再理会凌晨晨，而是让手上的动作顺着自己的思路游走，那双粗糙的大手不自觉地在凌晨晨的脚脖上下揉捏起来。柳絮白伺候崴脚的病人是有些经验的，刘文梅就崴过脚，所以他知道边烫脚边按摩会好得更快一些，他是真的希望凌晨晨能尽快好起来，现在凌晨晨之于他就像一块烫手的山芋，扔掉心里不忍，抱着又感到有些烫手。

　　柳絮白做得很专注，半天没有听到凌晨晨的动静，他抬眼看了一下，见凌晨晨泪眼婆娑的样子，柳絮白吓了一跳，以为自己手上的动作太用力了，赶紧问很疼吗？凌晨晨颤声地说，不疼。柳絮白放下心来，继续埋头于自己手上的动作。凌晨晨轻轻俯下身子贴着他的耳朵说，大哥，你心肠真好！

三

　　回到家已经十点多了，菲菲早就睡了，这对柳絮白来说是不多见的。他把出租车晚上承包给了一位姓刘的师傅。即使今天晚上刘师傅有事他也不想开夜车，若不是遇见那四个小混混；若不是遇见凌晨晨他应该早就在家享受天伦之乐了。柳絮白很看重这种天伦之乐，为此好几个开出租车的哥们都笑他迂腐。出租车就是深入城市最深处的那一截盲肠，司机浸润其中时间久了难免会学些七荤八素的东西。有的司机的车就成了某些三陪小姐的包车，他们随叫随到服务备至，其着眼点无非是那些小姐们的皮肉。柳絮白对此深恶痛绝，每当这些司机津津乐道自己这种艳遇的时候，他总是皱着眉头走开。有次实在走不掉了，在座的几位在比较谁睡的女人最多，有说自己是上尉连长的；有说自己是少尉排长的，最低的也是个上士班长。他们热闹了一阵就逼着一直静默在旁边的柳絮白老实交代，柳絮白一看不说不行了，就说自己就是一个列兵。柳絮白说完先是没有人出声，接着他们就纷纷指责柳絮白没有说实话，他们不相信一个近四十岁的男人会只睡过一个女人！

　　柳絮白确实只经历过刘文梅一个女人，这并不是因为他多么爱刘文梅，实际上他认识刘文梅的时候已经二十五岁了，那时候铝制品厂已经走到了穷途末路，摇摇欲坠的势头毕现，在年龄和事业双重压力下的柳絮白此时已经没有多少选择空间了，刘文梅——这个从乡下走出来的幼儿教师一进入他的视野就被他锁定了。当然在这之前柳絮白的感情经历也不是一片空白，有过两三次单恋或者不怎么深入的恋爱。刘文梅一开始就给了他实实在在的感觉，循着这种感觉他们一步步走过来，不怎么浪漫的恋爱，结婚，按揭买房，买出租车，生孩子。所有的步骤几乎全是人生的减法，这种生活减去的不仅仅是血汗跟金钱，还有那些他心中一直向往的从来没有触及过的东西。

菜是辣炒茭白跟酱牛肉，汤是用紫菜海米做的上面还飘着黄白相间的蛋花，一瓶啤酒，干净的玻璃杯，雪白的米饭。刘文梅很快就把饭菜收拾好了，柳絮白洗完手坐在餐桌前却一点食欲都没有了。还不快吃，菜是热过的，一会就凉。刘文梅说着就开始往玻璃杯里倒啤酒，她显然很缺乏这方面的训练，啤酒被汩汩地倒进杯子很快就溢出了白色的泡沫，柳絮白忽然有些烦躁地喊行了，行了，连酒都不会倒！声音大得连自己都感到吃惊。刘文梅生气了，手中的啤酒瓶猛地往上一扬重重地在餐桌上，然后气呼呼地走开。白色的泡沫渐渐消融成那抹深黄的亮色，刚才的情绪让柳絮白也感到莫名其妙，不知道自己是真的心疼那几滴啤酒还是嫌刘文梅对自己太好了。

躺在床上刘文梅似乎还在生气，把身子背过去蜷缩起来一动也不动。柳絮白对着那后背轻轻地说对不起，说着把身子偎了过来扳住了刘文梅。刘文梅开始还有些僵硬，后来就变得半推半就了。柳絮白很快就得手了，但他似乎没有多少心思，不久就萎了。后来两个人平躺在床上，柳絮白脑子里还泛着王耀房子里的情景，这个时间凌晨晨也该睡了吧！有那根拐杖的帮助她上床应该是没有问题的。

以后还是不要跑长途了吧！每次跑完长途后你都情绪不好。刘文梅说着把头抵在柳絮白的胸口。柳絮白猛然惊醒过来，忽然觉得有些内疚，随后他又觉得自己不应该有这种情绪，他只是帮助了一个需要帮助的人，除此之外什么也没有做，所有的行为都是光明正大的。既然这样他应该把自己今天的经历告诉刘文梅，过去就是这样的，柳絮白在外面有什么奇遇回家后总是说给刘文梅听，他是个喜欢和家人一起分享的人，但是今天这种经历该怎么说呢？如果凌晨晨不是个女人没有这么漂亮，他是不会有这种障碍的。如果刘文梅能怀疑一下他今天的行踪他也会说出来，事实上刘文梅是这么信任他，以至让他无法再开口了。

第二天一早柳絮白就把出租车开上了阳光明媚的大街，此时他远没有了昨天的热情，心里开始懊悔起来，把这么一套房子独自留给一个来历不明的女人，他觉得这不应该是他柳絮白的行为，他怎么会做出这样的事情呢？他希望昨天的遭遇是一个梦。但事实上他就是这么做了，他不但用别人的这套房子收留了这个女人，而且还给她泡了方便面，甚至还给她按摩了受伤的脚，以至于现在他的手上还留有那个女人的滑肌肤的感觉。这个女人真是魔鬼！他这样想着心里就开始恨她，是她让他一步一步走向这种荒唐的，更让他气愤的是她居然对他没有理智的善举都心甘情愿地领受了。

下午柳絮白像过去一样把车子开到了跟老刘约定的地方，老刘有钥匙，很快就会把出租车重新开上大街的。然后他步行回家，回家途中经过一个菜市场，他买了几样青菜还买了菲菲最爱吃的花蛤。回到家他还没有拾掇好饭菜刘文梅和菲菲就回来了，于是整个房间里都飞满了菲菲欢快的叽喳声，生活似乎又回到原来的轨道。这才是他柳絮白想要的生活！他在心里感叹道，让那个叫凌晨晨的女人见鬼去吧！

晚饭以后他忽然不安起来，菲菲歪倒在沙发上正在画板上涂鸦，胖嘟嘟的脚丫子伸到他怀里，还不时晃动一下。电视里正在播放一部叫《阁楼男女》的韩剧，刘文梅不知已经看过多少遍了，每次都被感动得一塌糊涂。他想随着刘文梅深入地看一下，但精力怎么也集中不到电视画面上，最后他实在是耐不住遽然站了起来。菲菲的脚一下滑到地板上娇气地叫了起来，刘文梅也吓了一跳，抬起头吃惊地问怎么了？不行，我得出去一趟找找老刘。车子该加机油了，老刘如果硬开就会把发动机给烧了。他故意把问题说得严重了一些。此时刘文梅的注意力全在电视上，根本就没有考虑他这个漏洞百出的谎言。

来到街上他盯视了好长时间才上了一辆出租车，他怕碰到熟人。安全地坐在出租车的后座上他才觉得自己太笨了，干嘛要对刘文梅撒那么一个谎，说去看看王耀的房子不是更光明正大一些吗？有了这个意识他很快就为自己找到了理由，他确实是要看王耀的房子，把房子交给这么一个女人不放心，受人之托忠人之事，更何况是王耀呢？

凌晨晨看上去比昨天憔悴了许多，一看到他就可怜巴巴地说，大哥，你怎么才来！这倒出乎他的意料。他没有想到凌晨晨对他已经依赖到了这种地步，居然觉得他来照顾她是合情合理的。这让他心里又升起了那股不平之气，他就这么应该吗？但很快他就被另一种痛取代了，今天白天凌晨晨拄着拐杖去厨房烧水的时候又把手烫伤了。右手整个手面都起了一层铃铛般的水泡，看着让人心悸。这次他没有再犹豫，赶紧又跑到楼下买来了烫伤膏，还从附近的超市买了一大堆吃的。

现在凌晨晨几乎彻底不能动弹了，他照顾她反而坦然了许多。他给她喂饭挽她去卫生间用湿毛巾给她擦脸，最后依然像昨天一样帮她烫脚，烫脚的时候依然给她按摩。但这次她没有像昨天那样被感动得泪眼婆娑，而是讲起了自己的身世。她告诉他她出生在沈阳，父母都在机关上班，在她十二岁的时候，他们全家驾车出游，不幸遭遇了车祸，她父母跟司机当场就死了，只有她侥幸活了下来。后来她被姑妈收养了，姑妈家有一个小她六岁的弟弟，这个小坏蛋一开始就把她当成了他们家的佣人，每次去卫生间都喊她去给他擦屁股。姑父是个酒鬼，他跟姑妈的关系相当不好，有次酒后趁着家里没人居然对她动起了手脚，幸亏当时她机灵跑到卫生间把门插死了。姑妈有时也会把男人领回家来，他们在大房间里调笑连门都不关，丝毫也不避讳她。这个龌龊的家她实在是待够了，心里一直向往一个美丽而干净的地方，因此她初中毕业就报考了一所外地的中专学校，此后她就一直在外面漂流。后来在烟台遇见了她的第一个男人，男人做生意，看那样子生意做得很大，男人很爱她，在海边给她买了一所大别墅，别墅的外墙是白色的，远远看去就像漂浮在蔚蓝色天幕上的白云。她为这种感觉而着迷，每天都到海滩上去疯跑去捕捉她心中的白云，她以为她终于找到了自己心中向往的那个地方了。但很快她的美梦就破灭了，男人因为走私而进了监狱，别墅被查封了，她只好再次出来漂流。

女人的故事打碎了他的种种猜忌，原来他以为女人应该是有父母朋友的，但现在这扇大门猛然被关上了，这个孤身一人的女人，没有人会替他来担当照顾女人的责任了。柳絮白觉得自己已经无处可逃了，这种感觉开始让他感激女人，是女人成就了他，让他成为一个彻头彻尾的好人。

此后柳絮白的生活中就了一项内容，一般他是在晚饭前到达王耀的房子，用近一个小时的时间给凌晨晨做饭喂饭然后烫脚，这些处理停当立刻就往回赶。他们之间的相处也越来越自然，凌晨晨称呼他哥，他有时叫她小晨，似乎他们天生就是血肉相连的兄妹。有了这种界定柳絮白回家后也不再觉得难堪，只是那秘密仍然在心中保留着，他把这理解为一种善意的欺骗。

偶然而过的想法也是有的，凌晨晨毕竟是他向往的那种女人。曾经有一天晚上柳絮白收拾完了天上却下起了大雨。他看了看窗外，又看了看眼前的凌晨晨，凌晨晨也正定定地看着他，目光中满是内容，他想如果他提出要留下来她是不会拒绝的，或者凌晨晨主动要求他留下来他也是会顺水推舟的。但最终他还是忍痛走了出来，转身的时候他读到了凌晨晨眼睛里的失落，这让他感到兴奋，这种失落正是他所需要的，他的好人形象就是由这种失落的目光堆积起来的。冒着倾盆大雨走向自己车子的时候刚才的那种兴奋仍然在持续，他庆幸能及时把握住了自己，王耀曾经说过漂亮女人是一剂鸦片。对鸦片应该是敬而远之的，因为几乎所有的人都知道吸入鸦片之后得到的只是短暂的兴奋，失落和沮丧却是长久的。

四

这样的日子并没有持续多久，在一个午夜柳絮白突然接到了王耀的电话，在持续的鸣叫声中睁开眼睛一看是王耀的号码他就有了不好的预感，果然王耀说他回来了，现在就在他家楼下让他赶紧把钥匙送下来，听了这话柳絮白像被兜头浇了一瓢冷水一样遽然惊醒了。王耀向报社申请了三个月的假期，临走还信誓旦旦地说他要好好看看这个世界上最富有的国家，怎么才过了一个月就突然回来了。下楼的时候他忽然想到了住在房子里的凌晨晨，心里更是一阵慌乱，无论如何是不能让王耀见凌晨晨的，这倒不是由于他信不过王耀，而是他不想让王耀产生什么误解，以至毁了自己在王耀心目中的形象。

王耀的房子里一直没有安装固定电话，凌晨晨的手机又被偷走了，更何况就是电话畅通这大晚上的她也无处可去。王耀的身边堆满了大大小小的行李，一看到柳絮白就夸张地来了一个拥抱，然后就要柳絮白送他回家。王耀刚一转身柳絮白就来了灵感，在王耀的身后说今天是回不去了。王耀回身问怎么了？柳絮白说房子钥匙落在车上了。王耀说那还不简单吗！打电话让他送过来不就是了！柳絮白说送不过来了，晚上交车的时候老刘说他接了个大活，要送一对年轻的夫妻连夜回东营，最迟也得明天早上才能回来。柳絮白的这个谎几乎撒得天衣无缝，他就是不给王耀任何可乘之机，在这之前他就没有想到自己还有如此才能。王耀泄气了，一屁股坐在那个最大的行李箱上说那可怎么办？我已经一天一夜没有合眼了。柳絮白知道自己第一步成功了，内心放松了些，说到家了还能没有办法！先在我家睡上一夜。

刘文梅已经起来了，王耀一迈进客厅就歪在沙发上开始抱怨鸦片战争这么好的机会中国人竟然错失了，如果那时候中国完全变成英国的殖民地，至少现在他的英语水平不会这么差，到了美国也不会变成睁眼的瞎子。柳絮白早就习惯了王耀的奇谈怪论，王耀是个很有棱角的人，干了这么多年的记者，看惯了那些大大小小的官员们演戏般的嘴脸，反而把他磨炼得更加偏激与刻薄。刘文梅问起了孩子，王耀说留在美国了。这是王耀此次美国之行的目的之一，柳絮白对此并没有觉得奇怪。随后王耀就大谈美国的天是多么的蓝，草地是多么的绿，人的神态是多么的平和……一边说着一边哈欠不断，柳絮白知道王耀的时差还没有倒过来就劝他早点休息。刘文梅去客厅睡，王耀跟柳絮白睡大床。这是很早之前就有的一个格局，那时激愤的王耀一遇到不痛快的事情就来柳絮白家喝酒，一边喝一边大骂那些人模狗样的官员，往往就喝得走不了了，只好睡在柳絮白家。

刚才还大呼小叫的王耀很快就发出了鼾声，柳絮白却不敢睡，佯装着躺了一会就坐了起来，他想立刻去通知凌晨晨搬家，但这个时间让凌晨晨去哪里呢？很显然现在摆在柳絮白面前的有两条路，一条就是马上去告诉凌晨晨他朋友回来了，这房子她不能再住了，从此他再也不过问凌晨晨的事情；另一条就是对凌晨晨负责到底，这个底到什么程度柳絮白心里也没有具体概念，都说伤筋动骨一百天，看凌晨晨目前这个样子恐怕一时半会是好不了的。由于他对凌晨晨是坦然的，所以这两条对他来说都是可以选择的，他不欠凌晨晨什么，就是现在把她推到大街上柳絮白也觉得自己已经仁至义尽了，问题是这样之后前边自己为凌晨晨所做的一切就都失去了意义，还有自己就真的能舍得下她吗？这样斗争的结果是他最终选择了后者，无论如何他都不可以半途而废。

倒时差的王耀给了柳絮白足够的时间，找房子签协议搬家这些看起来繁琐的事情，柳絮白一上午就搞定了。房子是平房位于城市的边缘，往前一走就是风景秀丽的天颐湖。里面的设施自然不能跟王耀的房子相比，但凌晨晨却一下子就喜欢上了这个地方。

柳絮白照顾凌晨晨的生活被顺利地延续了下来。每天柳絮白开着出租车穿行在城市的大街上，往返于家与凌晨晨的住处之间感到日子过得忙乱而充实，甚至于有时还有些自得的感觉。他成了一个真正拥有只属于自己秘密的男人，每个成功的男人大概都是有些秘密的吧，正因为如此这样的男人才看起来内敛而丰富。但随之而来的一个问题让柳絮白也不得不面对，他身上的钱包很快就入不敷出了。

本来他们家的日子如果没有节外生枝是能过得去的。刘文梅两千多块钱的工资维持家用，柳絮白开出租车每月大概有三千多的收入，再加上老刘包车的一千五，加起来有将近六千。他们现在住的房子是按揭，每月得交三千块钱的月供，这样还应该有近两千多块钱的机动。这些钱如果没有什么大事应付个人爱好交际应酬什么的就足够了，但现在柳絮白有了凌晨晨就有些捉襟见肘了。

这次吵架就是因为钱。刘文梅给菲菲报了一个英语培训班，连教材加培训费一下子就要交一万多，刘文梅手头的钱不够就跟柳絮白要。按照过去的惯例柳絮白每月都有一千多块钱的余钱交给刘文梅，这个月似乎没交。柳絮白说钱花了，刘文梅问花哪去了？柳絮白一时没有想到合适的理由，就故作镇静地沉着脸不说话。过去刘文梅不这样，再缺钱也从来不追着柳絮白要。刘文梅一再追问钱是怎么花的，柳絮白就有些烦了，粗声大气地说睡了女人了，行了吧。这本来是句气话，柳絮白想以这种方式让刘文梅偃旗息鼓，没想到刘文梅居然拿这话做开了文章，当时就把手里正拿着的一捆芹菜摔在了地上，说你还真是个男人了！用你女儿的教育经费去睡女人，你就不怕长了黄梅大疮！你就这么心安理得！你的良心哪里去了？让狗吃了……刘文梅越说越难听，柳絮白知道纠缠下去就更不可收拾了只好摔门走出来。

柳絮白本来想给老刘打电话，让老刘提前把下个月的包车费用先预付了，但又一想老刘家里有个生病在床的老婆，外面还有个上大学的儿子，钱是月顶月的光，老刘经常戏称自己是个彻底的月光族，现在根本就拿不出这笔钱来。再找王耀？那倒没什么问题。但一想到自己是因为一个女人才亏空的心里首先就有了障碍，对朋友应该真诚，王耀一般是不问他干什么用的，万一他要问起来自己该怎么回答？

　　现在柳絮白走的这条街是这个城市号称美食街的地方，两边遍布了大大小小的餐馆。这个时间正是这条街道最繁华的时候，不同身份的人带着不同的面孔纷至沓来，沿街那些鳞次栉比的楼房被多彩的灯光映照着，散发着暧昧诱人的光泽。柳絮白心中涌动着一种情绪，有那么一刻他想抽身走进某个餐馆来个一醉方休，很快他就打消了这个念头，他这个年龄的男人已经不应该这样狂放了，更何况他一直认为自己是个理性思维比较强的男人。

　　理性这个词一闪进脑海就深深地触动了他，他不停地反问自己是个理性的人吗？如果是，怎么会不明不白地收养了这么一个女人。他开始彻底反思自己的行为，包养二奶？自己好像连凌晨晨的手都没有认真地摸过，摸得最多的是她的脚。见义勇为助人为乐？倒有点像，但自己似乎缺乏那种很纯洁很高尚的境界。兄妹？来自于本能的对弱者的同情？……他现在觉得无论怎么界定目前跟凌晨晨的关系都是尴尬的。现在重要的是这种尴尬的关系伤及了自己，他的内心再次不平起来，一定要对凌晨晨做点什么，自己也是要回报的，在这个世界上大概还没有真正无私的东西，就连那伟大的母爱也是有所期待的。

　　凌晨晨看到柳絮白返回来有些吃惊，还以为他忘记了什么东西，闪动着纯净的眸子开始探问。由于内心有了不良的企图，柳絮白不敢直视凌晨晨的眼睛，一迈进门就颓废地坐在了床上。房子就一间，进门就是床，这倒给柳絮白实现自己的企图提供了便利。凌晨晨看他这样，对他愈加关心起来，不停地询问，知道他没有吃饭赶紧起身下面，凌晨晨的脚已经好了许多，但走起路来还是摇摇晃晃的。凌晨晨扭动着身子穿梭在狭小的空间里，麻利的动作透着一种女人特有的温馨。柳絮白在寻找下手的机会，有几次在凌晨晨弯腰的时候他想顺势把她揽过来，但都是事到临头自己先胆怯了，这样慢慢试探着鼓励着自己，不一会就憋出了一头汗水，后来他就有些坚持不住了，刚才的决心也开始坍塌，他开始有些恨自己，送到嘴边的肥肉都不会吃，还是个男人吗？

　　面条端上来放在了床头的柜子上，里面还有两个荷包蛋，边上还漂浮着几片鲜嫩的菠菜。凌晨晨立在了旁边，脸上洋溢着很热切的表情，柳絮白咽喉有些发干，使劲咽了一下口水，终于把手伸了出来，他想应该是先攥住凌晨晨的手，然后再把她往自己的身边拽，后面的事情就顺理成章了。

但就在这时凌晨晨却突然转身说噢！筷子。我怎么就忘了呢！那只带着图谋不轨使命的手一下子就无所适从地僵住了，他感到一阵懊恼，猛地回手拍向了自己的头顶。跑出来的时候他想，凌晨晨就是一只硕大的散发着诱人香味的烤鸡腿，可惜自己不知道怎么下口。

五

　　王耀从美国回来就被派到东平湖去抗洪了，一直在那里待了一个多星期，回来的当天就给柳絮白打电话说要晚上好好聚聚，这段时间整天吃方便食品嘴里都快淡出鸟来了。过去王耀就经常约柳絮白出来喝酒，柳絮白已经习惯了这种被动格局，所以这个晚上一开始他也没有发现什么异样。

　　那只耳钉是他们在喝了满满的一大杯子白酒之后王耀从包里掏出来的，现在就摆放在了柳絮白面前。耳钉只有黄豆粒般大小，通体发着璀璨的亮光。王耀拿起剩下的那半瓶白酒在眼前晃了晃，然后平均分到两个杯子里，看了一眼柳絮白说你一定在寻找这个吧，我在卧室里找到了，现在还给你。柳絮白一时没有明白过来，但心中却有些发慌，他预感到王耀一定发现了什么，拿眼睛向对方瞟了一下，见王耀正用一种奇怪的目光在看他，里面满是阴暗而暧昧的色彩，嘴角漾着意味深长的笑意。还镶着碎钻，档次蛮高嘛！还真是叫唤猫逮不住老鼠不言不语的和尚才念真经。什么时候搞上的？抽时间领出来让咱也见识见识。王耀的笑容隐藏在灯光后面，看起来显得更加的不正经，一边说着还眨了一下眼睛。柳絮白一下子就明白了，耳钉显然是凌晨晨落在王耀房子里的。

　　本来柳絮白想拒不承认，他知道王耀留守在家的这两年应该是有女人的，一个正值壮年的男人不可能这么长时间不靠近女人，尽管王耀经常叫苦连天的说柳絮白饱汉子不知饿汉子饥，不知道这光棍汉的日子怎么熬，但柳絮白从来就没有认真过，他心中有数，以王耀的才智是不可能让自己荒芜的，王耀之所以这样是知道柳絮白不喜欢在黑暗中谈论女人，所以耳钉说不定是王耀的哪个女人留下的也未可知。柳絮白想申辩还没等张嘴王耀说，别说你不知道，这东西绝对不是我的，我从来就不会把女人往家里带，什么叫露水夫妻？只有盛开在野外的鲜花才能有露水。柳絮白见王耀把自己的退路都堵死了，心里反而坦然了很多。

王耀听完柳絮白的讲述连说了好几个这怎么可能呢？一开始柳絮白以为他是在怀疑自己讲述的真实性，说事情就是这样，当时我把她再次拉上车的时候确实只想帮她。沉默了一阵王耀突然说，你就真的没有对她动过邪念？很显然王耀是在怀疑他对凌晨晨做了什么，对此柳絮白是问心无愧的，就坦率地说，念头倒是萌发过，想到自己为她做了这么多也是有些不甘心，但一见到她这种想法就没有了，觉得自己付出了接着就要回报不是太小人了吗？好像之前所有的事情都是有预谋的一样，这种感觉无论如何都让我下不去手。这样我就只能做个好人了。

狗屁好人！王耀忽然激动起来。从古至今做好人的都是傻子，你不看看历史上那些好人有几个得到善终的！岳飞好不好？既爱国又忠义，最后还不是让秦桧给迫害死了，而秦桧这个大奸臣却一直活了七八十岁才病死。还有明朝的袁崇焕，给朝廷出了多大的力！到头来还不是让崇祯给千刀万剐了。就说我们报社吧，副总编老实了一辈子，连报社配给他的车都不坐，谁都说这是个好人。前几天刚查出病来，肝癌，而且是晚期，现在只好在床上等死。所以别用好人的标准来界定自己。

虽说柳絮白对王耀的尖刻是不陌生的，但对王耀的这番话还是感到有些吃惊。王耀见柳絮白睁大了眼睛，愈加得意了，继续吐沫星子飞溅着说，应当说这个世界上没有绝对的好人也没有绝对的坏人，秦桧当时也是不想留下臭名的，但是岳飞妨碍了他的利益，当眼前利益跟遗臭万年不能两全的时候，我相信只要有足够的筹码很多人都会选择前者的。更何况遗臭万年是有变数的，我们那位前社长就得到很多人的羡慕与追捧，尽管已经退休两年多了，但很多人说起他来还是佩服得五体投地，说这个人有本事有能力，玩得这么大居然能平安落地。所以好人是个伪概念，就等同于说一个人是傻子疯子所有不正常的形态。

王耀的话让柳絮白变得尴尬起来，他本来想继续解释自己为什么一直对凌晨晨没有行动的，他是个过来人，过来人显然对女人跟性就理智了很多，他能清楚地知道性带来的是一种暂时欢娱，而道德却能让人长久的心安。看来现在没有必要了，王耀已经成了一个没有道德意识的人，在他眼里任何东西都是有筹码的。或许这是有些道理的，自己没有对凌晨晨付诸行动就是因为筹码不够，假如自己再年轻十岁没有结婚正处于性饥渴状态，他跟凌晨晨就不会是现在这个样子了。

这晚他们的谈话显然不甚愉快，把那斤白酒喝完他们就没有再续的意思了，这在他们相聚的历史上是很少的。过去也是王耀说得多，但他们大都谈的是些事不关己的事情，置身事外大而无当的话题当然是轻松而和谐的，因为这样的谈话几乎没有成本，而且有时还能获得旁观者的愉悦。而今天的话题则具体了许多，这种具体直达柳絮白的心灵，让他心灵中的某种东西破损了。分手的时候，王耀一直要求见见凌晨晨，说他很好奇，想看看究竟是一个有着怎样魔力的女人让他的好朋友变得这么不正常。柳絮白一开始以为王耀在开玩笑，后来发现王耀是认真的，心里不禁犹豫起来。

第二天晚上柳絮白把耳钉拿出来给凌晨晨看，果然是她丢在王耀房子里的。柳絮白奇怪地问怎么当时丢了不说？凌晨晨说一个耳钉也值不了几个钱！柳絮白想起王耀说这个耳钉"档次蛮高"心里顿时有些不舒服，一个身无分文的女人对钱这么麻木这无论如何都让人心里产生怀疑。柳絮白对凌晨晨说王耀想见她，在这之前柳絮白已经跟凌晨晨谈起过王耀，知道王耀是他最好的朋友。柳絮白以为凌晨晨会拒绝，没有想到凌晨晨居然痛痛快快地答应了。凌晨晨说柳大哥人这么好，他的朋友准错不了。凌晨晨的这种信任让柳絮白感到不安，他想劝凌晨晨不要去，但却一时找不到合适的理由，因为他看起来是很希望凌晨晨去的。

他们的聚会是在周末，还是柳絮白跟王耀经常相聚的那家川菜馆。柳絮白跟凌晨晨赶到的时候王耀已经让服务生泡好了菊花茶。三人都落座之后王耀盯视着凌晨晨说了句怪不得呢！这话说得凌晨晨有些莫名其妙，而柳絮白却明白王耀这是在夸赞凌晨晨的容貌，自以为是地认为探究出了柳絮白着迷的原因。此后酒菜被陆续地端了上来，有水煮鱼石爆肠毛血旺回锅肉都是正宗的川菜。王耀在旁边解释说知道凌晨晨是东北人，他现在点的是南方菜，有些南辕北辙的意思，因为他知道很多的女孩子都喜欢吃川菜，如果正巧歪打正着了就算他有眼力，如果凌晨晨实在不喜欢也不要说出来，希望能强忍着吃几口，算是对他的安慰。因为这是他处心积虑想出来的招待方案，没有功劳也有苦劳吧！王耀的话把凌晨晨逗乐了，说原来你这么有经验啊！王耀说我只是纸上谈兵。凌晨晨说那你纸上谈兵为了什么？王耀很干脆地说就是为了今晚招待你。凌晨晨再次乐了。

两人唇枪舌剑地交谈着，王耀的好口才得到了淋漓尽致的发挥。凌晨晨也不甘示弱，很显然她要比柳絮白想象的活跃。柳絮白一开始担心王耀会像过去他们聚会一样胡说八道，但后来的事实证明柳絮白的担心是多余的，整个晚上无论是谈目前的打破垄断还是说那些无关痛痒的调皮话，王耀的语言都很得体，对凌晨晨也照顾得无微不至，帮着夹菜适时递上餐巾小心地往杯子里倒猩红色的葡萄酒，凌晨晨要去卫生间，不但赶紧给清理通道还命令般地让柳絮白搀着过去。看着原来那个放诞无忌的文人一下子就变成了谦谦君子，柳絮白心里有些不大适应，心说，你就装吧，看你能装到什么时候，是狐狸总会把尾巴露出来的。

晚餐结束的比他们平时聚会稍微早了一点，九点多钟的样子。王耀是开着自己的车来的，一辆二手的奥迪，柳絮白的出租车让老刘开走了，从饭店出来他跟凌晨晨上了王耀的车。他们居住的方位是这样的，凌晨晨住城西，王耀在城北，柳絮白在城东。最佳的行走方案是先把柳絮白送到家然后王耀向南再向西送下凌晨晨最后自己回家，柳絮白拿不准王耀是不是喜欢这个方案，王耀刚才的行为已经足以说明他对凌晨晨是有兴趣的。车子发动起来，柳絮白试探地问，咱先走哪一路？王耀很干脆地说当然是女士优先了。这话王耀说得很快，好像是没有经过脑子一般，也好像早就经过了深思熟虑只是在等待呼之欲出的机会。

很显然王耀今晚是不想留给自己与凌晨晨独处的机会，这种心态如果是刻意的那就非常可怕，它意味着王耀对凌晨晨动的心思不是一般性的。柳絮白这个念头一从脑子里冒出来把自己也吓了一跳。送凌晨晨下车的时候，王耀问柳絮白你不进去？凌晨晨的脚已经好了很多不需要再烫了这是王耀知道的，王耀这样问明显带着试探的成分，柳絮白没有回答，而是看了王耀一眼返身坐回后座上。

六

凌晨晨要出来工作，柳絮白把一大摞晚报带给她，上面有各种用工信息，在有些比较适宜的信息上柳絮白还专门用圆珠笔标注了一下。柳絮白现在确实希望凌晨晨能尽快独立起来，这不仅仅是出于经济的考虑，还因为王耀的介入他感到自己跟凌晨晨的故事走到了尽头。自己原来残存在潜意识里的那种向往永远不可能发生了，爱情没有肉体也没有，所有的事情都停留在了表面，他帮助了一个需要帮助的女孩，仅此而已。明确了结局的故事是令人乏味的，尤其是有着这样结局的故事更是寡淡得像一杯白开水，喝光了杯子也是一个味道，那就让故事尽快结束吧，就这么一个既不动人也不感人的故事实在没有必要再继续下去了。生活本身也许根本就不需要故事只需要平淡，像他过去一样开车赚钱糊口养家。但让他意想不到的是故事的开启和结局都没有能以他的意志为转移，因为生活远没有他想象的那么简单。

　　再次跟王耀相聚是三天之后，过去他们聚的并没有这么频繁，接到王耀的电话的时候柳絮白第一个想到的是这肯定与凌晨晨有关，他想在电话里找理由推脱掉，但是跟王耀他实在张不开口。柳絮白猜得不错，这次王耀确实要跟他谈凌晨晨。我对凌晨晨动心了。一坐下来王耀就单刀直入地对柳絮白说。柳絮白没有吃惊，这就是王耀的风格。但这次王耀似乎还是有些顾忌的，他还是在顾忌柳絮白跟凌晨晨的关系。

　　朋友妻不可欺，这点道义我还是明白的，如果你跟她有了那层关系我会按兵不动的，如果没有，那就对不起了，你暴殄天物我是不会这样的，喜欢一个人就要全方位地占有她，只有这样她才会真正属于你。王耀笑着说，在那看似轻松的表述中包含有咄咄逼人的气势。

　　看来王耀还是不相信他跟凌晨晨之间是清白的，王耀按照他的逻辑来考虑问题，始终相信男人不相信柳絮白。有那么一个瞬间柳絮白想恶作剧般地按照王耀的思路承认了，但他最终没有欺骗朋友也没有玷污他跟凌晨晨之间的关系。在得到否定的答复之后，王耀一下子就松了一口气，柳絮白却紧张起来，他不知道自己的这个答复对凌晨晨来说是幸还是不幸。

　　三十多岁的男人追求起女人来自然不会像毛头小伙子一样急躁冒进了，他们知道事物发展的规律及节奏，具体经营起来就会从容而坚定自信而大度，对猎物有足够的耐心。知道凌晨晨急于出来工作，王耀就利用自己当记者这么多年编织出来的人脉，很快就为她找到了合适的职位。工作地点是泰山脚下的东尊华美达大酒店，酒店是五星级的，环境优美干净舒适，具体工作是在保龄球馆的吧台，每天八小时月薪两千加奖金，而且酒店离王耀的家很近，这就为他以后进一步行动埋下了伏笔。上班第一天王耀就给凌晨晨拿来了一部新款的手机，说是凌晨晨来到一个陌生的环境，一开始难免有些不适应的地方，有个跟外界联系的通道自己心里也踏实，这种安全感对女人来说是至关重要的。理由无懈可击让凌晨晨不知道怎么拒绝。随后不久王耀便以记者的身份来酒店采访，酒店经理在贵宾厅宴请王耀，并特意把凌晨晨叫上，席间王耀长袖善舞不断地暗示跟凌晨晨的关系，酒店经理自然会意，对凌晨晨不自觉地也高看了一眼。

正如柳絮白之前所预料的，是狐狸总会把尾巴露出来的。在一个漫长的序曲之后王耀开始直奔主题了，有一天他突然要求凌晨晨再次搬回他的房子里去住，并说了很多的理由，总结起来有两条，其一凌晨晨上班的地方离家太远，每天都要坐一个多小时的公共汽车很不方便。其二也是最重要的，他最近要参加报社组织的一个外出采风活动，这次活动着眼于中国的边穷地区要一两个月的时间，走这么长时间他实在有些不大放心，家里的竹子需要人浇水乌龟需要喂食，要不他也得找人看房子，凌晨晨住过去自然就两全其美了。这条理由无可辩驳，凌晨晨打电话问柳絮白，柳絮白明知道这是王耀的请君入瓮之计却不好说破，只是不置可否地让凌晨晨自己拿主意。

果然凌晨晨搬过去的当天晚上王耀按时回家了，说是报社把活动推迟了，凌晨晨当时有些不知所措给柳絮白打电话问自己该怎么办？柳絮白得知凌晨晨已经在王耀家了，就只好劝凌晨晨既来之则安之，反正王耀家房子大，闲置着确实有些可惜。话虽这么说，放下电话柳絮白心里还是有些酸溜溜的，他知道凌晨晨在劫难逃了。树是自己栽的，后来的生长也离不开自己的辛勤浇灌，桃子终于长起来成熟了，却被王耀摘走了。这无论如何都不能不让人觉得无奈，好在摘这个桃子的不是别人是王耀，王耀不仅是他的好兄弟还对他有恩，这就算是自己还他的一份情吧！这个想法一出柳絮白突然想扇自己两巴掌，在这之前他就不知道自己竟然还有这么阴暗的心理。

几天之后的一个早上柳絮白刚要出门就接到了王耀的短信，上面只有四个字：妙不可言。柳絮白一下子就呆住了，这除了指男女之间的床第之欢外还能指什么！很显然王耀把凌晨晨拿下了，尽管之前有些思想准备，但事到临头心里还是隐隐地疼痛起来，更让他气愤的是王耀居然还用这种方式向他示威，什么意思呢？是在显示自己在女人方面的本领，还是在嘲笑他柳絮白的无能，无论出于哪种目的这对柳絮白都是侮辱，王耀这是在用从柳絮白手里抢来的长矛再重新返回刺向他。柳絮白想把电话打回去质问王耀，但最终还是忍住了。

柳絮白开上自己的出租车，手里攥着方向盘，眼睛盯着前面的道路，神思却处于恍惚之中，他怎么也摆脱不掉王耀早晨所发的短信。"妙不可言"意味着一种放荡与无耻，每一个笔画中都透露着淫邪的味道。柳絮白这样理解着心中就暗暗恨起了王耀，这是个猖狂的流氓！一个拿着无耻当荣耀的男人！一会儿又对凌晨晨充满了仇恨，很显然没有她的积极配合王耀也不会感到妙不可言的，这是一个不要脸的荡妇！她让他感到了失望，让他伤心。恨到极处他甚至不知不觉地咒骂出了声，他现在觉得世界上最肮脏的字眼放在凌晨晨身上都不为过。骂过之后又开始为她担心。他知道以王耀目前的婚姻状况，离婚是早晚的事情，如果凌晨晨能嫁给王耀也未必不是个很好的出路，怕就怕王耀只想跟凌晨晨玩玩，这事放在王耀身上是完全可能的。前面到了路口正赶上红灯，脑海中充斥着这些乱七八糟的想法竟然失去了停车的意识，到了眼前才猛地惊醒，赶紧把手伸向右边的手刹，但已经晚了，就听咣的一声震响，出租车像红了眼的斗牛一下就抵上了前面那辆车的屁股。傻逼！柳絮白咬牙切齿地咒骂了一声，同时两手狠狠地拍在方向盘上。

到了下午柳絮白才从交警大队的事故处理中心出来，百分之百的全责，除了维修好车辆赔偿一千块钱之外还要赔礼道歉取得对方的谅解。本来这个月要交给刘文梅三千块钱以弥补上个月的亏空，看来又要泡汤了，真是屋漏偏遭连阴雨！柳絮白现在快要恨死王耀了，你爱睡谁睡谁关我屁事！偏要发那个该死的短信显摆。偏偏这时王耀把电话打了过来，他又来凑热闹。柳絮白怒火中烧，把手指摁向接听键，想骂他个狗血喷头，但却半途终止了，他现在实在是不愿意听到王耀的声音，手机持续地响着，柳絮白烦躁地把手机掏出来想一下子掼在地上，似乎那聒噪的黑壳子就是骚情的王耀，后来王耀终于累了，消停了一会，柳絮白松了一口气，不由自主地嘟囔了出来，还是熬不过老子吧！话音未落那黑壳子就又吱吱地叫起来。这次是刘文梅，柳絮白把电话打开，让他意想不到的是还是王耀找他，是王耀把电话打给刘文梅说他有急事要找柳絮白。刘文梅在电话里质问柳絮白怎么不接王耀的电话，他们之间的事情刘文梅一直置身局外，现在柳絮白就更不想让她掺和进来了。柳絮白赶紧解释说不是不接是没有听到，刚才手机打在震动上了。刘文梅说那你就抓紧给他回一个吧，他看起来好像很急。

真是无孔不入，柳絮白知道王耀在这方面是比较执著的，如果自己继续置之不理他会连续不断地给刘文梅打电话，那样自己解释起来岂不是更为麻烦。但他会有什么急事呢？是急着让他柳絮白分享自己猎艳之后的快感吗？最终柳絮白还是决定硬着头皮接王耀的电话，王耀却没有再打过来，只给他发来了一个短信：老餐厅，七点半；若不去，是混蛋。

<h1 style="text-align:center">七</h1>

踏进餐厅的时候柳絮白是准备好了表情的，他要笑着面对王耀跟凌晨晨（他觉得王耀一定会带着凌晨晨来的）。现在他已经理性了很多，自己已经把凌晨晨拱手送了出去就不会再回来了，正所谓覆水难收。事情到了这个地步他已经控制不了了，只能顺其自然。反正他高兴不高兴凌晨晨都是王耀的了，那为什么不装着高兴一点呢？这样还显得自己大度一些坦率一些，更重要的是他不想失去王耀这个兄弟，古人说，兄弟如手足妻子如衣服。更何况他跟凌晨晨之间没有什么，凌晨晨更不是他的妻子！

柳絮白万没有想到坐在自己面前的王耀是这么的萎靡不堪，而且他也没有发现凌晨晨。

在进这个门之前你一定还在心里恨我！王耀说。先不要否认，我们兄弟之间是用不着这个的，我了解你，你是个好人。你一定在恨我占有了凌晨晨，实际上你错了，我什么也没有得到，不对，我得到了这个。说着王耀把衬衣上端的纽扣解开露出了肌肉发达的胸脯，在两块胸大肌渐渐凸起的缓冲地带上有三道血印子平行地斜挂着。这就是我得到的。王耀掩上胸脯说。你也没有想到你这个妹妹会这么刚烈吧，我怎么也没有想到现在还有这种女人。

你这个人心眼太实给个棒槌就当针，你也不想想我如果真得到了凌晨晨还会给你发那种短信吗？自己偷着乐还来不及呢哪会这么显摆！就是因为没有得到才要发那个短信故意气你的，你说歇斯底里也好你说恶作剧也好，反正当时就是特想气你。我有个感觉这个凌晨晨很依赖你，说不定已经喜欢上你了。王耀说着开始埋头抽烟，白色的烟雾把他的大半个脑袋都淹没了。

柳絮白心情一下子好了起来，他知道在倒霉的王耀面前自己不应该有这种心态，但是他还是忍不住。王耀抬起头，一眼就看穿了柳絮白的心思，说你现在心里一定乐开花了吧，先别忙着高兴，今天找你出来是真的有正事要谈。你以为我从你身边夺走凌晨晨只是为了贪图她的美貌吗？那你就大错特错了。不错，凌晨晨确有几分姿色，但还没有达到让我向自己的好朋友横刀夺爱的地步。我追求她是有更深的想法，你先看看这个。说着王耀把自己面前的报纸递了过来。

报纸上的显要消息已被王耀用红彩水笔圈了起来，里面是个黑体的大标题："白血患儿有望新生　地产大亨为富也仁"。柳絮白不明白王耀为什么看这种无关痛痒的消息，在王耀热切的目光下简单地浏览了一下，消息说的是国内一个叫李传铎的地产大鳄出资成立了一个慈善基金会，并委任他的未婚妻刘女士为负责人，专门来救治白血症患儿的事迹，旁边还配发了基金会启动仪式上的图片，图片上那个西装革履气度不凡的男人正与一位雍容华贵的女人牵着手摁向水晶球，显然这就是文字中介绍的大亨李传铎与他的未婚妻。

柳絮白抬起疑惑的眼睛，王耀说你再看看图片上的女人像谁？柳絮白又看了一下，脑海中没有想到对号入座的形象，仍然是一头雾水，王耀说像不像凌晨晨，你看那个浅酒窝还有那双眼睛。经王耀这一提示柳絮白忽然就有了醍醐灌顶的感觉。像，真是太像了，真的跟凌晨晨太像了。柳絮白感叹道。王耀说，什么太像了，应该说就是，这就是凌晨晨，她真正的名字叫刘珊。

太离奇了，你不是在给我编故事吧。柳絮白吃惊地说，他虽然一直感到凌晨晨是应该有些来历的，却没有想到还会这么曲折。

不是故事是事实。随后王耀又从随身带的皮包里拿出一大摞资料，这里面有户籍卡学籍证明还有一些杂乱的报纸杂志，上面所有的东西都是围绕一个叫刘珊的女人展开的，有的材料上还附有图片，图片上的刘珊大都以未婚妻的身份跟李传铎在一起，各个侧面都显示出画面上的刘珊跟他们所认识的凌晨晨是同一个人。

正如她自己所说刘珊确实是出生在沈阳的一个干部家庭，她的父母也很早就过世了，是车祸，后来她被寄养在亲戚家，再后来她上了当地的一所卫校，毕业后分到了一家区级医院，她就是在这里与李传铎邂逅的，李传铎被她清纯的气质所吸引，很快就把她追到了手，后来就突然消失了，直到李传铎以涉嫌黑社会的罪名喽啷入狱再也没有出现过。王耀的讲述把面前的所有的资料都串了起来，一个完整的刘珊一下子就浮出了水面。这份经历与凌晨晨自己的讲述没有多大的差别，除了烟台除了名字，凌晨晨几乎没有隐瞒什么。所以柳絮白对王耀的行为很是不解，他不明白王耀花这么大的精力来调查凌晨晨究竟为了什么，谜底很快就被王耀自己揭开了。

这些资料我得到得很不容易，几乎动用了所有的社会关系，幸亏我跑了三年的政法，认识了公安系统几个比较铁的哥们，要不然根本就不可能弄到这些东西。我为什么要下这个力气呢？现在我可以告诉你，我这么做是为了钱。刘珊离开不久李传铎就出事了，审计部门在审计李传铎财产的时候发现一笔三千多万的资金去向不明，问李传铎他也含糊其辞地说不清楚。很多人都猜测这笔钱让刘珊带走了，这种猜测不是没有道理的，因为之前李传铎对刘珊特别宠爱，以李传铎几十个亿的财力，一下子给刘珊个几千万也不是没有这个可能，而且这笔钱被划走的时间跟刘珊失踪的时间基本相吻合。

王耀的信息来源显然还是面前的这些资料，当地晚报确实发布了这样的消息，而且那几个数字还专门用黑体字特别标注着。就是柳絮白对王耀再了解也不会想到他对一种莫须有的财富会有这么大的热情，这就等于在茫茫大海中打捞几个世纪以前沉没的宝物，是没有概率可计算的，柳絮白不明白王耀为什么这么执著。接下来还有一个问题，王耀是怎么发现凌晨晨就是刘珊的呢？

也许是第六感觉吧，别忘了我是个新闻记者。王耀笑了笑说。一开始想见凌晨晨确实是出于好奇，后来第一眼看到她就觉得这个女人不是你说的那么简单，戴着镶钻的耳钉挎着LV的背包居然会流落街头，心里有了这个疑问就对她格外留意起来，那天你扶她去厕所，我翻了她的背包，背包的侧兜里有七八张银行卡居然还有一张北京王府井精品城的贵宾卡，那里面我只进去过一次，一条裤子就要一两万，寻常老百姓岂能进得去门。当时心里就更犯开了嘀咕，觉得这个女人一定有不同凡响的来历。说来也巧第二天我去资料室找资料不想就翻到了那张旧报纸，一开始我还不相信自己的眼睛，后来经过认真比对才有了自己的判断，随后我就开始了调查。

　　三流电视剧中的故事情节被植入了自己的生活中，但这却是事实，柳絮白刚才那种做梦般的感觉逐渐回来了，他没有想到人生如梦人生如戏这些被人反复咀嚼的台词居然在他的现实生活中实现了。看来自己真是活得太单纯了，看问题太简单了。他不但轻视了凌晨晨也轻视了王耀，原本以为王耀追求凌晨晨，只是给他玩世不恭的人生中增加一抹多彩的亮色，没有想到他居然有这么深的预谋。这样一推断王耀之前的所有行为就都好解释了，他追求凌晨晨就是为了那笔不怎么明确的巨大财富。

　　怎么样，一千万！这不是个小数目吧，是不是值得赌一把？王耀说。柳絮白看了一眼正满含期待的王耀没有答话，端起面前的半杯白酒一下子就倒进嘴巴里。

八

　　钢叉是在凌晨晨（我们现在应该叫她刘珊了）从王耀家逃出来的那天晚上出现的。在这之前她就有了某种预感，总感到背后有双眼睛在盯视着自己，这让她感到有一种危险正靠近她。

　　本来这个晚上应该是美好的，王耀的边地采风被推迟了一周，好像很高兴的样子。刘珊也很快从不安中解脱了出来，有了柳絮白的参照她感到自己对王耀已经不陌生了。他们一块弄了晚饭，王耀还开了一瓶法国红酒，是桃乐丝。王耀说这瓶酒是报社里的同事专门从法国给他带回来的，他一直没有舍得拿出来，并套用电视广告里的话说一般人我不让他喝。刘珊一听就知道王耀对红酒了解得不多，桃乐丝在法国是个很大众的品牌，论品质甚至赶不上国内的长城跟张裕。真正的好红酒是产于法国波尔地区的陈酿，尤其是窖藏十五年以上的，那味道才叫一个醇厚，李传铎就最喜欢这种酒，每天晚上都要独自喝上一杯。但这丝毫也没有妨碍刘珊心中的愉悦，王耀显然是极为重视她的，她把这理解成一个男人对女人的欣赏，被男人欣赏是幸福的，尤其是被王耀这种有些经历的男人欣赏。

　　但随后她的愉悦感就消失了。晚饭之后王耀就赖在她要住的房间里不走，同时还用些不咸不淡的言语挑逗她，后来在她的提议下他们来到客厅看电视，她本来是想把王耀引出来然后自己插门睡觉的，没想到王耀打开电视的同时也打开了DVD，里面居然放的是那种片子，是欧美的那种纯粹的毛片，一上来就是真刀真枪的镜头。她的内心对王耀充满了深深的失望，想走掉，但还没有起身王耀就恶狼般地扑了上来。她感到一阵恶心，陡然挥动起臂膀，一下就把王耀掀翻在沙发上，王耀自是不甘心，他们很快就又撕咬在了一起，最后是她抽了个空档一脚踢到了王耀的下部，王耀负疼跌倒她才得以夺门脱逃。

应该说一开始刘珊对王耀是有好感的，王耀不但机智幽默谈吐得体，而且还很会关心女人，成熟男人的各种特征在他身上表露无遗。知道他妻子出国之后在心里甚至有了种种不切合实际的幻想，柳絮白虽然让人感到更可靠更值得托付一些，但他却是别人的男人，历经沧桑之后的刘珊已经深深地体会到了人生之痛，她不想伤害那位从未谋面的女人，更不想破坏自己在柳絮白心中的形象。有了这种想法她对王耀之后的种种行为就采取了半推半就的态度，她知道世间有三种东西不能轻易相信：男人的承诺、男人的感情及男人的理由，但同时世间也有三件东西最珍贵：男人的承诺，男人的感情及男人的心。有了这种洞察她自然想尽量把战线拉得长一些，因为一她要获取的是后者，让她想不到的是后来王耀会这么急功近利，这给她种很不好的感觉，说心里话她是不反对跟王耀上床的，她知道王耀的所有行为都指向这一结局，更何况她也需要，但王耀在关键时候没有掌握好节奏显露了本性，嘴里的污言秽语和粗暴顽劣的动作让她感到了一种凌辱，这是她说什么也不能接受的，她是个女人，是个需要得到尊重的女人。

来到街上她就一直觉得有人在后面跟踪她，为此她像只兔子一样逃得很仓皇，脚上的伤还没有痊愈也顾不得了，想要回头看看又有些害怕，只是在夜晚寥若晨星的行人中奔命般地往前跑。她想去找柳絮白，现在在这个世界上只有柳絮白才能给她安全感，但最终还是折返到去酒店的路上，酒店客房部的小周对她很好，她可以去跟小周挤一夜。她不想把这天晚上的事情告诉柳絮白。她明显地感觉到柳絮白非常看重他跟王耀的友谊，如果自己把王耀的图谋不轨告诉柳絮白，显然有损他们之间的情谊。刘珊觉得自己给柳絮白带来的麻烦已经够多的了，她不想再因为自己的原因给柳絮白带来任何损害。

从酒店大门进去还要经过一个半圆形的长长通道，酒店大厅就在这个通道的顶端，通道所围绕的半个圆周之内是一个小的花园，里面花团锦簇绿树常青。白天走在这个通道上欣赏着花园里的美景自是一种享受，而夜晚花园里的各种植物在昏黄灯光的映照下摇曳不定就显得有些阴森。刘珊踏上这漫长的通道上心中忽然充满恐惧，她想快步穿过去，但突然被一个铁塔般的黑影拦住了。刘珊吓呆了，想掉头就往回跑，还没等转身就被黑影攥住了，嘴巴同时也被堵住了，黑影很有力量胳膊圈住她如同是焊在身上的铁箍，使她一点挣脱的余地都没有，只好任其拖入花园深处。

　　直到黑影在花园中心的石凳子上坐下来，刘珊才看清眼前的大汉就是钢叉。钢叉本名叫刚查理是李传铎的司机兼保镖，同时也是金舵集团的办公室副主任，李传铎最为信任的手下之一。刘珊知道自从悄悄地离开李传铎之后，钢叉就受命一直追索她，先是大连后是烟台，在烟台刘珊彻底漂洗成了凌晨晨，用假名字办了身份证，所有能改变的都改变了，就差用易容术来易容了。但她还是没有安全感，就又来到这内陆小城泰安，没想到最后还是犯在了钢叉手里。让她不明白的是，李传铎都进了班房，钢叉寻找她还有什么意义，主子没有了，他也成了丧家之犬，还有必要再效这样的力吗？难道是为了那传说中的三千万，那该死的三千万把她害苦了，可是她连三千万的影子都没有见过。现在的人都想钱想疯了，仅仅凭借自己的臆想就把不着边际的三千万跟她联系在了一起，殊不知这样给她带来多大的伤害！这半年多来她被这件莫名其妙的传说弄得寝食难安，不断地接到恐吓，只得到处躲藏连个囫囵觉都没有睡过，躺在床上就做噩梦。她自认为自己只是个平凡的女子，只想找个美丽干净的地方好好地生活，是一个叫李传铎的男人打碎了她的这一切。

　　跟李传铎的相识纯系偶然，那是她第一次坐飞机。那一年的5月12日护士节前夕，卫生系统组织一部分劳动模范去海南旅游，她有幸成为其中的一员。一开始身边的这个男人几乎没有给她留下任何印象，男人话语不多却非常周到，一副彬彬有礼的样子。回来后她就经常收到男人送来的玫瑰，男人却不现身，每次她收到玫瑰之后都会接到男人的一个电话，在电话里男人千篇一律地问她喜欢吗？后来她就有些烦了，说自己不喜欢。虽然男人看起来很有气度，但让人感到压抑，年龄也差距太大，总之不是她所喜欢的那种类型。男人却很沉稳，说慢慢你就会喜欢的，此后玫瑰仍然源源不断地被送来，到最后她真有些烦了，这时她情绪也不好，都在风传她们医院被一家房地产公司买了下来，医院要搬迁到远离市中心的新区，新医院没有职工宿舍，这对一直住医院宿舍的她来说无疑是个很大的麻烦，即使在新区找到房子也没有现在方便，要逛街就要挤两个多小时的公交车。别人都乐呵呵地向往宽敞明亮的新医院，唯有她在心里不知骂了那家房地产公司的老总多少次了。不想不久之后她就在全院职工大会上看到了那个老总，更让她大跌眼镜的是，被医院领导当成菩萨一般供着的老总竟然就是自己在飞机上认识的那个男人。她以为自己的眼睛出了差错，这个男人怎么会是大名鼎鼎的李传铎，但眼前的事实却是不容置疑的。

一开始她是很为那种生活所陶醉的，住豪华别墅坐宝马奔驰穿高档时装出入高级会所，她以为自己是幸运的，第一次坐飞机就捡了个硕大的宝贝，就如一个走夜路的人猛然被一块亮闪闪的金子绊倒。但她很快就发现李传铎不是个正经的商人，有一天深夜她突然被一声尖叫惊醒了，她坐了起来原本睡在身边的李传铎不见了，她悄悄地溜下楼，客厅里灯火通明，平时簇拥在李传铎周围的那几个手下都站在两边，李传铎面前跪着一个血肉模糊的人，那人正匍匐在李传铎的脚下哀告着什么，李传铎把头高高地昂起来一副不为所动的样子。随后李传铎有些不耐烦了轻轻地挥了挥手，站在旁边的钢叉一下子走到那人背后，同时手中的利刃从左边的肩胛骨捅了进去，跪着的那人连声都没有出就倒在地毯上伸腿了。看到这一幕她害怕得几乎要叫出来，同时胃里一阵翻腾，一股浑浊的液体打着旋骤然涌了上来，最后她只得使劲捂住嘴巴仓皇地跑回了楼上。此后她每次看到李传铎都想吐，尤其是在他们同房的时候，更是不可遏制，有几次还没有完事她就吐了出来，第一次李传铎以为她怀孕了，惊喜无比，因为他的前妻只生了一个女儿，他特别想要个儿子。一检查不是，李传铎一下子就失望了。后来她不仅吐还开始做噩梦，梦到自己被李传铎血淋淋地挂在树上，李传铎在树下嘿嘿地冷笑。到最后她几乎要崩溃了，她知道自己再不离开就要完了，这才借李传铎出国考察的机会偷偷地跑了出来。

钢叉让刘珊跟他走，钢叉说看来老大是出不来了，他身上的这十几条罪状，哪一条拿出来都够枪毙八回的。现在只有我最有资格继承他的遗产。钢叉说到遗产的时候朝刘珊点了一下头，刘珊显然明白钢叉把她也算成老大的遗产了。过去钢叉不这样，对她毕恭毕敬，有时开车跟她出去连话都不多说一句，眼前的钢叉却判若两人。刘珊心里再次替李传铎悲哀起来，要这么多钱干什么呢？到头来还不是落了个灰飞烟灭。

　　不管你身上有没有那笔钱，我都要定你了。而且我知道你现在处境不佳，跟那个穷出租车司机和那个痞子记者是弄不出什么新花样来的。跟着我至少不会让你这么凄惶，我们可以去国外，就是你身上没钱也没有关系，我手头的钱足可以让我们过舒适的日子。钢叉的话循循善诱，似乎在给不开化的罪犯上弃暗投明课。刘珊心里却直冷笑，她从心里鄙视这个小混混，但也有些害怕，这是个杀人不眨眼的魔王，看来他跟踪自己不是一天两天了，对自己来泰安的活动摸得门清。

　　刘珊想先稳住他，就说这么大的事情，你总得给我考虑时间吧！钢叉沉默了，用大眼珠子翻腾了一下刘珊，黑暗中那吓人的眼白一闪而过。好！我给你三天的时间，三天之后你不给我答复就别怪我不客气了。临离开钢叉又说，我不害怕你报警，这么多年我跟警察都玩熟了，警察是抓不到我的。当然你也不会报警，因为你不想一辈子都背负着"黑社会老大的情妇"的光荣称号。想通了就给我打这个电话。钢叉说着就把一个纸片塞到刘珊手里。

九

　　刘珊最后决定跑路。正如钢叉所预料的那样她不敢报警，她害怕把自己跟李传铎的关系大白于天下。她要离开泰安这个曾经干净美丽的地方。在内心深处她一直把自己想想象成一条鱼或者一只蝴蝶，它们向往明净清澈的泉水和一尘不染的天空，为此它们不停地寻找不停地游动不停地飞翔，这就是它们的宿命。

　　这个月的工资已经结了，两千六百多，这是自李传铎把她的所有账号都冻结之后得到的第一笔巨款，这足够买一张火车票或者飞机票了。本来她是想把第一个月的工资用来还柳絮白的，她知道柳絮白的日子过得并不宽裕，能拿出那么多钱不计回报地帮助自己着实不容易。她现在最舍不下的就是柳絮白。在这之前她对男人是失望的，她以为男人都是包含各种欲望的两脚动物，但柳絮白让她了解到另外一种男人，柳絮白的眼睛里闪动着孩童般的纯真；有着善良忠厚的天性，就像一棵可以倚靠的大树。她曾经不止一次地把他想成自己的亲哥哥！实际上她在心里已经把他当成亲哥哥了。

她已想好了怎么对柳絮白解释，她告诉他自己要回沈阳一次，原来父母所在的墓地被建成了公园需要往外迁，处理完了就回来。这倒不全是全撒谎，在烟台的时候她曾经给姑妈打过一个电话，知道那片父母所在墓地上的大部分坟茔都被迁走了，给父母迁坟一直是她的心愿。

柳絮白的电话不通，她有些慌了，心中有了不好的预感。出租车司机也算得上是个高危的职业，报刊电视上不断出现出租车司机出事的消息。她想给他妻子打个电话问个究竟，一时又找不到号码。她把能找到的报纸上有关车祸和劫车的消息重新浏览了一遍，没有找到与柳絮白有关的信息，她心里放松了些，再打仍然不通。她当然也想到了王耀，但是她却不想找他，抽中午休息的空当她站在酒店大门口盯着出租车看，希望能在他们中间发现柳絮白，结果还是一无所获，她现在才感到一个人的失踪是这么容易！到了下午她终于拨通了王耀的电话，王耀一听是她，就在电话里失魂落魄地说柳絮白被绑架了。

王耀说昨天下午柳絮白给家里打电话说他要拉客人去淄博，晚上可能回来得的很晚。结果当晚就没有回来，今天上午他突然接到一个男人的电话，说他的好朋友柳絮白在他手上，要想要人抓紧在三天内凑齐五十万。男人还恐吓说想要活的就不要报案，更何况警察是抓不到他的。据王耀回忆男人的口气很嚣张而且嗓子特别粗。

是钢叉！刘珊脑子里一下子就冒出了这个念头，那语气以及说话方式都太像了，而且这是他们过去一贯的作风。理由也非常充分，钢叉想通过这种手段逼她尽快就范。她立刻跑出去给钢叉打电话，电话响了好长时间钢叉才接，而且声音还懒洋洋的。狗日的真能装！她心里恨恨地骂道，嘴上厉声地问你怎么在江湖上混的，也太不守信用了吧！说好了三天，怎么才第二天就开始绑人？钢叉在那边没有说话，她以为被自己说中了，继续斥问道，你别以为我真的不敢报警，逼急了我是什么事情都干得出来的……说着她断然扣了电话，她就是想给对方造成这种气势，形成一种无形的压力。但接下来的问题是，他如果感觉不到压力该怎么办？一时想不到好的对策，她知道钢叉是个典型的亡命徒，真到了不可收拾的地步他是会对柳絮白下手的。后来她下定了决心，大不了把自己豁出去以身饲虎，反正不能因为自己的原因让柳絮白受到伤害。

　　拿定了主意她再次给钢叉打电话，说自己想通了要跟他走，让他抓紧把柳絮白放了。钢叉在电话里反复说自己没有绑架柳絮白，绑架一个穷司机有什么意思呢？按说在得到她的承诺之后钢叉是不应该再这么死不认账的？难道真不是钢叉干的？

　　绑架一个穷司机有什么意思？钢叉的话提醒了她，一般的凶犯是不会跟出租车司机一下子要五十万的；凶犯为什么不把电话打给柳絮白的妻子而打给王耀，谅是再好的朋友也不会帮着出这么多钱的！更何况王耀也不是什么大款，难道这其中还有什么别的问题？

　　下午王耀打来了电话，说他已经凑了二十七万，剩下的实在不知道去哪里淘换了，问她能不能想些办法？这个电话更让她感到奇怪，她连治疗脚伤的医疗费都是柳絮白出的，哪里会有二十来万！也许这是王耀病急乱投医，但再急也不应该想到她一个弱女子身上呀！难道是王耀知道了什么，她把王耀跟她交往以来的所有行为都想了一遍，突然意识到了很多破绽，心里的那个疑问越来越大了。

　　钢叉来了，她说自己目前还不能跟他走，要把心中的疑问搞清楚了，不然她一辈子都不可能安心。这个问题对钢叉来说太简单了，当天晚上钢叉就拍到了柳絮白跟王耀在一起的照片，很亲密的样子。看到这样的图片，她几乎不敢相信自己的眼睛，她没有想到自己再次成了玩偶，很明显他们也是冲着那传说中的三千万来的。更让她不敢相信的是，她在心里一直视为亲哥哥的柳絮白也陷入了其中，这让她感到心中某种东西彻底的破碎了，隔着衣服她就能听到从自己心房里发出的那种咔吧咔吧的声响。

　　第二天王耀又打来了电话，说这是最后一天了，他再次接到了绑匪的电话，再凑不够钱柳絮白就要完了。王耀在电话里悲悲戚戚的，一副如丧考妣的样子。她决定要和他们玩下去，就不动声色地说钱已经凑好了，自己要跟他一起去解救柳絮白。这次王耀没有故意表现出她想象中的那种反应，而是沉吟了一下说好吧！

　　放下电话她心中的恨意更强烈了，她没有想到这两个人是这么不可救药，不但利欲熏心而且还傲慢自大，玩这种小把戏明显是在侮辱她的智商，从某种程度上说他们还跟不上李传铎的人品，李传铎出手的时候至少还像个男人，不会玩这种小儿科。看来只有我才能拯救他们，她在心里默默地说。

十

王耀被巨大的惊喜冲昏了头脑，居然没有发现刘珊有什么异样。在这之前他虽然言之凿凿地对柳絮白说刘珊一定是个金疙瘩，那是为了尽快把柳絮白拉下水，其实他心里也是有些不确定的，他只是凭着一种正常的推理去猜测。俗话说无风不起浪，没有这回事报纸是不可能有这种报道的，更何况李传铎富甲天下，对刘珊又是这么宠爱，在预感到自己有危险的时候提前安排一下心爱的女人的后事是完全有可能的。现在看来所有的推理都是事实，如果没有那笔资金垫底，刘珊是不可能一下子拿出这么多钱的。自己仅仅使用了一个雕虫小技投石问路就问出了二十三万，剩下的钱还能跑得掉吗？谅一个小女子能有多大的道业！想到这里王耀彻底陶醉了，他似乎看到那梦寐以求的三千万正滚滚飞来，硬硬地冲向他的怀抱，想不接都不行。

为了把戏演足演好王耀给刘珊打完电话就开始准备，他先找到了藏匿在家的柳絮白，本来以他对柳絮白的了解他应该是不这么容易配合的，没有想到有那三千万做筹码，柳絮白的积极性会这么高，看来还是自己有洞察力，这个世界上从来就没有一成不变的东西，只要有足够多的筹码乌鸦也是能变凤凰的。跟柳絮白商量好了之后他们又一起找到了青皮，青皮也是他们一起长起来的发小，不过这家伙不怎么学好，上小学的时候就偷看女厕所，长大后进了一次班房，现在靠倒腾二手汽车为生。青皮一听有这等好事自然也趋之若鹜。随后他们又一起坐着王耀的二手奥迪找现场，现场很容易就找到了，是一处没有完工的高层建筑。然后他又让柳絮白跟青皮演示了一番，青皮的表现颇佳，一上来就凶神恶煞的很有那个样子，柳絮白就不行了，老是表演得不到位，一会像个威武不屈的钢铁战士一会又像个大限将至的死囚犯。为此王耀像个电影导演一样苦口婆心地给他说戏。连续演练了好几遍，柳絮白总算有些像那么回事了才罢手。

这一番折腾下来，王耀感到浑身头昏脑涨胳膊酸疼，二手奥迪车没有助力，方向盘像磨盘一样沉，等钱到了手要先换辆凯迪拉克开开，不行，凯迪拉克太扎眼了，再说生产这种汽车的那家美国企业都破产了，要是出了质量问题找谁去赔！还是来辆奥迪实在。一切都安排停当，王耀还有些不放心，又把各个环节过滤了一遍，确信没有什么纰漏，看时间也差不多了，才开车去接刘珊。

刘珊手里提着的密码箱跟自己车上的那个道具居然一模一样，都是万里马，这真是天作之合，王耀发现了这一点心里更加兴奋起来。看来好运真的开始向自己招手，怪不得自己最近左眼皮老是跳，左眼跳财右眼跳灾的说法就要在自己身上应验了。还有今天早上的双黄蛋，油热了，自己随便拿了一个磕开就是双黄，这说明什么？这说明自己就要双喜临门了。可哪一喜是什么呢？财有了，后面当然就是色了，刘珊虽然被那位黑社会老大睡过了，但姿色不减，真要是顺从了，自己也就只好委屈委屈。

车子一出城王耀的手机就吱吱地响了起来，青皮在电话里操纵着王耀的行走路线，一会儿天平湖的廊桥，一会广场的街心花园，折腾来折腾去无非就是增加这出大戏的真实程度。王耀按照青皮的导航拼命拧着方向盘看似一副逆来顺受的样子，心里却直犯嘀咕，觉得今天这出戏自己导演得有些过了，反而看起来有些假了。他偷眼看了一下坐在副驾驶上的刘珊，刘珊今天戴了一副宽边墨镜，嘴巴紧闭着，看不出有什么表情，典型的冷美人样子。王耀忽然觉得有些没底，心里像塞了一块石头一般惴惴的。

一直到晚上十二点多他们才爬上那座废楼的顶层，里面黑漆漆的什么也看不清楚，只有周边设施上闪耀的霓虹灯打过来的光柱偶尔祖现一下裸露着的水泥框架。这座建筑每一层都有很大的空间。王耀在前面走着谛听着后面那小心翼翼的脚步声，心里逐渐踏实起来，任是这个小女子识破了也没有关系，真到了万不得已就来个假戏真做把她绑了，不愁她不说出存钱的密码。

在黑暗中两人似乎迟疑着，忽然前面手电光一闪，一个很粗劣的声音同时叫着，钱带来了吗？青皮的表演很正点，话不多却透着不容置疑的威严。

我们要先见人！王耀说。

接着前面的手电再次亮了，映照出水泥方柱下被捆着的柳絮白，柳絮白的头发耷拉下来，遮住了额头，嘴巴被毛巾堵着，在手电的光晕下整个脸显得有些狰狞。站在旁边的青皮往柳絮白身上踢了一脚，柳絮白摇摆着脑袋想叫叫不出来，身子拼命地晃动起来。

怎么样！活着好好的吧！快把钱踢过来。青皮的声音再次响了起来。

王耀从刘珊手里接过箱子放在地上，同时把自己手里的箱子摞在上面使劲推了过去，然后就听到青皮吧嗒吧嗒的开箱子声。王耀提前都给青皮交代好了，两只箱子里面的内容是不一样的，一只箱子里是崭新的钞票；另一只箱子里是裁好的纸条子。按照原来的计划青皮验完箱子，然后再威吓他们一顿就解绳索放人，说起来制造这样一个事件也就是投石问路，验证一下刘珊是不是真有钱，有了这个确认再开始下一步的行动。

两只箱子里都没有钱。青皮突然叫了起来，叫声未落接着就传出了惨叫声。王耀一惊，知道事情有变，但还没有反应过来，脖子就猛地被人卡住了。

刘珊看了一眼王耀，王耀还在拼命挣扎着，黑暗中整个身子都摇晃成了一条玩具蛇。这种人活着只能让这个世界更加的肮脏。刘珊说。

那就不让他活了。钢叉说着手上一用力，王耀连声都没出，就颓然地倒在了地下。

这瞬间的变故把柳絮白吓坏了，他做梦也没有想到事情会到这个地步，浑身筛糠般地抖动起来。钢叉用手电照了柳絮白一下，问他怎么办？

刘珊半天没有说话。

钢叉说，把他也宰了算了。

刘珊长叹了一声，说他……就让他在这里自生自灭吧！语气里明显带着酸涩的味道。

柳絮白已经泪流满面了，生的羞愧超越了对死的恐惧，他想大声哭出来，但嘴巴被严严实实地堵着，他只有拼命用脚跺向裸露的水泥地面。

你安静一点，别给点阳光就灿烂。你们这种人就是虚伪，本来怕得要死还在虚张声势。钢叉大声地教训着柳絮白，然后转头对刘珊说，别理他，我们走。

我们？……对，我们走！我是该走了。刘珊说着身子往楼梯间移动，那里有一个硕大的窗口，正有一片蓝幽幽的天空从窗口透进来。

柳絮白的眼前突然黑了一下，随即他看到刘珊像一只大鸟从窗子里飞了出去，在霓虹灯的映照下那只大鸟很快又变成了飘向黛青色苍穹的红帆船，跟闪烁着点点星光的天空融在了一起。

（原载《芙蓉》2012 年第 3 期）

红　　袖

一

　　一上五年级红袖就和连生成了同桌。在这之前，红袖的同桌是邢老师的儿子小金，坐在教室的最前排，红袖一直不喜欢那个座位，离黑板太近，不少喝粉笔沫子不说，还不能做小动作，稍微一动弹就会被老师发现。最让红袖不能忍受的是小金老放屁，小金长得粗矮，像一枚摘了弹头的炮弹，放出的屁大多也是哑炮，这就给他掩饰自己创造了条件，一般情况下，小金在临放屁之前，总是装模作样地给自己打点掩护，不是铅笔掉了，就是橡皮找不着了，反正他得把自己矮墩墩的身子从座位上挪开，等一股强烈的氨化气味弥漫开来，小金已经一脸无辜地重新坐回了自己的座位，然后就用不可理喻的眼神看掩着鼻子的红袖。时间长了，红袖就摸上了这个规律，后来小金再放完屁没事人一样坐回座位，红袖就有意识地把自己的屁股抬起来，同桌坐同一条板凳，一头空了，小金猛地一坐，板凳就像掉了秤砣的秤杆一下撅了起来，把小金重重地摔在地上。这样摔了几次，小金就有些怕红袖，不敢轻易放屁了，有时正上着课，红袖就看到小金在龇牙咧嘴地使劲，本来红彤彤的小脸也被憋成了酱紫色，下课铃一响，不等体育委员喊完起立坐下，小金就火上房般地往教室外面跑。

　　班里的体育委员是连生，其他班的体育委员都是有头有脸人家的孩子，唯有连生的爹是个杀猪匠。邢老师也有好几次想把连生换了，有次连生请假了，邢老师就让小金代理班里的体育委员喊起立坐下，上课的时候还不错，小金嗓音洪亮，底气也足，但在下课的时候，小金喊了起立，同学们都站起来等待随之而来的坐下，但没有等来坐下却等来了一声屁响，一向放哑炮的小金在关键时刻来了个带响的，结果惹来了哄堂的笑声。在后来不久的一次体育课上，邢老师彻底打消了撤换连生的想法。那时的体育课大多不上，就是偶尔上一次也是绕着学校的院子跑几圈，然后再放羊般地让学生自由活动。这天邢老师高兴了，要上体育课，但刚把学生们轰到院子里整好队，邮电所的小齐气喘吁吁地跑来了，让邢老师去听电话，电话是小金的爸爸从部队打来的，隔着好几千里地接通个长途不容易，邢老师一听顾不得带学生跑了，交代了几句就匆匆地跟小齐走了。等到她接完电话回来，发现学生们把活动空间移到了校园边上的小树林，三株距离差不多的树干上绑了两根木棍，形成两个错落有致的横木，同学们在连生的指挥下，正排着队在横木上绕来绕去。

　　邢老师本来是不想给红袖调位的，但暑假回来一按照高矮个站队，邢老师就发现了问题，红袖整整比小金高出来半头，让她继续坐在前面显然是不合适的，只能把她往后排，这样连生就和红袖成了同桌。连生似乎不喜欢红袖的到来，在红袖之前连生和一个男生同桌，那男生是连生的小跟班，连生让他干什么他就干什么，因此把那个男生调走，连生就等于折了半个臂膀。让连生更感到怵头的是，红袖是校长的女儿，在他看来，和校长的女儿同桌就是和校长同桌，自己再也不能随心所欲为所欲为了。所以刚和红袖同桌的时候，连生心里充满了戒备，上课的时候比过去老实了不少，不再交头接耳，不再做小动作，还故意把一个木头尺子放在课桌的中间。红袖当然明白连生的意思，心里有些气不过，干脆用尺子在中间划了个道，到了第二天，红袖发现那个道变成了一个凹进课桌面的深沟，深沟里显现着鲜亮的木头茬子，里面的碎屑还没有清除干净，把小拇指探进去，就有木渣子和铅笔芯沫子黏附上来，显然这是用铅笔刀精心裁出的一道楚汉河界。不久细心的邢老师就发现了这道课桌上的深沟，邢老师先把红袖单独叫出去，问谁干的？答案当然是显而易见的，邢老师希望红袖能说出来，但红袖却说不知道。邢老师给红袖做了一番思想工作，红袖依然坚持说不知道。后来邢老师又把连生单独叫了出去，邢老师不知对连生说了些什么，连生很快就承认了，邢老师让连生贴着墙根站了一节课。此后，连生对红袖的顾忌少了，又变成了原来那个爱玩爱闹的连生。

　　学校对着小镇最繁华的一条马路，马路的斜对过就是镇上的大礼堂，平时不开会的时候就在里面放电影。红袖在五岁的时候妈妈就没了，平时跟着爸爸住在学校，他们住的这间房子很小，原来是学校放杂物的，两张床摆不开，爸爸在床上面支上了一个门板当床，红袖就睡在上面。晚上爸爸一般在办公室待到很晚，不是批改作业就是看书，红袖一个人躺在悬在半空的床上感到很害怕。后来红袖就背着爸爸来大礼堂看电影，大礼堂里的电影当然不是白看，得要票，红袖知道爸爸日子过得艰难，不敢伸手向爸爸要钱买票，就自己造假电影票，在大礼堂门口捡来用过的电影票，用白纸盖在上面一笔一画地描，真电影票是白纸红字，红袖就偷偷用爸爸批改作业的红墨水上色，然后再晾干用手揉搓，这样做出来的电影票和真的毫厘不差。红袖用这样的电影票看了不少电影，那时外国的影片刚进来，红袖最愿意看外国电影，虽然有很多情节看不明白，但里面的镜头深深地吸引着红袖，晚上做梦自己竟然成了影片中的女主角，一开始是一个高大英俊的陌生男人把自己抱起来，后来那个男人就变成了连生，每到这个时候，红袖就会从梦中惊醒。白天看着身边的同桌，想到晚上的梦，红袖感到不明白，他怎么就知道亲自己呢？

　　只一眼红袖就被这张脸吸引了，这是一张电影海报，海报上是一个天使般的女子，红袖没有见过天使，关于天使的印象完全来自于电影，看到这个女子的一刹那，红袖断定这就是天使。此时天使正对着红袖，头披柔软的羊毛围巾，一双充满忧郁哀伤的双眸凝视着前方，几缕乱发轻拂在脸上，单薄圆润的嘴唇微微朝上撅着……红袖看呆了，她忘记了要去街头的书店买作业本，直到回到学校满脑子里还是那张大大的海报，上面的所有内容都深深地印在了心里，有一个字她不敢确定，查了一下字典，知道书名号里面的这两个字是苔丝，这应该也是那位天使般女子的名字吧！后来的几天，红袖内心一直充斥着期待和兴奋，电影票她早就买来了，是两张。她本来是不想买两张的，没想到真买票的时候，她竟然一下子把自己积攒下的五毛钱都塞进了卖票的窗口，直到里面递出来两张票，她才意识到自己递出去的正好是两张的钱。在此之前，她也曾想继续用假电影票，但这个念头一闪，她马上就把它摁下去，心里开始鄙视自己。

　　红袖终于把自己的节日等到了，这天她穿上自己平时最舍不得穿的衣服，早早地做完作业，和爸爸说了一声就来到大礼堂。大礼堂门前很挤，堵满了来看电影的人群，他们手中大多攥着电影票，等着从前面窄小的铁栏杆通过，也有一小部分游离于铁栏杆的外面，想瞅机会浑水摸鱼。红袖在人群后面站定，静静地随着人流往前移动，红袖非常沉稳，她手里攥着的是真票，过去她没有这种踏实的感觉，尽管她已经变得非常老练，知道只要自己不慌，没人会把她的假票识破，但心中还是老放不下。快要接近铁栏杆的时候，忽然前面一阵骚动，红袖踮起脚尖，目光从乱七八糟的肩头空隙中穿过去，就看到连生和一个检票人扭打在了一起，检票人已经把连生摁在了地上，用穿着翻毛皮鞋的脚使劲踢连生的屁股，嘴里还一边嚷着，叫你逃票，叫你厉害……连生在下面挣扎着，想把自己弯曲的身子直起来，怎奈检票人的大手像钳子一样钳住了他，他动弹不得，只能嗷嗷叫着来回摆动脑袋，像一只被夹住尾巴的小狼狗。红袖从人群中钻出来冲到了前面，拽住检票人胳膊大声地喊，你不要打他，我们有票。检票人放开了连生，疑惑地抬起头看着红袖说，有票？红袖继续大声说有票，不信你看。说着就把手中的票递了上去，检票人接过两张干净整洁的电影票看了一下，就把右边的副券撕了，再抬头时，红袖和连生已经闪了进去。

　　第二天，红袖在教室里一看到连生就脸红了。昨天晚上电影演到后半场，苔丝再次遭到了遗弃，红袖流泪了，眼泪扑簌扑簌地从眼睛里掉下来，硬硬地砸在前面破旧的连椅背上，正坐在上面的那对青年男女回身看了一下，眼睛里闪动着疑惑的光泽，他们不明白这个十多岁的小女孩为什么哭得如此伤心，他们和影院里的大多数观众一样，不是来看电影的，电影只不过是他们相会的媒介和载体，至于演的是什么电影，与他们的目的没有任何关系。连生刚才还兴奋地在大礼堂里上蹿下跳，现在却倚在连椅上睡了，在忽明忽暗的光线中，红袖看到有口水从连生的嘴角流下来。苔丝和爱人安吉尔逃亡到一个大的祭坛下面，这是一个伸手不见五指的晚上，苔丝看了看黑黢黢的夜，心中不无惆怅地说，天上没一颗星星，说不定我们的灵魂也会上天的……黎明时分，正在地上熟睡着的苔丝被警察的马蹄声惊醒了，仰头问安吉尔，他们是来抓我的吗？安吉尔说是的，在无边的朝阳下，苔丝和安吉尔被警察带走了……红袖的眼泪更加汹涌了，她不忍再看下去，婆娑着的眼睛移到连生身上，连生仍然保持着刚才的姿势，身子弯曲地仰躺在连椅上，鼻孔里发出轻微的鼾声，红袖再也忍不住了，举起拳头向连生身上擂去，嘴巴随之也张了开来，响亮的哭声从喉咙深处奔涌而出。

二

五年级上学期快要结束的时候，爸爸和邢老师的事情败露了。

晚上小金醒来想撒尿，喊睡在里面的邢老师，喊了一阵才发现邢老师不在，想到邢老师也许还在学校排练节目，就独自从床上下来了。元旦前学校要组织文艺汇演，要求各班都要报节目，他们班报的是表演唱《大丰收》，小金由于个矮没能成为演员，这一阵子邢老师天天晚上和学生一起排练。小金撒完尿回到床上，才意识到文艺汇演已经结束了，这个时间邢老师没有理由不在家。这样一想小金吓了一跳，他听奶奶说过，邢老师以前曾经寻过短见，若不是抢救及时，后来就不会有小金。小金害怕了，赶紧穿衣服来到大爷家，大爷是镇武装部的干部，就住在学校旁边的家属院里。大爷一听邢老师不见了，也慌了神，赶紧穿衣服和小金来到学校。在学校门口他们看到前面黑乎乎的一片，手里的手电筒一扬，在耀眼的光柱下，正抱在一起的校长和邢老师像被烫着了一样，各自往回使劲地拽自己的身子，但已经晚了。校长是出来送邢老师的，他也没有想到就是这临别的例行一抱，会让他们经营了多年的地下恋情大白于天下。

小金的爸爸从远在新疆的边防哨卡赶回来了，事情很快就闹大了，最终校长以破坏军婚的罪名被劳教三年。邢老师也带着小金离开了学校随军了。突如其来的变故一下子把十三岁的红袖打懵了。爸爸是下乡知青和妈妈结婚后就把回城的路也堵死了，远在城市的爷爷奶奶从来就没有进入过红袖的生活，妈妈这边的亲属也早已不走动了，红袖感觉整个世界都变了，她不再是校长的女儿，学校也不再是她的学校，她不知道自己该怎么办；她不知道自己还能干什么。

一放寒假，红袖就去济南找自己的爷爷奶奶，路费是爸爸留给她的，手中攥着一个发黄的信封，里面是爷爷奶奶写给爸爸的信，在信里爷爷奶奶称爸爸为林儿，爸爸的大号叫郑鸿林，林儿应该是爸爸的小名，读了这封信，红袖有些明白了，爸爸临走的时候为什么看着她眼泪哗哗直流，嘴唇颤动了好长时间都没有说出话来，爸爸是放不下她，希望她去找爷爷奶奶。爸爸从来就没有在红袖面前提起过自己在济南的家，她依稀觉得这似乎是爸爸心上的伤疤，掀开已经结痂的表皮，里面就是还没有愈合好的伤口。爸爸过去伤害过爷爷奶奶，后来一直自责不敢面对自己的亲生父母，爷爷奶奶却早已原谅了自己的儿子，信中说在他们眼里林儿永远是原来的林儿，永远是他们最亲的儿子，但不知为什么爸爸却一直没有和自己的父母联系。信被爸爸珍藏在了柜子的最底层，被一张方方正正的牛皮纸包裹着，里面的信纸已经泛起了毛茸茸的边痕，看得出爸爸已经把这封信读了无数次了。红袖根据信封上的地址找到目的地，发现这是一个街道小厂，早停工了，只有一个老头在看门。红袖拿着信封给老头看，老头看了半天，最后还是摇了摇头，说当时下放到这里劳动的老干部挺多，不知他们是哪一个。

除夕之夜，红袖第一次走进了连生的家。她在济南漂泊了十来天，她希望自己能够找到爷爷奶奶，但在心里感到这是个非常遥远的事情，因为一直以来爷爷奶奶只在理论上存在过，他们从来就与她的实际生活没有发生过关系。她现在要做的就是让爸爸安心，所以她尽可能地找，心里却不抱任何希望。除夕的早上，她挤上了一节拥挤不堪的车厢，等她疲惫地回到学校却发现自己原来和爸爸住的屋子，门锁已经换了，小屋里的东西也被堆到了旁边烧水用的小棚子里。在这寒冷的冬日，在周围稀稀拉拉的鞭炮声中，红袖孤零零地站在偌大的校园里哭了，她把自己的声量放开，把嘴巴张得大大的，它们配合着潮水般的眼泪一齐发泄出来，粘合成一道道坚不可摧的城墙，试图把所有的恐惧、悲伤、委屈、苦难……都阻挡在外面。后来红袖哭累了，就趴在台阶上睡着了，等她醒过来的时候，发现连生正坐在台阶上目不转睛地看着自己。

连生家的年夜饭做得非常丰盛，满满的一矮桌子，大多是猪下货。连生已经分家另过的大哥也带着孩子回来吃年夜饭，孩子叫小甲虎头虎脑的，见了红袖也不认生，缠着红袖要糖吃。小学校长郑鸿林和邢老师的事情早已在镇上传扬开来，他们一家人对红袖都非常客气，吃饭的时候虽然筷子不时地发出碰撞声，但好像还有所顾忌，在狼吞虎咽的间隙抬眼看一下红袖，眼睛里流露出好奇和新鲜的神情。相比而言，连生要吃得文雅许多，小心地用筷子不停地给红袖夹菜，连生娘也给红袖夹菜，嘴里还不停地催促着吃菜，红袖面前的小碗里已经堆满了猪的各种器官。用来吃饭的矮桌子是长方形的，边角被一层黑漆漆的色彩覆盖着，里面已经凹了进去，上面还残留着斑斑血迹。显然连生的爹就是用这张桌子来杀猪的，红袖本来就没有什么胃口，这么一联想，红袖就更不敢把桌子上的菜往嘴里送了。但在连生娘的催促下，只好象征性地拿起筷子来应付。

　　坐在奶奶旁边的小甲忽然捂着鼻子站了起来，大声地说，奶奶放屁了！奶奶放屁了！连生娘见孙子这样，干脆放下筷子唱起了童谣，"大头大脑袋，吃饭叫奶奶，奶奶放了个屁，大头不愿意，奶奶说屁是一股气，不放不得劲。"唱完了，小甲笑了起来，说奶奶你怎么不说屁是屎头风是雨头了？说完就又笑了，嫂子和哥也笑了，小甲更加得意，笑声像洪水开了闸门，愈笑愈猛，愈笑愈不能止了，碗里的菜洒了一地，筷头上的菜夹不到嘴里，到了后来干脆筷子也不拿了，两手捂着肚子，前仰后合地笑起来。红袖被笑得莫名其妙，她不明白一句俗话何以引得小甲笑了又笑，她依稀记得她小时候似乎也这样笑过的，开始还为了点什么，愈笑就愈是为笑而笑了，虽有些傻，却异常的快乐。想必小甲也是这样的笑了。最后连生的爹和娘也被小甲感染了，嘿嘿地笑起来。连生却一直没有笑，目光扫了一下红袖，然后冷冷地看着摇头晃脑的小甲，见周围的人都笑了起来，连生的目光更冷了，把手中筷子啪的一声摔在桌子上，一把揪住小甲恶狠狠地说，再笑，我就掐死你。所有的笑声都戛然而止了，小甲被突如其来的袭击吓着了，拼命挣脱开连生的手掌，猛地就钻进了奶奶的怀里。连生的嫂子不干了，把手里的碗使劲往地上一摔，拽过孩子就往外走，连生娘赶紧起身追了出去。

三

　　红袖和连生同桌到初中毕业，这期间他们一直是兄妹相称，有时两人也故意弄出点搞笑的事情来，红袖学习刻苦，中午往往不回去吃饭，连生就把饭给红袖捎到学校，顺便说一句这是你娘让我给你捎来的，或者你娘让你趁热吃了诸如此类的话，让外人把他们猜度成邻家的两个小孩。当初红袖来连生家时没有想到会和连生成为这样的兄妹，直到后来有两个警察拿着爸爸的遗物来找红袖签字，红袖才知道自己真的已经无处可去，无路可走了。开始喊连生的娘叫娘，喊连生的爹叫爹，但她从来就没有喊过连生哥。红袖初中毕业考上了卫生学校，连生却什么也没有考上，连生的爹和娘都希望连生再复读一年，明年继续考，但连生却不愿意上了，就回家和爹一齐杀猪。

上了卫校之后，红袖很少花连生家的钱了。学校旁边有个小诊所，红袖每个星期天来小诊所洗一天衣服，诊所老板给她十块钱，外加一顿中午饭，红袖洗的大都是床单被罩，还有医生护士的白大褂，洗起来比较麻烦，夏天还好说，冬天冰冷的水把手都疹得失去了知觉，每次洗完衣服，红袖都要拼命地搓半天，但红袖却非常满意这份工作。

由于没有时间，回连生家的次数也逐渐少了，小镇离城市不太远，坐公共汽车也就是半个来小时的样子，红袖有时却感到自己无法逾越这半小时的路程。有次红袖好长时间没有回去，连生就来学校了。那是一个下午，红袖正在阅览室看书，同学跑来告诉她说有人找，她一下子就想到了连生。隔着老远，她就看到连生正站在宿舍楼门口，凄凄惶惶地四下张望，旁边是一辆破旧的嘉陵摩托车，上面还驮着一个篓筐，篓筐已分不清什么颜色，透着油腻腻的光亮，上面放着灰土色的笼布，还有挂肉片子的钓钩，显然莲生是来城里卖肉的。红袖迎上前去，见连生木木的，身子似乎是僵住了，只是咧嘴向她笑了笑，红袖一时也无措起来，把目光撒向了进出宿舍楼的同学身上。下午的课已经上完了，许多同学都回到宿舍换衣服，她们大都把好奇的目光投向连生，红袖更加的不自然，又看了连生一眼，说连生哥，你怎么来了？这是红袖第一次叫连生哥，连生的身子明显地动了一下，长满青春痘的脸立时就涨红了，他抬起头想说点什么，但最终什么也没有说出来，从口袋里掏出一把东西猛地塞到红袖的手里，转身跃上了那辆破旧的摩托车。等连生伴着一股黑烟消失了，红袖才发现连生塞到自己手里的是一卷乱七八糟的纸币。

最后一个寒假，红袖回来了，连生爹和娘待红袖比过去更亲热了，而连生却淡了不少，很多的时候连生都有意识地躲着红袖，实在躲不开了，也只和红袖应付几句，眼睛却看着别处。红袖注意到每当这个时候，连生娘就在背后拿眼睛使劲儿瞪连生，时间长了，红袖看出了些端倪，连生娘是嫌连生对自己不够亲热。一天半夜，红袖被一阵奇怪的动静惊醒了，那是连生来回倒去的脚步声，还伴着连生娘对连生轻微的责骂，说连生是死狗拖不上南墙。红袖一开始有些害怕，随即她就明白了。第二天晚上，红袖有意识地早早熄了灯，还把自己的房门半掩上，然后就静静地躺在床上等，她想事情总要有个结局，只要连生进来，她也就解脱了，但连生一直没有进来，此后，那种声音再也没有响起。

四

红袖一毕业就和连生结了婚。本来红袖报名要去西藏支边，但不知什么原因政审没有合格，红袖就只好成了中心医院里的一名护士。结婚后连生就不杀猪了，用这几年杀猪积攒下来的钱买了一套商品房，住到了城里。那时刚有商品房的说法，能买得起商品房的大都是先富起来的那部分人。医院里的同事见红袖住这么好的房子就问她对象是干什么的？红袖说是做生意的，同事就啧啧地赞叹红袖命好，一嫁就嫁了个大款。

连生果然开始做生意，不是去南方贩水果就是去北方运大豆，天南海北地到处跑，回来就和红袖说这一趟赚了多少多少，却总不见他把钱拿回来，一到年节就到处躲债，有时要债的跑到家来，红袖不给他们开门，他们就把门拍得啪啪响。后来有一个冒充是收电费的进来了，眼睛不怀好意地直往红袖身上看，嘴里不三不四地说，怪不得连生敢到处赊账，原来是家里有本钱。见红袖不搭理他就更上劲了，说咱俩谈笔生意吧，你和我睡一次免二百块钱，连生一共欠我五千块，你也就是和我睡二三十次。红袖继续不语，心里在暗暗地积蓄力量，要债的更加得意了，顺着自己的思路往下说，……你怎么不说话，我出的价码已经不低了，现在去外边打一炮才五十，我是看你还有几分姿色的份上……先是一杯滚烫的开水扑面而来，接着是一团脏兮兮的湿布甩在讨债人的脸上，红袖举起了身边的拖把，劈头盖脸地打了下去。那天，红袖把讨债人撵到了楼下，追到了楼道口，见讨债人跑远了，红袖一下子跌坐在楼前的水泥地面上，眼泪像断了线的珠子可着劲滚落下来。

红袖和小金的再次相遇颇富戏剧性。晚上红袖值班，遇到一个急诊的病人，病人是被警车拉来的，头部被钝器所伤，由于失血过多已经休克，医生跑来紧急处理，红袖用酒精棉球把病人的脸擦干净，忽然觉得这张脸是这么熟悉，好像是留存在自己记忆深处的一张底片，再仔细搜索，这张底片逐渐清晰了，他就是自己的小学同学代小金。代小金随军以后，就转到了爸爸部队驻地的学校，初中还没有毕业就参了军，一直由战士干到连长，赶上了大裁军，小金所在部队的番号被取消了，他随即转了业，回到了这座城市，现在是公安局刑警大队的一名干警，这次是为了抓捕逃犯受的伤。小金的爸爸还在部队，已成为一个相当级别的干部，小金的妈妈邢老师已经去世了，本来小金是还可以在部队干的，他爸爸也已经给他找好了新的单位，但小金说什么也要转业回来。他把小时候的很多美好的东西都遗落在了这里，所以他要回来，他一定要回来。小金说这些话的时候，眼睛一眨也不眨地看着红袖，好像红袖那俊秀的脸就是他要寻找的东西，红袖被小金看得心里一颤，浑身有种火烧火燎的感觉。小金已经不再是过去那个爱放屁的小金了，矮墩墩的身子变得非常粗壮，国字形的脸庞有棱有角的，透着男子汉的英武之气。

小金在医院里住了半个多月，这段日子也是病房最热闹的时候，不断地有人捧着鲜花来看小金，有市里的领导，有他公安局的同事，有机关干部还有学校里的学生，这些人来的时候有时还有记者跟着，又是拍照又是录音的。小金成了这个城市的英雄，照片上了报纸，红袖也跟着沾了光，那天她正在给小金换药，没想到被记者一起摄进了镜头，红袖在报纸上只出现了半个身子，但她还是把报纸找出来，看了又看。小金出院了，红袖的心一下子空了。

后来，红袖想自己怎么就会和小金再次相遇呢？假如自己没有遇到小金，连生就不会摔死，也就不会发生后来的事情。但又怎么不会和小金相遇呢？小金说他小时候遗落了一块金子，此后这块金子一直闪耀在梦里，如果找不到这块金子，他活着也就没有意思了，他说的这块金子就是红袖。

事情发生在红袖和小金再次相遇的半年之后。

连生越是想要证明自己就越倒霉，他的生意越做越差，没有人再把钱借给他，他出不去了，连吹牛的资本也没有了。性欲却越来越强，一心想让红袖给他生个孩子，他把孩子当成了挽救他们婚姻的稻草，但红袖发现了连生的这个企图，开始拒绝和他同房，连生的心更灰了。一天，红袖下班的时候看到了连生，连生和一帮子人堵在医院门口，他们头上缠着白布，腰里系着白绳，打着白色的条幅，后面跟着锣鼓队，在那里张牙舞爪地吆喝。

红袖一看连生这个样子吓了一跳，以为家里发生了什么事情，但再一看就明白了，连生是替死者家属来医院讨说法的。红袖早就听说很多患者在医院病死了，硬说是医疗事故让医院来赔偿，自己又没有那个力量就聘请专业的闹医院团队，红袖过去不相信怎么还会有干这种活儿的人，万没有想到自己的丈夫就干上了这种活儿。连生也看到了红袖，眼睛里闪过了一丝不安，但很快就把目光就重新冷了下来，继续专心致志地吵闹。红袖愣在了那里，彻骨的寒气从脚下嗖嗖地透上来，迅速在整个身体里蔓延，她知道自己和连生彻底完了。在这之前，红袖在脑海深处对连生还是抱有幻想的，正因为这样，她和小金的交往也仅仅停留在精神层面上。但现在她对连生彻底失望了，尽管她知道连生在她面前一直是自卑的，也许她就是导致连生目前状况的罪魁祸首，但是她想她是个女人，女人是不可能拯救男人的。

出事那天红袖应该想到连生是有预谋的，连生这么多天不出门了，那天忽然说要出趟远门，而且还把手中的火车票拿给红袖看，这些都应该是连生预谋中的环节，但红袖被自己和小金迅速升温的感情冲昏了头脑，居然对此毫无察觉，当天晚上就把小金约到了家里。连生进来的时候，他们已经做完了爱，红袖正依偎在小金的身上，小金用自己粗壮的臂膀把红袖圈了起来，在小金的怀抱里红袖感到温暖而踏实，就想如果一直能这样就好了。连生猛然打开顶灯嘿嘿地笑了。红袖看到面目狰狞的连生，一开始有种不真实的感觉，觉得眼前的一切离奇得像故事，连生拿着刀向小金扑了过来，小金此时已经从床上蹦下来了，本能地往阳台上跑，连生追了上来，两人在阳台上打斗起来，待红袖披上衣服跑过去，连生整个身子已经淹没在阳台外边的墙下了，只有手掌在红袖的眼前闪了一下，红袖赶紧趴在墙沿上往下看，见连生就像一个迅速下坠的水袋，嘭的一声摔在了下面硬硬的水泥地面上。

"连声哥——"红袖凄厉地喊了出来，喊声像一把利剑刺破了夜的天空，夜色如断裂的碎片纷纷飘落下来，融化在红袖孤独的身影里，天上没一颗星星。

（原载《作品》2008 年第 6 期）

野火烧尽

第一章

后来的吉昌一直清晰地记得若干年前那个冬天的早晨。他睁开眼睛首先看到的是一个箩筐般的尖顶，有阴冷的小风伴着淡青色的光芒从箩筐的缝隙中飕飕地透进来。他本能地翻了一下身，感到了铺着干地瓜秧子地面的开阔，这让他觉得有些不大对劲。娘——他试着喊了一声，没有得到回应，于是猛然坐起，从用秫秸围成的圆锥形窝棚里钻了出来。扑面而来的是灰蒙蒙的晨雾，往前他就看到了位于白塔村前的那座陡形石桥。这让他感到有些疑惑。昨天晚上娘拖着他走上这个大斜坡的时候，前面没有一丝一毫的灯火，也没有任何的鸡鸣狗叫声，是堆在斜坡上的秫秸垛让他们产生了留宿的想法，之前他跟娘都没有想过这个地方会离村庄这么近。

吉昌在石桥那漫上的桥沿儿上发现了娘。娘头朝下顺倾斜的桥沿儿直挺挺地躺着，原本蜡黄的脸色在朦朦胧胧的晨曦中变成了痛彻的灰白，跟身下桥沿的底色达到了高度统一。桥沿儿是用拌着大沙粒子的水泥抹起来的，看上去平平整整，摸上去却硌得人手疼，已有分不清什么颜色的石头裸露出来。桥下是一道水渠，已经没有了水，只有一些杂草在微风的吹拂下频频地招摇。他接连喊了几声娘，娘一点儿回应都没有，六岁的吉昌手足无措起来，跪在娘的身体旁边开始使劲地哭喊。他稚嫩的哭喊声刺破淡淡的晨雾在辽阔的天宇中回响，但前面的村庄却仍然无动于衷。后来他的嗓子哭哑了，发出的腔调就像凛冽的寒风戳破窗户纸的声音，一边还紧紧拽着娘的胳膊，担心这唯一的牵挂也会在瞬间失去。周围的雾气逐渐散去，吉昌看到桥中心散落着许多半截半截的秫秸秆，来往的行人早已经把它们踩成了扁平的形状，上面附着星星点点的白色霜花。吉昌更加恐慌起来，觉得自己就要被这个孤寂清冷的早晨吞噬了，一股强烈的哭喊声如打鸣公鸡般倾力而出，恨不得心肺都要从嗓子眼里提出来。哭了一阵吉昌剧烈地咳嗽起来，被眼泪浸泡过的咳嗽声就如一台没有消音器的破马达，在他孱弱的躯体里肆无忌惮地震荡着，把他变成了一片簌簌发抖的树叶，是突然而至的一双大手猛然按住了他。

　　这天祝绍伍要去邻村的温家岭给人家捶羊。温家岭离白塔村只有几步路撒泡尿的工夫就到了，因此这天早晨祝绍伍比过去沉稳了许多，先是像过去一样跑了趟茅房，然后去旁边的灶房点着秫秸热了一下昨晚留好的地瓜玉米糊稀饭，稀饭正好两大黑碗。跟其他的光棍汉不同，祝绍伍一个人的日子是节制而有盘算的，比如这昨晚做好的稀饭，如果第二天需要留饭就要加满一水瓢水，这样一顿晚饭跟一顿早饭就合适了。比如着装，他早上的蹲茅坑就把自己一天的着装指数给确定了下来。实际上那个年代祝绍伍的着装指数也并没有现在人想象的那么复杂，无非就是屁股感到很凉就戴上他那顶三片瓦的棉帽，反之就戴那顶已经塌了腰的学生蓝单帽。

　　四平八稳地把一切都收拾好了，推开大门看着静肃肃灰头土脸的街道祝绍伍感到还是有些早了。早了就早了吧，好在侍弄牲畜的人家一般都会起得很早，想到这里祝绍伍就回身锁好了大门迈动步子朝村外走。今天祝绍伍头上戴上了那顶三片瓦的帽子，这帽子是在北京当兵的外甥邮寄给他的，这还是他第二次戴。头次戴的时候还没有立冬，只是刮了一夜的北风，大街上飘起了槐树叶子，祝绍伍被队长祝绍明安排去跟一窝子娘们揪棉花桃，这是一项扫尾工程，不需要青壮劳力，不到四十岁的光棍汉祝绍伍戳在这群扎着围裙的老娘们中间本来就非常显眼，再加上那顶三片瓦帽子就更像是羊群里挤进来了一头驴。多嘴的刘家常老婆一看到祝绍伍就笑嘻嘻地对四蛋儿娘说，你又多了一个儿子。这话说得四蛋儿娘一愣一愣的。刘家常老婆随即指着祝绍伍说，这不，捂蛋儿（五蛋儿）来了。这话让淹没在棉花棵子里的妇女们全乐了，随后的嬉闹就以这个话题展开了。祝绍伍一开始还能勉强应付，怎奈这些妇女们的嘴巴就是过年扫屋用的长扫把，

专门寻找那些阴暗的秘不示人的地方下口，这让祝绍伍很是恼火，还没有
收工就气急败坏地把自己的新帽子塞进了胸前用来装棉花桃子的破围裙里。

今天早上从堂屋出来奔向茅房的时候祝绍伍松了一口气，觉得终于可
以名正言顺地戴那顶三片瓦棉帽了。但真正褪下夹裤蹲下他才发现自己错
了，今年冬天硬是不冷，白菜入窖好多天了居然还没有下雪。广播匣子里
说今年是暖冬，说是受到了什么气流的影响。广播匣子里还说今年夏天雨
水多也与这气流有关。尽管这样，他在出来的时候还是戴上了那顶新帽子，
穿上了那件带大襟的新棉袄，腿脚上打着青布裹腿，这使他那矮墩墩的身
材看起来更加粗壮，但却精干利整了许多。出村干活或者赶集上店，祝绍
伍总是要把自己收拾一下，在他内心一直潜藏着一种不甘，他不相信自己
会打一辈子的光棍。

一出村口祝绍伍就听到了那孩子嘶哑的哭喊声，他把原本插在棉袄袖
子里的双手抽了出来，脚下的步伐加快了许多，肩头上沉甸甸的褡裢也随
着他身子的晃动来回摇摆得更加厉害。祝绍伍是个捶匠，捶匠就是用一种
特制的棒槌来毁灭牲畜的繁殖能力，褡裢里就是他干活用的工具，捶匠和
骟匠相比虽然达到的目的一样，但这种方式显然对牲畜的破坏力要小一些。

那孩子没有发现祝绍伍走过来，此时孩子有些累了，把头埋在娘的怀
中继续抽噎着，孱弱的小身板也随着气流的进出不时耸动着。祝绍伍上前
把孩子扶起来，孩子猛然回身惊恐地看着他。祝绍伍随手撸了一下孩子流
到唇上的鼻涕，然后蹲下身子把手朝着娘鼻下的人中掐去，娘的头颅动了
一下眼睛猛然就睁开了，但也就是那么一瞬随即就又晕了过去。那孩子再
次大声地哭了出来，但这次的大声显然已没有了原来的力道，只是把纤细
的脖子使劲地往上挺着，长满细小牙齿的嘴巴大大张开着，上下嘴唇如吞
咽般翕动着。祝绍伍再次看了一眼孩子，说，你娘还活着。说着就把褡裢
后面的背囊绕过脖子转到了身前，然后就把娘的身子从桥沿儿上掀了起来，
把娘往肩头背的时候祝绍伍显然没有想到娘的身体会这么轻，以致有些用
力过猛的感觉，不得不用两只倒背的手托住娘的屁股往上掂了两下。把娘
在肩头放稳当了，他就牵过孩子的手返身往村子里走。

此后，吉昌和娘就住到了祝绍伍家里，生活自然也比他和娘外出讨饭
好了许多，但吉昌却一直想念那个黄河边上被洪水冲跑了的家。过了一些
日子，娘让吉昌叫祝绍伍爹，吉昌就反问娘，说我不是有爹吗？娘说你爹

不是让洪水冲跑了吗！吉昌说冲跑了那也是爹，人家都一个爹，你为什么给我找俩爹？当时娘想给他解释什么，但张了张嘴最终什么也没有说出来，只是轻轻地叹了口气。

有天晚上，吉昌被一阵奇怪的动静惊醒了，他睁开眼睛，看到祝绍伍正骑在娘的身上呼哧呼哧地喘气，身子一起一伏的似乎在拼命地把娘往下按，娘在下面哼哼唧唧的，一副受疼的样子。吉昌悄悄爬起来下床抄起炕角顶门用的棍子，朝着祝绍伍的后背夯去，随口还叫喊着，不要欺负我娘！祝绍伍做得太专注了，不期然地挨了一下，猛地就从娘身上蹦开了。后来，吉昌为了防止祝绍伍再次欺负娘，开始像看守一样看着祝绍伍，旁边的床铺不响起鼾声，他就不睡觉。就是睡下也变得非常的警觉，只要祝绍伍鼾声停止睁开眼睛，他准一骨碌爬起来。

被吉昌看得久了，祝绍伍有些憋不住了。打了大半辈子的光棍，好不容易捡来个媳妇还不让用，这就像饿了三天之后又在面前放了一碗红烧肉，能光看着吗？他们开始不断地转移战场，但吉昌在这方面似乎有很高的天分，有着猎狗一样的灵敏，会根据他们离去时不同的时间不同的脚步声，随时探取他们所在的方位，于是他们的战场不断地被吉昌发现，他们的战争往往在双方还没有摆好架势的时候就胎死腹中了。后来，祝绍伍有些着急了，因为这不仅仅是让他身体里的欲望无法释放，最重要的是他没法向村里人证实自己的家什儿好用。

祝绍伍一直没有讨上媳妇是有一定历史背景的。按说他是一个捶匠，虽说这是个上不去台面的职业，但毕竟也是门手艺，给本大队的牲畜们捶，一般能多记工分，去外大队也能混二斤黄豆，所以他的日子过得不穷，讨个媳妇应该是不难的。没有讨上媳妇的原因是村里人都说他那个家什儿不行。这种说法首先是从他小的时候开始的。大概在他十多岁的时候，和几个小伙伴一起扛着抓钩去拾花生，不小心跌倒了，抓钩正巧挂住了他的小鸡鸡，当时流了一大摊血，后来小鸡鸡长起来就有些歪。所以夏天在石窝子里洗澡的时候，他从来就不敢扒光了裤子。先前有这么一个事件，再加上他后来的遮遮掩掩，就有人猜度他的家什儿不好用了，这种猜度在人们的口头传播中越来越具体，最后竟然成了村里的一个公开的话题，这个话题严重影响了他日后的讨妻生涯。但祝绍伍心里一直有数，在很早的时候他就知道自己的家什儿是能行的，面对这样的舆论他却无能为力，长到这个年纪总不能褪下裤子让村里人都来参观吧！所以这么多年来，祝绍伍一直苦于不能证明自己。吉昌他们母子俩的到来无疑是个机会，但这也只能让吉昌娘知道自己是能行的，要把这种结论扩而大之，唯一的途径就是制造出属于自己的儿子来。而现在他却有条件没机会能不着急吗？

到吉昌九岁的时候，村里建了学校，祝绍伍想把吉昌送过去，但吉昌说什么都不去，就是勉强把他送到了，趁老师不注意接着就跑回来。祝绍伍觉得自己真是没有办法了。着急了的祝绍伍并没有对吉昌采取些极端的措施，天上掉下来的这对母子使他的生活有了巨大的改观，所以对吉昌母子俩他非常珍惜。当然这中间也是有个磨合过程的，起初的时候吉昌娘并不是这样一心一意的。

刚把吉昌他们母子接进门不久吉昌娘包了一次饺子，那天祝绍伍从外村干活回来看到面前那碗热腾腾的白面饺子，眼泪几乎就要下来了，更加感受到了家对一个男人来说意味着什么。他让吉昌娘两个一起来吃，吉昌娘说他们吃过了，吉昌也在旁边嘟着小嘴很自得地看着他。祝绍伍当时没有多想，以为之所以没有等他回来一起吃是因为吉昌饿了。尽管是白菜素馅的水饺祝绍伍却还是吃得津津有味，想想自己过去干活回来冷锅冷灶的日子，现在祝绍伍觉得是掉进了福窝窝里了。就在一碗水饺快要见底的时候，祝绍伍的嘴巴突然感到了不对劲，从相互切磨的牙齿间流露了一股浓烈的肉香，他愣了一下赶紧看自己筷子上剩下的那半个饺子，那残缺的饺子呈弯月般展现在眼前，白色的边角中包裹着粉红色的肉丁，有带着油星子的汁水从里面溢出来，再看那半个水饺的底部，有一个特别捏出来的小耳朵。祝绍伍抬眼看了一下正在给吉昌钉棉袄袖子的吉昌娘，瞬间就明白是怎么回事了。吉昌娘准备了两种水饺，那带有肉丁的水饺是做给他们娘俩吃的，而白菜素馅水饺显然是给自己准备的，是那个漏网的饺子把她的伎俩给揭露了出来。一股怒气从心底泛起，他举起手中的筷子想把那残缺的水饺摔到吉昌娘脸上，然后再把这对忘恩负义的白眼狼扫地出门，但就在筷子准备摔下来的时候他却停住了，怔怔地看着专心做活计的吉昌娘，吉昌娘似乎也意识到了什么，抬眼看到了祝绍伍发怔的神态，问你怎么了？祝绍伍骤然就惊醒了，赶紧低下头把脑袋埋进大黑碗里。这天晚上是用中午剩的饺子汤熬的地瓜干粥，吉昌娘给祝绍伍盛饭的时候看到了那半个水饺，一时没有明白过来，见祝绍伍正用一种异样的目光看着她，心中不禁一颤手里的大黑碗一下就滑在了地上发出呼的一声闷响。

人心都是肉长的，祝绍伍对他们母子的态度自然也换来了吉昌娘的悔改，以后的日子吉昌娘开始踏实起来，真正拿着白塔村当家了，拿祝绍伍当成自己的亲人了。在床上就更是如此了，知道祝绍伍渴了大半辈子对那事就需要得多一些，因此她是极力配合。祝绍伍的家庭越来越像个样子了，村里很多人都说，别人出去连粪都拾不满筐祝绍伍却一下子拾了俩大活人，不仅解决了裤裆里的玩意儿，而且还白白得了个大儿子。这种说法自然有些暧昧的意思，因为村里很多人还依然认为祝绍伍裤裆里的那个玩意是个摆设，对此祝绍伍是心知肚明，面对这样的说法他往往自谑地回应道，自己的家什儿不行就得玩儿省劲的。这种自嘲是来自于自信也来自于决心，他坚信他是一定能制造出真正属于自己的儿子来的。

吉昌依然是个障碍，为此祝绍伍伤透了脑筋。有一阵子祝绍伍开始改变思路，反其道而行之，对吉昌比以前更好了，不断地给吉昌买好玩的东西，货郎挑子上的小水鸟哨子、蛇皮尺子、小泥巴人、彩色糖豆儿；代销处里卖的熏蚂蚁的臭球、塑料喇叭等等，当时市面上小孩玩的东西祝绍伍都给吉昌买。祝绍伍的想法是让吉昌沉迷于玩具中，借此来分散他的注意力。吉昌对祝绍伍给他买的这些东西照单全收，该玩玩该吃吃，但玩完了吃完了，该怎么盯祝绍伍还是怎么盯，丝毫不因为祝绍伍的贿赂而放松警惕。幼小的吉昌就像一个毫无操行的贪官，不按游戏规则出牌，这可真是让祝绍伍很恼火。就在祝绍伍无计可施的时候，一个偶然的发现让祝绍伍眼前一亮。

这年冬天的一个晚上，白塔村来了一个说书的瞎子。本来祝绍伍对这些古言古语是没有多少兴趣的，但是冬天的夜太长了，那时又没有电视可看，挂在墙上的广播匣子还说停就停，晚上又不能干那事，闲着也是闲着还不如去凑凑热闹。那天晚上，吉昌娘带着吉昌也去了。说书场子在村里的碾盘边上，碾盘挂石头碡子的边角上燃着一盏马灯，把瞎子那张枯黄的瘦脸照得半明半暗的。瞎子手拿渔鼓，脚踏呱嗒板子，坐在碾盘的边沿上，在他的左边是一个硕大的搪瓷缸子，里面是附近住家给他舀出来的稀饭，看来瞎子已经把稀饭喝进去了一大半，已没有热气从里面冒出来。在他的右边是半布袋子麦子，是从各家各户给说书人敛来的报酬。碾盘的周遭已经围了一大圈子人，都津津有味地把自己的耳朵支棱了起来。就听说书人念道：

> 看天下英雄皆在山东
> 山东乃藏龙卧虎之地
> 古有出戏名叫连环寨
> 说的是大英雄窦尔墩盗御马的故事——

　　说完这几句独白，瞎子就开始敲着渔鼓，用脚打着呱嗒板子唱，那呱嗒板子被一个固定的架子搭在他齐腰的位置，其中的一块是不动的，另一块有根线绳垂到脚下，套在脚掌上，随着脚掌的节奏，被牵着的这一块就敲向固定的那块，配合着唱腔发出快慢高低的啪啪声。

> 连环寨主窦尔墩
> 手使双钩定乾坤
> 敢把皇帝的御马盗
> 骑着宝驹过大瘾
> 黄天霸　狗奴才
> 乔装打扮四处寻
> 得知盗者乃仇人
> 气得是肺也炸来鲜血喷——
> ……

　　瞎子的唱腔低沉婉转，配合着渔鼓和呱嗒板子的节奏娓娓道来，有种说不尽的韵味。吉昌一下子被吸引了。踩在祝绍伍带来的凳子上，把小身板直直地挺起来，脑袋从人群后面探出来，眼珠儿像被吸铁石定住了一样一动也不动，嘴角也不自觉地有亮亮的口水流出来。一开始祝绍伍并没有发现吉昌的这种状态，吉昌娘用手拽了拽祝绍伍胳膊，然后又指了指吉昌，祝绍伍还从来就没有见吉昌这样专注过，轻轻地叫了吉昌几声，吉昌答应着，但眼珠儿丝毫也不离开瞎子。祝绍伍忽然兴奋起来，拉起吉昌娘就往家奔。待他们痛痛快快地把事办完回到说书场子，见吉昌还是保持那个姿势站着。吉昌娘试着喊了几声吉昌，吉昌就像刚才一样，随口答应着但眼睛并不转过来。

突如其来的瞎子在这个冬天里带给了祝绍伍从未有过的快活，但是只有十多天的时间，瞎子就把《连环寨》这部书说完了。在这十多天里，吉昌也是快活的，他沉浸在瞎子编织的世界中，在这个世界中他把自己想象成了那个可以为所欲为横行无忌的主宰，使少年的各种想法都挥发到了极致，这就使他有了一种从未有过的快感和陶醉。要想留住瞎子重新往下说，就得挨家挨户地再敛一茶缸子麦子。但那个时节土地里的产量本来就低，分到每户的粮食少得可怜，作为细粮的麦子更是金贵得很，祝绍伍连续跑了两个晚上，也没有把麦子敛起来。瞎子只有走了，临走他和祝绍伍提出了一个要求，要把吉昌收为自己的徒弟。

祝绍伍回家和吉昌娘商量，吉昌娘只是低着头不说话，也不说同意也不说不同意。祝绍伍就说，现在吉昌又不去学校上学，咱们只能让他学门手艺了，瓦匠木匠的太危险，再说现在也太多，不怎么吃香了，说书倒是个不错的路子，你没看瞎子只动动嘴皮子就混了半布袋子麦子嘛！何况吉昌对这个东西也非常着迷。听了祝绍伍的话，吉昌娘好半天没有抬头，她知道祝绍伍是怎么想的，所以从心里她不愿意让吉昌离开自己，但她又不知道怎么把自己的想法明确地提出来。你到底是同意还是不同意啊？祝绍伍催问了一句。吉昌娘感到了祝绍伍的那种迫切，想到吉昌就要跟着个瞎子，像个小乞丐一样整天走街串巷踩百家门吃百家饭穿百家衣，胃里一阵翻腾，似乎里面的东西在往上翻涌，她赶紧跑到门口倚着门框大口大口地呕吐起来。

祝绍伍一开始不知道吉昌娘为什么会呕吐，赶紧上前搀起她的胳膊对着后背拍了起来。吉昌娘终于吐出了一口内容复杂的东西。祝绍伍问这是怎么啦？吉昌娘闭起嘴唇不再说话，祝绍伍想起一个多月前自己曾经和吉昌成功地打了次游击；想起这十多天以来的辛勤耕耘，忽然有些明白了，让自己也感到吃惊的一句话脱口而出，你不会是有了吧？

吉昌娘从祝绍伍问话中听到了一种男人发自内心的激越，她的心怦怦直跳，脸色不禁潮红起来。看到吉昌娘这个样子，祝绍伍感到自己已经得到了答案，兴奋得一下子蹦起来，头顶猛地撞到门框上，发出咚的声响。他顾不上脑袋的疼痛，连忙把吉昌娘抱起来，把她的脸贴近了自己的脸，找到嘴巴狂热地开始亲吻。正在忘情，后面猛然挨了一下，吉昌不知从什么地方冒了出来，又朝他抡起了棍子。

就要有自己的儿子了，吉昌也就用不着跟着瞎子走了。祝绍伍第一次感受到白塔村那来自乡野的风是这么的亲切而热烈，白塔村上空游荡的气流是这么的甜美而怡人。他开始喜欢扎堆，哪里人多他就去哪里，自觉不自觉地就把话题引向了自己以及自己未出生的儿子（他感觉那一定是儿子）。他很快就从村里人的目光中读懂了很多东西，这让他的气更顺了，腰更直了。更让他顺心的是，吉昌在瞎子走了后不久，就痛痛快快去了学校。这次，吉昌再也没有自己从学校跑回来。

吉昌娘却真正担心起来，她并没有真的怀孕。那次的呕吐纯属吃的东西不合适，再加上自己担心吉昌，是由情绪上的变化造成的。被祝绍伍认为怀孕之后，她认真推算了一下，自己很正常的月经，已经延迟了十多天了，这也同时给她自己造成了一个错误的认识，但就在她暗自庆幸的时候，该死的月经却突然而至了。那段时间，她就像只灵动敏捷的兔子，紧张得要命，时时地支棱着耳朵，把用过的内裤及有关用品，都及时处理，坚决不留一丁点儿的蛛丝马迹。

到了来年春天，穿的衣服少了，吉昌娘知道自己应该把肚子弄大，就找了些破衣服塞了进去。祝绍伍整天幸福地围着吉昌娘的肚子转，多次想试探着伸手去抚摩一下，都被吉昌娘以怕动了胎气为借口拒绝了。吉昌娘也知道她只能糊弄一时，她也在焦急地寻求解决办法，有几次她几乎就支撑不住了，想把一切都说出来，但看到祝绍伍那满脸满心热望的样子，想到村里人们的议论，就又把这个念头压了下去。

白塔村的记工员刘家常的老婆看上去很是活跃，但却患有严重的风湿性心脏病，几乎不能和他干那事，刘家常就像一条无家可归的野狗一样在外面寻食。最近他瞄上了吉昌娘，之所以选定吉昌娘是经过慎重考虑的，首先吉昌娘长得平头正脸的很有女人的味道；其次还因为她是个外乡人容易就范；再者，他感到吉昌娘应该不是个正经女人，刘家常和祝绍伍年纪差不多，祝绍伍被抓钩挂了小鸡鸡是他亲眼所见，那一大摊子血足以证明祝绍伍的家什儿废了，但是现在祝绍伍却怀了孕，这说明吉昌娘还有其他男人。既然她可以找其他男人，自己也是其他男人之一，刘家常感到自己也应该是有机会的。

但事实并不像刘家常分析的那样简单，他几次挑逗都没有达到目的，这反而让他的欲望更加强烈了。这天，刘家常一早就看到祝绍伍又去外村给别的大队捶牲畜，吉昌也去上学了，就又来找吉昌娘欲行好事。吉昌娘当然还是抗拒他，刘家常见软的不行，就猛地把吉昌娘掀倒在炕上来硬的。吉昌娘想喊人但又担心邻居们笑话，只好进行沉默的抵抗，紧拽着裤腰带子保护最后一道防线，这更加刺激了刘家常，他开始肆无忌惮地进攻。在两人这场无声的战争中，刘家常最终占了上风，把手塞进了吉昌娘的裤腰带里，没想到一下就抓出了件破衣裳。刘家常望着吉昌娘干瘪下去的肚子愣了，这时吉昌娘趁机直起身子来抢刘家常手里的破衣裳，刘家常顺势躲闪着，有些示威般的把手里的破衣裳摇晃起来，一边还说，原来你没有怀孕啊！吉昌娘见把戏被揭穿了，顿时就垮了，带着哭腔恳求道，我也是没有办法啊……刘家常有些明白了，就说，你有办法，你知道该怎么做。吉昌娘看了看刘家常那张喷着欲火的脸，伸手把自己脸上的泪水抹去，开始默默地往下褪自己的裤子。还没等吉昌娘把裤子全褪下来，刘家常就如同头恶狼猛然扑了上去。

那天，可能是由于刘家常老长时间没有沾女人的边了，动作格外猛烈。待刘家常走了，吉昌娘发现有丝丝血迹从下身流出来，正是这流出来的血迹给了吉昌娘灵感，她决定利用一下刘家常，反正这个可恶的刘家常在戳破自己身体的同时也戳破了自己的秘密，与其让他这样要挟自己，还不如和他豁上。

当天晚上祝绍伍回到家，吉昌娘就哭着告诉祝绍伍自己被刘家常强奸了，孩子也被刘家常弄掉了。祝绍伍听了一屁股坐在地上，半晌才猛然站起来随手抓起院子里的镢头去找刘家常算账。吉昌娘想拦没有拦住，惨剧就这样发生了。

刘家常的腿被祝绍伍砸断了，祝绍伍因此被劳教三年。就在祝绍伍被宣判的那天，吉昌娘上吊自杀了，那一年吉昌整整十岁。

第二章

娘死了，祝绍伍进了监狱，吉昌成了白塔村年龄最小的五保户，这时祝绍伍的叔伯哥祝绍明仍然干队长，想让吉昌跟着他讨生活，但无论怎么叫，吉昌就是不进家门，就算勉强被拽了去，到了晚上趁着大人睡下又逃了。有次吉昌居然凭着记忆独自跑回了他那位于黄河西的老家，一个月之后回来了，几乎变成了个野人，身上的衣服都碎成了一道道的布条子，那张瘦长的小脸变得更狭窄了，脸上的灰垢几乎抹平了鼻凹处，黄焦焦的头发乱蓬蓬地耷下来，都快要把那双滴溜溜的小眼睛给遮蔽了。祝绍明看到他这个样子，想到自己还在监狱里的叔伯兄弟，眼泪都要下来了。

怎么安置五保户祝吉昌成了令祝绍明头疼的问题，最后几经商量队里决定安排祝吉昌享受驻队干部的待遇吃派饭，把每年分给他的粮食在吃派饭的这些家庭中平分，当然还有些适当的补助，此政策一出吉昌立刻成了白塔村最受欢迎的人，人们争相把吉昌往自己家里领，都以为一个瘦弱的孩子能吃多少？几天下来他们才知道自己错了，一看自己的米袋子才知道吉昌的食量不仅看起来壮观，事实上也具有绝对的杀伤力。过了一段时间白塔村的人开始以种种借口拒绝队长安排的派饭，祝绍明没办法，又不能让吉昌饿着，只好让村里的妇女轮流去祝绍伍家给吉昌做饭，每做一次饭给记五个工分，这样一来妇女们的积极性又调动起来了。原本有孩子拖累不能出工的妇女踊跃要为吉昌做饭。所以在这段时间里吉昌从生活上并没有受多少委屈。

隔了一年，"文化大革命"开始了，学校开始不上课，整天组织阶级斗争，这就给了吉昌极大的发挥空间，把他那顽劣的天性充分暴露出来了。他先是把自己的姓改为冯，冯是吉昌娘的姓，他很早就觉得自己应该姓娘的姓了。然后就跟着一群大孩子戴起红袖章开始肆无忌惮地打砸抢，很快就成了学校里的造反派小头目，纠集了一大帮子小弟兄们在白塔村为所欲为。后来，祝绍伍被释放回家，想把吉昌再纳回到原来的轨道，但已经不可能了，几年天马行空般的生活已经让吉昌整个心都野了起来，任何条条框框都甭想在他心中有一丁点儿的位置。

秋天的一个深夜，祝绍伍从梦中惊醒，见吉昌带着一大帮子人站在自己的床前，他们要把他押到道郎公社去批斗，吉昌已经和那里的造反派头目周红军串联好了，他们要把罪大恶极的坏分子集中起来一起清算，借此来扩大社会影响，展示"无产阶级文化大革命"的政治成果。与此同时，白塔村有史以来的第一张大字报出台了，上面列举了祝绍伍的八大罪状，其中最重要的一条就是逼死劳动人民的模范妇女冯二美（吉昌娘）。过后不久，祝绍伍遍体鳞伤地被送回了白塔村，但是住了二十来年的老房子已经没有他的位置了，里面摆满了桌椅和鲜艳的五星红旗，它被改造成了红卫兵司令部。从此，祝绍伍只好栖身在村东用来看打麦场的场院屋子里。

一晃十多年过去了，到了分地的这一年，祝绍伍的境遇发生了很大的改观，从一个被人打倒的反革命分子成了大队里的饲养员。

本来，把地分到各家各户之后，大队里喂养的那些大牲畜也是要分的，但牲口有限，僧多粥少，虽然会计刘来顺反复地计算，还是没有平均好，最后祝绍明决定学习埠阳庄大队的经验，大牲畜不分了，还是由集体喂养。同样没法分的还有一台队里买了两年多的五零拖拉机，由小豁子嘴开着，农忙时队里统一安排使用。饲养员刘家常却不干了，瘸着腿来找大队长祝绍明，说不给工分，只给牛犊子，这个牛他没法养了。饲养员原来的报酬是按照劳力的工分来计算的，现在把地分了，没有了工分，祝绍明就和刘家常商量用将来下的小牛犊顶他养牛的报酬，现在队里有四头正处于繁殖期的母牛，每头母牛下一头牛犊有刘家常的一条腿，如果一年正好下了四头牛犊，那刘家常就得一头完整的牛犊子，这头牛犊子养大了，就是刘家常的报酬。应该说祝绍明对这个方案也是动了脑筋的，考虑到了怎样调动刘家常的积极性；也考虑到了事物是发展变化的辩证法。当时刘家常也认可了这个方案，但没想到他回去跟他那害心脏病的老婆核计了半个晚上却又变了卦。

祝绍明问刘家常有什么高招？刘家常吞吞吐吐地说，要不，就和你们大队干部一样，从承包地款里算报酬。这句话让祝绍明很是反感，他风言风语地听说，刘家常把生产队里喂牲口的豆饼偷偷地往家带，对刘家常这个饲养员他早就不满意了，只是当庄当院的不好意思撤换。但当时祝绍明没有把这种情绪表露出来，仍然不动声色地反问道，大队干部的报酬都是上级领导定的，你觉得你这样做合适吗？一旦明开脸儿，刘家常反而变得流畅了，很直接地说，不合适怎么办？总不能让我白干吧？祝绍明笑了，说哪能让你白干呢？现在地都分到各家各户了，只有干和不干，再也没有白干了。

就这样刘家常的饲养员被撤换了，祝绍伍成了饲养员，住处也从场院屋子搬到了饲养处。祝绍伍是祝绍明心中最合适的人选，祝绍明对自己的这个兄弟祝绍伍了解，他捶了一辈子的牲畜，对牲畜习性有深刻的把握，心眼儿又实诚。把牲畜交给他是不会错的。果然两个月喂下来，牛不但没有跌膘，牲畜们个个都毛发光滑浑身亮油油的，看起来强健了不少。

养牛的问题解决了，怎么用牛却成了新问题。把地分到了各家各户，一到季节你忙我也忙，你要用牛我也要用牛，每个人都想着不能误了自家的农时，所以饲养处门口整天有吵嚷着要打架的。有天半夜，不知谁扔进来一块大石头，把放在院子里给牛煮熟料的八印大铁锅给砸烂了。第二天，祝绍伍拿着碎铁片子来找祝绍明说这个问题要不解决，牛没有办法喂了。祝绍明也感到了问题的严重性，把会计刘来顺喊来，他们一起研究方案。

方案很快就出台了，采取的是最古老的办法——抓阄，但是也补充了点新的内容，就是考虑到了一些特殊的情况，可以特事特办，但必须有队长祝绍明的批条。用这个办法果然平息了不少矛盾，饲养处门前也消停了一段时间，但是不久问题就又来了。

这问题就出在吉昌身上。冯吉昌这时已经接近三十岁了，由于他除了几间破房子之外，几乎无家无业，再加上一直以来在村里的名声，所以没有人会给他说媳妇，也没有哪家姑娘会看上他，吉昌最终成为了白塔村为数不多的大龄青年之一。但最近他的婚姻似乎动了，温家岭村有个寡妇外号叫小酸杏，已经和她见过两次面了，吉昌发现这个小酸杏竟然对自己有了那么点儿意思。

农忙时节，祝绍伍给牛准备好了饲料，就喜欢站在饲养处大门口迎接牛们归来。夕阳西下牛上槽，一头头牛在完成了一天的劳作，慢腾腾地从田野里归来，身后是闪动着灿烂的晚霞，把它们整个身体都映照成了一团团金黄色的火焰，这火焰不会燃烧只用来装点祝绍伍的眼睛，祝绍伍因此变得通明而透亮。这时候祝绍伍会觉得，这些牛不再是牛，而变成了凯旋的将军，自己也似乎不再是个小小的饲养员，而变成了挺立在检阅台上指挥千军万马的元帅。

但在这个秋天的黄昏，祝绍伍直到最后一抹霞光消失也没有获得过去的那种成就感，因为他最喜欢的一头大黄牛不见了。这头黄牛单看膘色就让人眼前一亮，长长的身架如同天上悬挂的彩虹优美而圆润；身上的腱子肉如同绷紧的弹簧收放自如。在馨香四溢的田野里，一戴上耕地用的牛轭头，把头昂起来，就是一只蓄势待发的猛虎，根本用不着农人们挥鞭子。平时祝绍伍舍不得让别人动，只有村里的老把式抓着阄了，祝绍伍才放心地交给他们，他知道这些老把式懂牛也会体恤牛。

　　本来，这天祝绍伍是不想把黄牛放出去的，黄牛昨天给刘来顺家耕地，到了很晚才回来，应该歇一天了，有几家来要牲口的，祝绍伍都用其他的牛打发走了。但快到中午的时候，吉昌拿着祝绍明的条子来了，说要领牲口去耕地。

　　冯吉昌要用牛是不需要条子的，他知道只要他张嘴，祝绍伍就是去买也会给他弄头牛来满足他。但吉昌却不想那样，他要让祝绍伍永远愧疚下去，不给他任何弥补的机会。吉昌在心里一直认为，自己娘是被祝绍伍逼死的，如果不是他一心要属于自己的儿子，娘就不会假装怀孕，也就不会闹出以后的事情来，所以祝绍伍在娘面前是一个罪人，在他冯吉昌面前也是一个罪人，是祝绍伍把他害成了目前这个样子。这么多年来，他这么整祝绍伍，但祝绍伍却一点儿也不记恨他，一个人住在透风漏气的场院屋子里没有一点儿怨言，还时不时地和他套近乎，托媒人给他说媒。他为什么对自己这么好？这更说明祝绍伍罪孽深重，他是欠自己的！

　　黄牛被吉昌牵走了，祝绍伍心里是高兴的，他觉得吉昌开始学过日子了。对吉昌，祝绍伍的感情是复杂的，尽管他感觉到了这孩子对自己的怨气，尽管他知道吉昌一直不承认是自己的儿子，但私下里祝绍伍还是把吉昌当成了自己的儿子。他一直认为，二美是自己的老婆，吉昌是二美的儿子，当然也就应该是自己的儿子，但是这么多年来，吉昌不让自己接近他，他眼看着自己的儿子这样在村里漂流，心里是内疚的。有好几次他深夜去二美坟上哭诉，告诉二美自己对不起她，没能把儿子照顾好。

　　快到掌灯时分了，大黄牛还没有被吉昌牵回来，祝绍伍觉得自己不能再这样傻等下去了，快步跑向吉昌的责任田。吉昌的责任田在远离村庄的龙湾，跑到那里祝绍伍已经气喘吁吁了。在分责任田的时候，他找会计刘来顺要和吉昌分在一起，他知道吉昌自己是种不了田的，但吉昌却说什么也不同意，刘来顺只好把他们爷俩的田地再重新分开。

　　秋天的田野里透着浓重的泥土气息，到处都是白茫茫的雾霭。祝绍伍转了一圈，只看到吉昌的责任田里歪歪斜斜地立着许多风干了的秫秸，秫秸上的叶子还没有劈下来，一阵风吹过，叶子绕着秫秸秆捆绑般地打着旋儿，发出哗哗的声响。周围都是新翻耕了的地块，剩下的吉昌的这块地就是一块风干了的疮疤，连牛的影子都看不到。祝绍伍感到问题有些严重了，顾不得歇息又连忙跑着去找队长祝绍明。祝绍明对着祝绍伍拿来的条子看了半天说，这条子是假的，今天我就没有批条子。祝绍伍一听，双腿一软一下就瘫在了地上。

祝绍明把祝绍伍扶起来说，别急，既然吉昌把牛牵走了，牛就不会丢。咱们去问问吉昌的下落。这时，祝绍明的媳妇插话说，这阵子吉昌和刘蝎虎子打得火热，他会不会是带着牛去给刘蝎虎子耕地啦？

刘蝎虎子正在家喝小酒，一边嘴里还骂骂咧咧地埋怨老婆不该把她妹妹找上婆家的事情到处宣扬。刘蝎虎子是白塔村出了名的懒汉，没有分地的时候，挺大的一个男人和妇女混一样的工分。不过他有一个业余爱好，就是不厌其烦地给人说媒，一趟趟地往对方家里跑，去了就胡黏缠着不是给人家介绍自己的小姨子就是姑表妹妹，直到对方把酒菜摆上来。这么多年了，刘蝎虎子吃了人家不少的酒肉，也没见他给谁说成过。刘蝎虎子已经依仗着这个小姨子骗吃骗喝五六年了，现在眼看这个资源不能用了，刘蝎虎子心中有些犯恼，仰脖把盅子里的酒干了，把酒杯重重地蹾在矮桌子上，气咻咻地说，你说你这个败家的娘们，光坏我的好事。你把你妹妹找上婆家的事说出去，你外甥闺女还没有长起来，这几年你让我去喝西北风啊！刘蝎虎子的老婆骑在门槛子上刷一双白色的球鞋，灯影下那专注的动作如同一台上足了发条的钟表。刘蝎虎子对老婆的麻木很是不满，刚站起来想进一步耍威风，猛然就看到队长祝绍明和饲养员祝绍伍站在了面前。

祝绍明和祝绍伍把情况这么一说，刘蝎虎子拍了一下脑袋说，我想起来了，他肯定是给小酸杏耕地去了。

祝绍伍问，小酸杏是谁？

刘蝎虎子说，小酸杏就是温家岭村的一个寡妇，男人去年被车轧死了。别看是个寡妇，但是人长得很水灵，圆圆脸，双眼皮，一笑两个小酒窝儿。

祝绍明见刘蝎虎子的毛病又犯了，就赶紧打断了他，行了行了，这个小酸杏是你给他介绍的。

刘蝎虎子说，我倒是想，去年小酸杏丈夫刚死，我就有了这个想法，没想到一进门就被人家赶了出来。不过信息是我提供给吉昌的，后来是他自己和小酸杏勾搭上了。听吉昌说，小酸杏现在已不再对他黑虎了，有时还能给他倒碗热乎水喝，我看这事有门儿……

温家岭大队和白塔村大队紧挨着，两个村的地都连在一块了，所以祝绍明和祝绍伍没费多少劲就找到了挑灯夜耕的吉昌。地块不大，这就给吉昌夜耕提供了条件，地头和地尾各用长竹竿挑着一盏马灯，昏黄的光影就一下子从黑色的天幕上挖出来块椭圆形的山洞，吉昌光着膀子，一手扶着犁把一手拿着鞭子，嘴里不停地吆喝着，鞭子不时地落下，发出啪啪的脆响，大黄牛那宽阔的身体直直地往前挺，身后的缰绳也绷得越来越紧，脖颈上的轭头被高高地顶起来，闪着亮光的犁铧在它坚实的步伐下，就像飘浮在水中的帆船缓缓地向前移动。看到这种情景，两人脚下生风，恨不得自己整个身体像个石块一样一下抛过去，隔着老远祝绍明就喊，冯吉昌，你这个混账东西，你赶紧给我停下来……

吉昌在明处他们在暗处，再加上吉昌特别投入，所以直到他们跑进了地块，吉昌才发现跑在前面的祝绍明。这时祝绍明的嗓子已经哑了，但胸腔里的劲道仍然很大，强大的气流冲击着破损的声带发出压抑的啊啊声，声音不能发泄自己的愤怒，祝绍明就把自己的手臂挥舞起来，这个形象在朦胧的灯光下一闪，简直就像从天而降的四大天王。吉昌看到祝绍明这样吓了一跳，猛地把手中的犁把给扔了，鞭子也从手里滑落了，返身要跑，看到了后面的祝绍伍，他反而停下了脚步。

祝绍伍上前抓住了黄牛的缰绳，把另一只手搭在黄牛湿漉漉的后背上，黄牛感觉到了祝绍伍温热的手掌，整个身体不由自主地朝祝绍伍偎了过来，粗大的鼻孔用劲往里吸着，发出一连串的腾腾声，硕大的头颅也同时跟着甩动，立刻就有大滴的汗珠儿播撒在祝绍伍那同样满是汗水的脸上。祝绍伍流泪了。

这时，祝绍明捡地上的鞭子回身就朝向了吉昌，此时吉昌已经镇定了许多，伸手抓住鞭杆理直气壮地说，大队干部凭什么随便打人！祝绍明说，还凭什么！你自己干的什么好事不知道吗？说着就使劲往后抽鞭杆，怎奈鞭杆被吉昌死死地抓住就像被钳子钳住了一样，怎么也动弹不了。祝绍明急了，赶紧喊后面的祝绍伍，还不过来帮我教训这个畜生！

祝绍伍一开始对吉昌跟祝绍明一样充满了愤恨，后来见大黄牛安然无恙气已经消了一大半；想到吉昌这样做也是为了糊弄住小酸杏找个媳妇，心里就开始不好受，若是二美还活着，吉昌成不了现在这个样子。看到祝绍明喊他帮忙，急忙把大黄牛的缰绳放在犁把上跑过来，对祝绍明说，大哥，都是我的不对！那张条子是我为了应付外人伪造的，与吉昌没关系。祝绍伍这么一说，祝绍明和吉昌都愣住了，僵持在一起的手也不自觉地分开了。

第二天，祝绍明坚持要处理吉昌，来征求祝绍伍的意见，祝绍伍就问为什么非要处理吉昌，错误是我犯的。祝绍明说，你糊弄谁啊？昨天如果你知道吉昌把牛弄到哪里，你还犯得着这么急吗！再说我还不知道你吗！打死你也不会做出这样的事来呀！祝绍伍一听祝绍明心里跟明镜一样，就有些不好意思了，说这孩子也够苦的，从小就漂流到我们村，很早就没有了娘，咱们对他该担待就多担待些吧！祝绍明不高兴了，说你担待他，他可不担待你。自从他六岁来到白塔大队你待他孬吗！我看比自己的亲孩子还好，"文化大革命"一起来是先整了你！队里待他孬吗？你不在家的那几年，我让他住到我家，他不愿意，就让你嫂子没白没黑地照顾他，现在见了面连个大爷都不叫。事实证明，咱们养了一只狼崽子。这次不让他记住，说不定以后还会办出什么事情来。祝绍伍见祝绍明是铁了心要处理吉昌，就说他毕竟还是个孩子，又不是犯了什么大错误，按照你们大队干部的说法还属于人民内部矛盾，办他几天学习班算了。祝绍明说，都快三十了还孩子呢！伪造队长的条子私自动用队里的耕牛这个错误还小吗？办学习班是不行，再说现在是各家自耕三亩地，哪管他家苗不齐，没有人会来参加这样的学习班。祝绍伍说那怎么办？总不能把他送到许公安（那时候乡里只有一位县公安局的派出人员维持治安，此人姓许，群众都叫他许公安）那里吧！祝绍明说，还到不了那一步，县里正在修汶河大桥，要求各个大队派壮劳力参加会战，正愁抽不出人来，就叫他去，也算是以工代罚了。就这样，三秋生产一结束，吉昌就被派往了汶河大桥的建设工地。

吉昌在这个冬天离开了白塔村，但是白塔村的天空并没有平静下来，进入冬天不久白塔村就又发生了一件大事。

第三章

入了冬，地里一闲，就到了庄稼人休养生息的日子，但闲下来的时光似乎并没有想象的那样滋润，田野里是光秃秃的一片，山坡上是千篇一律的颜色，天地仿佛被土黄色的染料刷了一遍，单调得直想让人闭眼睛，这白天的日子就像煮不烂的老牛皮死肉无血的。晚上夫妻间的那点功课也早重复了一千遍了，这种连小猫小狗都会的游戏，再做也就那样了。每年的冬天，牲口棚都要给牲口们生火取暖，这里也就成了白塔村人气最旺最暖和的地方。

但在祝绍伍开始当饲养员的这个冬天，白塔村过去夜晚热闹的饲养处却变得寂寞了。因为在第一场凛冽的北风袭来的那个夜晚，那头漂亮的大黄牛被人偷走了。黄牛的这次丢失不同于上次。上次黄牛像一只迷失了方向的风筝虽然飞得看不见了，但吉昌这根线还在祝绍伍手里牵着。这次黄牛是彻底失踪了，如同滴在舌头上的雪片丢得无影无踪。

话匣子里说，这两天从西伯利亚吹来的寒流正紧锣密鼓地朝这赶。祝绍伍开始为牲口们过冬做准备，今年除了要像往年一样在牲口棚内扯上塑料布之外，祝绍伍还特意用木棒子做了一个门，门上绑着整齐的秫秸，用把三环锁一锁既暖和又安全。上午去找刘来顺领钱，单子他早就列好了，有很多东西要买，最主要的是塑料布和锁。队长祝绍明也早签了字，找了刘来顺几趟，他总是说没钱。他知道一直以来刘来顺因为刘家常的事情对他有些看法，刘来顺是刘家常的亲侄子，老一辈的恩怨波及下一代身上，当初让祝绍伍干饲养员的时候，刘来顺就极力反对。这次刘来顺仍然说没钱，面对刘来顺那不耐烦的样子，祝绍伍却没有敢不耐烦，小心地赔着笑脸说，明天要来寒流。刘来顺说来寒流也没钱。祝绍伍又说，队长说有钱呢。刘来顺说，队长说有钱你去找队长吧。说着脸就更黑虎了。祝绍伍知道没戏了，只好讪讪地走出来。

这一整天的事情好像都不是太顺利，自己平时的积蓄都藏在枕头里面，要往外拿得现拆线，所以祝绍伍先找街坊借了十块钱，来到乡供销社一打听塑料布涨钱了，买了塑料布买锁的钱就不够了，如果先买锁塑料布就只能买一半，最后祝绍伍决定先买塑料布，先把风挡住再说，牲口棚没有门也这么多年了，也不在乎这一天两天。到了下午，祝绍伍扯好了塑料布，看时间还早就开始安牲口棚的门，牲口棚没有门框，是用柱子搭起来的。他找来铁丝要把门拧在柱子上，没想到刚伸钳子铁丝就把大拇指给戳破了，豆粒儿大的血滴立刻就从指头肚里拱了出来。祝绍伍感到有些沮丧，随手把钳子扔在地上，决定门先不安了，到晚上再抱几个秫秸捆子挡挡算了。

晚上，呼呼的北风不请自到了。一开始它还不是太张狂，虽然一阵紧一阵地发着声响，但还有章可循，到了后来它就没有这么规矩了，不间断地打起了尖利的呼哨，狂放地奔跑着，无理地摇撼着光秃秃的树木和寂静的村庄。祝绍伍躺在牲口棚旁边的小屋里怎么也睡不着了，耳朵里灌满风的声音，不时还传来什么东西滚落了的碎裂声。

祝绍伍感到自己整个晚上也就是眨巴了一下眼睛，很快就被赶早的乌鸦给聒噪醒了。他坐了起来，已有淡淡的光线从窗棂上透进来。吹了一夜的北风，把寒冷留下了，自己却藏了起来。只穿秋衣的祝绍伍坐在炕头上不由自主地打了个寒战，赶紧穿上衣服去牲口棚。早上起来，祝绍伍要做的第一个工作就是出栏，牲口们在棚子里拉了一晚上，所以先要把这些东西给清理出来，然后再垫上干净松软的土。做这个工作就要先把牲口们一头头地牵出去，但今天早上祝绍伍打开牲口棚就发现大黄牛不见了。

本来大黄牛是在靠近里边的一个位置上，现在那个位置却空了。由于黄牛的体魄大，空出来的位置就非常的明显，斜着看过去就像一条幽深的山谷。一开始祝绍伍还不是太紧张，以为黄牛挣断缰绳不知钻到了哪个角落里，后来他把整个牲口棚都找遍了也没有发现大黄牛的影子，祝绍伍这才彻底慌了。

大黄牛的丢失成了白塔村的大事件。自从入社以来，村里丢过小猫小狗丢过时鲜的瓜果梨桃，还从来没有丢过这么大宗的东西。一头正值壮年的耕牛，这可不是个小数目！许公安被请来了。许公安长得黑黑壮壮，虽然年近五旬但腰板仍然挺得很直，脑袋上光溜溜的，顶部的头发已经褪到了耳际，可能天生是卷发的缘故，剩余的这点毛发乱蓬蓬攀附在头顶的边缘，已有零星的白发出现，整个头部看上去就像一个红褐色的鸡蛋穿了一件皱皱巴巴的裙子。许公安在认真了解了案情之后得出结论，隐藏在人民内部的阶级敌人贼心不死，继续用卑劣的手段来破坏社会主义的建设成果。所以我们要从群众中来到群众中去，发动群众大打一场人民战争。

白塔村的青壮劳力们被迅速地发动了起来，他们一个个激情似火意气风发，似乎回到了带着余温的"文化大革命"，以誓将阶级敌人揪出来的信心和决心，开始按照许公安的指示走村串户地找牛。早晨在饲养处喝上一肚子稀饭；中午啃上两个随身带的干馒头；晚上再骑着自行车蹒跚着回到村里向许公安汇报一天的成果。当然，晚上回来等着他们的不光有许公安那两只大黑眼珠子，还有一大碗热乎乎的白肉炖大白菜。这样大张旗鼓地找了四天，除了小豁子嘴去回民居住比较集中的周家坡村被打了一头疙瘩之外，几乎一无所获。队长祝绍明觉得这个办法不行就去找驻守在这里的许公安商量，是不是换种找牛的方式，许公安把大眼珠子一瞪说，换什么方式！咱们就是要让阶级敌人无处躲藏，我就不信这个阶级敌人在我们人民战争的强大攻势下还能坚持多久！祝绍明一看说不通，只好叹着气无奈地出来了。

　　作为当事人的祝绍伍此时感到的就不仅仅是无奈了。才几天的时间，祝绍伍的眼眶子已经从脸颊上支棱了起来，腮帮子也塌陷了，呈圆弧状地深深贴进了里面的牙床。一开始祝绍伍甚至想到了死，觉得大黄牛带走了他的许多的东西包括生的希望，大黄牛不仅是生产队里的一头牛，它还意味着一种和祝绍伍一脉相连的弥足珍贵的东西。自己刚干上饲养员就发生了这么惊天动地的大事件，他心里有些承受不了了。

　　后来，祝绍伍就逐渐冷静了下来，事情还并没有到无可挽回的地步，大黄牛还是有可能被找回来的。他仔细分析了一下事情的前前后后：饲养处大门虽然是被撬开的，但只有最关键的一个门鼻子被撬了下来，说明此人了解大门的结构。还有，此人把牛牵出来后，重新把牲口棚门上堵着的秫秸捆子再堵上，更重要的是里面有这么多的牛，他为什么单单偷那头大黄牛？种种迹象表明，此人对饲养处的情况非常了解，这个人很可能就是本村的。但是本村能是谁呢？刘家常和自己有仇，但是他年纪大了腿也瘸这事他干不了；村里的不安定分子吉昌远在二十里地之外的汶河大桥建设工地；刘蝎虎子也就是骗点吃喝，这么大的举动他是绝对做不出来的；刘来顺虽然到处煽风点火，但是要真干他也没有这个胆量。这么一合计，祝绍伍就又重新陷入了困境。但是不管怎么说，找牛还是有方向的，偷牛者最主要的目的应该就是弄钱花，而牛变钱的途径只有两个，一个就是拿到集市上去卖了；再一个就是把它卖给屠宰户杀了卖肉。要这样看，许公安目前采取的这种漫天撒网的方式显然是不合适的，但是谁又能说服他呢？这位在"文化大革命"中成长起来的老公安，对打人民战争有种天生的迷恋。

　　彻夜难眠的祝绍伍在晚上不再只有长吁短叹，更多的时候他是睁着深陷进眼窝里的眼睛在琢磨。在暗夜里，他的眼睛闪出来的光亮如同燃烧着的火焰，一个被扑灭了另一个接着就又被点燃了，在这前仆后继的火焰中他最终提炼出了属于自己的火花，他不再对许公安发动的这场人民战争深恶痛绝，而是想要利用它。既然老鼠过街要人人喊打，有记性的老鼠就肯定不会从这条街上走了，它就要另辟蹊径。偷牛的贼肯定要比老鼠聪明，他要想把牛变成钱，人民战争波及的地方他肯定是不会去的。于是，祝绍伍一改过去的寝食难安，该吃吃该喝喝该睡睡，白天除了喂牛就是睡觉，晚上他却穿上厚棉衣开始悄悄地进行自己的行动。

环绕县城南端的庞河，只在粥店附近修有一座桥叫庞河桥。由于河的阻隔，庞河桥就像一个卡头发的卡子把所有的路径都拢在了一起。因此这座桥就成了城南一带进城的唯一路径。祝绍伍正是看中了这一点，才在这里蹲守的。祝绍伍料定，偷牛贼要处理牛，目前这个形势，一般的集市和屠宰户他是不敢问津了，他只有来县城的屠宰场或者交易市场，要来县城白天他肯定不敢，这么大的一头耕牛在大马路上牵着太扎眼，所以他只能走夜路。

庞河桥是一座很普通的石板桥，在桥头和地面相连的部分有一个大的斜坡，祝绍伍正好用来藏身和遮蔽风寒。到底能不能抓住偷牛贼，祝绍伍心里也没有太大的把握，他知道自己所有的推理都是建立在一种正常的思维之上，而小偷会不会有这种正常思维这就难说了。尽管有这样的认识，祝绍伍还是全身心地投入到这种守桥待牛的行动中，因为他觉得自己的这种行动是目前最有效的。更重要的是，与其躺在自己的小屋里忍受心灵上的煎熬，不如在这里冻一晚上来得舒坦。

但天实在是太冷了，刚立了冬，河边的水就结冰了。祝绍伍躲在桥头下，脚下的寒气犹如水车的链子，一节节地抽上来紧紧地捆在身上，时间长了，祝绍伍感到自己的身体变成了一个硕大的山洞，里面没有了一丝的血肉，只有阴森森的风在里面游荡。夜晚的马路已远没有了白天的喧闹，不时有呼啸而过的车辆把卷起的烟尘甩在屁股后面，因此祝绍伍的头顶上老是弥漫着浓重的土腥和汽油交织而成的味道。就这样守到天亮，祝绍伍也就变成了另外一个人，胡子和头发被马路上的尘土染成了黄白色，就连皱纹里一抖搂也有黄黄的粉尘簌簌地往下落。

大黄牛的出现是在祝绍伍守了半个月之后。这是一个有月的晚上，马路上暂时没有车辆驶过，一弯新月沉沉地向西方坠去，蓝幽幽的光泽垂落下来，把路面映照成了一大块微微浮动的青纱。难得的没有风，但祝绍伍还是禁不住直打寒战，置身这样的环境，这种下意识的动作已经成了祝绍伍的一个习惯。祝绍伍挺直了身子，想竭力让自己抖搂起来，这时，他忽然听到了一个奇怪的声响，似乎像是大黄牛吸鼻子的声音。他不敢相信自己的耳朵，用手掌把耳朵卷成喇叭状贴在地面上，又有一个腾的声音传来，祝绍伍感到自己血管里的血液一下子就回流到了心脏，他的心跳加快了，这次他听清楚了，声音就是大黄牛发出来的。

祝绍伍想竭力让自己平静下来，使劲把自己的发抖的身体贴在桥体下的石墩子上，双手紧紧地抠住石头边角，眼睛一眨也不眨地盯着路面。大黄牛很快就出现了，月光下，它那庞大的身躯就像一艘漂移着的船只，四平八稳地往前推进，四只粗壮的蹄子踏在地面上发出噗噗的声响。祝绍伍几乎要叫出来了，但随即他就呆住了，他看到拿着缰绳和大黄牛并肩走在一起的竟然是吉昌。此时的祝绍伍内心不知道交织着一种什么情绪，有兴奋欣喜也有愤怒，浑身像被电击了一样，剧烈地颤抖起来。他用劲掐自己脸颊上的肌肉，摸到的是一把湿漉漉的泪水。眼看大黄牛就要走近，他再也按捺不住自己了，抬手擦了一下眼睛，一个箭步就从桥头下跃出来，扑了上去。

猝不及防的吉昌吓了一跳，整个身子只想往大黄牛肚子底下缩，待看清了是祝绍伍，慌了，下意识地扔下缰绳就跑，却被冲上来的祝绍伍一脚给踢倒了。祝绍伍拣起地上的缰绳，一下抱住了大黄牛的脖子，大黄牛也认出了他，低下大大的脑袋使劲地往祝绍伍身上蹭。很快祝绍伍明白了过来，回身看吉昌，见吉昌还在地上趴着，大喝道，起来！跟我走。吉昌像是死了过去一动也不动，祝绍伍心里的火气又上来了，他不明白吉昌怎么会做出这样的事情来，二美在地下有知一定会把心伤透的。又是一脚下去，吉昌还是没有什么动静，祝绍伍心里有些慌了，赶紧探身把手放在吉昌的鼻子底下，试了试没事。这时，前面有车闪着强烈的光柱开过来，祝绍伍说，你也甭装死了，正好汽车来了，把你碾死算了。说着就把大黄牛牵到了路边。汽车越来越近，显然司机也看到了地上黑乎乎的吉昌，速度放慢了，喇叭却急切地响起来，吉昌还是不动，祝绍伍有些沉不住气了，赶紧跑回去拽起吉昌的胳膊像拖死狗一样地把他拉了过来。

拖到路边，祝绍伍一松手，吉昌就像被抽了筋骨的猪肉片子，噗嗒一下就又堆到了地上。祝绍伍恨不得一下子把吉昌踢进庞河里喂鱼，抬了抬脚又放了回去，只好解气般的骂了起来，好！你就在这里赖着吧！我走了！反正你也跑不出白塔村，我回去告诉许公安让他来抓你。说着，祝绍伍赌气般的牵上大黄牛，转身就走。往前走了两步，祝绍伍毕竟有些不放心，回身看了一眼，见吉昌蠕动着从地上爬起来，慢慢地朝桥下走去。祝绍伍感到不解，不自觉地停住了脚步，想看看他究竟要干什么。吉昌快要走到水面了还没有停下来的意思。庞河虽然河水不深，但有个别沙坑也足以能把人淹死，更何况在这大冬天的冰水里就是淹不死也能把人冻死。吉昌继续往前走，双脚已经踩到了河边的冰碴子，隔着这么老远，祝绍伍似乎就听到了冰碴子被踩裂的咔啪声。祝绍伍有些慌了，牵着大黄牛回身跑下了桥头，一边还大喊着，吉昌，你想干什么

　　吉昌已经迈进了水里，发木的双腿被刺骨的河水一泡，有一种麻酥酥的痒。看着祝绍伍走近了，吉昌大声地说，你不要过来，我干什么与你没有关系。

　　祝绍伍一看吉昌这是要玩真的，急忙说，吉昌，有什么大不了的要寻死觅活的，你先上来咱什么事情都好说。

　　吉昌不再搭理祝绍伍，继续梗着脑袋往河中心走，眼看着河水已经漫过了小腿。祝绍伍顾不得给大黄牛找个稳妥的地方，把手里的缰绳一扔，飞也似的跑了过来，趟进冰冷的河水里抓住吉昌的胳膊就往岸边拖。吉昌挣扎着一甩，祝绍伍脚下没有站稳，往前一冲一下就摔倒了。吉昌感到了身后的祝绍伍倒在河水里，连头都没有回，继续甩着裤腿一步一步地往前迈，祝绍伍却扑上来抱住了他的大腿。吉昌的腿迈不动了，祝绍伍带着哭腔的声音从后面传来，吉昌，不要再往里走了，你想怎么着我都答应你。

　　那天晚上，吉昌在祝绍伍的恳求下终于上岸了。条件自然是不把他偷牛的事情说出去，当然这个条件得有祝绍伍自己提出来。

　　这次偷牛行动吉昌自认为设计得天衣无缝，事先了解天气情况，知道这个晚上要刮大风，偷风不偷雨，这是有讲究的，然后晚上偷偷地从工地跑回来先不露面，待到夜深人静把大黄牛顺利地牵出来，藏在道郎乡的周红军家，再寻机卖到县城的屠宰场。票子一到手，就先买台电视机。现在全乡只有一台，还是集体的，他早就答应了小酸杏，要给她买台这样的稀罕玩意儿。谁想这一切的盘算都落了空，所以此时吉昌在心里对祝绍伍的怨恨不但没有削减，而且进一步加重了。牛是大集体的，丢了就丢了，你祝绍伍冒充什么大头蒜啊？！

第四章

大黄牛虽然被找了回来，但有关于大黄牛丢失的话题却并没有平息下来。

祝绍伍说是深夜在周家坡村东的秫秸垛里发现了大黄牛，这个说法得到许公安的肯定和引申，他认为这是人民战争的成果，人民群众都被发动了起来，阶级敌人成了过街的老鼠人人喊打，他无处藏身了，只有乖乖地把大黄牛交出来，但遗憾的是这次人民战争没有把这个阶级敌人深挖出来，好在社会主义建设成果保住了；好在阶级斗争会常抓不懈，只要时刻把握好阶级动向，阶级敌人总会有露头的那一天。在做了这一番慷慨激昂的陈词之后，许公安就愉快地鸣金收兵了。但白塔村的很多人对祝绍伍的说法产生了质疑，他们认为，祝绍伍对自己找牛过程的描述就像一把陈旧的铁皮壶，装上水以后不但漏洞百出，而且它还太轻了，对照先前举全村之力找牛，这样的结论就犹如一柄粗大的秤杆坠了一颗核桃大的小秤砣。

大黄牛回来不几天，祝绍伍就在牲口棚里燃起了火堆，然而白塔村的人似乎忘记了往年在饲养处里的聚会，谁也不来这里谈天说地了。有时在街上碰上老少爷们，祝绍伍装作很随意地打招呼，吸哈着鼻子说，今天真冷啊！对方自然就会说，是啊！真冷！祝绍伍顺着这个思路就把自己的邀请抛了出来，饲养处里暖和，我今年扎了两层塑料布，燃起了两堆火，晚上来玩呀。对方点着头说，好！有空就过去。这话乍听没有什么毛病，但仔细一想就明白了，明显是人家的推话，大冬天的又是晚上怎么会没有空呢？果然，到了晚上，牲口棚内还是除了牲口们和祝绍伍，就是氤氲着袅袅青烟的火堆了。

事情终于在一个下午爆发了。

这天下午，祝绍伍硬着头皮去找刘来顺领钱。不领实在是不行了，这阵子光找牛就花了将近一百来块，还有油坊里的豆饼钱，买塑料布的钱买锁的钱，加起来有一百好几十了。昨天队里刚收了承包款，这次刘来顺可不能再说没钱了。

刘来顺正在大队部的里间屋里数钱，眼皮朝祝绍伍翻了翻就继续盯住手里的钞票。祝绍伍耐心地等他数完了，才谦恭地说，这里有队长签的几个单据你看一下。说着就把手里的单据递了上去。

刘来顺瞟了一眼祝绍伍手里的单据，没有伸手去接。

祝绍伍有些尴尬地把手停在半空，放也不是再拿回来也不是，再次低声下气地说，实在是没有钱垫了，你看看要是没有什么问题就给解决了吧。

刘来顺乜斜着眼睛问道，都是些什么单据？

祝绍伍说，有给找牛的这些劳力们买菜的花费，还有就是饲养处里用的些东西。

刘来顺很干脆地说，没钱！说着就要把整理好的钱往抽屉里锁。

祝绍伍再也忍不住了，想到这个比自己小这么多岁的晚辈，居然这么耍自己，火气猛地就上来了，上去一把抓住刘来顺的胳膊，大声地说，没钱？这是什么！就这两个钱你还要刁难到什么时候，今天你就得给我解决。

刘来顺显然没有想到祝绍伍会动手，正在往抽屉放的钱一下子就撒在了地上。刘来顺也火了，猛地站起来说，怎么！你还要抢吗？我告诉你，我就是不给你报，你能把我怎样？

祝绍伍说，这钱又没有花在我身上，队长都签字了，你一个小小的会计凭什么不给报？

刘来顺说，凭什么？我凭良心！我告诉你，别以为你干的那点儿好事别人不知道。这么大头牛你也敢动歪心思。

祝绍伍说，我动什么歪心思了！

刘来顺说，你动什么歪心思你自己知道。

激烈的争吵声把外面的人都引了进来，队长祝绍明也进来了，刘来顺好像要的就是这种效果，嗓门再次加大了，扯着嗓子喊道，这么多劳力找了这么多天没有找到，为什么你一找牛就躲在了秫秸垛里。明明把门都准备好了，为什么那天你去了趟供销社，买了塑料布就是不把锁买回来，还有饲养处的大门也撬得太蹊跷了吧，好像那个门鼻子就是专门为小偷准备着似的。你还来找我报销找牛的费用，谁知道这里面是怎么回事！这么大的一头牛，就在你的眼皮子底下不声不响地被人偷走，谁信呢？除非是有内奸！

祝绍伍气得浑身发抖，他知道刘来顺平时对他有些意见，但没有想到会这样看他，极度的愤怒使他找不到合适的语言来反击刘来顺，随手抓起桌上的暖水瓶使劲地掼在了地上。祝绍明不干了，指着祝绍伍说，祝绍伍，你们两个吵架，干吗拿公家的东西出气！祝绍伍似乎没有在意祝绍明的话，他被自己的举动吓着了，猛地把身子蹲下，把脸埋进双腿之间呜呜地痛哭起来。

对于祝绍伍为了他所受的这些委屈，吉昌压根儿就没有去想，汶河大桥的会战刚结束，他就陷入了极度兴奋中，小酸杏终于答应嫁给他了，他现在正紧锣密鼓地准备和小酸杏成婚。现在对他困扰最大的就是钱，答应给小酸杏买的电视机要钱，还有缝纫机自行车等等一切都需要钱，这都是自己事先许下的，他知道小酸杏答应嫁给自己，在很大程度上也是由于自己夸下的这些海口。

自己本身没钱，偷这个路子也行不通了，吉昌想到了借，但是找谁借呢？以他的人缘在本村显然是借不到的，最后他把思路定格在道郎乡的周红军身上。那一年吉昌刚成为白塔村的红卫兵头头，听说毛主席要在天安门城楼上接见他们这些革命的小闯将，就连夜来到县城准备扒火车去北京，好不容易挤进了一辆客运车的车厢，却被如洪水般的人流席卷进了厕所里。厕所很小但里面已经有了四个人，吉昌猛一进来连个放脚的地方都没有，整个身子就像被贴在墙壁上的一张年画，时间一长就有些支持不住了。他透过身体的缝隙往下看了一眼，见下面蹲坑边上有个放脚的地方，就准备腾挪着把脚放过去，这时就听得后面有人哎哟哎哟地直呻吟，吉昌根本不能转头，也不知后面发生了什么情况，就听后面呻吟着说，受不了啦，就要拉出来了，一边说着一边扒拉吉昌的身子，吉昌向侧面一斜，一个浑圆的身段刺溜就钻了进来，把他想要放脚的地方占了。这个装着要上厕所的人就是周红军，和他一样也是要上北京见毛主席的。尽管那次他们一到德州就被清理下车，没有去成北京，但从此他却和周红军成了朋友。

吉昌之所以锁定向周红军借钱，是因为他知道周红军有钱。周红军很早就有了商品意识，还没有分地的时候就低价收购本村自留地里的蔬菜拿到县城去卖，拿中间的差价。现在他开始租车去省城贩菜，隔一天发一车，哪一车也得赚个百八十块的。周红军一听说吉昌要借钱就一改以前的显摆，开始哭穷。吉昌知道他是不想借，心里就有些不痛快，吃饭的时候故意多喝了两杯，借着酒意话说得就重了些，两人话不投机吵了起来，最后吉昌是摔杯子走人。

娶小酸杏的钱没有着落，吉昌感到郁闷，晚上回到家就又独自喝起了闷酒，正喝着外面摩托车一响周红军来了。周红军是特意来给他送钱的，送来了整整一千块，比他所借的数字还多出了二百。对多出来的这二百周红军说是他送给吉昌的贺礼钱。吉昌一下子高兴起来，感激得恨不得给周红军跪下。接着就又重新置办了酒菜，请周红军喝酒。

实际上，这正是周红军想要的效果。这几年周红军贩菜赚了几个钱，周围几个村里的人就开始眼红，不是给他设路障，就是在他收的菜里塞上石头，这些事儿弄得他很是伤脑筋，很想找个能吃能下的人做帮手。其实他早就看好了吉昌，只是没有找到合适的机会把这个事情提出来，吉昌这次娶亲借钱等于是帮了他一个忙。这天晚上在酒酣耳热之际，周红军婉转地提出了自己的想法，吉昌自然是把自己的胸脯拍得像羊皮鼓一样咚咚直响。周红军见吉昌这么仗义，也不断地承诺苟富贵勿相忘的誓言。在这样和谐的气氛之下，两人的酒越喝越热，周红军意识到自己应该回家的时候已经接近半夜了。

吉昌把周红军送出来还在絮絮叨叨地表白自己，说天下就没有他吉昌不敢干的事情。周红军不知是听烦了，还是想让自己清醒清醒，忽然打住摩托车停下了脚步，把头昂了起来，开始看天上那颗又大又圆的月亮。吉昌理解错了，急忙说天上的东西除外，我说的是天下，人间的东西。周红军这时就看到杆子上顶着的那个喇叭头子，正像一个小号的锅盖把自己罩在了月光的阴影里，忽然转头对吉昌说，天下的事情你都敢干？吉昌果断地说都敢。周红军往上指了指，那你敢把那个喇叭头子给我摘下来吗？吉昌抬头看了看，说这有什么难的，我现在就摘给你看。说着就纵身跃上了大队部院子里的墙头，然后就爬上屋脊，拿出小时候上树的本领，双手抱住杆子，两腿随即夹上来，然后就像只蛤蟆一样一弓一弓地顺着杆子往上爬，很快就摸到了顶上那孤零零的喇叭头子。

当时的吉昌怎么也没有想到，他酒后的这次孟浪行为会给他带来这么大的麻烦。

白塔村挂在外面杆子上的大喇叭丢了，在当时看来，这是一个严重的政治事件。当年公社要求各大队安装大喇叭时，公社书记郑贤才强调，喇叭就是我们奔向共产主义的号角，就是我们党的传声筒，就是我们和群众的桥梁。大队干部要把喇叭利用好保护好。现在号角和桥梁被人偷走了，这显然是有意识地破坏改革开放的大好形势，往社会主义脸上抹黑。

许公安再次进驻白塔村。这次，吃上甜头的许公安没有贸然地打人民战争。他先认真地勘察了现场。从现场看坏分子几乎没有留下任何的痕迹。许公安爬上屋脊看了看，只是发现靠近长杆子的地方有几片瓦被踩坏了。

勘察完现场许公安谈了自己的看法，他认为这次丢喇叭事件是上次丢牛事件的延续，很有可能是同一坏分子所为。上次坏分子慑于人民战争的强大威力，实施的破坏没有得逞，这次他贼心不死妄图卷土重来。这是在向我们无产阶级阵营示威，这是在向我许公安示威，所以现在要抓住机会就是掘地三尺也要把坏分子深挖出来。同时他还认为，种种迹象表明，这个坏分子应该就存在于白塔村的内部，所以这次要清除这个蛀虫就要从内部着手。正在研讨案情，小豁子嘴提溜着一个变形的喇叭头子进来了，说这是周家坡大队的队长派人送来的，他们大队的一位群众赶早起来去树林子里拾柴火，路过村东的秫秸垛时发现这个喇叭头子就捡回来了。一开始他还以为是本村的就去交给队长，队长说咱大队的喇叭挂得好好的，是白塔村丢了喇叭，就让他送来了。许公安让祝绍明仔细看看这是不是白塔村丢的那个，祝绍明看了半天才说，看大小差不多。许公安说，什么叫差不多，你以为破案是你们记工分，多点少点都行，世界上的事情最怕认真二字，我们这个工作就是要求认真严谨，到底是不是？祝绍明又看了一下说是。得到了肯定答复，许公安兴奋地说，事实再次证明，这是坏分子在有意识地搞破坏！

盘查工作开始了。实际上这还是一场群众战争，白塔村的所有群众都要被叫到大队部的里间屋里询问，其中大队部周围的住户是作为重点对象来进行盘查的。这种全面出击重点突破（许公安语）的方式很快就有了收获。不久刘蝎虎子就交代了一个很重要的情况。

刘蝎虎子就住在大队部的后面，丢喇叭的前一天晚上，小豁子嘴请刘蝎虎子喝酒，不知怎么喝得不那么合适，回到家就拉稀，找出片黄连素吃了，勉强支撑着就睡了。谁知到了半夜就又不行，连忙跑到院子里蹲茅坑，就在这时他忽然听到上面有动静。刘蝎虎子吓了一跳刚想伸头看个究竟，就见一个黑影正在大队部的墙上跳。刘蝎虎子想盯着看他要干什么，但这时刘蝎虎子感到自己的肚子一阵地痉挛，只好就又蹲下。待刘蝎虎子处理完自己再站起来，那个黑影早就不见了。许公安问，你看清那个黑影了吗？

刘蝎虎子说，天太黑没有看清。许公安笑了，说刘蝎虎子你可真够邪乎的，我告诉你丢喇叭的那天是十一月十九，而且那天天气很好，你该明白我想说什么了吧！刘蝎虎子说，那天晚上确实有月亮，但是我蹲在暗影里看不清楚。许公安笑出了声，说刘蝎虎子，你可真好玩！你蹲在暗影里，看不清的是他不是你。接着许公安就把自己的黑脸拉了下来，把大眼珠子一瞪说，快说，那黑影是谁？刘蝎虎子明显哆嗦了一下，翕动着嘴唇说，是……看着有点儿像是……冯吉昌。

为了验证刘蝎虎子的话，许公安又专门询问了一次小豁子嘴。小豁子嘴证实，刘蝎虎子说自己的外甥闺女一心想嫁到白塔村，让他这个当姨夫的给寻人家。小豁子嘴一听就热了，赶紧摆下酒菜请刘蝎虎子，只是刘蝎虎子的酒量超出了他的预想，到后来酒没有了，刘蝎虎子还没有要散的意思，天已经这么晚了也没地方去淘换了，小豁子嘴只好把辣椒水装在酒葫芦里提上了桌。

队长祝绍明随后也提供了个情况，前几天冯吉昌找到他，带了点儿花糖烟酒什么的，说自己的喜日子定下来了，邀请他这个当队长的到时候一定要到场。祝绍明觉得冯吉昌这么大了娶个媳妇也不容易，当时就应承了下来。冯吉昌非常高兴，狠狠地把队长奉承了一通，紧接着他又提了一个要求，说自己借了台录音机还带了好多的磁带，准备在那天好好热闹一番，但现在有一个问题是录音机只有两个小喇叭，自己听听还行，要放在院子里显然动静太小了，能不能在那一天把自己借的录音机连在大队的喇叭上。对这个要求祝绍明断然地否决了，说大队里的大喇叭是传递党的政治路线和方针政策的，不是某个人家的锣鼓，说敲打敲打就敲打敲打。听完了这个情况，许公安说，这么重要的情况，你怎么早不提供呢！祝绍明脸一红，说我还以为这事对破案没有用呢。许公安不高兴地说，怎么会没有用呢！现在任何的蛛丝马迹都有可能成为破案的重要线索。这点儿常识都没有，亏你还是个大队长！

现在情况基本就对上了，许公安就开始突破冯吉昌。一开始冯吉昌是死活不承认，后来许公安打电话从县公安局请来了两个全副武装的警察，两个警察戴着草绿色的大盖帽，腰带上一边别着盒子枪，一边拴着明晃晃的手铐，还开来了一辆写着大大警字的跨斗摩托。别看平时冯吉昌在白塔村耀武扬威的，看到这个阵势就像霜打的茄子一样蔫了，承认喇叭确实是他偷的。至于说到偷喇叭的动机，吉昌说自己并没有想那么多，当时就是喝了酒和朋友打赌。提到大黄牛的被偷，吉昌坚决否认，说那段时间自己正在汶河大桥的建设工地上参加会战，队里的牛被偷他根本就不知道，这事还是回来后听村里人说的。无论许公安的大眼珠子再怎么瞪，吉昌就是坚持说自己不知道，并委屈地说自己在会战工地上兢兢业业勤勤恳恳，还被大桥建设指挥部选进了青年突击队并被评为建设标兵，为公社和大队长长脸争了光，万没有想到回来后，不但没有受到表彰还得到了无故的怀疑。说着眼睛一眨巴，竟然有眼泪流下来。

　　为此，许公安专门找到了吉昌的朋友周红军。周红军证实，当天晚上他们两个喝了很多的酒，在村头看到了杆子上的大喇叭就激了那么几句，没有想到吉昌真的把喇叭摘了下来。后来吉昌把喇叭交到他的手上说这下你相信了吧！他夸了吉昌两句就懵懵懂懂地把喇叭带走了，至于丢在什么地方他实在是记不清了。许公安又找到了汶河大桥会战时的乡带工人员，他们讲的大体和冯吉昌说的出入不大，都觉得冯吉昌在工地上表现不错，也基本没有缺勤。这些证据对吉昌都是有利的，但许公安心里总有个疑虑，天下居然有这么巧的事情，在同一个地方发现了赃物？再加上这段时间在白塔村他也风言风语地听到了些对冯吉昌的评价，所以尽管冯吉昌似乎真的与偷牛事件无关，他还是把他带回了乡，想做进一步的审问。

　　吉昌被带走了。祝绍伍真正担心起来，他是为吉昌担心。起初丢失的大喇叭被发现，祝绍伍心里掠过一丝庆幸，他觉得这真是天意，自己随便捏造了个地方，偷喇叭的小偷居然奔着这个地方去了。后来吉昌成了偷喇叭的贼，祝绍伍懵了，他没有想到二美留给他的这个儿子居然这么不成器，居然会这么浑。吉昌被许公安带走了，祝绍伍的心也被猛然地揪了起来。

　　祝绍伍向祝绍明坦白了一切，想让他出面来救吉昌。祝绍伍觉得自己只有这一条路可走了。祝绍明是队长也是他的叔伯哥。当然也是二美的叔伯哥，他不会眼看着二美的孩子不管的。祝绍明听完了，一点儿也没有感到吃惊，说大黄牛就这么被不明不白地找回来，他早就想到了这里面会有猫腻，只是没有想到祝绍伍会这么舍己为人。祝绍伍明显感到了祝绍明话语里的讽刺意味，他不想为自己辩解什么，他现在心里只想怎么救吉昌，再次哀求道，你总不能见死不救吧！

　　你觉得这孩子还有救吗？祝绍明忽然急躁起来，没好气地反问道。

祝绍伍一下从椅子上滑了下来，猛然就跪在了祝绍明的面前，说，哥，算我求你了，你就跑一趟吧。咱不为生者为死者，二美就是给我做一天的媳妇也是咱们祝家的人，她的儿子就是我的儿子，我要是再眼看着她的儿子进了监狱，将来我在地下和二美见了面，该如何向她交代。祝绍伍说着眼泪就涌了上来。

祝绍明没有想到祝绍伍会给他下跪，下意识地把身子背过去。过了好一会儿他才慢慢转身有些不耐烦地挥了挥手说，行了，你起来吧，赶紧去准备几个大点儿的羊蛋，许公安好吃这东西，我拿给他去说说看。

过了两天，吉昌被放回来了。他不知道是祝绍伍送了羊蛋许公安才答应放人的，只知道自己在小黑屋子里关了两天就莫名其妙地出来了。

第五章

回到白塔村的冯吉昌并没有逃脱牢笼的感觉，他反而觉得那间不到十平方米的禁闭室更适合他此时的处境。过去的声名狼藉都是停留在白塔村人的口头上，而这次却实实在在地给贴上了标签，这就如同人们对女人的认识，婚前的女人尽管已不是处女但没有人会叫她们妇人或者婆娘。"进过局子"这个比较具体的称谓就是一条泾渭分明的楚河汉界，冯吉昌感到自己已然越过了这个界限，让自己的人生跌入了无尽的黑暗中，从此男耕女织娶妻生子一个正常男人的生活都与他无缘了。

让冯吉昌想不到的是他从派出所回来的当天小酸杏就来了，而且来得非常招摇，一拐到进入他家大门的胡同口就大喊他的名字。一开始吉昌还以为小酸杏是来兴师问罪的。有好几个晚上他赖在小酸杏家不走，小酸杏起初还往外推拒，后来就半推半就地跟他睡了。等他迎出去看到小酸杏那张笑靥如花的脸才知道自己多虑了。小酸杏一看到吉昌就挽住了胳膊，然后扬起红红的脸蛋儿温柔地问他没事吧，说着还用另外一只手摸了一下他那胡子邋遢的面颊。吉昌立刻就有了一种受宠若惊的感觉，在这之前还从来没有一个女人公开对他这么亲昵过。此时吉昌感到从街口到自己大门的这段道路太短了，街上的人也太少了，他想让全白塔村的人都能看到他跟小酸杏亲昵的镜头；他想让全白塔村人都知道他吉昌也是有人爱的。有小酸杏依偎着走在白塔村的大街上吉昌第一次有了一种趾高气昂扬眉吐气的感觉，这是一种幸福的像做梦一样的感觉。

被胜利冲昏了头脑这句话到什么时候都不过时，此时的冯吉昌就处于这种癫狂状态。被幸福鼓胀起来的他此时已顾不得探究小酸杏为什么有了如此的转变，也顾不得思考自己究竟有哪些地方吸引住了小酸杏。结婚的日子很快就被重新确定了下来，腊月二十四，是一个既吉祥又喜庆的日子，本来吉昌是要定在腊月二十三小年夜的，又娶媳妇又过年是他多年以来的梦想。而小酸杏却非要定在二十四，说她找瞎子算过了，二十三是个单数日子，单数日子主凶是不宜办喜事的。小酸杏这么一说吉昌也没有太坚持，内心的那种幸福感反而更加充盈了一些，这说明小酸杏还是很看重他们这次婚姻的。

对于冯吉昌来说腊月二十三注定要成为个不平凡的日子。这天是小年，是灶王爷升天的日子。按照风俗这一天家家户户都要扫屋，把家彻底打扫一遍，然后就欢欢乐乐地等待春节的降临。当然有条件的家庭，在这天晚上也要置办些酒菜，一大家子团聚团聚，算是对守岁夜之前的一个热身。冯吉昌家在这一天就更是热闹非凡了，满院子里都挂着大红的喜字，大门两旁是两个大红的灯笼。屋子里的景象就更喜庆了，周红军带着几个弟兄一大早就赶来帮他收拾新房，被褥是全新的，家具是全新的，看着自己亮堂堂的新房吉昌内心涌动出了一种说不出来的感觉，这种感觉彻底颠覆了他在白塔村的过去。

"终于等到这一天了！"这是近段时间以来一直盘旋在冯吉昌舌尖上的一句话，这句话马上就要从他嘴巴里喷吐出来硬硬地砸在白塔村的土地上，砸在白塔村人的脸上，他怎能不为这种感觉而激动呢！这一刻他已经等得太久了。他很早就知道自己和这个村子里的任何一个孩子都不一样，第一次被人们称为"带犊子"的时候他还没有完全明白什么意思，只是从他们那蔑视的眼神不屑一顾的神情中感受到了某种屈辱，后来他才知道带犊子是专门针对他这类孩子的一种专用称谓，这种称谓不仅是种轻视更是一种排斥，这就注定了吉昌的孤独。很多的时候他都是在被周围的同伴所忽视所孤立，在内心深处他一直都在渴望能像白塔村的任何一个孩子一样，有正常的家庭有正常的生活，但实际生活却与这种渴望越来越背离，因此在他的生活中充满了恨和怨，当然还有不甘。而现在这一切就要结束了，他觉得自己终于可以在白塔村挺起腰板来生活了。

　　这是冯吉昌仅有的几次由于高兴而喝酒，酒精更加放大了他心中的幸福，通体都被一股炽热的情绪膨胀起来。周红军看他喝得有些多了就劝住了他，让他为了明晚上节省点儿体力。周红军这种暧昧的劝阻立刻就引来了弟兄们的哄笑声，在嬉闹声中他们结束了宴饮。他把周红军他们送出大门就不想回去了，大街上零星有几伙顽皮的孩子在燃放鞭炮，他像一只觅食的公鸡一样东游西逛，寻找着发泄喜悦的突破口，眼前这几个顽皮的孩子显然满足不了他的胃口，他要让更多的人知道他此刻的幸福。他想到了祝绍伍，这个阻碍他通向幸福生活的绊脚石，是这个人收留了他们母子让他变成了被人唾弃的"带犊子"，又是这个人逼死了娘亲让他成为了一个真正意义的孤儿。这个一直让他的生活陷入绝境的人，如今看到他现在这个样子该是多么绝望啊。

　　跟冯吉昌家的热闹不同，这天祝绍伍的饲养处分外的冷清。祝绍伍本来在这天晚上是有所动作的。吉昌明天就要结婚了，他打心眼儿里为吉昌高兴。这几年他攒下了两千六百块钱就是为吉昌结婚用的，可是这钱该怎么交给吉昌呢！他知道就这样平白无故地交给吉昌，吉昌不但不会接受说不定还会奚落他一番。当然他也明白吉昌在心里是想要这笔钱的，而且吉昌此时也比任何人需要这笔钱，吉昌之所以做出这样的姿态就是为了自己那点可怜的自尊，实际上他能感受得到吉昌的内心是多么的虚弱。

　　一开始祝绍伍想让祝绍明把这个钱交给吉昌，就说是队里对吉昌的结婚补助，后来一想觉得这么做不妥，祝绍明现在对吉昌已彻底失望了，他不但不会去说不定还会把自己教训一顿，再说就是祝绍明去了吉昌也不会相信，队里的补助一下子能给这么多。更何况现在队里是个空架子，就是把所有的农具卖了也凑不出这么多的钱来。后来祝绍伍决定还是自己趁没人的时候把这个钱亲自交给吉昌。有好几次都没有找到机会，腊月二十三是最后一天了，本来这天晚上他是带着志在必得的心态来到吉昌家的，他知道这天村里人大多都跟自家人团聚不会乱串门子的。因此天一傍黑他就来找吉昌。来到吉昌的家也就是他原来的家，看到门口被装点得张灯结彩喜气洋洋的，在高兴之余内心未免有些伤感，如果没有后来的那些变故他也是可以在这个大门里进出自如的。迈进院子就听到从紧闭的房门里传来了吆五喝六的划拳声，祝绍伍有些迟疑了，停下了脚下的步子，尤其是他听到了有道朗那个好孩子的声音传来，心里就更有些不得劲了。这个叫周红军的孩子从来就没有给他留下好印象，这并不是因为他批斗过他，在那个年代像他这样的孩子犯点错误也是难免的，祝绍伍之所以对周红军有坏印象最主要的还是来自于一种感觉，他总感到周红军那狡狯的面孔背后总隐藏着某些不良的动机，他甚至于预感到吉昌早晚会毁在周红军的手上。

从原本属于自己家的大门里退回来，祝绍伍就径直回到了饲养处，他知道周红军一来这个酒场不到半夜是散不了的，看来钱只有明天想办法交给吉昌了。办法还是有的，明天肯定有记人情账的外柜，干脆就把钱交给外柜，就说这钱是北京外甥给表弟的贺喜钱。当年在北京当兵的外甥现在已经是个大干部了，对他这个舅舅还不错，每年都想着给他寄上几十块钱，所以说外甥拿出两千多块钱来给表弟当贺礼钱，尽管人们也会张大嘴巴但从情理上还是说得过去的。再说用这种形式把钱交给吉昌也能给整个喜事添彩，白塔村的任何一个人结婚都不会一次收到两千六百块钱的贺礼的。主意打定祝绍伍就早早上床睡了。

吉昌来到饲养处，把大门弄开，见祝绍伍睡了，本来他想把祝绍伍喊起来，刚想上前拍门却发现锁在门上挂着，突然又有了恶作剧的念头把门锁上了。心中还发狠地想要把祝绍伍饿死在里面。锁上了门，想到明天早上祝绍伍睁开眼睛却出不来，会像头受伤的母兽一样在屋子里转来转去，他心里更加快意起来，就点着了一根烟，在门口蹲了一会儿。这时听里面传出了祝绍伍均匀的鼾声，他心里忽然就有种愤怒翻滚上来，凭什么让这个祝绍伍睡得这么踏实，不行得把他叫起来，让他知道我吉昌现在已不同于以往了。说着把烟屁股狠狠地扔了出去，没想到，烟屁股画着优美的弧线落进了后面的秫秸垛里着了起来。吉昌看着那火苗子蹿出来，心中有了一种莫名的兴奋，心说烧吧！烧吧！这才叫野火烧不尽春风吹又生呢！后来看火势越来越大，他有些害怕了，正要上去扑灭，忽然看到远处来了一个黑影，看着像祝绍明就藏了起来。

队长祝绍明在这天晚上却没有忘记自己的这位叔伯兄弟，在酒足饭饱之后悠闲地来到饲养处，想看看祝绍伍一个人是怎么过小年的。本来他有让祝绍伍去他家一起过小年的想法，但想到还有这么多牲口需要祝绍伍照应就作罢了。

祝绍明一推饲养处那虚掩着的大门就感到有些不大对劲。祝绍伍是个非常谨慎的人，过去，一到天黑他就把门顶上，谁要来饲养处一般就要在外面喊叫，他如果睡下了就给大门上锁，今天晚上怎么会虚掩着门？祝绍明疑惑着来到祝绍伍睡觉的小屋，见小屋的门被从外面上了锁，就更加地感到奇怪。去牲口棚找找，也没有看见人。祝绍明觉得有些怪了，再回到祝绍伍睡觉的小屋，贴着门缝听了听，里面传出了祝绍伍轻微的鼾声，祝绍明心里更加纳闷，人在里面门是怎么上的锁？这时他忽然闻到了烟尘的气味，随即滚滚的浓烟从小屋背面的秫秸垛上冒出来，火苗子也紧跟着蹿出来了。祝绍明惊呆了，一时手足无措，想转身就跑，还没等迈步就明白了过来，上前用劲踹着小屋的木门，一边大喊，救火啊！失火了！快来饲养处里救火啊！救火啊！……

祝绍明尖利而失控的声音划破了白塔村的夜空，饲养处前后左右的住家都相继点亮了灯。里面的祝绍伍也惊醒了，从窗棂子里看到祝绍明在徒劳地拽门鼻子，赶紧说，快找个东西撬。祝绍明这才回过神儿来，借着火焰的光亮，低下头开始四下里搜寻，但是周围什么可用的东西都没有。祝绍明急了，抬脚对着门猛踹，踹了几下，门仍然没有开，猛然就听到祝绍伍在里面直敲窗棂子，抬头一看，见祝绍伍往他身后指，祝绍明回身一看，见那头大黄牛已不知什么时候立在了自己的后面，大黄牛挺着脖子，脑袋稍稍朝下，两只尖锐的角往前撅着，浑身的毛都疜了起来，整个身体往前倾着，一副随时准备角斗的样子。祝绍明看到这个架势，赶紧把身体闪开，大黄牛接着就像出膛的炮弹一样猛地就朝门上冲去，咣当一声，两扇木门就像两枚寒风中的树叶被大黄牛顶飞了，祝绍伍接着就从门里蹦了出来。

这时，火势已经燃到他住的房子，这个房子和牲口棚是紧密相连的，大火一旦蔓延过来后果不堪设想。祝绍伍顾不得多想，返身又冲进小屋，火势已经漫上了屋顶，祝绍伍已经明显地听到火蛇的咔吧声，小屋的墙体已经开始摇动，祝绍伍找到了自己早已准备好的鞭炮（准备在除夕之夜放的）。转身跑进牲口棚，把鞭炮扔进了还存有余火的火堆里，然后再把牲口棚的门大大地敞开。

鞭炮在火堆里很快就炸响了，在这封闭的牲口棚内，鞭炮炸响的声音就像一个个闷雷，把已经惊醒了的牲口们都惊炸了，它们感到了危险的临近，拼命挣脱开缰绳，仓皇地朝外奔去。这时已有许多人带着水桶提着脸盆跑来了，祝绍明已经恢复了镇定，指挥他们去屋角的水缸里去取水，祝绍伍则找了个长管子让跑上来的小豁子嘴拿着把它插进缸里，然后猛地吸一口，水就像喷泉一样地涌了出来洒向了正在燃烧的火焰。

牲口们大都已经跑了出来，在饲养处的院子里夹在救火的人群中没有方向地乱窜，人和牲口混杂在一块儿，整个饲养处乱成了一个被劫的法场。祝绍伍挨个清点着，没有发现黑牛和它的小崽子。祝绍伍焦急的目光又搜寻了一遍，还是没有。祝绍伍不再犹豫，就又跑进了牲口棚。这时牲口棚已变得非常危险，棚子的外墙已经燃烧起来，整个牲口棚变成了一个大的火球。祝绍伍冲进来的时候，房梁上的火苗子蹿得老高，把牲口棚都映照成了红色，不时有燃着的木块掉落，黑牛正卧在地上哞哞地叫，身体不断地蜷缩着，躲避着迸下来的火星，那头毛还没有张开的小牛犊子正伏在它身下瑟瑟发抖。祝绍伍赶紧把黑牛的缰绳解下来，猛抬脚踹向黑牛的后腚，黑牛蹦了起来，它身上的小崽子借着母亲的力量，一下就跃到了院子里。祝绍伍跟在黑牛的后面，正要从牲口棚里跑出来，牲口棚噗的一声就坍塌了，祝绍伍的整个身子被盖在了火海之中。

躲在暗处的冯吉昌吓傻了，他明显地感到自己似乎要被眼前这火热的气息吞噬了。他想把自己的身体舒展开来，像一只灵动的兔子一样一跃而起，但身体里没有了一丝的力度，像所有的肌肉都失去了弹性，自己的心也忽然地往下坠，就像被压上了一块千斤重的磐石。他挺了挺身子想不让自己垮下去，可是他控制不了自己，控制不了肩膀的抖动，腰肢的酸软，控制不了整个身子像被雨水浇注的泥塑一般，正在向四处发散。到后来那个巨大的声响传来，冯吉昌猛然一震，耀眼的火光照亮了身后的大门，冯吉昌沿着来时的路像一只逃命的老鼠一样迅速地消失在黑暗中了。

回到家冯吉昌稍微定了一下神就决定连夜离开白塔村，但当他收拾好行囊，看着墙上的大红喜字的时候小酸杏那风骚的身姿涌进了脑海。对，要走就要带上她，不能夫妻双双把家还，还不能夫妻双双离家去吗！本来白塔村就不是他的家。于是他再次打量了一下自己的新房，然后来到院子里推上那辆破破烂烂的自行车义无反顾地出了大门。

白塔村的喧闹很快就被抛在身后了，眼前的温家岭村就像被黑色油漆刷过的一块木版画静谧而庄重，过村口的第二条胡同头一家就是小酸杏的宅院。冯吉昌把车子停在门口的秫秸垛边上，准备去敲小酸杏的门。这个时间小酸杏应该已经睡下了，但身后突然传来了一声咣当的声响，是刚才没有架牢的自行车被风吹倒了。冯吉昌本不想回身，一辆破自行车倒了就倒了吧，但一听动静不对，似乎还有金属撞击的声音传来，他转回来才在暗影里发现了那辆摩托车。这辆摩托车他太熟悉了，一辆红色的日本雅马哈，要三千多块，周红军买回来的第二天就骑着来找他，当时他还跨上后座让周红军骑着围白塔村转了一圈。

冯吉昌在小酸杏门口迟疑了一下，然后转身沿着院墙往北找到了那棵位于房檐下的歪脖子槐树，墙体跟树干之间的距离恰好能把双腿叉在上面，叉好了位置他就像一只在水中攀附着的青蛙纵身跃出了墙面。院子里很静，脚下是一个废弃了的鸡窝，正巧用来当借脚。靠边的卧室里亮着朦胧的灯光，灯泡的颜色是粉红色的，冯吉昌是第一次感受这种光泽。他在小酸杏家住的那几个晚上，小酸杏就让这暧昧的光一直照耀着。冯吉昌一开始不适应想把灯关了，但小酸杏说自己喜欢。后来在做的过程中他也确实体会到这光泽的美妙，在这种光泽下小酸杏呈现出了一种如梦如幻的味道。而现在他的朋友周红军肯定在品尝这种味道。

冯吉昌把头抵在窗下，他预感到那不想听到的声音会像小蛇一样钻进他的耳廓。但没有，什么动静都没有传来。刚才一直哆嗦着的心脏稍微平稳了一些，到底有些不甘，一旦内心中被注入了这种意识，所有来时的路径都是邪恶的，现在周红军在他眼中就是这样。果然很快就传出了周红军的咳嗽声，咳嗽完了就是他那沙哑的声音：怎么样，起不来了吧。冯吉昌这个玩意儿是真能喝，每次跟他喝完都会这样。

知道今天晚上过来还要喝这么多酒，你这么多鬼点子就不会在喝酒的时候跟他耍个心眼儿。小酸杏娇嗔道。

怎么耍啊！整天睡人家的女人，在喝酒的时候还要偷奸耍滑怎么好意思呢！

你真把人家当成那个带犊子的女人了，不是说好是权宜之计吗！你要真这样想我明天就不嫁了。

别，别……千万别，宝贝。咱们不是早就说好了吗！这是为了你肚子里的孩子想出的权宜之计，等我把家里的处理好了，就去解救你，放心。我周红军说话算话。

……

冯吉昌本来是要破门而入的，为此他都找好了对付那对狗男女的工具，一把放在南墙边上闪着寒光的铁锹。但再次悄悄贴近房门的时候他却停了下来。冯吉昌在寒风中足足站了有五分钟，这期间对面卧室里那阴暗的灯光一直播撒着，那呢喃般的话语也时断时续地传来。最后冯吉昌挪动了步子，但他不是往前而是翻墙出来了。

周遭的人家好像都死光了，街上没有一丝一毫的动静，就连警惕的狗也似乎昏死了过去。冯吉昌走在这狭窄而弯曲的街道上，内心好像猛然被狼掏空了，整个身子都轻飘飘的，找不到可以支撑的地方。他翻来覆去地走着，很快他就厌倦了这种简单的重复。最后他来到村口，对面就是黑糊糊的白塔村，刚才的喧闹还在延续着，有拖拉机的轰鸣声传来，不久就看到村里仅有的那台五零拖拉机闪着昏暗的灯光开过来，冯吉昌本能地躲在了路边的壕沟里。拖拉机很快就靠近了，在轰隆隆的马达声中从车厢里传来叽叽喳喳的声音，他们有的在说祝绍伍的伤情夹杂着低声的啜泣声，有的在诅咒那位纵火者。

黑暗中冯吉昌眼睁睁地看着拖拉机在自己面前一闪而过，没有人注意到趴在路口壕沟里的他。有那么一瞬间他想张开大嘴喊一声，告诉车上的人他就是那个纵火者，但是嘴巴张开了声音却没有出来。看着拖拉机远去了他沮丧地走了回去，来到小酸杏的门口再次看到了暗影里的那辆摩托车，沉沉地站了一会儿，他遽然醒来了，走上前麻利地打开了油箱，把呛鼻的汽油喷洒在自己身上。第一股汽油透过衣服渗入自己肌肤的时候竟然有了一种温暖的感觉，冯吉昌几乎要为这种感觉而落泪了。然后他重新翻进院子，用那把锐利的铁锹拍开了卧室门。里面的两个人已经从床上爬起来了，正在手忙脚乱地穿衣服，冯吉昌看着这两个跟自己一样可怜的人，回身用铁锹柄顶住房门，然后啪的一下点燃了预先准备好的打火机，蓝色的火苗晃动着像蛇信子一样贴在冯吉昌那洒满汽油的身体上，轰的一声耀眼的火光一下把冯吉昌拽了进去，随后那正在燃放的巨大火球迅速覆盖了那对瑟瑟发抖的男女，整个世界混杂着锐利的尖叫声，立刻就变成了一片火海。

（原载《绿洲》2012年第2期）

采访范小叶

第一次采访范小叶是在三年前，我刚来电视台不久，还处于实习阶段，看哪里都新鲜，如刘姥姥进大观园一般，整天屁颠屁颠地跟在那些老记们的后面，皮笑肉不笑地腆着脸子问这问那，手上还弄个小本本端着，不时神态庄重地记上几笔。每次出去采访都激动得不行，摄像机扛在肩上就像驮着一个三代单传的男童，走起路来胳膊不敢动屁股夹着，远看就是一个拘谨而又自艾自怜的独臂少年。时不时还得装作兴高采烈地接受各种盘剥，不是给大哥提摄像机就是给大姐拿话筒，早晨起来打扫完卫生还要跑着去给那些恋被窝儿的大爷小姐们买康师傅，把自己整得比《法门寺》里的贾桂还惨。

现在想来当时主任派我参加那个活动完全是无奈之举。年底了，各个部门都开始为自己弄点长脸的事情，所以每年一到这个时间新闻部的两部热线都热得烫手，没有个把小时的耐心守候你就甭想打进来。这天当然也如此，所有能上阵的记者都上阵了，十多部摄像机也派上了用场，跟以往不同的是我没有被主任指派去给哪位老记做跟班，当时心里感到有些奇怪，有种被冷落了的感觉。

主任从一上班就抱着电话忙，不是联系车辆就是向有关部门磨嘴皮子，反复强调新闻部人手少活动多实在太忙了。我们主任就是有这个本事，不但把自己整得比书记市长都忙，还把整个新闻部弄得跟货运码头一般没有闲空。我去给他倒了几次水，他都没有把嘴巴腾出来，最后这次主任终于有了喘息的机会，看了一下眼前已经开始往外溢水的杯子，用左手捂住手里的电话送话孔，忙里偷闲地对我说，你另有重用。

我的另有重用就是跟着响水河县残联去乡下送温暖。这是我的第一次单飞，主任显然有些不太放心，反复叮咛，一定要多拍些画面，多做记录。我表面上唯唯诺诺地应着，心里却有些不以为然，经过几次试水，我对记者这个行当有了新的认识，它的神秘色彩正在我渐渐深入的目光中褪去。

残联是残疾人联合会的简称，以前我不知道这个机构是独立的，还以为他们归民政局管，冯理反复给我解释残联是各级政府的单列部门之一，是为残疾人服务的专门机构，他们原来的最高领导是邓朴方，现已成为全国政协副主席，是已故老一辈无产阶级革命家邓小平的长子。冯理的全称应该叫冯理事长，是本县残疾人的最高首长，人很热情，长了一张大圆脸，下巴很短，再加上每次开口前都要笑一下，嘴巴就显得特别大，好像占了半个脸的位置。冯理说跟我们主任是同学，一开始我是有些不相信的，他看起来要比我们主任老气很多，后来就有些相信了，因为如果不是跟我们主任有些关系，这样的活动别说在县里，就是在市里主任也不一定派记者。

出发的时候我们仍然坐去接我的那辆面包车，只不过后面的车厢里多出来几袋子面粉和几桶花生油。面包车的外面看起来很脏很旧，浑身布满灰道道子，就像乞丐那张带有标签的脸，看不出是什么牌子。里面倒还干净，每个座位上都套着天蓝色的座套。现在政府机关这样的面包车已经不多见了，就是去下面县里，一般县直部门的头头脑脑们也都开始坐广本别克了。

这天的活动一开始就有些不太顺利，我们来到响水河县大安乡草茨村，乡里的书记乡长民政助理都已经在等着了，但分管的吴县长还没有来，我们也只好等，村委办公室很冷，屋子中央有个锈迹斑斑的铁炉子苟延残喘地燃烧着，靠近门的窗子上有几块玻璃烂了，寒风呼呼地从外面钻进来，把铁炉子里烧出来的那点儿热气都吹进了墙缝里。书记跟乡长不时站起来跺跺脚，村里的支书一直强笑着，皱皱巴巴的脸上满是歉意，好像那冷飕飕的寒风是他吹出来的，不停地解释着，真是难为你们了，村里就这条件，天太冷了……

十点多钟的时候吴县长来了，活动也就开始了。我们先来到一个六口之家，这家的四个孩子全是残疾人，据村支书说生下来都是好好的，到十八岁以后就开始发病，先是走路趔趄，然后就是站不稳，最后是全身瘫痪。

老大和老二都四五十岁了，瘫在床上拉尿都不知道。老三一动也不动地卧在墙根下晒太阳，惨白的日光下似乎已经没有了生命的迹象。老四挂着一根白条棍子斜楞着身子立在院子里，睁着一双浑浊的大眼珠子好奇地瞪着我们，嘴角还带着麻木不仁莫名其妙的笑意。两个老人的头发都已经全白了，脸上的皱纹纵横着，把那硬挤出来的那一点笑意都淹没了。这是怎样的一个家呀！家徒四壁这个成语似乎就是为他们准备的，屋子里没有一件像样的东西，全都黑漆漆冷冰冰的，门是那种很老式的木门，门框上黏附着一层凹凸不平的灰苔，这种东西当然是岁月的污垢留下来的。

送温暖的仪式非常简单，吴县长把冯理早已准备好了的一个大红信封交给那两位老人，信封很大里面的钱却不多，只有二百，冯理说送温暖更多的是为了送情谊。旁边的书记乡长争相介绍，这是咱们县的县长，春节临近了，代表县委县政府来看看你们，祝你们过一个富足祥和的春节。然后冯理跟民政助理把面粉和油抬进来，最后吴县长再说几句天冷了，党委政府时刻牵挂着你们的冷暖之类的客套话就完事了。

从这家出来吴县长就要上车返回县城，冯理赶紧上前说还有一家呢。吴县长说你不说出个镜头就行吗？我那边还有一屋子客人在等着，得赶紧回去。书记已经拉开了车门，吴县长正准备往里钻，冯理却挡在了里面，吴县长直起身子，半真半假地说，怎么？你还想逼宫？冯理努力笑着，说我哪敢？残联好不容易搞个活动，您就多出个面吧，市电视台的记者都请来了。吴县长这才抬眼朝我看了一下，说市电视台的？你怎么不早说，我刚才还以为这位记者是咱县的呢。说着过来跟我握手，说天这么冷，辛苦你了，今天情况特殊，市教育局来督导检查，我得过去陪同，下面的活动就不参加了。吴县长走了，临走还不忘嘱咐我，冯理是个很有事业心的人，自从他分管了这项工作，我县的残疾人事业迈上了一个很大的台阶，你得多宣传宣传他。

书记跟乡长一看县长走了，也不想多待，说他们回乡里还有重要公务要处理也溜了，现场就只剩下了民政助理跟村里的支部书记。冯理看着一辆辆小车在自己面前绝尘而去，表现得很沮丧，民政助理问咱还继续吗？冯理顿了一下，没好气地说，继续，为什么不继续？咱是给残疾人送温暖又不是给县长送温暖！

赶到下一家，家里只有一个七八岁的男孩子，孩子看起来很内向，问他家里人呢？孩子摇摆着身子说不知道，然后就睁着黑白分明的大眼珠子在我们每个人身上滚来滚去，脸上渐渐显露出紧张的表情，低下头瞅了个缝隙一下子就钻了出去。民政助理的脸色不好看了，阴着天质问支部书记，不是昨天就让你下好通知吗？支部书记还是强笑着，说昨天我是亲自跑过来说给范小叶的，她怎么没有记住，这女人太粗心了。我这就派人出去找，她男人这个情况，她应该走不远。

从外观看范小叶家比刚才那一户的境况强了很多，房子是半新的，地面的四周还是用水泥抹起来的，中间还铺了花砖。但屋子里似乎没有什么家具，只有一个老式的菜橱子蜷缩在角落里，上面错综复杂地摆放着碗筷菜刀炊帚等乱七八糟的东西，菜橱子下面是一个放在地上的菜板，菜板黑乎乎的，仅凭颜色已经没有人认为它是个木质的家什儿了，上面还摊着几块白菜帮子。里间屋的门半掩着，似乎有人的气息若隐若现地传出来，还不时夹杂着敲击床板的声响，想必就是范小叶的植物人丈夫了。

在路上我已经听了乡里民政助理的介绍，知道这家的女主人范小叶老家在贵州山区，是人贩子以八千块钱的价格卖过来的，偷偷跑了几次没有逃掉，还去乡里告了几次，说丈夫强奸她。有人故意问你不让丈夫强奸，想让谁强奸？她也听不出个孬好来，继续控诉丈夫的暴行，说丈夫用绳子捆住她的双手一晚上要强奸四次。后来有了孩子就开始死心塌地了。但谁知天有不测风云，五年前一个冬天的晚上，范小叶的丈夫用地排车去肥城拉炭，被汽车撞成了植物人。我问那后来小叶就没有再逃？民政助理说，事情怪就怪在这里，没有人看着了，她反而不跑了，比过去更加死心塌地。据邻居们说，尽管日子过得很难，但她对丈夫却比过去好了很多，每天擦屎端尿洗身子照顾得非常周到。

正说着外面传来了稀里哗啦的声响，隔着玻璃窗看过去，见院子里陡然停了一辆架子车，上面满载着一大车玉米秸，一个瘦小的女人正在趔趄着身子停车，女人想把车把摁下来，但由于玉米秸装得太多，车子一晃几乎要把女人掀起来，是跟着的支部书记在后面扶了一把，架子车才勉强站稳。支书埋怨说，让你今天在家等着县领导来送温暖，你还跑出去！女人赔笑着解释说，在家等了半晌午，是东头二婶子来问要不要玉米秸，不要他们就烧在地里了。我一想人家好心来说了，不要不是不好看吗？再说不要，我们也没有烧头……女人的声音很尖很细，满嘴都是当地土话，几乎没有了外地口音。支书有些不耐烦了，说快别啰唆了，领导们都来了，赶紧进屋吧。

让我想不到的是范小叶竟然是个镜头感很强的女人，一见了我们，那张黝黑的脸庞就充满了感恩的笑，攥住冯理的手说感谢政府感谢党，如果没有你们来送温暖，我们早就活不到今天了。这让我一下子兴奋了起来，在我从业不长的新闻生涯中，还是第一次碰到这样的采访对象，我开始装模作样起来，像一位资深记者那样开始了一本正经的采访，问了很多大而无当的问题，也拍了很多空洞无味的镜头。当然我这样做也有显摆自己的意思。

第二天主任看到我给他的稿子，只扫了一眼就说，果然不出我所料。我心里一沉，看主任的脸色我就知道他所料的是什么了。为了写好这个稿子昨天晚上我绞尽脑汁，我知道放在我们市电视台这个活动太小根本报不着，顶多也就是个简讯。但这样既突出不了以冯理为首的残联，也体现不出党和政府是怎么关心群众疾苦的。想到冯理为了这次活动的苦心孤诣，想到他跟我们主任的特殊关系。最后我还是决定尽量把稿子往深里写，而且这样也便于操作，各级电视台每年都提供大量范文。稿子写完了，当时我还有些自鸣得意，自己在灯下朗声读了一遍，谁知到了我们主任手里却遭到了这样的命运。

主任和我一起去机房看了我拍回来的素材，看完后主任很兴奋，连说这完全能出个好新闻。一开始我还没有反应过来，后来见他反复地看我对范小叶的采访就有些明白了，我们主任的兴奋点跟我一样，都是在范小叶身上。我却有些担心冯理那边不好交代，一提冯理我们主任似乎有些不耐烦，说这种送温暖活动既不新鲜也不大气，若不是看着他这几年一直在走下坡路的份上，我才懒得搭理他呢。再说做好这个新闻也就突出了残联的作用，范小叶之所以对她植物人丈夫不离不弃，在很大程度上也是由于残联等政府部门的关心呀。

再次采访范小叶是在第二年的春天，年前的那个稿子被主任枪毙了，冯理那段时间一直盯着电视在找自己的身影，找不到就给我打电话，最后还来台里找了我们主任，主任这才瞅了个机会在集中报道他们县送温暖活动中让他出了几个镜头，就这冯理还有些激动，来台里请我们主任吃饭，席间我知道了主任说冯理走下坡路的意思，冯理原来是县长秘书，后来去了县环保局干局长，再后来他当年跟随的县长犯了事冯理就开始倒霉，先是调任档案局局长，后又来到残联任理事长。可能是这几年在仕途上太坎坷了，再加上喝了点酒，冯理到最后竟然不顾场合地痛哭起来。我们主任觉得有些难堪，放下刚才一直端着的架子，赶紧安慰他这位失意的老同学，答应年后给他上个大稿子，全面反映一下全县的残疾人事业。

全面反映一下全县的残疾人事业，这是我们主任跟冯理的说法，跟我就不这样说了，主任认真分析了范小叶的所作所为，觉得范小叶这个人物具有深远的现实意义和鲜明的时代特征，在胡锦涛总书记发表八荣八耻之际把这个人物推出来，更能够体现我们作为强势媒体的重要价值和作用，唯一的不足就是范小叶这种忘我献身的精神缺乏思想基础。我知道主任说的这个思想基础是什么，在我上次拍的素材里面，有一个镜头是范小叶给丈夫洗脚，一边洗着一边说，自己就是这种命了，想想又舍不下。说着眼泪就哗哗地落下来。认命和善良可能就是范小叶之所以这样的思想基础吧。主任听了我的解释一直摇头，说你说的可能是事实，但这太缺乏时代特征了，我一直认为电视新闻是有一定表演性的，而表演就有了艺术的夸张。最后主任跟我说，沉下心来，好好挖掘一下，这个范小叶身上绝对有戏，她太像个新闻人物了，说不定下届能报个政府新闻奖，这对你是极为有利的。

我明白主任最后这句话的意思，我现在还是实习记者身份，像我这样的实习记者在整个电视台有将近十来位，给谁转正除了关系就要看工作成绩了。

这次采访我仍然单枪匹马，主任是要给我配备个助手的（也是个实习记者），被我一口回绝了，当时主任表示理解地看了我一眼，主任可能认为我这样是想独自摘取这枚看起来又红又大的桃子，但我想得更多的却是摘取桃子的难度，万一摘不成就会给更多的人留下笑柄。当然在这个事情上，我也不是一点自信没有，从上次的接触就可以看得出来，范小叶心里非常明白，她知道我们的采访能给她带来些实实在在的利益。

事实上我的担心是多余的，处于艰难困苦中的范小叶，任何外界的曙光都是她的救命稻草，她是不可能不抓住的。因此在我的引导下，范小叶给我讲了一个全新的故事，发生在她跟她丈夫之间的故事。下面就是我根据这个故事写成的稿子。

情？债？

这是一个普通的农家小院，家什摆放得整整齐齐。房顶上金灿灿的玉米在太阳光下格外夺目。屋顶上的鸽子，懒洋洋地晒着太阳。这些场景在一个殷实之家看起来稀松平常，可在这样一个被生活划得千疮百孔的家庭能有这样一股安宁，不免让人心里涌上一份心酸。女主人正在屋子里照顾着卧床的丈夫，一张消瘦黝黑的脸，熟练又灵活地照料着丈夫。她就是我们的主人公——范小叶。

三十五年前范小叶出生在一个贫苦的农民家庭，父亲去世得早，母亲一个人含辛茹苦地带着六个子女过活，姑姑在当地开了一家茶场。范小叶七岁就去姑姑家帮工，姑姑没有子女就把范小叶当成了自己的女儿。她就是在这里认识了后来的丈夫武方亮，从此她的人生发生了重大转折。

两个初涉爱情的年轻人，他们的世界里爱情已经遮盖了一切，姑姑姑父开着茶场，当时已经是万元户，家里雇着工人，来自响水河县大安乡草茨村的武方亮就其中之一。姑姑了解武方亮的家境，这种门不当户不对的情况，遭到了姑姑、姑夫强烈反对，他们无法忍受自己闺女嫁到远方。

1995 年在多次努力失败之后，范小叶跟丈夫偷偷回到了响水河县，两个人一开始也想过在这里把手续办了就回贵州茶场，造成既定事实，家里也就没有话说了。可是范小叶看着这个家徒四壁的屋子，两个体弱多病的老人和三个年幼的妹妹，就这样把丈夫带走，只会让这个家雪上加霜。为了丈夫以及他身后的那个家，范小叶勇敢地选择了留下，很快他们领取了结婚证，可结婚当天，看到自己一个亲人都不在身边，一种委屈又袭上心头。

但委屈是一时的，两个人在一起就要享受那种一起吃苦的幸福。范小叶跟丈夫商量，长兄如父，长嫂如母，家里的担子夫妇俩要扛起来。做豆腐是两个人一起想到的最经济又最直接的方法。

好日子刚刚开始，灾难又尾随而至，一天武方亮去给自己家的豆腐作坊买石膏，一辆逆行的车把这个家撞入了深渊。回忆起那个时刻，这个在采访中一直很平静的女子，脸上开始变得痛苦不堪。

面对这样的场面，范小叶欲哭无泪，日夜守在丈夫的床边，唤着他的名字，希望他能睁开眼睛看看自己。电视剧里不是有很多受伤的人在亲人的呼唤下醒过来了吗？可是医生也让她做好丈夫醒不来的准备。范小叶没有放弃希望，她觉得自己只要努力就一定可以唤醒他，她不能眼睁睁地看着自己的丈夫沉睡，无数的夜里，她也曾陷入深深的自责。

（范小叶同期　表情凄然）

武方亮睁开了双眼，可是他不能说话不能动，智力只相当于三岁的孩子，面对眼前为自己肝肠寸断的妻子，也已经完全没有了记忆。日复一日，年复一年，范小叶把丈夫作为自己生活的中心，即使丈夫不记得自己，可她不能忘记曾经的山盟海誓。

（范小叶同期　痛彻哭诉）

在医院住了一年半，范小叶还是把丈夫接回了家。拿自己做实验学会了扎针，每天给他吸痰无数次，翻身擦洗无数次，做按摩、喂药，守在床前跟他说话。她从来不说苦，这种滋味已经是一种习惯，有时脑子里也总是晃着一些过去的影像。她把所有的思念和感触都收敛着，只要丈夫还有一口气在，她就要为他守一辈子。对于自己远方的家人，范小叶低下了头。

（范小叶同期　饱含热望）

对于范小叶来说，孩子成就了自己母亲的角色，丈夫成就了自己妻子的角色。这样一个南方小女子却有着北方姑娘的倔强，让人钦佩，也让人心疼。十年过去了，情感早已化为一种亲情，一种家庭的责任。情还是债？谁能说清。现在的范小叶还在继续着自己的神话，家这个概念在范小叶的心里根深蒂固，有家就有希望，我们也祝福她，祝福这个家庭能够获得社会更多的关注和帮助，让他们在今后的路上不再孤单。

片子粗编出来之后拿给我们主任看，主任看完就说，他妈的，太感人了。在我们主任的建议下，最后稿子更名为《牵手》还有个副题是——千里远嫁只为爱，十年深情化永恒。后来稿子在省卫视专题节目中播出了。范小叶一下子就成了名人，汇款的打电话问候的网上留言的多如过江之鲫，市里也开始重视范小叶，范小叶当年就被评为市三八红旗手，市精神文明建设先进个人，到年底还成了全市十大感动人物。

今年春节之前我跟随市长再次来到大安乡采访，意外地遇到了冯理，这时我才知道冯理已经调任这个乡的党委书记了，从冯书记的气色上就能看得出来，他对这次的调任非常满意，走起路来把头高高地昂起来，一副志得意满的样子。还是那么爱咧开嘴笑，一见我就笑呵呵地上来握手，说祝贺你！看他的神态我就知道他指的什么了，心里有些吃惊，即将成为正式记者的事情我自己也是刚刚知道，冯书记的消息够灵的了，我想继续装作糊涂就故作茫然地看着他，冯书记大度地拍了拍我的肩膀说，你们主任都跟我说了，你排在第一位，这次转正你是老嬷嬷撸鼻涕把里攥着的了。

市长这次视察的重点是乡镇落实新的农村合作医疗情况，同时也走访慰问了几个困难户，其中就有三年前看的那个六口之家，现在只剩下四口了，瘫在床上多年的老大跟家里的老太太已经走了，剩下一个白发苍苍的老人照顾三个瘫痪在床的儿子，市长看了非常震惊，当时就指示随行的民政局局长把三个儿子转到市社会福利院进行免费救治，老人进乡敬老院去颐养天年。

这次没有去范小叶家，瞅了个机会我探问冯书记范小叶的近况，冯书记说范小叶已经带着孩子回贵州了，我问她丈夫呢？冯书记说她跟丈夫离婚了。我听了心中吃了一惊，没有想到事情会是这样，就说这个女人最后还是狠下心来了。冯书记说，也不算狠，临走的时候她把社会各界捐助的三十多万块钱全留下了。见我沉默不语，冯书记笑嘻嘻地说，这个结果多亏了你们媒体！

冯书记笑起来的时候本来圆圆的脸盘显得更圆了，如果不是扇忽在两边的耳朵，冯书记的整个头部像极了生长在田野里的某种水果。我忽然记起我们主任曾经说过冯书记上学时的绰号叫大面瓜，现在看来这个比喻是再贴切不过了。

（原载《雨花》2009 年第 12 期，《小说选刊》2010 年第 1 期转载，入选《2010 中国年度短篇小说》）

月光在心中绽放

　　这天晚上我破例没有喝酒。王连香感到不解，看我的目光怪怪的，似乎家里的那只大黄狗下了一只狼崽子。我狼吞虎咽地把饭吃完，撂下饭碗就准备起身。王连香眼珠子盯着电视，手上却正在撕扯一块猪腔骨，腔骨看起来挺大的块头，实际上没有多少肉，王连香只得不停地转动着肥胖的脖子，嘴巴像长嘴的鸟儿一样，在骨头的缝隙里猛喂，很快就有些小碎肉像铁沫子一样被她吸进嘴里，接着王连香就鼓起腮帮子像蛤蟆吹泡泡一样使劲嚼动，然后就有一道类似于哈喇子的东西油亮亮地从嘴角溢出来。王连香的这套啃骨头的本领是刘二麻子给培养起来的，过去刘二麻子每到下午从镇上卖肉回来，就拿着几块排骨送上门来，说是没卖完自家又吃不了，需要你们给解决解决困难！这样一来二去，王连香就对啃骨头上瘾了，但后来刘二麻子送来的骨头越来越没肉，最后干脆连这样的困难也不让解决了。没有困难解决，王连香受不了了，启发了刘二麻子几次，但刘二麻子似乎压根就忘了这事，王连香只好把脸拉下上门去要，当然她不会说自己嘴巴馋了，而是说大黄狗见生人不叫了，要罢工，得需要体恤。这样要来的骨头自然不会是排骨，这就迫使王连香的啃骨头水平也水涨船高了。

　　见我要出门，王连香腾出嘴巴问，去哪？这样的问话，要在过去我是不愿搭腔的，但今天却多了几分耐心。我的眼睛朝她虚瞟了一下，转到电视画面上，说，去找刘季节商量事。王连香把手上的骨头重重地扔在桌子上，说，哪有支书这么巴结村主任的？怪不得刘二麻子连骨头都不给送了！

王连香的话戳到了我的疼处，我把眼一瞪，说，你少在这里吃了胡言（盐）放闲（咸）屁，去刘季节家我还不是为了你呀！要来我们家，你得端茶倒水，到时候还不是嫌麻烦？再说了，支书去他们家商量事是高看他一眼，我要想定个什么事情他刘季节就不好意思提反对意见了。我长了一对三角眼，瞪眼的时候，眼皮一撑两只眼睛接着就像玻璃珠子一样地弹出来，挺吓人的！王连香见我真的有些急了，就不再言语，重新拿起了桌上的骨头，伸长脖子继续重复刚才的工作。

出了家门我刚想往旁边的小胡同里拐，就看到远远地过来了一个熟悉的身影，我赶紧躲在墙角的秫秸垛后面，看到二叔朱释怀急匆匆地进了家门，我知道二叔找我还是为了迁祖坟的事情。这事我当时不想过多参与，虽然才镇长找我谈话了，我还是想观望一阵，让刘季节这个狗日的先碰得头破血流再说。

来到野外，我才感觉到这是一个难得的晚上，天空被高高地撑了起来，像一顶硕大的暗蓝色帐篷，没有一点的云，那弯新月清亮而温柔，把一些软光儿轻轻地播洒在油亮的麦田里。有点小风，裹挟着麦子的馨香到处流淌，空气中弥漫着一种让人微熏的味道。毫无疑问这是一个醉人的晚上，事实上我也是去干一件醉人的事情，去跟村里最漂亮的女人小桥约会。但现在我却没有这种感觉，我踩着自己长长的影子匆匆地走着，脚下的步子显得有些凌乱，看起来，就像是一只逃避危险的羚羊。

快接近氨水池子的时候，我忽然停住了，我想故意让小桥这骚娘们等一会儿，我要让她感觉到，别看我把你日了，我们之间还应该你是你我是我，并没有成为掰不开的鲜姜。我四下里看了看，朦胧的月光下，身后的村庄像被湿抹布擦过的桌面，重重地隐了下去，左边的麦地里立着一段一人多高的半截墙。 我的眼睛继续着，确信没人跟踪，就蹲下身子像一只灵巧的野猫一样，蹭地一下就钻到了那段半截墙下面。这原来是一个废弃的大棚，当年才镇长要求各村发展大棚蔬菜，把这当做农民奔小康的金桥，朱家庄率先建起了二十个，为此我还受到镇上的表彰。谁知，转过年大棚就不行了，蔬菜价格大跌，所有的大棚户都连呼上当，很快我家的院墙上就出现了，"朱大印，我日你娘！"的标语。

墙上正巧有一个拳头大小的洞，是建大棚时搭架子用的。我把自己的脸朝向洞口，眼睛斜斜地搭在洞沿儿上，开始目不转睛地盯着氨水池子的方向。很快白雾一样的月光先把小桥的影子甩了出来，接着就是小桥老鼠出洞般把脑袋从氨水池子后面探了几下，然后定住了，朝着村庄的方向张望，后来似乎有些失望不自觉地摇了一下脑袋，就又缩了回去。我暗自笑了，虽然看不清小桥的表情，但是我知道此时小桥的脸上写满了焦急和无奈。

　　下午的时候，小桥一直在村委会门口叫卖油条，我开始没有往心里去，后来就感觉有些不大对了，小桥很少有下午出来叫卖的。我走出来，小桥正好骑着三轮车朝着村委会门口的方向转过来，我注意到小桥穿了一件水红颜色带碎花的上衣，前面的头发整齐地向后倒着，聚拢成一个粗大的马尾，嘴巴上抹得红彤彤的，脚上的皮鞋也是刚擦过的样子。我的心里忽然有些生气，这个女人在发骚哩！她的骚情应该是对着我一个人来的，但却满大街招摇。我想掉头就走，小桥好像觉察到了我的意思，还隔着一段路就喊，书记，吃油条！我一看逃不掉了，只得说，不吃，吃不起！小桥说，书记吃我就免费了。小桥的话里有一语双关的意思，路上不断有过往的街坊和我打着招呼，这让我觉得更要赶快逃开。小桥见我转身要走，赶紧说，上午我嫂子订了一斤油条，你捎回去吧！我回转身，见小桥拿着一包油条已经把手伸了过来，只好接了。我当然不会把油条带回去交给王连香，我重新回到村委办公室，打开那包油条，就看到了小桥写的纸条，纸条已经被油条的油渍浸透了，变成了蜡纸，小桥那歪歪扭扭的字也像是被刻上去的。

　　过了约莫有半个来小时的光景，我觉得差不多了就来到氨水池子后面，小桥一下扑上来说，你怎么才来？人家都等急了。我一边往后拽着自己的身子，一边问小桥这么急着找我有什么事。小桥撒娇地说，没事就不能找你呀！我说能找，但今天有些忙，家里还有两个村民正等着呢！小桥一听撅起了嘴，说我也是你的村民，你就不知道关心我吗？小桥撅起了嘴巴，整张脸就变成了一只还没有长成的葫芦，在暗影里孤零零地吊着。我心软了，说，我当然要先关心你了。小桥说，你真关心我就帮我把罪犯抓住，我被强奸了。

　　感觉应该是快要天明了，小桥感到有个重重的东西压在了自己的身上，她猛然就惊醒了，有个男人正趴在她身上乱摸，她刚要出声，嘴巴就被一只粗糙的手掌密密地堵住了，情急之下，她又赶紧伸手摸在床头上的灯绳，使劲一拉听到了咔啪声，灯却没有亮。男人嘿嘿地笑了，得意地说，你别忙活了，我已经把灯泡卸了，你就老老实实让我日吧！男人的声音压得很低，小桥的脸颊贴着男人的胸膛，感到了里面嗡嗡的共鸣声。男人的另一只手加大了力度，小桥穿着一件紧身的三角裤，刚才一紧张出汗了，三角裤就粘在了身上，男人往下褪了几次都没有成功，最后干脆往外拽，试图把三角裤撕开。男人把三角裤拽得很长，小桥感到那窄窄的布条已经深深的勒进了肉里，嗓子眼儿里不自觉地冒出了啊啊的声音，伸手摸了一把睡在旁边的闹闹，闹闹继续酣睡着，把自己胖乎乎的身子翻了过来，小小的脚丫一下就蹬在了男人的身上。男人吓了一跳，停止了动作，堵小桥嘴巴的手掌也松开了。小桥就要起身，男人厉声喝道，别动，要动我就把他摔死。说着男人攥住了闹闹的脚丫。小桥心里一紧，说，别动我的孩子！男人淫邪地笑了，说，不动也行，你知道该怎么做。黑暗中，小桥模糊地看到儿子的一只脚已经被男人高高地吊了起来，就像一片挂在树枝上的叶子，随时都有被风吹落的可能。小桥又盯着男人看了看，男人的脸看不清楚，但是小桥能感受到男人的蛮横与粗野。快脱！男人举着闹闹的脚丫命令道。小桥重新躺下开始往下褪自己的三角裤，不待小桥把三角裤从脚脖子上撸下来，男人就迫不及待地扑向了白花花的小桥。

听完小桥的叙述，我半天没有说话，心中有种难以言说的滋味。小桥虽然不是我老婆，但毕竟是我用过的家什儿，自己的家什儿被外人这样毫无来由地用了，总是感到不舒服。小桥见我不言语，就有些发嗲地摸着我的嘴巴说，怎么没话了？我可是你的女人呢！我甩了一下头，摆脱了小桥那细长的手指，说，最终你还是愿意了。小桥说，我不愿意怎么办？总不能眼看着他摔死闹闹吧！他们刘家就只有这一棵小苗苗了。小桥的丈夫叫刘季风是刘季节的亲兄弟，刘季节的老婆接连给他生了两个闺女，闹闹就成了刘家唯一的男丁。刘季风早年和刘季节一样干建筑，干出点名堂来两人就一起承包工程，成了我们村先富裕起来的人家。要不，凭着他兄弟们那歪瓜裂枣的熊样，能娶到小桥这样如花似玉的媳妇！后来，不知为什么弟兄俩却闹翻了，刘季风退了出来不再涉足建筑行业，据说是干了来钱更快的买卖，但具体干什么谁都说不上来，再后来刘季风进了监狱，罪名是贩卖假币，家产也被没收了，撇下了不到三十岁的小桥和三岁的儿子闹闹以炸油条度日。虽然过去两家几乎不来往，但在刘季风出事之后，刘季节却像换了一个人，上蹿下跳地找关系试图减轻刘季风的罪责，那段时间在村里几乎看不到刘季节的影子，后来刘季风被判了刑，刘季节才回到村里，看着明显地瘦了下来的刘季节，很容易让人想到打仗亲兄弟这句老话。

女人就是这样不经吓唬，他的目的是去日你，因为他知道女人一般在这个事情上都会吃哑巴亏的，如果对闹闹下手，性质就完全变了，任何一个男人都不会这么傻的！我这么一分析，小桥认可了，说，那，咱们也吃哑巴亏？我解气般地说，不这样还能怎样？你那个东西又没有被砸个边去个棱。小桥没有注意到我的没好气，迟疑地说，……只是……我担心他吃上甜头，继续纠缠起来没完。我问小桥怎么会这么想？小桥说，那人完事后没有接着离开，还坐在床沿儿抽了根烟，抽完烟他又来了一次，临走还说要再来。我也觉得这个男人也太大胆了，比日自己的女人还从容，就说，你是不是认识他？小桥慌了，连忙否认说自己不认识。

我知道小桥在担心什么。那个男人要真揪住她不放，迟早有露馅的时候，事情漏汤了，小桥的名声就臭了。小桥的这种担心同时也提醒了我，我感到和小桥的事情最近好像有人察觉了，这也是我想要和小桥保持距离的原因之一。本来我过去不在乎这些，在村里干支部书记上手几个女人不是什么大不了的事情，何况大多数女人都是主动送上门来，逮着机会就用那颤巍巍的大奶子蹭你，不笑纳了就觉得有点儿对不住自己。王连香对此早就习以为常了，不断地和刘二麻子要猪腰子，弄得满屋子骚星子味儿。我有时烦了，王连香就耐心地开导说，家里外头的忙活儿，不弄这个东西吃怎么能行？

前几天在村头刘二麻子家的饭店招待镇上的干部，喝完酒开始上饭了，刘二麻子媳妇端上来的是油条。油条是小桥供应的，自从我和小桥有了一腿之后，我就有意识地帮着小桥推销油条。有次我在刘二麻子的饭店吃饭，我说起了小桥的油条，要刘二麻子饭店里用的东西尽量在本村解决，这叫肥水不流外人田，也叫拉动内需，那时刘二麻子还非常听话，很快小桥就对我说，刘二麻子找到了她，要她给饭店定点供应油条。刘季节用筷子夹起一根说，我们刘家的油条就是漂亮啊！也怪刘二麻子媳妇多嘴，插话说，油条吃饱了不饿就行，还要什么漂亮不漂亮！刘季节说，那不行！油条和人一样也要讲究个看相，你说这小桥的油条黄澄澄暄腾腾的，放到嘴里那感觉能和其他油条一样吗？说到这里，刘季节征询意见般地看着我说，你说是不是啊？朱书记。我一开始没有往别处想，也夹了根油条往嘴里送，见刘季节看我的眼光里满是内容，就有些明白了，我把油条放下，想回击一下，但一时没有找到合适的借口，等我重新拿起油条，刘季节的油条已经下去了大半。

我可以不在意王连香知道我胡搞，但不能不在意刘季节，这不仅因为刘季节这两年翅膀硬了，他狗日的一心想把我扳倒干书记，成了我现在最大的政敌，更重要的小桥还是刘季节的兄弟媳妇。我把他兄弟媳妇搞了，就等于给他们刘家的大门上糊了狗屎，刘季节不会坐视不管的。

我让小桥报案，小桥起初不肯。我就给她分析利害关系，说，报了案虽然被强奸的事情都知道了，但也同时表明了你是被动的正派的；如果任凭那犯罪分子来去自由地玩弄，说不定哪一天被人撞见，你就有口难辩了，世上还有不透风的墙？再说了，刘季节那双眼睛可是帮他弟弟看着家呢！别看他平时不管你，真要闹出这种事情来，他首先顾及的就是他弟弟的脸面。还有刘季风，再有两年就要出来了，他要听说了这档子事，还不把你吃了！经我这么一说，小桥害怕了，不由自主地打了个寒战。

小桥答应报案了，我松了一口气。我知道，即使抓到了强奸犯也不能证明我和小桥之间的关系是清白的，因为我们之间本来就是不清白的。但是借这个事情可以转移一下人们的视线，能够消除部分影响，有了这个明目张胆侵犯小桥的人，刘季节也就不好再在我身上做什么文章了。临分手，小桥问我你就这样走了？我知道小桥是什么意思，但是我今天确实一点儿兴致也没有，我伸出手想摸一下小桥那凸起的乳房，但却摸到了她的腮帮子上，小桥一下打掉了我的手，不高兴地说，不要拉倒！再要，我还不想给了呢！说着就扭动起圆溜溜的小屁股走了。我很想像过去一样上前把小桥扑倒，但最终还是使劲咽了一口唾沫，忍住了。

我回到家，二叔朱释怀还没有走，正坐在沙发上和王连香看电视连续剧《闯关东》。我在王连香让出的沙发上坐下来，二叔转头问我事商量得怎样？还行吧！我含糊地应着。二叔说，怎么去他家商量事情？你是书记。这话和刚才王连香说的如出一辙，都认为我不该主动去刘季节家商量工作上的事情，但事实上这不过是我随便扯的一个谎。问题是我要出去的借口很多，为什么要扯这么一个谎，这说明在我潜意识里没有觉得去刘季节家不合适，我这个极在乎自己的人有了这样的潜意识，就意味着我已经在刘季节面前不再自信，这样一分析，我自己也吓了一跳。

知道二叔不好糊弄，我就拿王连香说事，说，她嫌上家来麻烦。王连香看了我一下没有言语。二叔听了，拿出家长的威严说，干村里的书记就是个麻烦的话儿，嫌麻烦可不行！当年你父亲干支部书记的时候，来钻井的技术员在家里一住就是两三个月，要管他们吃管他们住，麻烦不麻烦？当然麻烦了！但为了村里的事业你娘从来就没有叫过屈。

说到这里得插一句，我高中毕业以后正巧恢复了高考，我考了两年都没考上就回村干了电工，是村里的第一任电工，根本没有想过会继承父业干支部书记，是后来他们硬把我选上去的，这事有些迫不得已。王连香听二叔这话明显是对她说的，就把脑袋从电视机前转向了二叔，脸上也显现出在听着的样子。王连香就是有这点儿好处，无论什么时候都能积极配合我的工作，哪怕是假的，她也能创造性地帮我做得像真的一样。

随后二叔再次说起了我父亲干支部书记时的辉煌。我知道二叔的用意，二叔是在用我父亲激励我。但是现在的情况能和那个时代相比吗？那时候老百姓多单纯！打井修水渠办副业一呼百应，让他们干什么就干什么，从来也不讲什么价钱，村干部真正能体会到人民群众的力量是巨大的。而现在人民群众的力量当然也是巨大的，只不过这股巨大的力量用在了计算个人得失算计村干部上了。

我知道只要二叔打开话匣子一时半会儿是关不掉的。二叔是退休教师，没有了施教对象，二叔就把一辈子练就的嘴功施展在我身上。说实话，有时我对二叔的这一套很烦，二叔的教导总让我觉得他就是压在我身上的太上皇。但是我不敢把这种情绪表露出来，这不仅因为他是我的二叔，更重要的是自从我父亲去世后，二叔就成了我们这个人数众多的朱姓家族中威望最高的人了。

我让王连香准备几个小菜，我要和二叔喝上几杯，二叔说已经吃过饭了，我说我也吃了，并说知道二叔今天晚上要来就破例自己没有喝酒。用酒来联络感情，这是父亲干支部书记时惯用的办法。村里遇到什么纠纷难解的疙瘩，父亲一般在家里置下酒菜，然后把双方叫来，一边吃喝着一边劝解，这样谁也不好意思不买父亲的账，矛盾也就很快化解了。遇到有些老犟劲一时拧不过弯儿来，父亲就借着酒劲儿粗声大气地教训他们，酒精显然夸大了父亲的情绪，在这种情势下，他们也不得不臣服了。我干上支书之后也学会了用这种方法处理村里的难题，王连香曾经对此深恶痛绝，后来见村里来找我麻烦的确实少了，也就听之任之了。

二叔在喝完第一杯酒后说刘季节找过我了，被我狗血喷头地骂了一通。这事儿我知道，刘季节来找二叔是事先和我商量了的，但却不知道二叔把刘季节骂了。

市里新一轮城市规划出台，上报以后要把经过市内的 104 国道移出来，新改的国道恰好就和我们村擦肩而过。按说这是好事，我们可以利用这个机会在国道两边盖些饭店商铺，借此来带动群众致富。消息传来的时候，我们全村都非常高兴，觉得好日子就要来了，但是市里的规划人员一来测量，我们朱姓家族的人就傻眼了，新的国道要从我们朱家的祖坟上经过。我们这个村叫朱家庄村，人员组成比较单纯，朱姓家族的人占到全村的百分之八十以上，其他的都姓刘，姓刘的也不是外人，是由我们朱家招来的上门女婿发展起来的。村民们当然不愿意自己的祖坟被掘，已经上访了好几次。事情现在就僵在了这里，一方面市里不可能为此而修改规划，另一方面村民也不可能为此而放弃祖坟。为了解决这个问题才镇长已经把我和刘季节叫去商量了好几次，都没有结果，最后这次才镇长有些烦了，要我们无论如何也要做好村民的工作，确保不出问题，如果工作再做不下来，镇上就要考虑让能够胜任的人来处理了。才镇长的意思已经很明确了，解决不了这个问题，你们的村支书和村主任就甭想干了。

我没有被才镇长的话吓住，这并不是因为我不在乎这个支部书记的位置，实际上我比谁都在乎，这个年龄了我不干支部书记还能干什么？再说了，我三十来岁从父亲手里接过书记，已经在朱家庄高高在上了十几年，早就习惯了村民们仰着脸和我说话，让我下来还不如干脆把我杀了。我之所以不害怕才镇长的话是因为心里有数，捍卫祖坟的关键人物就是二叔朱释怀，二叔在意祖坟是想让老祖宗能够庇佑我们朱家的后代兴旺发达安康富足，这也正是二叔的七寸，我就是他的后代，他当然不希望我被撤职，更不希望一个外姓人来干这个支部书记。所以我有对付二叔的杀手锏，但是在使出杀手锏之前我要先让刘季节碰碰钉子。这一两年这个狗日的出风头够多的了，让他走一下麦城也灭灭他的威风。

那天从才镇长办公室出来，我故意长吁短叹一副愁眉苦脸的样子，我想引诱刘季节主动请缨。没想到他很快就着了我的道儿，主动说要找二叔谈谈，我心中高兴，但脸上仍然绷着，装作忧虑地说，我这个二叔可是个老犟劲，认准了事情八头牛都拉不回来。刘季节说，这个我知道，越是这样的人越讲道理，只要晓以利害我相信工作会做通的。国道通到咱们村这是千载难逢的机遇，识文断字的二叔不会不明白这个道理！我说，道理他早就明白了，他就是担心破了我们朱家庄的风水。刘季节说，风水说有就有，说没有也没有。有些道理可能你这当侄子的不好说，我去说他或许更能接受一些。听听！他还怪善解人意呢！那就怪不得我了，是他自己愿意往南墙上撞的。

这一招可够毒的了！二叔抿了一口酒说，他说要在路边最好的位置给我留间门头房，一年光租金就是几万块钱的收入，我当时就毫不客气地说，你少给我来这一套，那里面也是你的先人，你就这么忍心把他们挫骨扬灰，你还有人味儿吗？当初我们朱家收留姓刘的那个小子真是瞎了眼！二叔咳嗽了一声，就又说，我当然是不会上他当的，但我担心他用这种方法瓦解我们内部，到时候你二叔我就成了光杆司令了。我也没有想到刘季节会这么大胆，不经过我这个书记就轻易拿着集体的利益做交易，但是在这个关键时候我不能给二叔泄气。我说，这个您不用担心，我这个支书还没有开口呢！他说的都是空头支票，老百姓都是最实际的，见不着兔子是不会撒鹰的。二叔说，话虽是这样说，但是你也别小看了这个刘季节，他是很能忽悠的，你没看他上来之后又是修学校又是改造电网的，为自己赢得了不少口碑。二叔说的也正是我担心的，这一两年刘季节确实干了几件让老百姓高兴的事情，使他的人气急剧上升。二叔见我不语，叹了口气说，你这才叫养虎遗患啊！当年我怎么说来着！

说起来这事还真怨我，我当初就没有发现刘季节的狼子野心，是我一步步把刘季节推到了村主任的位子上，让他的野心逐渐膨胀了起来。现在想起来，我是被他的糖衣炮弹打中了。

那年我要翻盖房子，刘季节不知怎么听说了，立刻把他的建筑队拉了过来，我要和他先商定价钱，他说定什么价钱，先把房子盖起来再说，你还担心我多收你的钱吗？虽然刘季节一直没有搬家，但那时他已经不大在村里了，为了我的房子他没白没黑地守着，把他手下的那些建筑工人训得像孙子，加班加点地干，结果房子盖得又快又好，不但把我当初想到的都实现了，就是没有想到的刘季节也给想到了，真的成了朱家庄的第一宅院。

最后算账的时候刘季节不仅没有多收还少收了不少。后来我觉得欠他一个人情，总想着给他弥补过来，但是这几年村里太穷了，把村里的几个小建筑项目让他来干，不但没有赚着钱还让他倒贴了不少，就这样他一句怨言都没有，还不断地说，为村里做点儿贡献是他求之不得的，感谢书记能给他这样的机会。那时候，他的这番言行把我感动得一塌糊涂，觉得有这样品格的人不给他个职务就对不起老天爷。后来我就找到镇长推荐他干村主任，那个阶段上面正提倡让能人治村，我的提议和上面的精神不谋而合，几乎没有费什么劲就把他列入了村主任的候选人。选举的时候我出来给我们朱家的人做工作。二叔给我讲三国演义，说，曹操当年看司马懿鹰视狼步，断定他日后必然要和曹氏争夺天下。我看这个刘季节就是鹰视狼步，对他你要有所提防。我当初没有在意二叔的话，继续给他拉选票，我想的是，他的野心不过是想当村主任，现在我把他培养成村主任的，他对我应该存有感念之情，对我还不百依百顺？

真正发现刘季节不好驾驭是去年夏天，一场雷雨把变压器烧了，村里拿不出钱来买新变压器，我想集资，这也是取之于民用之于民嘛！刘季节却有新的想法，他说他研究了农村电网的有关政策，发现国家对这一块儿有补贴，我们不如借这个机会申请电网改造，争取一部分资金，把村里供电系统改造了，光换个变压器不改造线路，以后还得烧。当时我觉得他这个想法有些异想天开，但没想到他真弄成了，一下子从市电业局争取了十万元的电网改造资金。这个钱来到镇上却被才镇长截留了，才镇长要二一添作五留一半，我的意思是这个钱是天上掉下来的，给五万也是白赚的，何况才镇长捏着我们的命脉，他要留，我们自然不应该有什么话说。但是刘季节却说上面明文规定要专款专用，才镇长截留没有道理。我们两个的意见产生了分歧，他要去找才镇长要，我不同意；他独自去了，后来他和才镇长拍了桌子把钱要来了。我原来以为他得罪了才镇长，才镇长会把他这个村主任给拿了，小小村官才镇长想要调整还不和到自家菜地里摘根黄瓜一样容易。谁知，到了年底才镇长亲自来村里为他助威，他竟然全票当选了，成了我们白沙镇下属五十多个村中唯一的一个大满贯，这个狗日的一下子就蹿红了。

听说猫曾经是老虎的老师，猫把所有的本领教给老虎以后，老虎想把猫吃了，猫被逼无奈只好上树。我就是那只缺乏远见的猫，但我却不想上树，我要把刘季节这只老虎流放了，我知道，要达到这个目的还要依靠二叔。

　　无论怎样祖坟是不能拆的，"文化大革命"的时候温家岭村的造反派要破四旧，把祖坟拆了，那天我们正在地里锄草，看到温家岭村的上空霞光万丈，以为他们村着火了，就赶紧提着锄头跑了去，想帮着灭火。结果去了才知道他们正在拆祖坟，后来怎么样？还不是遭了报应。那一年光青壮年小伙就死了五六个，嫁出去的姑娘不是被休就是上吊，没有一个得好的。二叔说的这一段，我已经听说了多次，据说打开坟茔看棺材完好如初，在棺材上还缠着一条长长的龙，一见阳光那龙立马就腾空而起，那霞光就是这个时候发出来的。有了这样的教训，我们朱家的祖坟这些年来才得以保存。

　　二叔已经喝得差不多了，说话开始有些颠三倒四。我把话题重新引到了刘季节身上，开始瞪着三角眼数说刘季节的不是，将来必然会成为我们朱家的大患。此时的二叔听了这些事比我还敏感，情绪有些激动地说，说什么也不能让这个狗日的得逞了！我们朱家的工作我去做，在这个事情上，朱家如果有哪一家动摇了，将来他们就甭想进咱们朱家的墓地，甭想让老祖宗保佑他。

　　刘季节正在向我汇报他找二叔的经过，饶所长来了。饶所长是白沙镇派出所副所长，他来是为小桥被强奸的事儿。饶所长和一个姓米的警察给小桥做完了笔录就来到犯罪现场，认真察看了现场，饶所长得出结论，犯罪嫌疑人熟知小桥的情况，他做得这么从容，肯定不是外地的流窜犯，不是本村就是邻村的。他还会再来的。最后饶所长蛮有把握地说。根据这个结论，饶所长制定出了一个抓捕方案，那就是他们在小桥家守株待兔，在犯罪嫌疑人再来作案时实行抓捕。饶所长还强调，先不要惊动犯罪嫌疑人，一定要等到他泄精了，小桥发出行动信号——咳嗽两声，然后他们再开始抓捕。饶所长对此解释说，现在的案子取证很困难，这样他就没有办法狡辩了，留下的精斑就是他实施犯罪的铁证。

　　平时电视上播的有关警察破案的片子看了不少，还从来没有见过这样破案的，幸亏是个强奸案，如果是杀人案还能让罪犯再来杀一次？我没有把自己的疑问说出来，派出所里的这些人得罪不得的，尽管村里有个什么事情请他们出山比让过去的县大老爷升堂还难，但是离了他们还真不行，警车往村委门口一停，连村里的狗都不敢大声叫了。我看了看小桥，见她正低下头看自己的鞋尖。饶所长正等着她表态，见她没有反应，就进一步说，要想尽快抓住犯罪嫌疑人，这是个万无一失的办法。经饶所长这样一说，我也觉得说不定这个办法还真有效，毕竟人家干了这么多年警察了。就帮衬着说，有两个警察在你们家，你还害怕什么呢！小桥见我也说话了，就勉强点了点头。

现在的问题是，饶所长他们的警车就停在村委会门口，村里的人都知道警察来了，犯罪嫌疑人如果是本村的他还敢出动吗？刘季节把这个问题提出来，接着就说出了解决的办法，前几天刘二麻子进了几头生猪，养在饭店后面的院子里，准备第二天杀了卖肉，没想到晚上就被人偷了，觉得不可能找回来了，刘二麻子也没有报案。刘季节这么一说，大家都明白了，可以让饶所长他们来个移花接木，表面上制造一个警察这次来是为了刘二麻子丢猪的假象，这样既遮盖了小桥已经报案的事实，又麻痹了犯罪嫌疑人。

刘季节的鬼点子就是多，这确实是个不错的办法。饶所长接着就用上了，我们先来到刘二麻子的饭店，刘二麻子一看警察来了，吓了一跳，还以为自己卖死猪肉的事儿被警察发现了，听说警察是来帮助他找猪的，激动得刘二麻子手都不知道往哪里放了，可劲儿夸警察是人民的勤务员。我看不中他那个熊样，就抢白他说，什么人民的勤务员？你竟瞎鸡巴联系，饶所长是我们的神探福尔摩斯。刘二麻子赶紧忙不迭地说，对！摩斯！人民的好摩斯！

当天晚上，饶所长和米警察白在小桥家蹲了一夜，犯罪嫌疑人没有来。饶所长眼睛红红地对我说，不要气馁！我本来也没有打算一天晚上就把犯罪嫌疑人抓住。我相信他既然觉得小桥好吃就不会轻易撒口的，要知道色胆包天，有些罪犯不惜冒着杀头的危险来干这事儿，何况到小桥这里还费不了多少事，他肯定会来的。

又过了两天，犯罪嫌疑人还没有什么动静。饶所长和以前一样对自己的方案充满信心，每天和米警察准时在深夜让车把他们送到村口，然后悄悄地摸到小桥家，在里屋的破沙发上蛰伏着，到天明没有什么情况再悄悄地离开，就像值夜班的车间工人一样敬业。

小桥却有些烦了。这天晚上她把我约到氨水池子后面说算了吧！我说，人还没有抓住，怎么就算了？小桥说我有些害怕，说着就搂住了我。小桥那温热的身子就像一个鼓鼓囊囊的热水袋，一下就把我泡软了，但那个地方却像正在冷却的岩浆一样逐渐硬了起来。我开始解小桥的扣子，说，有两个警察给你站岗还害怕？这种待遇连市长都享受不到。小桥配合着我的动作，说，谁要这种待遇！这几天我天天睡不着觉，白天卖油条光算错账。小桥嘴里喷出的热烘烘的气息彻底把我熏晕了，我加快了手上的动作，很快就清除了小桥身上的所有障碍，又把她的衣服垫在氨水池子下面的台阶上，把她平放在上面，接着我三下五除二把自己也扒光了，就要往小桥身上骑，小桥往外推了我一把，把白亮亮的双腿往中间一夹，说，你说怎么才能让这两个警察不再来了？啊！欲火已经顶到了脑门，我什么都顾不得了，眼前只有赤裸裸的小桥，我含糊地应着，用力掰开小桥的双腿，一下就压了上去。

第二天早上，我醒得有些迟了。昨天晚上回来王连香又逼着我交了一次公粮，本来我想装睡都算了，没想到王连香瘾头挺足，一直不停地摸我，最后摸得我兴起，干脆又癫狂了一把。这样就感到有些乏了，一直听到外面有说话声，我才睁开眼睛。王连香进来了，见我醒了，就说三宝来叫你去村委，说饶所长找你。三宝是本家侄子，一直没有找上媳妇来，平时在村委看电话，也没规定给他多少工资，只是过年过节的时候给他一袋子上面发的救济面粉。

我赶到村委的时候，刘季节早来了，可能是事关他兄弟媳妇，在这个事上他比谁都盯得紧。饶所长一看到我就说，昨天晚上，犯罪嫌疑人终于出现了。我心中高兴，庆幸小桥终于熬到头了，眼睛四下里寻找，想看看是谁这么胆大妄为，连我的女人也敢动。米警察看出了我的意思，说，可惜让他跑了。一瓢冷水兜头浇来，这两个警察也太笨了，犯罪嫌疑人在明处，你们在暗处；犯罪嫌疑人是社会的渣滓，你们是受过训练的人民警察；犯罪嫌疑人是一个人，你们加上小桥和闹闹是四个人。苦苦守了这么三四天最终还是让人家逃了。饶所长觉察到了我的失望，赶紧让我坐下，说，没想到这个犯罪嫌疑人的身手这么敏捷，小桥一发出信号我们就往上扑，结果他一下就从后窗跳了出去，都怪我们慢了半拍。但是我们也拿到了最重要的证据，有了这个就不愁抓不到犯罪嫌疑人了。饶所长手里晃着一件灰色的男式长裤，上面还别着条人造革的裤腰带，腰带的皮扣从裤鼻子里伸出来老长，像一条僵死的蛇一样随着饶所长的手摇来摆去。显然这是犯罪嫌疑人留下的，他逃得太匆忙，连裤子都没有来得及穿。

接下来的事情就是找裤子的主人，当然还是在秘密状态下进行的，对村里的有关人员就谎称，在不知谁丢弃的这条裤子上发现了一种传染病菌，要赶紧把裤子的主人找出来及时治疗。不然就会祸及全村人。

但是忙活了半天，这件被饶所长称为最重要的证据的裤子并没有给破案带来什么有价值的线索，在农村这样的灰色长裤太普遍了，让村民指证这条裤子是谁的，这根本就是不可能的。排查到中午的时候，虽然找出来了五个身条和裤长差不多的重点嫌疑人，但是看着都像又都不像，最重要的是裤子穿在他们身上似乎都合适也都不合适。饶所长有些泄气了，最后他想到了 DNA 鉴定。

我从白沙镇医院回来的当天晚上喝醉了。

本来我没有想去医院，饶所长要给那五名重点嫌疑人抽血送交市公安局化验 DNA，这里面应该没有我的什么事情，但刘季节要跟着，说，既然我们对外说这五个人有可能感染了病菌，我们这当村干部的就应该关心一下，这样才能做到假戏真做。这话有胁迫我的意思，我瞪起三角眼想发发威风，还没等张嘴，饶所长开口了，他说，刘主任说得对！你们两个村领导去，我们就能把事情做得更像了，这既能稳定村民的情绪，维护安定团结，也是对我们工作的支持。饶所长这样一说我就没有退路了，只好跟着来到医院。

但万没有想到的是，他们居然也抽了我的血。给那五个人抽完了，刘季节也撸起袖子把胳膊伸到医院的玻璃窗口前，说，来，给我也抽一下，我也担心自己被感染了。我没有想到他来这么一手，就要往外走，饶所长叫住我说，朱书记，你不担心自己也被感染了？我停住了脚步，讪笑着说，我怎么会感染？饶所长说，你怎么不会？你不是人？在没有确定裤子的主人以前，谁都有可能被感染！你抽完了我抽，我还拿过裤子呢！

我怎么会是裤子主人？我有些慌了，这话说得有些驴唇不对马嘴。不是！才要证明你的清白。饶所长说完就不由分说地把我摁到了玻璃窗口前，对面穿白大褂的妇女早就拿着针管严阵以待了，见我坐下，细细的针头一下就扎进了我的胳膊，我感到自己的整个身体都被这尖尖的东西穿透了，浑身冷飕飕的。

见我喝得筷子都拿不住了还要喝，王连香害怕了，她把二叔叫来了，她知道我害怕二叔。二叔看到我这样就问我遇到什么难事了？我想说我后悔，我后悔不该让他们稀里糊涂地给我抽了血；我更后悔不该头天晚上把自己的东西留在小桥的身体里，让他们抓住了我的把柄。我真是个混蛋啊！我恨不得把自己的老二割下来喂家里的大黄狗，王连香还整天弄猪腰子伺候它，王连香也是个混蛋！我嘴巴动了几下，最终什么都没有说出来，我感到自己的嘴巴睡着了，我使劲抽了几下，居然还挺响亮，我听得有些过瘾，想再来几下却被二叔上前拽住了胳膊。二叔说，大印，你别这样，咱们的祖坟谁也动不了。我已经都说通了，我们朱家上下齐心，就是给个金山银山也甭想动坟头上的一块土坷垃。听了这话我嘿嘿地笑了，我想对二叔说，你真蠢！比我还蠢！你竟然觉得我和你一样看重那个破祖坟。我觉得这个话题太重大，坐着说引不起二叔的重视，我把两手摁在沙发扶手上试图要站起来，但沙发扶手太软了，怎么也支撑不住两只手，我攒足了劲猛地往下一沉，身体就像一面坍塌的墙一样往前冲了过去。

一连几天我都没有找到小桥，大门上挂着一把粗黑的大锁。我有了一种不好的预感，如果小桥反咬我一口，事情就比我想的更差了。原来我想，即使从小桥那里面提取的分泌物和我的DNA对上了，大不了也就是个通奸，两个人你情我愿谁也管不着，连王连香都不说什么别人就是咸吃萝卜淡操心了。而现在小桥失踪了，问题就变得复杂了。

三宝来家里通知我才镇长来了电话让我去一趟。我知道才镇长可能还是为了祖坟的事就问三宝通知刘季节了吗？三宝说，才镇长没说让他去。我感到这有些反常，现在刘季节是才镇长的红人，虽然我是支书但才镇长更依靠他，尤其是在解决祖坟的问题上，才镇长和我说话的时候眼睛却落在他身上，怎么这次才镇长要单独召见我？

刘季节有辆面包车，过去我们一起去镇上都是刘季节开车去。但今天我要去村委骑摩托车了，三宝像一只笨重的鸭子似的在后面跟着。一出家门，三宝就猛超了几步跟上我说，真没想到小桥这个娘们够骚的了，从她里面居然拿出来两个男人的东西。我心里一惊，问道，你怎么知道得这么多？三宝前面的大板牙缺了一颗，一说话要先从那个圆圆的黑洞里吸凉风。警察都做NBA鉴定了。村里人都知道了，这种事还能瞒得住？三宝说完又把眼睛眯了起来继续哟哟地吸气。我忽然很讨厌他那个样子，烦躁地说，是DNA，你懂个俅！三宝又把那个黑洞张开不无恭维地说，还是书记知道得多！我懒得再理他，脚下的步子加快了，一下就把他甩在了后面。心里却像塞了一块石头，感到自己整个身子都在往下坠。

这次才镇长看到我比过去热情了不少，还破例亲自从饮水机上给我倒了一杯矿泉水。才镇长果然问起了祖坟的事情，我见机会来了，就添油加醋地把刘季节在二叔那里碰了钉子的事情说了。才镇长静静地听完，然后问我，下一步你想怎么办？我见才镇长如此看重我，就胸有成竹地说，这事不能莽撞了，都知道国道经过我们村是难得的好事朱释怀会不明白？他当了四十多年的教师，应该是个顾大局识大体的人，只要动之以情晓之以理他也不是个难剃的头。关键是刘主任太不注意方式方法了……我正说得唾沫星子飞溅，饶所长和米警察进来了。一看到他们两个，我感到眼前一黑，知道自己完了。

我被当成了强奸犯。这真是件让人笑掉大牙的事情，和我有一腿的女人这么多，我的那个物件整天忙得不可开交，害得王连香不得不死乞白赖地找刘二麻子弄猪腰子，我会去强奸？但饶所长说，他们看重的是证据，证据就是从小桥身上提取的精斑，经过DNA鉴定是我的，还有小桥的供词，小桥不承认和我通奸。

事情已经无法挽回了，小桥一反水我就坍塌了，最后审讯我的时候，饶所长没有再用什么手段，我就按照他的意思承认了。由于对整个事件我非常了解，再加上饶所长适时的提醒，所以我交代的罪行基本和事实没有什么出入。最后我把红红的指印摁在审讯笔录上，感到那圆圆的指印突然变成了刘季节那张得意的脸，心里不由自主地骂了一声，刘季节，你这个狗日的！

6月27日，我被宣判入狱，判处有期徒刑三年。之所以把时间记得这么清楚，是因为那位红鼻子法官的舌头好像短了一截，把月说成我；把二十七日说成二十曲日，看得出来，他自己因为这个缺陷也觉得挺对不住大家的，说话的时候极力想矫正过来，两片厚厚的嘴唇无秩序地胡乱接触，牵动着上面那红红的鼻头上下耸动，就像一只长了脚的红草莓。

王连香和她娘家的两个弟弟坐在稀稀拉拉的听证席上，难得她想得这么周到，在这个时候，还拉着她的两个弟弟来给我捧场。现在人们对这样的案子已经不感兴趣了，裤裆里的那点事情还不好解决！就是我不干支部书记，跑到大街上花五十块钱也能打一炮，还用爬墙钻窗的费那个劲。这个道理谁都明白，但是法律是不讲这种道理的，它看重的是那些僵死的条条框框，这些所谓的条文是没有生命的；是冰冷的，一旦被有目的的人注入黑色的血液就会变成凶恶的毒蛇。

现在我已经没有了当初那种天塌地陷的感觉了，人总是要活下去的，哪个庙里没有冤死的鬼？何况我还真把小桥日了，更何况村里还有这么多女人。在看守所的这些日子里，我有时就想这是报应，是对我那累并快乐着的鸡巴头子的惩罚。穿着检察官服装的公诉人在公诉状里说我强奸了小桥三次，我心里说少了，感到自己好像沾了多大光似的。这让我想到了一个糟蹋我们农民的笑话，说的是有一农民第一次进城，看到这么多高楼大厦感到新奇，就开始一二三四地数高楼的层数，被一个青皮后生发现了，就赶过来训斥他，数楼层是要收钱的，每层两块，你数了几层？老农不知城里还有这规矩，眨巴了一下眼睛说自己只数到了六层，说完就装作很不情愿地掏出了十二块钱。等青皮后生拿钱走远了，老农捂着嘴窃笑，我都快数到二十层了，这个傻子却只收了十二块！我忽然觉得自己就是那个偷着乐的农哥们。但是事情到了这一步，我不偷着乐还有什么办法呢？

红鼻子法官还没有把宣判书读完，就听下面的听证席上一阵骚乱，我扭身一看，就见王连香和她的两个弟弟不知什么时候打出了一条横幅，上面写着"朱大印是冤枉的！他不是强奸犯！"王连香一边还喊着，我男人是冤枉的！是有人陷害他……她的两个弟弟也在旁边咋咋呼呼地助威。站在两边的法警过去要制止他们，王连香咆哮着就冲向了法警，法警试图用胳膊挡住她，还没有碰到她的身子，王连香一骨碌就倒在了地上，然后就呼天抢地地继续大喊大叫，警察打人了……最终王连香和她的两个弟弟被清除出了法庭。

从法庭出来走向警车的时候，我看到王连香和她的两个弟弟还在街上戳着。看到我被押解着，王连香开始奋不顾身地往这边闯，但被警察死死地拦住了。我转身对押解我的警察说，我能和她说句话吗？她是我媳妇。两个警察互相看了看，我又说，我保证让她不再闹了。其中一年长的警察点了点头。王连香看着我走来挣扎得更猛烈了。我真想上前给她几个嘴巴子，但我戴着手铐动弹不得。走近了，我说，连香，我求你点事儿。我的声音不大，但王连香听到了，她正在往前伸的胳膊停住了，头也抬了起来，我这才注意到，才一个来月不见，王连香明显地苍老了不少，眼皮松松垮垮地耷拉下来，如果不是现在处于情绪激动状态，根本就找不到她的眼睛；脖子也细了不少，肉皮像被石头坠着似的垂了下来。我一阵心酸，为自己刚才在心里骂她迂腐而内疚。王连香眼圈儿红了，长长的眼皮摩挲摩挲地抖动了几下，有眼泪下来了。我说，连香，我被判得又不重。别闹了！好好回家养养吧！你这段时间都见老了。王连香的眼泪流得更汹涌了，我也想哭，但我忍住了，接着说，我想求你不要把这事告诉朱墨，我不想让他知道他有这么一个爸爸……我终于控制不住自己了，赶紧扭头向警车走去。朱墨是我们的儿子，在山东大学读二年级，是个很有出息的孩子，这也是我平时在村里底气很足的根源之一。王连香在我身后放声痛哭起来，那撕心裂肺的声音就像一把尖锐的刀子，直插向我的胸口。

冬天就要来了，天渐渐有了寒意，每一阵风吹过，那些经霜的树叶就猝然脱离树枝，像一群飞鸟一般，在空中漫天飞舞。每天早上，我们都会拿着扫帚打扫这些树叶，一个扇面过去，眼前的树叶就堆积成了小小的山包，然后扫帚再推着小山包往前，逐渐把小山包汇聚成山头。这是我最喜欢做的功课，我喜欢听扫帚划过树叶的声音，沙沙的，就像风吹过水面。这让我很容易就想到小时候在树林里用针线穿杨叶时的情景。

我怎么会对季节的更迭变得这么敏感？这让我感到吃惊。在朱家庄的时候，春天布谷鸟在田野里催促农时，夏天燕子归来后绕梁叽喳，秋天蛐蛐在草丛中鸣叫，冬天大雁在空中南归。这些现象从我眼前流过，我从来就没有想过它们的这些活动会与季节有这么密切的关系。我常常在不经意间，猛一抬头发现树枝冒出了小尖嫩芽，知道冬天走了。树叶开始褪色了，知道秋天来了。那个时候，我每天行走在朱家庄的大街上，我的心是坚硬和麻木的，就像一把锈迹斑斑的铁锁，任什么样的钥匙都打不开。那个时候，我只关注自己脚步的声音和说话的分量，一年三百六十五天都是一个日子，我沉醉在这样苍白而禀实的日子里，就像一只胸无大志的猴子，只在猴子窝里称王称霸，不去想变成人以后的种种好处。

屈指算来，我在监狱里已经生活了大半年。奇怪的是在这段时间里，我很少去想朱家庄，王连香来看我时说起村里的事情，我一般不往脑子里记，我不知道自己这是怎么了。有时我也想自己是被冤枉的，想自己是被一个叫小桥的女人害的，想她后面还有更加阴险的刘季节，但这种感觉很快就过去了。现在我每天都按时出操，按时吃饭，按时劳动。生活就像被复印机印出来似的，但就是这种单调而枯燥的生活模糊了对时间的感觉，觉得这种生活不再是有无数个白天和黑夜组成的。它们都已经变成了一个流程，一个生命的流程，一个生存环节。没有这样一个环节，我的整个生命就要脱臼了。

这天，刚吃过早饭，管教把我叫到了讯问室，里面早有两个警察在等我了。他们又问起了小桥被强奸的事儿，虽然我不知道他们为什么会旧事重提，但是我觉得他们能问起就说明有了回旋的余地。我把当时的情况照实说了，这当然和我认罪时的招供是不一样的，他们问为什么会这样？我说主要那时我已经死心了。他们又问为什么会死心？我说，既有证人也有证据，再加上你们那二百瓦的大灯泡照着整天不让睡觉，不死心还能怎样？后来，他们又问起了当时饶所长对待我的态度。该问的都问完了，我以为他们得向我透漏点什么，但是他们什么都没有说就走了。

晚上回到宿舍我和常瘤子说起了警察找我的事情。常瘤子说，是好事！说不定你要翻案了。见我沉思不语，常瘤子就又说，你如果很快出去了，别忘了我托付你的事情。常瘤子的老家也是白沙镇，可能有这层关系的原因，尽管我比他要大七八岁，但我们很谈得来。刚入狱的那阵，很多狱友好奇地问我犯的什么事？我说强奸。他们听了大都显露出不屑的表情，还没有等我说出我是被冤枉的，他们就撇着嘴走远了。后来我才知道在监狱里强奸犯是最没有地位的，所以有时我就遭受到某些歧视，吃饭的时候有人明目张胆地抢我碗里的排骨，甚至往菜里吐口水。是常瘤子帮我扭转了这种局面。

一天晚上，临床的驴头睡得特别早，关灯的铃声还没有响他就已经睡醒了一觉。我正准备睡觉，驴头却睁开惺忪的睡眼让我去拿我的脸盆，我问他做什么？他说要撒尿，我当然不肯，他居然翻身下床拿着老二往我的鞋里尿，我的火气上来了，抬脚照着驴头的屁股就是一下，驴头没有防备光着身子就栽倒了，他那大大的脑袋撞到了床头的柜子上，发出一声沉沉的闷响。平时和驴头玩得比较好的那几个哥们赶紧跑过来把驴头扶起来，见驴头的头上多了个大包，不愿意了，摩拳擦掌地围上来要给驴头出气。我一看没把驴头摔死就感到没什么可怕的了，大不了被他们打一顿，我想找个东西护身，但只抓到了自己床上的枕头。正在这时，就听到嘭的一声，有玻璃碎裂的声音，常瘤子不知从哪里冒了出来，他把粗壮的身子挡在我面前，光着膀子手里还拿着摔掉了底座的半拉啤酒瓶，对着那几个人不紧不慢地说，弟兄们能到这里相聚是种缘分，何必这样呢？老朱哥也不容易，本来支部书记干得好好的，却被人诬陷了个强奸罪。弟兄们可能在外面打打杀杀的习惯了，长时间看不到点儿红意思，有些不适应，今天兄弟我就给大家解解念想。说着把手中的半拉酒瓶猛插向自己粗壮的胳膊，那尖利的玻璃渣子和厚厚的皮肉一接触，立刻就有殷红的血珠冒出来。那几个人慌了，急忙找东西给常瘤子止血。

常瘤子初中毕业后就跟着舅舅的车到处跑，后来他娶了兰芽，再后来他承包了濒临破产的肉联厂，事业开始发展起来，有钱了。兰芽却有了外遇，跟一个男人跑了，他费了九牛二虎之力找到了他们，把那个男人打残了，也在兰芽的脸上留下了一道永久的伤疤，为此他付出了惨重的代价，以故意伤害罪被判入狱十年。常瘤子时常给我谈起兰芽，说他和兰芽当年是如何如何的好。有次兰芽发烧嘴上起了泡还想吃自己平时喜欢的芝麻糖，常瘤子买来后，把芝麻糖放在干净的桌布上，轻轻的掰成碎片，用手指把这些碎片一点点地研成粉末儿，然后把它们放在小勺子里喂兰芽。常瘤子时常对我说，都是这个该死的肉联厂，让他冷落了兰芽。他后悔自己承包了这个肉联厂，后悔自己发现兰芽有外遇后太莽撞了，不该对她出手这么重，谁没有开过小差呢？他相信兰芽和那个男人私奔，是对他当时冷落的一种报复，兰芽是爱他的。他现在把肠子都悔青了，如果兰芽能够原谅他，要他的命他都愿意。最后他问我，是不是有时女人的爱和恨是分不清的？

面对这个男人的问话，我无言以对，我不明白这样一个五大三粗的男人对女人还有如此细密的心思，是兰芽害了他，他居然连半个埋怨兰芽的字都没有说过，好像是他毫无来由地把兰芽伤害了。好在常瘤子有时仅仅把我当成了倾诉的对象，并不想在我这里寻求答案，这让我轻松了不少。但有一件事他让我特别要记着，我出去以后要帮他寻找兰芽，自从出事以后，他一直没有见过兰芽，给她写了无数封信都被退了回来，他现在太想她了。

一个月后我被无罪释放了。

真正的强奸犯被抓住了，是温家岭村开油坊的四铁耙。他在城里嫖娼被城关派出所给拘了起来，原想让他交两个钱就算了，没想到他一进派出所就吓晕了，死认坦白从宽抗拒从严的理儿，认为多交代点问题，警察会从宽处理把罚金给免了，就把自己作的孽都交代了，其中就有对小桥实施的三次强奸。城关派出所一看这不是小事，没敢隐瞒就上报了市公安局。市公安局逐级查下来，我才得以申冤。整个过程是监狱里的纪检室主任，向我宣布无罪释放时讲的。这个叫四铁耙的邻村人我是认识的，应该只有三十多岁，前面有四颗门牙几乎没有弧度地排列着，绝似一个没有把的铁耙，因此得到四铁耙的外号。他开着一家规模不小的油坊，到了秋天就去朱家庄收豆子，小桥炸油条用的油就是从他那里买的，小桥对他应该很熟悉。

纪检室主任要用监狱里的车送我，我赶紧拒绝了。在和我谈话的过程中纪检室主任对我非常的客气，好像是他把我错判进了监狱，一个劲儿地说上面对有关人员正在查处，尤其是经手这个案子的饶所长，可能要被清除出警察队伍。问我还有什么要求尽管提，他会把我的意见向上反映的。第一次见一个穿警服的人这样，一时还真适应不了，弄得我最后只想急于摆脱他。

我走出监狱大门，外面是冬天寂静而清爽的田野，四下里没有一个人，我不觉长长地出了一口气。一接触这陌生而冰冷的空气，我感到全身都起了鸡皮疙瘩，我想让自己的肌肤放松下来，我开始做深呼吸，渐渐地，我感到自己身上的毛孔张开了，心里涌出一股暖流，我感到自己就要流泪了，我把双手放在粗硬的脸孔上上下下地搓动，想麻痹自己脸肌抑制这种情绪，让自己重新变得冷静而木然，但手掌却被一股温热的液体洇湿了。

眼前只有一条路径，这就省却了辨别的麻烦。我沿着这唯一的道路往前走，前面来了一辆白色的面包车，在我面前戛然停住了，刘季节从车里下来，还是那个老样子，上前攥住我的手说，知道你今天出来了，我是专门过来接你的，但还是来晚了。他居然知道我出来了！纪检室主任说把我无罪释放的消息已经通知了家属，我以为王连香会来接我，我心里还盼着她不要来，我不愿看到王连香那情绪一泻千里的样子。我当然也不希望刘季节来接我，现在我谁都不想见，我想自己静静地回到朱家庄，然后第二天太阳一出来，所有的过去都像松软的冰凌一样，一下就都融化了。但是他来了，我最不愿意面对却不得不面对的人来了，从第一眼看到刘季节起，我就知道我又回来了，不是我硬挤上了原来的生活轨道，而是这条轨道再次延伸到了我的脚下。我不想上他的车，但仅有的几件行李已经被他提到了车上。

刘季节把靠近副驾驶位置的车门打开，那是过去我们一起去镇上时我坐的，但现在我却执意坐在了后面。刘季节手忙脚乱地发动车，但是车发动起来了，却迟迟不见往前走，刘季节低头看了看，才发现自己的脚还踩在离合器上，他自嘲地笑了一下，然后回身对我说，见了你有点儿激动，车都不知道怎么开了。我没有搭茬，我在想我和刘季节的阵营应该是非常明确，他用不着对我这样，以他现在的势力完全可以和我把脸皮撕下来，现在朱家庄的支部书记是他，我不过是个刚走出监狱的人，虽然是无罪释放，但毕竟给人留下了作风不正的谈资。就像贴过创可贴的手指，虽然伤口好了创可贴也被揭了去，但胶水却已经深入了皮层，不好抹掉了。那么现在刘季节为什么会这样呢？是内疚？是关心？还是心虚？我不得而知。一路上他和我说了很多话，都是向我示好的，我回应得很少，这并不是我惺惺作态，是我真的不想回答。经过城里的时候，我想问问小桥的情况，听王连香说，自从出事后小桥就没有在村里露过面，刘季节一定知道她的去向，但我还是忍住了。

朱家庄又重新成了我人生的舞台，和过去不同的是我不再是这个舞台上的主角。村里有红白大事再也不用我去主持了；谁家想要宅基地再也不用晚上提着烟酒给我送礼了；村里那些风骚的女人们再也不会用柔软的大奶子蹭我了；王连香再也没有免费骨头可啃了。原本我以为我会对这些可有可无的东西不感兴趣的，但这些东西一旦没有了，我忽然觉得有种被抛弃的感觉，感到朱家庄的天空已经不属于我了。

祖坟的问题也早解决了，刘季节拿出了两万块钱，在村南头重新建了一个坟茔。新建的坟茔我去看过了，坟茔的四周是用大理石镶嵌的栏杆，地面是用现在不多见的青砖铺就的，据说这砖是从曲阜买来的，是专门用来修孔庙孔坟的。据二叔说，迁坟那天请来了四个吹鼓手班子，从村里找出了十六个青壮年小伙，像抬轿子一样把老祖宗的棺材移到了新的坟茔里，事后，还专门从泰山顶上请下来两个道士给老祖宗超度了七天。季节办的这个事让人说不出什么来！真把老祖宗当成了自己的了。二叔对我感叹地说。不自觉地称呼刘季节为季节了，语气里透出对刘季节的感激和佩服。我听了心里却空落落的。

二叔让我哪里跌倒再在哪里爬起来。并一再对我说，我们是朱家庄让刘季节干支部书记，说明我们朱家太无能了。二叔的意思非常明确，但是现在的问题是我自己脑子里没有一个明确的想法，我不知道自己哪里跌倒了；我也不知道自己还有没有爬起来的心劲。

家里的大黄狗已经叫了好几天了，我不在家的这段时间，王连香没有心思照顾它，大黄狗那原本高高壮壮的身架小了一圈儿，脊背都立了起来就像一把放倒了的铡刀。我回来的这几天，它天天摇着尾巴围着我转，我明白它需要什么，它以为我还是从前的我，我回来了，它就恢复到原来有骨头啃有人咬狗模人样的生活水平了。我实在不忍心看大黄狗那双对我寄予厚望的眼睛，如果连自己养的狗都对我失望了，在这个世界上谁还能看得起我？

一看刘二麻子家的大门开着，我就知道他的肉还没有卖完。我迈进门，看到刘二麻子正在院子里埋头剔骨头，那是一个肥大的猪后座，堆在案板上几乎就盖住了整个桌面。他把棒槌样的腿骨挂在胸口上用手里的剔骨刀一上一下地挫动，挫得差不多了猛地一掰，腿骨就像成熟的玉米一下就从红红的肉里脱落了，然后刘二麻子直起腰很随意地把骨头扔进了脚下的筐子里，筐子里的骨头们都张牙舞爪地凸立着，已经占据了大半个筐子。刘二麻子看到我有些吃惊，随即招呼道，是书记来了，坐，坐。顺手把案板前的凳子朝我推了推。我没有坐，我的眼睛看着刘二麻子，我还没有确定他刚才对我的称呼是习惯使然还是别有用心，在我的注视下刘二麻子的眼神儿就像一枚正滚动着的玻璃珠子一下就滑走了。我说，长山，现在书记是你大哥刘季节的，以后你还是叫我哥好听些。长山是刘二麻子的大号，我已经有好多年没有叫过了。看得出来，刘二麻子对这个称呼也有些不大适应了，拿剔骨刀的手不自然地摸了一下耳朵。

为了怕刘二麻子误会，在没有说明目的之前我就把十块钱拿了出来。刘二麻子问干吗？我说，买十块钱的骨头喂大黄狗。刘二麻子没有接钱，重新把腰弯下，从筐子里拣了些骨头递到我手上说，自己的狗啃骨头还什么钱不钱的！我执意要给，说，你不收钱，骨头我就不要了。刘二麻子执意不收，最后我把骨头接过来，把钱扔在案板上转身就往外走，我以为刘二麻子会追出来，但是他没有，只是在我身后大声地说，这个骨头拿回去人可不要再吃了，这是头病猪，是我花五十块钱买的。听了这话，我真想回身把骨头甩给刘二麻子，但最终还是忍住了。

王连香见我拿回来了骨头就欢天喜地地准备下锅，她先把骨头洗干净放进铝锅里，然后就开始准备葱姜花椒茴香等调味料，在这个过程中，王连香是愉快的，她里外地忙活儿着，嘴里还不自觉地哼起了《李二嫂改嫁》的小曲，本来这是个悲伤的调子，但经过王连香的胖嘴一回炉，居然有了欢快的意思。我却感到特别的刺耳，拿红红的三角眼不断地翻瞪王连香，但沉浸在自己幸福中的王连香一直没有注意到我的情绪，最后我也不知自己哪来的火气，拿起盛满骨头的铝锅，一下就扔到了院子里，王连香被吓了一跳，对着我吼道，你疯了！我就是疯了，扔了骨头我并没有解气，我又喘着粗气追到院子，使劲一下把铝锅踢飞了。王连香看着我疯狂的举动，吓得立刻就噤声了。

我还没有生完气，就听村里的大喇叭在喊我的名字，朱大印，朱大印，监狱给你来了电话，赶紧来村里接电话。一听那透风撒气的声音我就知道是三宝。我心里的火气又上来了。你狗日的三宝也太胆大妄为了！朱大印的名字也是你随便叫的？接电话就接电话吧，还故意把监狱两个字带上，是在提醒全村别忘了我是个进过监狱的人吗？你狗日的也太歹毒了吧！当初要不是我提议，你能到村委看电话？你能人模狗样的也像个村干部似的在村委大院里进进出出？我气呼呼地赶到村委，电话已经挂了。他说过五分钟再打过来，是从监狱来的。三宝见我脸色不对就有些讨好地说。他的这个态度让我想到了以前的三宝，心里更有气了，我沉沉地问道，朱三宝，你是吃屎长大的？三宝想龇牙却把那个黑洞全方位地露了出来，大印叔，你看你说的，我怎么会吃屎呢？

你不是吃屎长大的，怎么会满嘴喷粪？接个电话还啰唆这么多话！我的语气比刚才加重几分。三宝眨巴了一下眼睛，似乎明白了我生气的原因，说，通知接电话都要说明是哪里来的，这样来接电话的人心里才能明白，我是好意。

好意你娘的头！过去你怎么不好意？过去去家里叫我接电话大气都不

敢出，现在反了你了！你这个忘恩负义的东西，我灭了你！我真的火了，拿起桌上的茶碗就朝他投了过去。三宝一偏头，茶碗撞在了他后面的墙上，碎了。有反弹回来的瓷片渣子落在他的后背上，三宝跳了起来，指着我说，朱大印，你以为你还是支部书记？我告诉你，你在人民头上作威作福的日子，已经一去不复返了。没有和你清算过去，没把你当成人民的公敌就是优待你了，你还不知足，在这里耍什么威风！你真不知道天高地厚了！

瞧瞧！这是我的本家侄子，是一个村里任谁都敢欺负的人，现在却敢对我这样！把在"文化大革命"中整反革命的词儿都用在我身上了。我感到自己整个人都燃烧了起来，我把坐在自己腚下面的椅子提了起来，我不管不顾了，我要熄灭自己也要熄灭他。三宝看我动了真的，一下子就蹦到了院子里。我正要追出来继续打他，电话却响了，本来我没有心思理它了，它却响起来没完，我只好放下椅子，稳了稳神儿，拿起了听筒。

是常瘤子，常瘤子好像听出了有些不大对劲儿，问我怎么了？我解释说自己是跑着来接电话的，所以显得有些气喘吁吁。问完了有关情况以后，常瘤子就问我找到兰芽了没有？他实在是太想知道她在哪里了。原本我没有认为常瘤子会这么认真，心里就觉得有些对不起他，含糊地说正在找，常瘤子说，她应该不会跑远，她这个人我了解，恋家。我心里说恋家还跟人私奔了？但嘴上却说，按照你说的线索，我再找找看，一有消息我就赶紧去告诉你。

第二天，我一早就来找才镇长，才镇长现在已经成了白沙镇的党委书记，应该叫才书记了。才书记的脸又大了一圈儿，显得下巴更短了。才书记看到我，情绪夸张了些，握着我的手说，老朱，让你受苦了。才书记的语气里有种居高临下的安抚，就像首长安慰战争时期从敌后逃出来的地下党。

我来找才书记不是来听这种大而无当的安慰的，我是来为自己讨公道的。昨天晚上，我几乎一夜没睡。三宝的话一直响在耳边，在朱家庄，属于我的日子真的一去不复返了吗？我不甘心！二叔让我从哪里跌倒再从哪里爬起来。我一直不知道自己在哪里跌倒了，现在我明白了，我从来就没有跌倒。我在朱家庄本来好好地干支部书记，是政府误把我当成了强奸犯，然后把我投进了监狱，后来既然证明我是清白的了，就应该把书记的位置还给我，别忘了，我这个书记是全村四十四名党员选举产生的，用句大话说，是人民赋予的权力，怎么能因为政府的错误说没有就没有了呢？总不能政府生了病，让我吃药吧！

我艰难地把自己的意思向才书记表达清楚。才书记听了半晌没有说话，眼睛死死地盯着我，好像我头上忽然长了一个犄角。我感到浑身的不自在，掩饰般地摇了一下脖子说，才书记，这个事你要是觉得为难，在镇上不好解决，我就去找找市里，问问市人大的领导我这种情况有没有相应的政策。才书记突然笑了，脸部两边的肌肉随之向两边拉动，眼睛变得越来越小，亮亮的眼球抖动起来，就像两只被风吹起的小功率的电灯泡，笑完了，才书记说，好！不愧干过这么多年的支部书记，政策性就是强。才书记的话让人摸不着头脑，我不知道他到底什么意思，只好陪着干笑了几声，说，才书记过奖了。

才书记很快就正色起来，说，从程序上讲你说的是对的，你不干支部书记没有经过正式罢免，但当时也是有特殊原因的。现在你虽然被无罪释放了，但毕竟影响出去了，担心你以后不好开展工作，所以对你这个事党委就没有研究。才书记说的特殊原因是指宣判我三年有期徒刑的同时也被剥夺政治权利一年，没有政治权利了也就不可能进入政治程序了。他所说的影响当然就是我和小桥通奸这个事，这也是我的七寸，虽然这不触及法律，但毕竟是作风不正道德败坏，这样的人还适合干支部书记吗？才书记的话虽然不多，但一下让我彻底没有了信心，我把脑袋耷拉下来，准备离开。才书记却又给了我希望，他说，我看可以这样，村级换届选举马上就要展开，我可以向党委建议把你和刘季节同时列入书记的候选人，通过正式选举来确定下一届的支部书记。你干了这么多年的支部书记，应该有广泛的群众基础，把选举的权力交给群众，对你是有利的。

从镇政府大院出来，我直接坐上了到城里的公共汽车，从白沙镇到城里也就是四十多华里，半个多小时就到了。城里就是人多，到处都挤满了有事没事的人。我一下汽车就感到自己是一粒微小的尘埃掉进了一个没有遮拦的大蚂蚁窝里。

我也没有想到这么容易就找到兰芽。眼前的这位女人三十多岁，穿一件红毛衣，毛衣很旧了，原本大红的颜色现在已经变成了水红，下面是一条宽大的肥裤子，皱巴巴的就像老太太的肚皮，长的倒平头正脸的，如果没有额头上那长长的疤痕可以说得上漂亮。她把身子弯曲着，半倚着门框问我，你找兰芽有事吗？没有让我进门的意思。我说，你就是兰芽吧？她再次打量着问，我就是，你有什么事？我有些兴奋地说，太好了！没想到这么容易就找到你。是常瘤子让我来找你的。一说常瘤子，我感到兰芽那原本还算白净的脸立刻像被涂抹上了一层青色的锈，变得更加生硬起来，她直起身子往后退了几步，伸手抓着防盗门的边沿说，别向我提他，我和他已经没有任何关系了。说着就嘭的一声把门狠狠地带了过来。我没有想到会这样，想就这样走了还不如不来，就犹豫了一下上前拍了拍门说，兰芽，你听我说，常瘤子现在天天想着你，他说他快后悔死了，如果你能原谅他，让他死他都愿意。见没有什么动静，就又拍了两下。兰芽猛然拉开了门，脸上显露出凶恶的表情，指着外面的楼道口，用低沉的声音吼道，滚！赶快滚！我早就和这个王八蛋没有什么关系了。再不走我打110了。

这一趟算白跑了，我该怎么向常瘤子交代呢？我沮丧地来到街上，决定先暂时不去见常瘤子，放放再说吧！现在这个样子我实在不忍心面对他。转过一个街口，前面是一条斑马线，越过这条线车站就到了。我站在马路边上，看着来往的车流准备找机会横穿马路，蓦然我张大了嘴巴，我看到了小桥，她就在我前面，手里提着个绿色的保温筒正东张西望地走在斑马线上，看样子保温筒像是空的，在她手上摇来摆去像刚离开水面的鱼。我顺着马路跑了几步，此时小桥已踏上了人行道，脚下的步子匆忙了许多，没错！就是她！

我一路跟踪着小桥来到一个叫丽珠花园的住宅小区，小桥从大门里进去了，我也跟了进来，刚走两步，就听有人喊，喂，喂。我本能地一回头，见从传达室跑来一个保安，保安问，你是干什么的？我眼看着小桥在前面一幢楼口消失了，心中着急想冲过去，但最终没有敢，我转头看了看保安，保安穿的服装非常漂亮，胸前挂着一串绶带，头上戴着高高的帽子，帽子上还坠着流苏，有点像电影里的军阀头子。我忽然想按照自己的推测蒙蒙，蒙准了当然好，蒙不准大不了保安把我赶出去，就说，我找人。保安说，你找谁？过来登记一下。说着就拽着我来到传达室。保安把面前登记的表格摊开，拿起桌子上的圆珠笔再次说，找谁？我说，找刘季节。保安抬起头看了看我，很肯定地说，我们这里没有一个叫刘季节的业主。我一听坏了，自己这是瞎老鼠主动往猫嘴里送，我还想挣扎，就硬撑着说，不对吧！刘季节就住在这里。我一个月之前还来找过他。保安说，不对是你的不对，我们从来就没有住过一个叫刘季节的。说着就拉开抽屉从里面拿出一张业主名单让我自己看，我眼睛浏览着那张密密麻麻的名单，脑子里却在琢磨怎么下台阶，嘴上还念叨着，他是搞建筑的，开着一辆白色的面包车，脑袋有点偏……我知道了，我知道了，你是说卢姐的老公，她的保姆刚回来。保安的声音就像急于喷发的蒸汽，一下就从壶嘴里蹿了出来，把我吓了一跳。

下午三点多钟，小桥终于从丽珠花园出来了，手里依然拿着那个绿色的保温筒，这次保温筒不应该是空的了，因为她要去医院送饭。我已经在大门左面的水道子上等了四个多小时了，期间我在马路边上买了五个包子，一瓶矿泉水把午饭打发了，但视线却一直没有离开过小区的大门。看到小桥越来越近了，我就像一个等待已久的猎人，眨巴了一下酸胀的眼睛，笑了。

小桥走得很急，脚尖像蜻蜓一样均匀地点过地面，灰色的长围巾在身后不时地飘起来，把小桥扯动成了一面风中的旗子。我一下立在小桥的前面，她猛地惊呆了，手中的保温筒几乎要掉在地上，瞬间她似乎回过神儿来了，转身就要往回跑，我上去一把将她拽住了。你要干什么？小桥惊恐地看着我说。面对紧张无比的小桥，我突然古怪地笑了，我想我一定笑得非常难看。小桥更加害怕了，嘴唇有些哆嗦地说，我都又去给你作证了，你还想干什么？我收住笑，竭力让自己温和起来，说，你不要害怕，我来找你不是想为难你，更不会追究你的诬陷罪了。过去的事我能理解，咱就不提了。别说刘季节对你和闹闹不孬，就是孬也还是你们近。他是闹闹的亲大爷，关键时候你帮他是对的。听了这番入情入理的话，小桥的表情明显地松弛了下来，抬手往上捋了捋从围巾里掉落下来的头发，大大的眼睛里也恢复了平静的神色。我乘机说，虽然一直很想你，但今天其实我不是特意来找你的。咱们也好长时间没有见面了，过去坐一会儿吧！说着我顺手指了指马路对面，那里有专门供行人休息的石桌石凳。小桥还在犹豫，我又说，知道你还要去医院送饭，就一会儿，不会耽误很长时间的。

小桥把保温筒放在石凳上，问我，你怎么知道我要去医院送饭？我装作很随意地说，我不但知道你要去医院送饭，我还知道你要给谁送饭。谁？小桥又问。小桥表露出一副很纯粹的样子，这让我感到很好玩，我决定不再和她兜更大的圈子，直接说，你是给一个叫卢霞的女人送饭，她刚生过孩子，是个男孩，孩子是刘季节的，这下刘季节终于有了儿子了。我把从保安那里捣腾出来的那点秘密一股脑儿地倒了出来，一下就把小桥砸倒了，她猛然就站了起来，把眼睛睁得大大的，眼角的细密的皱纹都抻了开来，声音颤颤地问我，你是怎么知道的？我把胳膊伸出来对小桥摆动着手掌说，你先别激动，坐下，坐下。小桥没有坐下，继续紧张兮兮地说，这可不是我说的。

你不说我怎么能知道呢？我得意地说。小桥听了，一下就木在了那里，就像一个被冻僵了冰人，所有带生命迹象的东西都不流动了。看到小桥这个样子，我再次古怪地笑了，感到眼前的这个小女人又成了我的囊中之物了。

我想我已经掌握了足以摧毁刘季节的秘密武器，但我却没有把这告诉二叔。我有自己的小算盘，如果我这次能顺利地当选为支部书记，就还让刘季节干村主任，这并不是我不长记性，我已经想过多次了，刘季节是个善于往前冲的人，村里的有些事情离开他还真不行，他在前面打先锋，我在后面稳坐中军帐，有了功劳当然还是要记在我这个元帅身上。我想留着那秘密武器以后把它当成驾驭刘季节的缰绳，有了这根缰绳就不怕刘季节出圈儿了。人有时候就是牲口，没根缰绳钳制着总是胡想八想，想干出点儿出格的事儿来。

眼下刘季节把主要精力都放在了 104 国道两边的商业街开发上，整天忙得脚不沾地，根本顾不上选举的事情，这就给我们留下了很好的机会。二叔在和我分析村里的形势。二叔说，这段时间刘季节在村里干了些事情，但也得罪了不少人，村里的人对他刚干支部书记时的新鲜感已经没有了，我们正好借此出击。二叔进一步分析道，时机就像农时耽误不得。村里一共有四十多位党员，光我们朱家就占了三十多个，当然这三十多个也不是铁板一块儿，但我觉得二十个是没有问题的，其他的我们再争取一下，估计也没有啥问题，都是一个老祖宗的，关键时候不向着自己人，还能向着外人？刘家有几个党员也是可以做工作的，这样获得三十票就有把握的。

我心里对这次选举也是充满信心的。毕竟干了这么多年的支部书记，虽然没有让村里发生翻天覆地的变化，但也没有让群众吃不上饭，除了三宝，村里的小伙子都找上了媳妇。再加上我父亲的人脉，我想我的群众基础应该还不会太差。就是我和小桥的事情给他们留下了谈资，仔细一想这也没有什么，大部分村支书在这方面都不太检点，有时我们这些支部书记凑在一起，就评谁是丈母娘最多的人，群众对支部书记的这种行为都抱着理解和宽容的态度，这种事在农村还没有那么严肃。何况我手里还握有刘季节的短处，万一情况对我不利，我就准备提前把那秘密武器抛出来。这样一想，我也乐观起来，觉得自己胜利在望了。

尽管这样工作还是要做的。在怎么做工作的问题上，我和二叔颇费了一番脑筋，现在的人越来越实际，光红口白牙地说让他选谁，恐怕效果好不到哪里去。最后我准备破点财，拿出三千块钱来交给二叔。拿钱的时候，王连香有些不情愿，牙疼般地搓着牙花子直吸溜，我知道她那是心疼，现在干支部书记除了赚点吃喝外，已经没有什么油水了，再加上这几年供朱墨上学，我根本就没有什么钱，这三千块钱是家里全部的积蓄，是王连香种了两年树苗子挣的。我当然也心疼，但心疼也没有办法，现在不干支部书记我还能有什么出路？

常瘤子又来电话了，我心里有些烦了。心想自己的事情都忙不过来，还有时间去管你那些烂事，人家早已把你忘了，你还像等待大人赶集回来的孩子一样，眼睛直勾勾地盼着。但想到常瘤子在监狱里对我的好，还是决定再去找找兰芽。

兰芽还是那副样子，身子靠在门框上问我怎么又来了？我说你真的不想见常瘤子？兰芽说，你这不是废话吗！我的眼睛越过兰芽那小巧的身体往屋里瞅，见走廊里有一个缺了腿的鞋架，上面乱七八糟地堆着几双龇牙咧嘴的皮鞋，就像修鞋铺子里的货架。兰芽没容我继续看下去，不耐烦地说，还不走？

就走，说着我脸上露出很遗憾的表情，眼睛转向了走廊里已经没有了窗扇的窗户，故意随口叹了一下气，说，真是替常瘤子可惜了，满心想要补偿人家，人家却这么不领情，你说你放着钞票干什么不行！非要用这热脸来蹭人家的冷屁股。留下这个话，我又回身注视了一下兰芽就要转身离开。兰芽的脸色有变，刚要说什么，就听得里面一个男人的声音，谁呀？接着一个轮椅就转了出来，上面坐了一个枯瘦的人，整张脸就像骷髅上贴了一层皮，没有一丝肉，这大概就是被常瘤子打残了的那位。兰芽有些慌了，赶紧回答，他要找二楼的老张。说着往楼上指了指，二楼东户，没有听到下来，应该在家。我赶紧配合地说，我知道了，谢谢！就上楼去了。

我沿着楼梯一直往上走，走到三楼就到顶了，然后我又不慌不忙地走下来。这是一幢很旧的居民楼，楼梯台阶已看不清是用水泥垒彻的了，发着苔藓般的颜色，就像一块块长了绿毛的豆腐。重新经过兰芽的门口，见没有什么动静，我有些疑惑，刚才的鱼饵已经抛了下去，鱼怎么会不咬钩呢？依兰芽现在的经济状况，不应该对常瘤子的补偿这么麻木不仁呀？常瘤子要对兰芽补偿并不是我胡乱说的，是他亲口告诉过我，只要兰芽肯原谅他，他愿意把自己挣的所有钱都补偿给她。常瘤子进了监狱以后，肉联厂让他的姐夫代为经营，每年有个十几万的进项，再加上他以前的收入，常瘤子的补偿应该是很可观的。

在兰芽的门口，我停留了一会儿，兰芽没有像我想象的那样跑出来追我。这次我是真的叹了口气，我是为常瘤子叹气，常瘤子应该死心了，人家兰芽根本就不在乎你那几十万块钱，当然更不在乎你这个人。

走出楼道口，我辨别了一下方向，准备去监狱向常瘤子交差，却突然听到身后的防盗门响，直觉告诉我，兰芽出来了。我赶紧闪身隐在了旁边的冬青树后面，就见兰芽像脱了靶的子弹一样从里面冲了出来。很快她就在不远处停住了，前面是一个丁字形的街口，分东边和西边两个方向，她向两边张望着，脚下的步子先朝向了西边，随后就又掉头朝东，那无所适从的样子就像一只遭遇前后夹击的兔子。我从冬青树里钻了出来，故意把腰带解开了一个扣，来到兰芽身后，我使劲咳嗽了一声，兰芽一回头见我正在扎腰，脸上立刻就露出惊喜的神色。我专心致志地扎完腰，再抬头看兰芽时，兰芽已经换上了一副羞涩的表情，对着我说，大哥，我回去想了一下，还是去看看他吧！毕竟我们夫妻一场。

来到监狱，我让狱警给常瘤子捎话说兰芽来了，我的意思是让他有点儿思想准备，就要见到自己日思夜想的人了，怎么也得洗洗脸周正周正吧？我们在会客室里一直等了老长时间还不见常瘤子出来，兰芽有些紧张。不停地喝水。我干脆拿了两个纸杯放在她面前，喝水的间隙，她把额头上的头发一遍一遍地往后捋，再一遍一遍地小心地捋回来，遮盖住那显眼的伤疤。

常瘤子终于出来了，不但换上了干净的囚服，脸也像刚刮过的样子，下巴光溜溜的，闪着青色的光泽。常瘤子看到我，叫了声，大印哥，你来了。

接着就把眼睛直接滑到了兰芽身上。常瘤子看着兰芽，眼圈儿红了，兰芽反而比刚才镇定了不少，脸色平静地站在那里，就像一位等待别人去向他敬礼的国家元首。

常瘤子叫了声，兰芽……语气就有些哽咽了。

兰芽说，你倒还认得我。

常瘤子上前一下就抓住兰芽的手。兰芽身子往后一拽，挣脱了，常瘤子又去抓，这次牢牢地抓住了。常瘤子声音发颤地说，兰芽，你还恨我吗？兰芽说，怎么不恨，恨得连做梦都想杀了你！说着伸出另一只手柔柔地抓了一下常瘤子的头发，常瘤子忽然把自己的脑袋伏在和兰芽连着的手上，失声地痛哭起来，肩膀就像大鸟飞翔时的翅膀很有起伏地耸动着。

常瘤子这副撕心裂肺的样子让我很内疚，仿佛是自己骗了他，我从会客室走了出来。才十多天的时间院子里的树叶已经掉光了，干净的枝条不规则地凸立着，不规则地指向灰蒙蒙的天空。这个时间犯人们正在车间干活，偌大的院里没有一个人，到处都静悄悄的，我肆意地在院子里转了起来，心中说不清是什么滋味儿，只感到这个院子连同在这里发生的一切都深深地刻进了我的脑海里。

我再次听到了常瘤子那压抑不住的哭声，现在听来，那声音不再刺耳，而是让我想到了大黄狗哺乳小狗时发出的召唤，带有浓浓的母性气息。我忽然觉得自己做了一件好事，常瘤子是幸福的，至少他已经有了一颗宽容的心灵，他的情感已经超越了世间看似不可调和的恩怨，让自己的人生变得粗粝而又柔软。这该是多么难得！人生不过就这么几十年，还用什么真的假的爱了恨了的难为自己，回归为一个纯粹的人不是更好吗？

一看到镇上的那辆黑色的奥迪车停在村委门口，我就有了种不好的预感。我想到了上次选村主任，才镇长前来坐镇，结果刘季节弄了一个大满贯。这次是选书记，才镇长也变成才书记了，又来坐镇，刘季节不会再弄个大满贯吧？要真是那样，就真的暗合了我昨天晚上所做的那个梦了。

昨天晚上，二叔很晚才离开我家。二叔走了以后我接着就倒头上了床，但却怎么也睡不着，好不容易迷糊了一会儿，接着就开始选举了，统计选票的时候，刘季节的名字后面的正字排起了长龙，而我的名字后面连一个横都没有，我在下面急得出汗，心说不对呀！我还填了自己一票呢！怎么会没有？我正在疑惑，二叔却大声地宣布支部书记是刘季节的了。当时我就恼了，一把就把二叔从台上揪了下来。这时就听到王连香在床下骂到，哎哟，我的妈呀！你这个小死孩子可摔死我了！

这难道是巧合？我这样反问了一下自己，随即我就摇了摇头。这绝对是不可能的！我应该对这次选举有信心，梦都是反着的，我来个大满贯还有可能，刘季节是不会的，因为我打的是有把握之仗。我并不是盲目乐观，昨天晚上二叔和我把每个参加会议的党员都分析了一遍，我们朱家那二十多个铁杆就不用说了，那十多个不确定的，二叔也都找他们谈过了，而且他们每人还都收了我二百块钱的红包，都把事情应承了下来。

当然我们也都有各自的担心，我担心的是红包二叔送的是不是严密，那二十多个没有红包的铁杆知道了，如果临阵反水，麻烦就大了，这一点二叔让我放心，红包他都是悄悄地给的，相互之间都不通气，再说了，这个年月谁得了好处到处宣扬？除非他差心眼子。二叔担心刘季节也会想到送红包，如果他也想到了，肯定比我们送的大，因为他有钱。这一点，我早就意识到了。上次从监狱回来，一到城里我就和兰芽分手了，我去找了小桥，小桥向我说了刘季节近几天的动向，刘季节这段时间一直在城里，刚得了一个大儿子，刘季节舍不得离开，再加上小孩生下来没有奶水，刘季节到处搜集下奶的偏方，还有村里的商业街规划也需要城里的规划局审批，他得去活动，所以最近他几乎没有回过村。我没有向二叔解释得这么清楚，只是说，刘季节最近是不会有这种心思的，请二叔放心。

我走进临时改建的会议室，看到刘季节坐在前面正对着才书记的耳朵说着什么，嘴角都泛起了白沫，还在不停地说，才书记侧身听着，还不住地点头。刘季节明显地瘦了，但眼睛却贼亮贼亮的。看到我，才书记点了点头；刘季节朝我笑了笑，然后就继续把嘴巴移向才书记的耳朵；倒是在后面坐着的镇组织委员起身和我握了一下手。我找了个位置坐下来，和已经坐在后面的几个党员搭讪，眼睛却盯着前面，刘季节的嘴巴和才书记的耳朵贴得更近了，我的牙咬了起来，心里恨恨地想，不怕你闹得欢就怕秋后拉清单，有你哭的时候。

这是我从里面出来以后第三次看见刘季节，第一次就是他去接我；第二次是在我出来的第二天，他给我拿去了两瓶酒，他走了以后，王连香要把酒扔出去，我一看是剑南春就说，酒是无辜的，出家人还讲酒肉穿肠过佛祖心中留，我们就更不能糟蹋东西了。

朱家庄村党员会议正式开始了，参加会议的只有四十一位党员（有三位外出打工还没有回来）。才书记先做了动员讲话，主要是强调这次选举的重要性，净整些好词儿，什么推进社会主义民主进程，建设社会主义新农村了，反正就是让你觉得这次选举比美国选总统还要重要。然后就由组织委员宣布党委确定的两名候选人——刘季节和朱大印，并简单地对两位候选人进行了介绍，刘季节是年轻，有开拓精神，我是干了多年的支部书记，有着丰富的基层工作经验。优势是半斤八两，看不出组织委员有什么倾向性来。接着开始选检票人、计票人、唱票人。这些工作做完了就开始发选票。

选票是专门打印的，还盖着村委会的大红印章，上面是一个简单的表格，表格的第一栏写着我和刘季节的名字，下面的大方框空着，选谁就在里面写上谁的名字，怎么填刚才组织委员都说了，而且他还重点强调了这次只选支部书记，原有的支部委员保留，这就意味着我和刘季节不管谁下来，连个支部委员都干不上。看来，我要让刘季节干村主任还要费些周折，因为按照惯例，村主任一般是支部副书记，最低也是支部委员。

我拿着选票没有急于填，先看了看前后左右，见有人已经埋头开始填了，显然他们选谁事先都想好了，用不着再犹豫了，我注意了他们写字的手，见他们大都写得飞快，我的心里再次感到吃进去了一颗定心丸。要知道朱大印的笔画要比刘季节的少了许多，他们填得很快，十有八九是在写我的名字。已经有人开始走向前面的投票箱，我不再迟疑，在选票上工工整整地写上了自己的名字。

唱票的时候，我故意从会议室走了出来，刘季节惨败是确定无疑的了，我不想让党员们看到我那张得意的脸，再说我也想出来理理思路，等一会儿宣布我当选为支部书记的时候，我还要整两句，从昨天晚上我就在琢磨说些什么，到现在还没理出个头绪来，看来这施政演说还真有些难度。

人虽然出来了，但思路却怎么也拉不到施政演说上去，还是满脑子的选举。我在会议室窗子下面的大石头上坐下来，里面唱票人的声音就像奔命的蛇一样钻进了我的耳廓。刘季节，刘季节，朱大印，朱大印……我听到刘季节的名字和我的名字交替出现，有时甚至念几个刘季节才出现一个朱大印，我紧张起来了，整个人像被吊了起来，心脏被抓在了头顶上一紧一缩的，手心的汗把攥着的圆珠笔都洇湿了。忽然里面传来了一阵爆豆般的掌声，接着就听唱票人宣布，刘季节获得二十票，朱大印获得十八票，有三票是弃权票……唱票人的声音就像从远处滚过来的一个巨浪，一下就把我掀翻了。

大意失荆州啊！回过神儿来，我首先埋怨的就是自己。手里攥着秘密武器都不会用，我真是笨到了极点。但我也不能把这秘密武器给浪费了，记得当年我准备复习再参加高考的时候，班主任老师写下的第一句话就是亡羊补牢，犹未晚也。趁着现在还没有宣布刘季节为支部书记，我应该做最后一搏，今天才书记也在跟前，正好让他见识见识他主持选举的这个支部书记是个什么样的货色。

才书记和组织委员正躲在村委的里屋里商量事，我知道等他们出来就宣布刘季节正式当选为支部书记了。我正想闯进去，组织委员出来叫我了，说才书记要找我谈话。

我毫无顾忌地在才书记对面的凳子上坐下来，才书记扔过来一支烟，我把它叼在嘴上，独自打着了火，刚准备张嘴。才书记说，老朱，你这次和刘季节的选票非常接近。我说我知道。才书记没有在意我的态度，顺着自己的思路说下去，这说明你是有一定群众基础的。这也说明你以前的工作是扎实有效的，对朱家庄村的发展做过重要贡献的。我不想听才书记这些废话了，我想赶紧把那枚重磅炸弹抛出来，但才书记似乎看透了我的企图，挥了挥手制止了我，继续说道，希望你以后能为朱家庄村乃至全镇的经济发展继续出谋划策。刘季节同志是很看重你的，这次填选票我坐在他旁边，看到他填的就是你。还有，今天我一来他就向我汇报，下一步朱家庄村准备牵头成立个绿色农业合作社，来带动全镇种植业结构的调整，并向我建议如果这次你选不上支部书记，由你来出任这个合作社的社长，我答应了，现在来征求你的意见。才书记说完猛吸了一口烟，浓浓的烟雾很快就弥漫了他那张圆圆的脸。我张了张嘴，想尽快把刘季节包养二奶，违反计划生育偷生孩子的事情说出来，忽然感到自己的嗓子像被卡进了鱼骨头，喉咙里呼呼噜噜响，就是发不出声音来。

我像一头猪一样一连睡了好几天。王连香有时把我硬拽起来，我胡乱往嘴里塞上点东西，就继续倒头再睡，就如同一只冬眠的狗熊。不！我还不如狗熊，狗熊急了还能吃人，我连咬人都不会；更不如一头猪，猪可以沤粪还可以让人吃肉。我什么用处也没有，就是一只可有可无的小虫子，大自然中的任何变化都与我没有什么关系，只是蜷缩在微小的角落里自生自灭。

这天晚上，我醒来了，屋子里黑咕隆咚的，房间中央铁炉子上的水壶已经开了，蒸汽哒哒地冒出来，顶着壶盖发出铃铛般的声响。窗子里有月光透进来。王连香不在，我喊了几声，没有听到什么动静，就干脆起来了。我推开门，一片月光猛然就撞了进来，险些使我晕倒。我走了出来，外面的月光又新鲜又明亮。月亮正当头，围着个大大的风圈儿，仿佛冻到了天上。满天疏疏落落的小星星，都缩着头，冷得乱哆嗦。

二叔家的大门虚掩着，我知道王连香应该在这里，走到堂屋门前，正要推门，就听里面传来王连香的哭诉声，……他要真有个三长两短，我和朱墨该怎么办呀？整天就是睡不醒的样子，让他起来吃点东西，眼睛也直勾勾的不知道往哪里看，一句话也没有。这不就是得了那种病了吗？……说着王连香有些控制不住了，发出呜呜的哽咽声，那应该是她用手捂住嘴巴后发出来的。

接着就是二叔的长吁短叹声，唉，大印这孩子这半年多就没得好，……要真得了那种病就要赶紧去医院，这病拖不得，据说发现得早能治好的可能性就大，我知道家里已经没有什么钱了，我的退休金已经半年多没领了，应该有五千多了，明天你先拿上把大印送到医院再说……

我冷笑着走出来，忽然觉得自己不应该笑，抬手摸了摸自己那张多皱的脸，却摸到了一把湿漉漉的泪水。我抬起头，硬硬的月光似一道道白练直直地栽下来，沉到眼睛里变成了一片片莹亮莹亮的水晶。

（原载《绿洲》2011年第1期，《中篇小说选刊》2011年"新锐小说家专号"转载）

后　记

　　编辑出版《文学鲁军新锐文丛》，是省作协按照中央和省委省政府关于促进文化大发展大繁荣的部署要求，为繁荣发展山东文学事业确定的一项战略措施，是围绕"多出精品、多出人才"的中心任务，为发现文学新人、扶持青年作家实施的一项系统工程。《文学鲁军新锐文丛》第一辑于2001年组织编选出版，入选的10位青年作家由此脱颖而出，得到文学界广泛关注，已经成为"文学鲁军"的中坚力量。十多年来，山东的文学队伍新人辈出，青年作家的优秀作品引人注目。为集中展示山东青年作家的新气象和新阵容，省作协决定编辑出版《文学鲁军新锐文丛》第二辑。

　　省委及省委宣传部领导对《文学鲁军新锐文丛》的编选工作非常重视，省委常委、宣传部长孙守刚多次听取汇报，对编选工作作出重要指示，并欣然为"文丛"第二辑作序。省委宣传部副部长刘为民亲自担任编委会主任，对编辑出版"文丛"提出指导性意见，给予了大力支持。

　　为确保《文学鲁军新锐文丛》第二辑编选工作的高质量和权威性，省作协组建了由有关领导、专家等组成的编委会。编委会对入选青年作家的人员构成、文学导向的宏观把握、题材和体裁的合理布局、风格形式的丰富多样以及总体设计的协调统一等方面，进行了认真研究，确定了编选方案。

　　在各市、大企业文联作协和有关方面广泛推荐的基础上，省作协组织专家评审委员会对申报作品进行认真审议论证，经向社会公示后，最后确定10位青年作家的作品集入选《文学鲁军新锐文丛》第二辑。这10部思想性、艺术性、可读性俱佳的优秀作品，是对我省近年来涌现的优秀青年作家及其代表作品的一次集中展示和重点推介。这里需要说明的是，我们在征集作品时确定，已入选中国作家协会和中华文学基金会编辑出版的《21世纪文学之星丛书》的作家原则上不再编入本"文丛"。《21世纪文学之星丛书》是为发现、扶植文学新人而创办的一项具有跨世纪意义的文学工程，它以年卷的形式，为文学创作方面取得显著成绩的40岁以下的青年作者出版第一本文学专集。自1994年首卷至今，已出版了157位青年作家的作品集，山东有15位青年作家忝列其中。为了展示山东青年作家整体形象，特将入选该丛书的作家作品名单作为《文学鲁军新锐文丛》第二辑的附录，同时我们将入选《21世纪文学之星丛书》之后创作成绩特别突出的作家纳入"文丛"第二辑的评选，但要求重复收录的篇目不得超过五分之一，除了过去发表的代表作外，其余全为新发表作品。经研究，已入选《文学鲁军新锐文丛》第一辑的作家，不再进入第二辑。由于第一、二辑出版的时间相隔较长，加之近年来我省文坛涌现出的创作成绩突出的文学新人比较多，遗珠之憾肯定在所难免。好在我们已将《文学鲁军新锐文丛》编选工作确定为一项制度化、常规化的文学工程，固定出版周期，持续定期地编辑出版下去。我们愿与广大青年作家一起努力，不断提高"文丛"的文学品位和艺术水平，把"文丛"打造成一个响亮的文化品牌。

省作协领导班子成员和有关方面专家参与了《文学鲁军新锐文丛》第二辑的编选出版工作。省作协主席张炜对"文丛"的编选工作提出了具体指导性意见；省作协党组书记、副主席杨学锋主持了"文丛"的策划、评审与编辑出版工作；省作协巡视员王兆山，党组成员、副主席刘海栖，党组成员、纪检组长李军，副巡视员杨发运参与了"文丛"的策划、评审与统筹。省作协副主席赵德发、李广鼐、苗长水、谭好哲、许晨、李掖平等对"文丛"的编选提出了许多建设性意见和建议。王延辉、朱建信、陈文东、王耕夫、杨文学、孙书文等作家、专家参与了"文丛"书稿的评审工作。省委宣传部文艺处对"文丛"的编选工作给予了指导，省作协创联部的全体同志承担了"文丛"的统稿和通联工作，省作协办公室的同志承担了编委会的会务工作。为了保证"文丛"的质量和水平，省作协还邀请刘玉栋、赵月斌、马兵、张丽军、何志钧、张艳梅等作家、评论家担任"文丛"的特约编辑，对入选书稿进行了认真审阅和编辑。山东文艺出版社对"文丛"的出版工作给予了大力支持和帮助，社长李宁、总编辑张海珊参与了编辑出版的统筹和策划工作，责任编辑李燕、林蕙、王玲玲、李玉玲、冯晖对书稿进行了精心编辑和校对。在此，对所有为《文学鲁军新锐文丛》第二辑编选出版工作给予大力支持和付出辛勤努力的单位和个人，表示诚挚的谢忱。

编　者

2012 年 10 月

附录一:

入选中国作协"21 世纪文学之星丛书"的
山东青年作家书目

张　继　《玉米地·玉米地》（1994 年卷·小说集）

路　也　《风生来就没有家》（1996 年卷·诗集）

陈　原　《祖父是一粒粮食》（1996 年卷·散文集）

凌可新　《老白的枪》（1999—2000 年卷·小说集）

江　非　《一只蚂蚁上路了》（2004 年卷·诗集）

瓦　当　《去小姨家》（2004 年卷·小说集）

蓝　野　《回音书》（2005 年卷·诗集）

邰　筐　《凌晨三点的歌谣》（2006 年卷·诗集）

张锐强　《在丰镇的大街上号啕痛哭》（2007 年卷·小说集）

徐俊国　《鹅塘村纪事》（2007 年卷·诗集）

东　紫　《天涯近》（2008 年卷·小说集）

徐　颖　《面包课》（2009 年卷·诗集）

简　默　《活在时光中的灯》（2009 年卷·散文集）

赵月斌　《迎向诗意的逆光》（2011 年卷·评论集）

方　如　《声铺地》（2012 年卷·小说集）

附录二：

《文学鲁军新锐文丛》第一辑书目

张　继卷　《村长的耳朵》（小说集）

凌可新卷　《避邪》（小说集）

王方晨卷　《王树的大叫》（小说集）

路　也卷　《我是你的芳邻》（小说集）

刘玉栋卷　《我们分到了土地》（小说集）

老　虎卷　《潘西的把戏》（小说集）

陈　原卷　《大地的语言》（散文卷）

王黎明卷　《贝壳说》（诗集）

张宏森卷　《战争笔记》（电视文学剧本集）

吴义勤卷　《目击与守望》（文学评论集）

图书在版编目（CIP）数据

我是好人：王宗坤卷／王宗坤著．—济南：山东文艺
出版社，2012.11

（文学鲁军新锐文丛／山东省作家协会编）

ISBN 978-7-5329-3988-6

Ⅰ.①我… Ⅱ.①王… Ⅲ.①长篇小说－小说集－中
国－当代 Ⅳ.① I247.5

中国版本图书馆 CIP 数据核字（2012）第 251978 号

我是好人

王宗坤卷

山东省作家协会 编

主管部门　山东出版集团

集团网址　www.sdpress.com.cn

出版发行　山东文艺出版社

社　　址　山东省济南市英雄山路 189 号

邮　　编　250002

网　　址　www.sdwypress.com

读者服务　0531-82098776（总编室）

　　　　　　0531-82098775（发行部）

电子邮箱　sdwy@sdpress.com.cn

印　　刷　山东临沂新华印刷物流集团

开　　本　680 毫米 ×1000 毫米　16 开

印　　张　16.25　插页／2

字　　数　228 千字

版　　次　2012 年 11 月第 1 版

印　　次　2012 年 11 月第 1 次印刷

书　　号　ISBN 978-7-5329-3988-6

定　　价　27.00 元